Le baiser du roi démon

Du même auteur
aux Éditions J'ai lu

Les ombres de la nuit

1 – MORSURE SECRÈTE
N° 9215

2 – LA VALKYRIE SANS CŒUR
N° 9314

3 – CHARMES
N° 9390

4 – ÂME DAMNÉE
N° 9554

5 – AMOUR DÉMONIAQUE
N° 9615

KRESLEY

COLE

LES OMBRES DE LA NUIT – 6

Le baiser du roi démon

Traduit de l'américain
par Agnès Girard

J'AI LU

Titre original
KISS OF A DEMON KING

Éditeur original
Pocket Books, a division of Simon & Schuster, Inc., New York

Pour Gena Showalter, mon phare.
Auteur extraordinaire, mentor précieux,
et amie très, très chère.

Avec moi, rien n'est jamais conforme aux apparences. En général, tout est bien, bien pire. D'autre part... Comment ça, je n'ai droit qu'à une épitaphe ? J'ai droit à autant que je veux ! Je n'ai connu que des mourants, figurez-vous, parmi ceux qui ont osé me faire de telles remarques !

SABINE DES SORCERI, Reine des Illusions,
désignée princesse de Rothkalina.

Cette ensorceleuse est peut-être une fieffée chienne, mais c'est ma *fieffée chienne. Et je n'en veux pas d'autre.*

RYDSTROM WOEDE, démon,
roi déchu de Rothkalina.

Prologue

Asile d'aliénés de Gray Waters, Londres.
Automne 1872.

— Quand tu as un sorcier entre les cuisses, tes pouvoirs ont tendance à s'envoler, expliqua Sabine à sa sœur, tout en examinant les visages des humains, frénétiques derrière les barreaux de leurs cages. C'est ainsi, on n'y peut rien.

— Autrefois, peut-être, répliqua Lanthe en laissant tomber le garde inconscient qu'elle traînait par la ceinture. Mais avec lui, ce sera différent.

Elle attacha les mains de l'homme derrière le dos – plutôt que de lui casser les bras, ce qui produisait le même résultat et ne gaspillait pas de corde.

— Tu ne l'as toujours pas trouvée ? ajouta-t-elle.

Elles étaient à la recherche d'une sorcière. Leur but était de la libérer *si* elle acceptait de transmettre ses pouvoirs à Lanthe en échange.

Sabine avança dans le sinistre couloir.

— Je n'y vois rien quand ils se recroquevillent comme ça.

Elle arracha la porte d'un cachot, la jeta de côté et pénétra dans la cellule. Ses talons résonnèrent sur les dalles de pierre. De plus près, elle constata que ses occupants avaient l'air très... mortels.

Naturellement, ils se tapirent dans l'ombre à son approche. Sabine savait que sa tenue et son maquillage avaient un petit côté exotique qui pouvait dérouter.

On aurait pu croire qu'elle portait un masque. Ses yeux étaient largement soulignés de khôl noir charbon – en gros, des ailes du nez aux tempes.

Ses vêtements étaient davantage de cuir et de métal plutôt que de tissu et de fil. Elle portait un bustier en acier et des gants en maille métallique qui lui couvraient tout le bras et se terminaient par des griffes en fer forgé. Posée au sommet d'un amas de tresses qui n'en faisaient qu'à leur tête se trouvait sa coiffe, des plus élaborées.

Bref, la tenue classique chez les femelles sorceri. D'ailleurs, on avait coutume de dire que si l'ensemble ne pesait pas plus que celle qui le portait, alors cette dernière n'était pas assez couverte.

Lorsque Sabine sortit de la cellule suivante, Lanthe en avait fini avec ses nœuds.

— Alors ? Tu trouves ? s'enquit celle-ci.

Sabine arracha une nouvelle porte, jeta un coup d'œil aux visages livides qui se tournèrent vers elle, et secoua la tête.

— Tu crois que j'ai le temps d'aller voir dans les cachots plus petits, au sous-sol ? demanda Lanthe.

— Si nous sommes de retour au portail dans vingt minutes, ça devrait aller.

Le portail par lequel elles regagneraient leurs appartements, à Rothkalina, se trouvait à une bonne dizaine de minutes de là, dans le labyrinthe de rues humides de Londres.

Lanthe écarta de son visage une natte noir de jais.

— Surveille le garde, et fais en sorte que les dingos que tu as libérés restent calmes.

Le regard de Sabine glissa sur l'homme inerte, affalé sur le sol répugnant. Une grimace de dégoût lui tordit les lèvres. Elle lisait dans les pensées des humains, même lorsqu'ils étaient inconscients, et ce qu'elle lisait dans celles-ci lui faisait froid dans le dos, elle que très peu de choses impressionnaient pourtant.

— D'accord, répondit-elle, mais dépêche-toi quand tu feras le transfert, sinon nous allons attirer notre ennemi.

Par habitude, le regard bleu de Lanthe se porta vers le haut.

— Ils peuvent arriver d'une minute à l'autre.

Elle se hâta en direction de l'escalier.

Leurs existences semblaient calées sur un cycle bien rôdé : voler un pouvoir, fuir les ennemis, se faire voler le pouvoir par un mâle sorceri enjôleur… Sabine laissait faire.

Parce qu'elle avait anéanti le don de Lanthe.

— Surveille le garde, répéta-t-elle en grommelant après le départ de sa sœur. Très bien…

Elle souleva l'homme par le col et la ceinture, et le jeta devant la porte. Cette violence provoqua une crise d'hystérie chez certains occupants des cachots, qui se mirent à hurler en s'arrachant les cheveux. Ceux qui guignaient la sortie rebroussèrent précipitamment chemin.

Faire taire les humains, c'était facile. Elle se percha sur le garde et écarta les bras.

— Venez, venez, humains fous. Approchez ! Et moi, sorcière aux terribles et sombres pouvoirs, je vous récompenserai en vous racontant une histoire.

Certains se turent, apparemment curieux.

— Faites silence, mortels, et si vous vous tenez comme il faut, il se pourrait même que je vous *montre* une histoire.

Les cris et les hurlements se calmèrent.

— Allons, asseyez-vous. Oui, c'est cela, venez vous installer devant moi. Plus près. Non, pas toi, tu pues l'urine et la bouillie d'avoine. Toi, là... *assis*.

Lorsqu'ils furent rassemblés devant elle, elle s'assit sur le dos du garde et les regarda avec un sourire satisfait. Se préparant à raconter son histoire, elle remonta sa jupe pour tirer sur ses porte-jarretelles, puis ajusta le tour de cou qu'elle portait en permanence.

— Bien. Ce soir, vous avez le choix entre deux histoires. Celle du puissant roi démon dont les cornes et les yeux sont aussi noirs que l'obsidienne. Il y a bien longtemps de cela, il était si honnête et droit qu'il en perdit son royaume au profit d'un être malfaisant et rusé. Et celle de Sabine, innocente jeune fille qui n'arrêtait pas de se faire assassiner.

« Et qui un jour serait l'épouse du roi démon », ajouta-t-elle à part soi.

— L-la j-jeune fille, s'il vous plaît, bégaya l'un des pensionnaires, dont le visage disparaissait à demi derrière un rideau de cheveux emmêlés.

— Excellent choix, mortel hirsute !

Et d'un ton théâtral, elle entama son récit.

— Cette histoire est celle de Sabine, héroïne intrépide, Reine des Illusions...

— C'est où, les Illusions ? la coupa une jeune femme, cessant un instant de se ronger l'avant-bras.

Génial. Elle allait être interrompue à tout bout de champ.

— Ce n'est pas un *endroit*. Et une « reine » est quelqu'un qui excelle dans un domaine surnaturel.

Sabine était capable de projeter des chimères impossibles à distinguer de la réalité, et manipulait tout ce qui pouvait être vu, entendu ou imaginé. Elle pouvait s'immiscer dans l'esprit de quelqu'un et y faire circuler des pensées dignes de ses rêves les plus fous ou de ses cauchemars les plus noirs. Personne ne lui arrivait à la cheville.

— Bien. Donc, Sabine, d'une beauté et d'une intelligence écœurantes, venait d'avoir douze ans et adorait sa petite sœur Melanthe, qui n'allait pas tarder à aimer les minijupes du haut de ses neuf ans. Sabine aimait la petite Lanthe de tout son cœur depuis le jour où, pour la première fois, celle-ci avait réclamé haut et fort « Abie ! » plutôt que sa mère. Les deux sœurs appartenaient aux Sorceri, une race rare et oubliée. À première vue, comme ça, pas de quoi fouetter un chat, et encore moins tenir un auditoire en haleine. Comparé à un vampire ou même à une Valkyrie…

Sabine renifla, ménageant ses effets.

— Mais attendez un peu la suite, et vous allez voir ce que vous allez *voir*…

Elle leva la main pour tisser une illusion, puisant en elle et dans son entourage – l'énergie démente des malades, la nuit zébrée d'éclairs, à l'extérieur de l'asile.

Lorsqu'elle souffla sur sa paume ouverte, une scène fut projetée sur le mur, à côté d'elle. Il y eut quelques cris étouffés, quelques gémissements.

— La première fois que la jeune Sabine trouva la mort, c'était un soir comme celui-ci, dans un lieu décrépit que le tonnerre faisait trembler. Un peu comme ici. Mais plutôt qu'un asile infesté de rats, il s'agissait d'une abbaye bâtie sur un sommet des Alpes. Et cela se passait au cœur de l'hiver.

La scène que Sabine projeta ensuite sur le mur les montrait, Lanthe et elle, descendant précipitamment un escalier sombre et humide, en chemise de nuit et manteau. Elles baissaient la tête pour éviter les battements d'aile, et Lanthe pleurait en silence.

— Sabine était furieuse contre elle-même de n'avoir pas écouté son instinct et éloigné Lanthe de leurs parents et du danger qu'ils attiraient à cause de leur sorcellerie interdite. Si Sabine avait hésité, c'était parce que toutes deux, bien que nées d'immortels et douées de pouvoirs, étaient encore des enfants, et pouvaient à ce titre être tuées ou blessées aussi facilement que des mortels. Mais Sabine n'avait plus le choix, désormais, elle devait partir, et emmener Lanthe avec elle. Elle sentait que leurs parents étaient déjà morts, et soupçonnait leurs meurtriers d'être quelque part dans l'abbaye. Les Vrekeners les cherchaient. Ils étaient venus pour elles.

— C'est quoi, un Vrekener ?

Sabine inspira profondément, et leva les yeux au ciel. « Ne pas zigouiller le public, s'exhorta-t-elle. Ne pas zigouiller... »

— C'est une créature ailée chargée de venger les vieux anges démoniaques, répondit-elle finalement. Une race qui s'éteint progressivement, elle aussi. Mais depuis la nuit des temps, dans notre petit coin du Mythos, les Vrekeners ont massacré les Sorceri chaque fois qu'ils en ont eu l'occasion, et la famille de Sabine n'a cessé d'être pourchassée par eux. Juste parce que ses parents étaient vraiment très méchants.

D'une pichenette, Sabine fit apparaître une autre scène, dans laquelle les deux fillettes entraient dans la chambre de leurs parents. À travers les hauts vitraux, les éclairs jetaient une lumière crue sur les corps de leurs parents endormis, serrés l'un contre l'autre.

Des corps *sans tête*. Fraîchement décapités.

Dans l'image, Sabine se détourna et vomit. Lanthe, elle, s'effondra avec un cri étranglé.

Une autre illusion montra des Vrekeners surgissant de l'ombre dans la chambre, leur chef brandissant une faux dont la lame n'était pas d'acier, mais de feu noir.

Leurs immenses ailes spectrales apparurent fugitivement, et, sur leur front, la double rangée de cornes brilla. Ils étaient si grands qu'elle dut se tordre le cou pour croiser leur regard. Un seul ne la regardait pas. C'était un jeune garçon, plus jeune qu'elle. Il semblait fasciné par la petite Lanthe, qui gisait sur le sol, inconsciente – au point que l'un des adultes dut lui ordonner de s'éloigner d'elle.

Sabine comprit alors pourquoi elles se trouvaient dans cette situation. Cette bande de Verkeners ne les avaient pas pourchassées que pour les punir.

— Le chef tenta de convaincre Sabine de les accompagner sans faire d'histoire, reprit-elle à l'adresse de son public. Il lui expliqua qu'il allait les remettre toutes deux sur le chemin de la bonté. Mais Sabine savait ce que les Vrekeners faisaient aux petites filles sorceri, et que ce sort-là était pire que la mort. Alors elle les combattit.

Sabine fit apparaître la dernière illusion, et la laissa se dérouler jusqu'à la fin...

Son corps entier se mit à trembler tandis qu'elle tissait des sortilèges autour de ses ennemis. Elle fit croire aux soldats Vrekeners qu'ils étaient pris au piège dans une grotte, coincés sous la terre, là où ils ne pouvaient pas voler – leur pire crainte.

À l'intention de leur chef, elle leva les paumes, geste de supplication destiné à atteindre son esprit. Une fois le contact établi, elle libéra tous ses cauchemars, avant de les exposer devant lui, et de le forcer à revivre celui qu'il redoutait le plus.

Ces visions le firent tomber à genoux, et lorsqu'il lâcha sa faux pour s'arracher les yeux, elle s'en empara et n'hésita pas à s'en servir.

Le sang gicla sur son visage tandis que la tête roulait à ses pieds. Elle s'essuya d'un revers de manche, et s'aperçut alors que ses illusions faiblissaient, s'estompaient. Les Vrekeners voyaient de nouveau où ils se trouvaient réellement. Lanthe avait repris conscience et lui hurla de faire attention.

Puis le temps... s'arrêta.

Ou plutôt sembla s'arrêter. Les bruits se firent plus sourds, et les mouvements de chacun ralentirent. Tous regardaient Sabine, et le sang qui jaillissait de sa veine jugulaire tandis qu'elle s'effondrait. L'un des mâles lui avait tranché la gorge par-derrière, et le monde entier se teinta de rouge.

— *Abie !* hurla Lanthe en se ruant vers elle.

Elle tomba à genoux près de sa sœur.

— Non ! Non ! Ne meurs pas, Abie ! Ne meurs pas !

Autour d'elles, l'air devint plus chaud et perdit en transparence.

Là où Sabine pratiquait l'illusion, Lanthe possédait le don de persuasion. Elle pouvait ordonner à n'importe qui d'exécuter ses ordres, mais se servait rarement de ce don, qui provoquait trop souvent des tragédies.

Pourtant, lorsque les mâles l'entourèrent, ses yeux se mirent à briller d'un éclat métallique. Ce terrible pouvoir qu'elle redoutait d'utiliser, elle le concentra sur eux, sans pitié aucune.

— *Ne bougez pas... Poignardez-vous... Battez-vous entre vous jusqu'à la mort.*

La pièce vibrait sous l'effet de ces multiples sortilèges, et bientôt l'abbaye tout entière se mit à frémir autour d'eux. Un vitrail se fendilla. Lanthe ordonna au jeune garçon de sauter dans le vide – et de ne pas se servir de ses ailes dans sa chute. Le regard affolé, il obéit, se jeta dans le vitrail. Le verre épais lui tailla da le corps. Il tomba dans le vide sans pousser un seul cri.

Quand tous eurent perdu la vie, Lanthe s'agenouilla à nouveau à côté d'Abie.

— *Reviens à la vie, Abie ! Guéris !* l'exhorta-t-elle.

Mais il était trop tard. Le cœur de Sabine avait cessé de battre. La mort avait ôté la flamme de son regard.

— Ne m'abandonne pas ! hurla Lanthe, qui continua de se battre sans relâche.

Les meubles se mirent à trembler, le lit de leurs parents bougea. Quelque chose se modifia dans l'atmosphère. Puis il y eut un bruit sourd, et une tête tomba sur le sol. Suivie d'une autre.

La puissance à l'œuvre était inimaginable. Et soudain, Sabine sentit la chaleur se répandre de nouveau en elle, son corps retrouver sa vigueur. Elle ouvrit les yeux, vivante, et plus forte encore qu'auparavant.

— Elles quittèrent cet endroit sans un regard en arrière, conclut Sabine à l'intention de son auditoire captivé. Tout ce qu'il resterait à Sabine de cette sinistre nuit serait la cicatrice sur son cou, une histoire à raconter, et le désir de vengeance d'un jeune Vrekener qui, sans que l'on sache comment, avait survécu à sa chute...

Perdue dans ses pensées, elle réalisa soudain que le garde avait repris conscience et se tortillait sous elle. Elle se pencha et lui brisa le cou avant que, emportée par son récit, elle n'oublie de le faire.

Une femme applaudit, ravie.

— Que Dieu vous bénisse et vous protège, mademoiselle, souffla une autre.

Pour tous ces gens, ce soir-là, Sabine aurait tout aussi bien pu être un agent du destin. Pas un agent du Bien ou du Mal, mais simplement au service du destin – qui pouvait être l'un ou l'autre.

Après tout, le garde qui remplacerait celui-ci pouvait fort bien se révéler pire que son prédécesseur.

— Et la deuxième fois qu'elle est morte ? s'enquit une femme au crâne rasé, plus hardie que les autres.

— Elle défendait Lanthe, ainsi que sa propre vie, lors d'une nouvelle attaque des Vrekeners. Ils sont parvenus à la capturer, et ils l'ont emportée très, très haut, avant de la laisser tomber sur les pavés d'une ruelle. Mais là encore, sa sœur fut à même de réparer son corps disloqué, et de l'arracher à la mort.

Sabine entendait encore le sinistre craquement qu'avait émis son crâne en heurtant le sol. Comme si c'était la veille. Et cette fois, elle n'était pas passée loin...

— La troisième fois, ils l'ont pourchassée jusqu'à ce qu'elle tombe dans un torrent impétueux. La pauvre ne savait pas nager et s'est noyée...

— Alors prends-le, chienne ! glapit une femme à l'étage du dessous, interrompant une nouvelle fois le récit.

Ah, la Reine des Langues muettes capitulait devant Lanthe !

Sabine eut la chair de poule comme l'air commençait à grésiller, se chargeant de puissance. La sorcière enfermée était en train de renoncer à son pouvoir inné en faveur de Lanthe. Celle-ci pourrait alors communiquer par télépathie avec n'importe qui, à une certaine distance.

— Pas de panique, lança Sabine à son public humain pour le moins agité. Vous avez déjà lu un de ces romans à deux sous, ceux qui parlent de gangsters qui braquent des banques ? C'est exactement ce que ma complice est en train de faire. Sauf qu'elle vole quelque chose d'à peu près équivalent à… votre *âme* ! conclut-elle d'un ton théâtral.

Entendant cela, une femme se mit à pleurer, ce qui fit plaisir à Sabine, en lui rappelant pourquoi elle prenait rarement un humain comme animal de compagnie.

— Et la fois suivante, qui l'a tuée ? demanda la mortelle hardie. Les Vrekeners ?

— Non, d'autres Sorceri, qui cherchaient à lui voler ses pouvoirs de déesse. Ils l'ont empoisonnée.

« Les Sorceri aiment tellement leurs poisons », songea-t-elle amèrement, avant de tiquer à ce souvenir.

— Mais ces décès à répétition ont fini par affecter l'esprit de la jeune fille. Telle une pointe de flèche forgée dans le feu, à force de coups et de manipulations, elle est devenue acérée et dangereuse. Et elle s'est mise à convoiter la vie d'autrui comme personne avant elle. Chaque fois qu'elle se sentait en danger, elle était prise d'une fureur sans nom et d'un besoin irrépressible de frapper.

Comme certains écarquillaient les yeux, Sabine réalisa que, perdue dans ses pensées, elle avait laissé une illusion de brume envahir la cellule. Souvent, sans le vouloir, elle produisait des illusions qui reflétaient ses pensées, ses émotions, y compris quand elle rêvait.

Comme elle chassait la brume d'un geste, un autre patient balbutia :

— A-alors, mademoiselle... qu-qu'est-il arrivé après l'empoisonnement ?

— Les deux sœurs voulaient juste survivre, qu'on les laisse tranquilles, et qu'elles puissent amasser de l'or grâce à leurs pouvoirs magiques. Était-ce trop demander ? Franchement ? Mais les Vrekeners ne lâchaient pas prise. Ils les poursuivaient, et retrouvaient toujours leurs traces grâce aux pouvoirs qu'elles possédaient. Le jeune garçon, en particulier. Comme il n'avait pas encore atteint l'immortalité le jour où il avait fait le saut de l'ange, il ne s'était pas régénéré. Son corps était brisé et couturé de toutes parts, à jamais déformé par ses blessures.

Elles avaient fini par apprendre son nom : Thronos. C'était le fils du Vrekener que Sabine avait décapité tant d'années auparavant.

— Ne pouvant plus faire usage de la sorcellerie, les deux sœurs vivaient dans la misère, et mouraient de faim. Sabine avait maintenant seize ans, l'âge de faire ce que n'importe quelle fille comme elle aurait fait.

La mortelle hardie croisa les bras et lâcha avec un hochement de tête entendu :

— Elle s'est prostituée.

— Non. Elle s'est lancée dans la pêche industrielle.

— Ah bon ?

— Je rigole. Elle s'est installée comme diseuse de bonne aventure. Ce qui lui a rapidement valu une condamnation à mort pour sorcellerie.

Du doigt, elle désigna la mèche blanche dans ses cheveux roux, celle qu'elle dissimulait par une illusion.

— On n'a pas toujours brûlé les sorcières sur le bûcher, c'est une erreur que de le croire. Non, parfois, quand un village avait déjà brûlé son quota de sorcières, il faisait disparaître les suivantes en secret. Il les regroupait, et les enterrait vivantes. Vous imaginez ce que la jeune fille a dû éprouver tandis qu'elle respirait de la terre ? Que celle-ci s'accumulait et se solidifiait dans ses poumons ?

Elle balaya du regard son auditoire muet. On aurait entendu une mouche voler.

— Les humains rendaient l'âme assez rapidement, mais pas Sabine. Elle résista à l'appel de la Faucheuse aussi longtemps qu'elle le put, mais se sentait faiblir lentement. Et puis un jour, elle entendit une voix au-dessus d'elle, qui lui ordonnait de vivre et de sortir de sa tombe. Alors elle obéit sans se poser de question, et creusa, écarta les chairs en putréfaction autour d'elle, se hissa vers la surface, progressant centimètre par centimètre.

Du fond du couloir, derrière eux, la voix de Lanthe enchaîna :

— Enfin, la main de Sabine jaillit de la terre boueuse, pâle, crispée, et Melanthe retrouva sa sœur. Tandis qu'elle tirait Sabine hors de sa tombe, la foudre se mit à frapper autour d'elles, et elles furent bombardées par la grêle, comme si la terre était en colère et ne voulait pas rendre sa prise. Depuis cette nuit fatidique, plus rien n'a d'importance pour Sabine.

Sabine soupira.

— Non, ce n'est pas tout à fait ça. Disons plutôt que rien ne compte beaucoup pour elle.

Lanthe lui jeta un regard courroucé dans lequel brillait encore le bleu métallisé indiquant une récente montée en puissance.

— *Comme c'est amusant, Sabine,* fit-elle, s'adressant directement à l'esprit de sa sœur.

Cette dernière sursauta.

— *De la télépathie. Tu m'épates. Tâche de la conserver.*

Le pouvoir de persuasion de Lanthe s'était épuisé à force de maintenir Sabine en vie.

Il semblait que ces morts successives avaient rendu Sabine plus puissante, tout en affaiblissant Lanthe.

— *Cette sorcière possédait aussi le pouvoir de parler aux animaux*, continua Lanthe. *Devine ce que tu vas avoir pour ton anniversaire ?*

— *Oh, super !*

C'était l'un des pouvoirs les moins recherchés. Le problème, quand on communiquait avec les animaux, c'était qu'il y en avait rarement à portée de voix capables de vous être utiles.

— *J'espère juste qu'un nuage de criquets destructeur de récoltes se promènera dans les parages quand j'en aurai besoin*, ajouta Sabine. Bien, c'est terminé, conclut-elle à voix haute à l'intention de son auditoire.

— Attendez ! intervint l'homme aux cheveux longs. Que s'est-il passé après ? Lorsqu'elle est sortie de terre ?

— Les choses sont allées de mal en pis, répondit Sabine avec dédain.

Les sanglots de celle qui pleurait redoublèrent.

— Qu... qu'est-ce qui pouvait être pire que de mourir si souvent ?

— Elles ont rencontré Omort l'Immortel, répondit Sabine avec flegme. Un sorcier qui, comme son nom l'indique, ignorait ce qu'était le baiser de la mort, et tomba donc amoureux de celle à qui ce baiser était si familier.

Lanthe croisa son regard.

— *D'ailleurs, il doit se demander où l'on est.*

— *Mais il sait que nous revenons toujours*.

Omort avait mis en place des sortilèges de contrôle sur les deux sœurs. Sabine eut un rire amer. Comment avaient-elles pu croire une seule seconde qu'avec lui elles seraient en sécurité ?

À cet instant, un battement d'ailes se fit entendre à l'extérieur.

— Ils sont là, souffla Lanthe en jetant un coup d'œil vers la fenêtre. Filons par les souterrains qui sillonnent la ville. On essaiera de trouver notre portail de dessous.

— Je ne suis pas d'humeur à courir.

Sous l'effet de la colère de Sabine, le bâtiment se mit à trembler – ou parut trembler.

— Tu ne l'es jamais ! Seulement là, il le faut.

Sabine et Lanthe étaient presque aussi rapides que les feys, et se battaient comme personne, mais les Vrekeners, du fait de leur très grand nombre, étaient difficiles à anéantir. Et les sœurs ne disposaient d'aucun sortilège de combat.

Lanthe regarda autour d'elles, à la recherche d'une issue.

— Ils nous attraperont même si tu nous rends invisibles.

D'un geste de la main, Sabine créa une illusion. Et soudain, Lanthe et elle se fondirent dans la foule des pensionnaires de l'asile.

— On va provoquer une ruée humaine, et sortir dans la nuit avec eux tous.

Lanthe secoua la tête.

— Les Vrekeners sentiront notre odeur.

Sabine grimaça.

— Lanthe, ne me dis pas que tu n'as pas remarqué l'odeur de ces humains…

1

De nos jours.
Boîte de strip-tease Rainure et Languette,
Sud de la Louisiane.

— Ça lui dit, un petit collé-serré, au démon sexy ?

D'un mouvement ferme de la tête, Rydstrom Woede refusa la proposition de la fille à demi nue. Le lap-dancing, ce n'était pas son truc.

— Je me ferais bien un petit nid à moi, sur des genoux pareils, lui lança une autre fille. Et gratos, en plus.

Elle empoigna l'un de ses seins, le souleva, et en lécha la pointe, ce qui arracha tout de même un haussement de sourcils au démon.

— Ça ne m'intéresse pas, s'entêta-t-il cependant.

Entouré de strip-teaseuses, sous les néons blafards d'une boîte du Mythos, il avait l'impression de toucher le fond. Cet endroit ridicule le mettait à cran, il se faisait l'effet d'être le pire des hypocrites. Si son bon à rien de frère découvrait où il avait été, il le charrierait jusqu'à la fin des temps.

Mais son contact avait insisté pour le rencontrer ici.

Lorsqu'une jolie nymphe s'installa derrière lui pour lui masser les épaules, il lui agrippa les mains et se retourna.

— J'ai dit *non*.

Ici, les femelles le laissaient froid, ce qu'il avait du mal à comprendre dans la mesure où il ressentait le besoin impérieux de se glisser entre les cuisses d'une femme. Son regard avait dû s'assombrir car la nymphe battit en retraite sans demander son reste. *J'ai failli perdre mon sang-froid face à une nymphe ?* Se fâcher contre une créature de ce genre parce qu'elle l'avait touché revenait à gronder un chien parce qu'il remue la queue devant un os à ronger.

Ces derniers temps, Rydstrom était en permanence au bord de l'explosion. Le roi déchu connu pour sa froideur et son détachement, pour sa patience, aussi, avait l'impression d'être une grenade dégoupillée.

Il était en proie à une inexplicable appréhension – le sentiment que quelque chose se préparait, qu'un événement majeur était sur le point de se produire.

Mais parce que cette appréhension n'avait pas d'origine perceptible ni ne s'apaisait avec le temps, il sentait l'exaspération monter en lui. Il ne mangeait plus, ne dormait plus une nuit complète.

Ces dernières semaines, il se réveillait en plein coït avec son oreiller ou son matelas, parfois même sa main, désespérant de trouver une douce femelle sous lui pour évacuer la frustration qui l'étranglait. *Bons dieux, j'ai besoin d'une femme*.

Mais il n'avait pas le temps d'en courtiser une qui soit digne de ce nom. C'était là l'un des nombreux conflits intérieurs qui l'agitaient.

Les besoins du royaume passent toujours avant ceux du roi.

Tant de choses étaient en jeu dans la bataille pour reconquérir sa couronne – la reprendre à Omort l'Immortel, ennemi impossible à éliminer.

Neuf cents ans plus tôt, Rydstrom l'avait affronté, et avait fait l'amère expérience de son indestructibilité.

Il l'avait décapité, mais avait pourtant failli ne pas sortir vivant de leur confrontation.

Désormais, Rydstrom cherchait un moyen d'éliminer Omort définitivement. Avec l'aide de son frère, Cadeon, et de la bande de mercenaires de ce dernier, il suivait inlassablement piste après piste.

L'émissaire qu'il devait rencontrer ce soir, un démon purulent de plus de deux mètres nommé Pogerth, devrait être à même de les aider.

Il était envoyé par un sorcier nommé Groot le Métallurgiste, demi-frère d'Omort, qui souhaitait la mort de ce dernier presque autant que Rydstrom. Groot était à peine moins dangereux qu'Omort, mais *l'ennemi de mon ennemi*...

Une démone vêtue de cuir noir, les cornes maquillées vulgairement, gratifia Rydstrom d'un regard appuyé en passant, mais il se détourna.

Les femelles aguicheuses l'intriguaient, depuis toujours, mais il ne les trouvait pas à son goût, quoi qu'en dise Cadeon lorsqu'ils se battaient.

Non, ce que Rydstrom voulait, c'était sa reine, la femelle qui lui était destinée, une démone vertueuse qui se tiendrait à ses côtés et partagerait sa couche.

Pour un démon, faire l'amour avec celle qui lui était destinée était censé être hallucinant comparé aux conquêtes occasionnelles. Quinze siècles d'attente, cela lui semblait plus que suffisant pour faire la différence.

Il soupira. Malheureusement, le moment n'était pas propice à une telle rencontre. Il savait que cette fois, s'il n'éliminait pas son ennemi, il perdrait pour toujours son royaume et son château.

Il serra les poings ; ses petites griffes noires s'enfoncèrent dans ses paumes. Omort et ses disciples avaient profané le château de Tornin. Le sorcier s'était déclaré roi et avait accueilli tous les ennemis de Rydstrom, leur accordant l'asile. Ses gardes étaient des revenants, des morts vivants, qui ne pourraient être éliminés qu'une fois leur maître mort.

Les rumeurs d'orgies, de sacrifices et d'inceste dans ce qui avait été autrefois un lieu saint étaient légion.

Rydstrom mourrait s'il perdait à jamais le château de ses ancêtres au profit de créatures aussi dépravées, si perverties qu'il les considérait comme les êtres les plus révoltants ayant jamais foulé le sol de la planète.

Gare à tous ceux qui croiseront mon chemin ce soir. Une grenade dégoupillée…

Pogerth arriva enfin, se téléportant à l'intérieur du bar. La peau du démon purulent évoquait la cire fondue et sentait la pourriture. La gaze qu'il portait sous ses vêtements dépassait du col et des poignets de sa chemise. Il portait des bottes en caoutchouc, qu'il vidait dehors à intervalles réguliers, comme l'exigeait le savoir-vivre.

Il s'assit à la table de Rydstrom dans un bruit de courge qu'on écrase.

— Mon seigneur et maître cherche quelque chose de si rare que l'on s'interroge sur son existence réelle, commença-t-il sans préambule. En retour, il offrira quelque chose de tout aussi fantastique.

Puis, continuant en langue démon, il demanda :

— Qu'es-tu prêt à faire pour une arme dont on garantit qu'elle tuera Omort l'Immortel ?

Château de Tornin,
Royaume de Rothkalina.

Lorsqu'une tête roula sur les marches du trône d'Omort, Sabine s'écarta pour la laisser passer, mais ne s'arrêta pas.

La tête appartenait à la sibylle Trois cent cinquante-six – c'était le nombre de devineresses qui s'étaient succédé à ce poste depuis son arrivée à Tornin.

L'odeur du sang se répandit tandis que des revenants emportaient le corps décapité.

Omort, le demi-frère de Sabine, roi de la dimension de Rothkalina, essuyait ses mains ensanglantées – il avait arraché lui-même la tête de la sibylle, dans un accès de fureur sans doute provoqué par ce qu'elle lui avait prédit.

Il se tenait fièrement, debout devant son trône richement décoré, portant une armure d'épaule à gauche, et une cape éblouissante à droite. À sa hanche pendait un fourreau. Sur sa chevelure claire était posée la coiffe complexe qui lui servait à la fois de couronne et de casque.

Il semblait doux et raffiné, et totalement incapable d'arracher la tête à une femme.

Omort s'était emparé de nombreux pouvoirs – pyrokinésie, lévitation, téléportation –, tous dérobés à ses demi-frères et sœurs avant qu'il ne les tue. Mais il était toujours incapable de prédire l'avenir. Et cela le mettait souvent hors de lui.

— Tu as quelque chose à dire, Sabine ? Deviendrais-tu plus sensible ?

Elle était la seule à oser le défier, dans quelque domaine que ce fût, et autour d'eux, tous se turent. Le long des murs de la salle du trône étaient alignés les membres des nombreuses factions ayant fait allégeance au *Pravus*, la nouvelle armée d'Omort.

Il y avait parmi eux les centaures, les Invidia – incarnations féminines de la discorde –, des ogres, des spectres rebelles, des vampires déchus, des démons feu avec leurs paumes incandescentes… plus d'êtres divers qu'on n'en pouvait nommer.

Et presque tous auraient adoré la voir morte.

— C'est tellement difficile de trouver du bon personnel, de nos jours, soupira-t-elle.

La compassion n'était pas le fort de Sabine, c'était le moins qu'on puisse dire. Car elle avait trop souvent dû trouver la force de se relever alors qu'elle gisait dans son propre sang.

— Ce qui est fort dommage, mon frère, continua-t-elle, parce que sans elle, autant dire que nous sommes aveugles.

— Ne te soucie point, je trouverai moi-même une autre devineresse.

— Eh bien, bonne chance.

Les devineresses ne poussaient pas sur les arbres, et ils avaient déjà copieusement puisé dans les réserves.

— C'est pour cette décapitation que tu m'as convoquée ? s'enquit-elle d'un ton las en jetant un regard autour d'elle.

Elle prit soin d'éviter le mystérieux Puits des Âmes, au centre de la pièce, préférant s'arrêter sur différents détails de l'impressionnante salle du trône.

Son frère y avait apporté des changements radicaux depuis le règne du puissant Rydstrom. Il avait remplacé le trône austère par un trône en or massif, qui brillait de mille feux. Ce soir, le métal précieux était quelque peu terni par le sang qui avait jailli de la jugulaire de la sibylle.

Sentiment de déjà-vu...

Omort avait fait pavoiser les murs à ses couleurs. Les drapeaux portaient son blason sur lequel figurait son animal fétiche : un ouroboros, un serpent avalant sa propre queue, qui représentait son immortalité. Tout ce qui avait été simple, il l'avait transformé en luxueux, et cependant, cette salle ne collait pas avec la sophistication assumée d'Omort.

Selon la légende, le château de Tornin, qui datait de l'époque prémédiévale, avait été créé par une main divine pour protéger le Puits ; six tours imposantes l'encerclaient, de même que la cour centrale. Bien que les pierres ayant servi à le bâtir aient été grossières, elles avaient été impeccablement agencées les unes par rapport aux autres. Tornin était parfaitement imparfait.

D'aspect aussi grossier que son monarque déchu était rustre, de réputation du moins.

Omort rejeta sa cape en arrière avant de s'asseoir.

— Je t'ai convoquée il y a une *demi-heure*.

— Vraiment ? Ah, mais oui, je m'en souviens maintenant.

Sa sœur et elle regardaient des DVD dans la salle de projection de Lanthe équipée de panneaux solaires. Toutes deux passaient pas loin de sept heures par jour à visionner des films. *Et malheureusement, l'installation du câble n'était pas prévue dans un avenir proche.*

En passant devant le vice-roi centaure, Sabine baissa la tête et demanda :

— Alors, comment vont les bijoux de famille ? Pas terrible à gauche, à ce que je vois.

Bien que sa fureur soit perceptible, il ne se serait jamais permis de la défier. Elle était beaucoup trop puissante.

C'est justement ce qu'elle lui rappela d'un clin d'œil avant de continuer en direction d'Omort.

— J'aurais dû être à l'heure, mais j'ai eu une course urgente à faire, reprit-elle à l'adresse de ce dernier.

— Vraiment ?

— Non.

Et elle n'en dirait pas plus.

Omort la fixa d'un regard fasciné, ses iris jaunes luisant doucement. Mais lorsqu'elle ôta sa cape, dévoilant un bandeau d'or tissé très sommaire en guise de haut, une microjupe en cuir, des gantelets à doigts griffus et des jambières, il parut se ressaisir et la considéra d'un air désapprobateur.

S'arrachant à la contemplation de son corps, il se concentra sur son visage. Des ailes dessinées au crayon violet partaient de ses paupières, lui recouvraient les sourcils et s'étiraient au-delà des tempes jusqu'à la naissance des cheveux.

Autrefois, Omort avait voulu instaurer une loi imposant aux femelles de haut rang de dissimuler leur visage derrière un masque traditionnel sorceri, en soie, plutôt que de s'en peindre un, et de se recouvrir la totalité du corps.

Il avait très vite compris ce que Sabine pensait d'une loi pareille.

— En fait, je suis juste venue boire mon *médicament*.

— Tu auras ta dose plus tard, répliqua Omort avec un geste négligent de la main.

Comme ça lui était facile de traiter cela avec dédain. Ce n'était pas lui qui en avait besoin pour éviter de mourir d'une mort horrible.

— Pour l'heure, nous avons à discuter de quelque chose de plus important...

Hettiah, demi-sœur d'Omort et ennemie jurée de Sabine, arriva sur ces entrefaites. Elle gravit en hâte les marches menant à l'estrade royale, et se tint à côté du trône – place qui lui revenait puisque en plus d'être sa parente, elle était aussi la concubine d'Omort. Elle avait dû se précipiter à la cour dès qu'elle avait appris que Sabine s'y trouvait, craignant que celle-ci ne lui pique son roi.

Hettiah se trompait cruellement sur deux points : c'était Omort qui convoitait Sabine, et celle-ci n'était pas intéressée.

Ignorant ouvertement Hettiah, Omort ne quitta pas Sabine des yeux.

— Quelque chose d'important à discuter ? répéta-t-elle.

— Mes espions cherchent depuis longtemps Groot le Métallurgiste, et contrôlent les activités de ses disciples les plus fervents.

Groot se cachait. C'était l'un des deux demi-frères ayant quitté Tornin à être encore vivant.

— Je viens d'apprendre qu'il a envoyé un émissaire pour rencontrer Rydstrom Woede. Rien que ça.

Enfin, ça devenait intéressant !

— Rydstrom et Groot, nos deux ennemis les plus dangereux, alliés ? Ça sent le roussi.

— Nous devons faire quelque chose. Un des espions a entendu l'émissaire promettre une épée forgée spécialement pour me tuer.

Autour d'eux, tout le monde se figea. Y compris Sabine.

Omort laissa échapper un soupir las.

— Mais cela ne marchera pas. C'est impossible, lâcha-t-il, presque sur un ton de regret. As-tu une idée du nombre de bombes, de sorts, de lances, de dagues et de poisons dont on a prétendu qu'ils allaient mettre fin à mes jours ?

Sabine avait en effet vu Omort le cœur transpercé, la tête coupée, le corps réduit en cendres. Et toujours, il s'était relevé, tel un phénix, plus fort encore qu'auparavant. La mort n'avait pas de prise sur lui.

— Mais Rydstrom doit croire le contraire, reprit-il. L'infâme démon au cœur froid a été vu quittant la réunion en claquant la porte. Ensuite, il a appelé son frère Cadeon, puis il est parti pour La Nouvelle-Orléans.

— Il est sans doute allé le retrouver.

Cadeon le Faiseur de Roi, mercenaire sans pitié. Selon la rumeur, il pouvait mettre n'importe quel roi sur un trône, sauf son frère. Cela faisait des siècles que tous les deux cherchaient à reconquérir Tornin.

Qui était désormais l'endroit que Sabine considérait comme *sa* maison. *Faut vous le mettre dans la tête, les frangins. J'y suis, j'y reste.*

Hettiah s'éclaircit la voix.

— Si l'épée ne peut vous tuer, sire, alors pourquoi vous inquiéter ?

— Parce ce que la crédulité populaire est tout aussi dangereuse, répondit Sabine avec impatience. L'épée pourrait devenir un point de ralliement, être utilisée comme outil de propagande.

Déjà, de petites rébellions avaient éclaté ici ou là dans le royaume, et les démons ne cessaient de réclamer le retour de leur roi déchu.

Depuis neuf siècles. Incroyable, cette ténacité.

— Donc, il est évident que je ne peux laisser les deux frères se retrouver, reprit-elle. J'intercepterai Rydstrom avant qu'il arrive à destination.

— Et ensuite ? s'enquit Omort. Que feras-tu de lui ?

— Je ferai d'une pierre deux coups. La prophétie commence.

Juste à temps pour l'Accession.

Tous les cinq cents ans, une grande guerre éclatait entre les immortels, et on était justement à la veille d'un tel affrontement.

Elle jeta un coup d'œil au mystérieux Puits, au centre de la cour, sur lequel avaient été jetés une multitude de sacrifiés – il y avait du sang et des membres coupés partout. Son avenir dépendait de sa capacité à libérer les pouvoirs de ce Puits. Et le démon Rydstrom en était la clé.

Lorsqu'elle regarda Omort, celui-ci fronça les sourcils, comme s'il pensait qu'elle allait renâcler devant la tâche. Après tout, il s'agissait de coucher avec un démon. Mais en réalité, elle avait hâte d'en découdre, et de s'emparer du pouvoir qu'un tel acte lui conférerait.

Enfin, quelque chose à désirer.

— Et si le démon te résiste ? intervint Hettiah.

— M'as-tu *regardée* récemment Hettiah ? rétorqua-t-elle avant de tournoyer sur elle-même.

Omort se pencha en avant sur son trône tandis qu'Hettiah la fusillait du regard.

Hettiah n'était pas dépourvue de pouvoirs. En fait, son principal pouvoir consistait à neutraliser ceux des autres. Elle pouvait effacer les illusions aussi rapidement que Sabine pouvait les faire apparaître. Lanthe l'avait surnommée Madame Je-Casse-l'Ambiance.

— Ne sous-estime pas le démon, conseilla Omort. Il possède une volonté de fer. C'est l'un des êtres les plus déterminés que j'aie jamais affrontés. N'oublie pas que je lui ai fait face… et qu'il est encore en vie.

Sabine soupira, tentant de tenir la bride à son humeur notoirement versatile.

— Certes, riposta-t-elle, mais je dispose d'attributs uniques face auxquels ce démon n'aura aucune chance.

— Tu as aussi un point faible, ricana Hettiah. Pour les autres créatures du Mythos, tu es un monstre.

C'était vrai, Sabine était unique en son genre : une séductrice vierge. La remarque de Hettiah la fit sourire, mais ce fut un visage froid qu'elle tourna vers son frère.

— Omort, mets une muselière à ton animal de compagnie, ou je lui en fais une avec son gros intestin.

Elle fit tinter ses griffes en argent les unes contre les autres. Hettiah redressa le menton, mais elle avait pâli. Sabine lui avait déjà arraché un organe. À plusieurs reprises, à vrai dire. Elle les gardait tous dans des pots sur sa table de nuit.

Mais elle évitait autant que possible ce genre d'affrontement, car chaque fois qu'elles se battaient Omort était surexcité.

— Du reste, si le démon résiste à ça, reprit-elle, laissant glisser une main le long de son corps, j'aurais un plan de secours.

Elle avait toujours un plan B.

— Tu en auras besoin, fit Hettiah d'un air pincé.

Sabine lui envoya un baiser, la pire des insultes chez les Sorceri, qui avaient toujours du poison dans leurs bagues pour le verser dans le verre de leurs ennemis ou le leur souffler dans les yeux.

— Capture-le ce soir, et... mets-toi au travail.

Cette décision semblait rendre Omort malade. Non seulement Rydstrom était un démon, ce qui, pour la plupart des Sorceri, ne valait guère mieux qu'un animal, mais c'était en outre l'ennemi mortel d'Omort.

Et le moment était, hélas, venu pour Sabine d'abandonner son corps vierge – d'un point de vue strictement physique –, et sa matrice à la créature. Pas étonnant que l'oracle de la sibylle ait mis Omort dans une colère noire.

D'un côté, il convoitait le pouvoir dont Sabine pouvait faire usage. De l'autre, il convoitait Sabine tout court – ou toutes celles qui lui ressemblaient, comme la rousse Hettiah.

Il se leva, descendit de l'estrade et s'arrêta devant Sabine. Ignorant la grimace méprisante d'Hettiah – et le regard menaçant de Sabine –, il leva lentement la main vers son visage.

Ses ongles étaient longs, sales, épais, et tachés de sang. Lorsqu'il lui prit le menton, elle articula d'un ton glacial :

— Mon frère, je ne supporte pas qu'un homme me touche le visage, tu le sais pourtant.

Quand elle était en colère – ce qui était le cas –, tout ce qui l'entourait tremblait et explosait comme lors d'un séisme, et de violentes bourrasques soufflaient. Omort la lâcha à regret, tandis que les membres de la cour s'égaillaient, pris de panique.

— J'ai les coordonnées géographiques de la route qu'empruntera Rydstrom, dit Omort. Lanthe peut ouvrir un portail depuis les oubliettes directement sur cette route, et tu pourras l'arrêter là. Ce sera un piège parfait. À moins qu'elle n'ait déjà perdu son pouvoir de franchissement.

Lanthe pouvait encore ouvrir un portail. Mais chaque fois, son pouvoir était temporairement affaibli, donc elle ne pouvait y recourir qu'une fois tous les cinq ou six jours. Sabine espérait juste qu'elle n'avait pas brûlé une cartouche récemment.

— Pourquoi ne pas la convoquer pour lui poser la question toi-même ? suggéra-t-elle.

Il se renfrogna. Pour une raison qu'elle ignorait, Omort détestait se trouver en présence de Lanthe et avait décrété que les deux sœurs ne pouvaient jamais apparaître ensemble devant lui.

— J'ai combien de temps exactement pour préparer mon piège ? reprit-elle.

— Tu dois l'intercepter dans les deux heures.

— Je pars immédiatement.

Deux heures, c'était peu, et elle détestait travailler dans l'urgence. Elle adorait préparer des coups, échafauder des plans, parer à toutes les éventualités. Anticiper les événements lui procurait presque autant de plaisir que la mise en œuvre du plan en elle-même. Elle était capable de réfléchir à un scénario pendant des mois, or, là, elle n'avait que deux heures.

Avant qu'elle ne parte, Omort se pencha et lui murmura à l'oreille :

— S'il y avait un seul moyen d'éviter que tu ne couches avec ce monstre, je l'aurais trouvé pour toi.

— Je sais, mon frère.

Elle le croyait sur ce point-là. Omort ne l'aurait jamais cédée volontairement à un autre parce qu'il la désirait pour lui seul, et ce dès leur première rencontre. Ce jour-là, il avait vu dans ses yeux une chose que jamais il n'avait vue auparavant, et que jamais il ne connaîtrait : l'ombre ténébreuse laissée par la mort.

Il posa une main moite sur l'épaule nue de Sabine, ravalant ce qui ressemblait à un grognement provoqué par ce simple contact.

— Ne me touche pas, Omort, siffla-t-elle.

Ses tresses s'étaient redressées autour de son visage, telles des vipères sur le point de mordre, et demeurèrent ainsi jusqu'à ce qu'il retire sa main. Elle devait parfois lui rappeler qu'elle était aussi traître que les serpents qu'il vénérait.

Elle se détourna aussitôt, lui offrant son dos plutôt que de reculer de quelques pas avant de prendre congé, comme l'exigeait l'étiquette. En passant près du Puits, elle y jeta un bref regard.

Bientôt...

— Je peux compter sur toi ? lança Omort à son intention. Rydstrom ne doit pas être au rendez-vous avec son frère.

— C'est comme si c'était fait, lança-t-elle en retour avec assurance.

Capturer un démon ne devait pas être bien compliqué, tout de même…

2

Une chose si rare que l'on s'interroge sur son existence réelle…

Rydstrom accéléra. La McLaren fila sur la digue-route déserte, le faisceau de ses phares fendant le brouillard des marais. Cette folle énergie en lui, cette inexplicable tension, avait grimpé jusqu'à provoquer un accès de fièvre.

Omort pouvait être tué.

Cent soixante kilomètres heure. Cent quatre-vingts…

À l'aide d'une épée forgée par Groot le Métallurgiste.

Rydstrom attendait cela depuis si longtemps qu'il avait du mal à croire qu'enfin l'issue était proche. Bien qu'il se méfiât de Pogerth, il avait confiance en son alliée, Nïx, la devineresse valkyrie qui avait arrangé leur rencontre.

Selon elle, cette campagne était la dernière occasion qu'aurait Rydstrom de tuer Omort. Soit il y parvenait, soit il échouait définitivement.

Par tous les dieux, c'était possible. Mais en guise de paiement, Groot avait demandé l'*impossible*. Tel était, en tout cas, le sentiment de Rydstrom.

Deux cent vingt-cinq à l'heure. La fin de sa conversation téléphonique avec son frère remontait déjà à plusieurs minutes, mais Rydstrom était encore sous le choc. Cadeon, l'être le moins fiable et le moins digne de confiance qu'il ait jamais rencontré, l'avait informé qu'il était en possession de ce que Groot demandait en échange de l'épée.

À contrecœur, il avait accepté de retrouver Rydstrom à leur lieu de rendez-vous habituel, au nord de La Nouvelle-Orléans, avec ce qu'il fallait bien appeler la monnaie d'échange, mais Rydstrom avait encore une demi-heure de route, ce qui laissait suffisamment de temps à Cadeon pour changer d'avis – si ce n'était pas déjà fait.

À cette idée, Rydstrom écrasa la pédale d'accélérateur, pour atteindre deux cent soixante kilomètres heure. *Pas assez rapide.* Il aurait donné sa main droite pour pouvoir à nouveau se téléporter. Mais Omort avait neutralisé ce pouvoir en lui, ainsi qu'en Cadeon. Jamais un sortilège n'avait à ce point contrarié Rydstrom. *L'enjeu est tellement colossal.*

Oui, Cadeon avait déjà trouvé ce que voulait Groot. Quant à savoir s'il était prêt à le lui remettre, c'était une autre histoire.

Il va prendre la fuite. Rydstrom devait le rejoindre avant qu'il n'y parvienne.

De longues minutes s'écoulèrent. Rydstrom était perdu dans ses pensées. Persuadé que Cadeon allait lui faire faux bond, il accéléra encore. Deux cent soixante-quinze...

Rydstrom aurait donné sa vie pour son peuple. Pourquoi Cadeon n'était-il pas prêt...

Dans le faisceau des phares, des yeux le regardèrent. Pas ceux d'un animal, mais d'une... *femme*.

Il pila et fit une embardée, la voiture dérapa.

Le crissement des pneus déchira la nuit tandis que la voiture du démon faisait un premier tête-à-queue, puis un deuxième. Malgré tout, il parvenait à la maintenir sur la route.

— Il touche sa bille côté conduite, commenta Lanthe, impressionnée.

Sabine leva les mains et grommela :

— Non, non, démon, ça ne va pas être possible.

Au moment où il semblait retrouver le contrôle de sa voiture, elle modifia l'illusion de la route, faisant disparaître la butée du pont.

Rydstrom accéléra pour relancer son bolide, et fonça droit dedans.

Le choc fut d'une grande violence, le fracas, assourdissant. Les tôles hurlèrent, les vitres volèrent en éclats. Des volutes de fumée s'en échappèrent, un sifflement monta des cylindres. La belle voiture noire était bonne pour la casse.

— Tu étais obligée de le faire se crasher aussi fort ? demanda Lanthe en soufflant sur une tresse pour la repousser de son visage. Il ne va pas vraiment être d'humeur pour la bagatelle après un choc pareil.

— C'est toi qui m'as hurlé dans l'oreille de me grouiller, qu'il allait nous échapper, non ?

Quelques instants plus tôt, quand Sabine avait entendu le ronronnement du moteur au loin, elle avait rendu Lanthe invisible, avant de projeter l'illusion d'une voiture arrêtée sur le bas-côté, capot ouvert.

La damoiselle en détresse. Incapable de trouver la panne. Encore moins de la réparer. Un cliché ridicule. Mais nécessaire.

Comme il n'avait pas ralenti, elle avait agité les bras. Mais il avait continué. Bien décidée à ne pas le laisser s'échapper, elle avait projeté une illusion d'elle-même, en plein milieu de la route. Il avait fait une embardée pour l'éviter.

— Et puis, c'est un démon, poursuivit Sabine. Les démons sont à la fois solides… et lubriques.

La portière du conducteur s'ouvrit brutalement.

— Tu vois ? ajouta Sabine.

Mais il ne sortait pas.

— *Qu'est-ce qu'il fabrique à la fin ?* s'impatienta Lanthe, passée en mode télépathie. *Et si on attire les Vrekeners ?*

Après toutes ces années, ces scélérats continuaient à convoiter les puissants pouvoirs des deux sœurs.

— *On a encore un peu de temps*, répondit Sabine, impatiente elle aussi.

Après tout, il s'agissait du mâle à qui elle allait se donner, et de l'un des chefs les plus respectés du Mythos.

Bien sûr, elle avait lu tout ce qui avait été écrit à son sujet, connaissait son parcours dans le moindre détail. Il avait mille cinq cents ans. Aîné d'une fratrie de six, il n'avait plus que deux sœurs et un frère en vie. Guerrier, il l'avait été bien avant d'hériter, de façon tout à fait imprévue, du trône de Rothkalina.

Elle savait aussi tout de son physique. C'était un mâle imposant au visage balafré dont les yeux d'un vert intense pouvaient passer au noir en cas de fureur – ou de désir. Démon furie, ses cornes se couchaient vers l'arrière plutôt que de pointer vers l'avant. L'une d'elles avait été endommagée avant qu'il n'atteigne l'immortalité.

Des cornes. Et dans quelques instants, elle allait accueillir ce démon en elle si son plan fonctionnait.

Sinon, il lui restait sa bague à poison. Sous un rubis était dissimulée une poudre soporifique préparée par la Vieille Folle du Labo, leur préparatrice de poisons et de potions maison. Les démons étaient extrêmement vulnérables aux deux.

Droguer Rydstrom n'était pas le plan que préférait Sabine, mais s'il le fallait, elle utiliserait tous les moyens possibles pour le jeter dans la geôle préparée à son intention dans le donjon, et dont il ne pourrait s'échapper malgré sa puissance démoniaque.

Celle-ci se trouvait à quelques mètres à peine.

À l'intérieur de la cellule, Lanthe avait créé le portail parfait, qui ouvrait sur la route. Pour le dissimuler, Sabine avait tissé l'une des illusions les plus complexes et du plus grand format qu'elle ait jamais réalisée, transformant le donjon en un morceau du paysage qui longeait la route.

Il lui sembla qu'une éternité s'écoulait avant que Rydstrom ne s'extirpe enfin de la carcasse fumante. Elle ne se rendit compte qu'elle retenait son souffle que lorsqu'elle le relâcha.

Enfin, il se redressa.

Imposant, il l'était, avec ses larges épaules et ses deux mètres dix. Ses cheveux étaient aussi noirs que la nuit, ses cornes se courbaient en arrière au-delà des tempes, puis sur les côtés de sa tête. Leur couleur nacrée tranchait sur l'épaisse chevelure. L'une d'elles était effectivement abîmée, sa pointe avait été brisée.

Il fit quelques pas en vacillant, mais ne paraissait pas *trop* démoli. Nulle trace de sang.

Sabine haussa un sourcil comme Lanthe lui lançait en silence :

— *Ton démon est… carrément effrayant.*

Elle faillit lui rétorquer que ce n'était pas son démon, mais après tout, si, il serait à elle. Pour un temps. Alors elle se contenta de répondre :

— C'est en effet un mâle effrayant.

Si elle avait dû se fier aux apparences, elle l'aurait pris pour un assassin ou un criminel. Ce qui n'était pas sans ironie, dans la mesure où il avait la réputation d'être un modèle de raison, et un chef posé qui aimait résoudre les conflits et trouver des solutions aux énigmes les plus complexes.

Dans le Mythos, la rumeur voulait qu'il n'ait jamais proféré un seul mensonge. Ce qui devait être un mensonge en soi.

— *Tu vas essayer de le séduire d'abord, ou tu refermes juste le piège ?*

— *Je vais essayer de le séduire. Sa capture pourrait le mettre dans un état démoniaque.*

Elle lissa des deux mains sa robe bleu pâle.

— *Tu es belle,* dit Lanthe. *Douce. Il y a vraiment un côté « Suivez-moi jeune homme » dans les couleurs pastel.*

— *Je te dispense de ce genre de commentaire, Lanthe.*

Ne tenant pas à ce qu'il sache qu'elle était une sorcière, Sabine avait revêtu une robe longue élégante mais d'un classicisme ennuyeux. Paraître vertueuse ne pouvait nuire. Dans son esprit, un roi démon devait préférer ce genre de femme.

Et il avait intérêt à l'aimer, son nouveau look de nonne. En dehors de sa bague, elle ne portait pas une once d'or sur elle. Pas de maquillage, non plus. Elle avait renoncé aux tresses, laissant sa chevelure cascader librement jusqu'à la taille, et ne portait pas de coiffe. Et elle n'était pas du tout, mais alors pas du tout à l'aise.

— *Tu es sûre de vouloir aller jusqu'au bout ?* s'enquit Lanthe. *Tu te sens prête à encaisser pour l'équipe du Mal ?*

Les yeux rivés sur sa proie, Sabine murmura :

— Je suis prête.

Un objectif, une conspiration, une possibilité… Elle n'avait qu'un pas à faire.

Se retournant pour constater les dégâts, le démon émit un sifflement bas. Mais très vite, il se détourna de l'épave.

— Il y a quelqu'un ? appela-t-il.

Chaque seconde le séparant de l'accident le voyait se redresser, relever le menton, retrouver un port altier. Royal.

— Vous êtes blessée ?

Sabine ne répondit pas, laissa sa voix l'envelopper. Celle-ci était grave, agréable, teintée de cet accent britannique typique de la noblesse des démons furie.

Tout en avançant dans sa direction, il tira un mobile de sa poche et baissa les yeux sur l'écran.

— Et merde ! l'entendit-elle grommeler.

Pas de réseau.

Il portait un blouson foncé sur un pull noir assez fin qui moulait son large torse. Ses vêtements étaient de coupe simple mais visiblement coûteux. Sur mesure, évidemment. Avec une stature pareille, impossible de s'habiller en prêt-à-porter.

La balafre qui lui barrait le visage partait du front et descendait jusque sur la joue. Il avait dû être blessé avant d'être « figé » dans son corps immortel, probablement vers trente-quatre ou trente-cinq ans. Sinon, ses chairs se seraient régénérées sans laisser de trace.

Cette cicatrice lui donnait un air méchant, dangereux, qui jurait avec son port altier et ses vêtements de luxe. Même chose pour les cornes, les crocs, les griffes noires…

— *Je me le ferais bien, moi*, observa Lanthe.

— *Dans la mesure où tu te ferais bien n'importe qui, ton commentaire n'est pas pertinent.*

— *Tu es jalouse.*

Ça, oui, elle l'était.

Lorsqu'il se retourna, son regard croisa celui de Sabine. Ce vert… Jamais elle n'en avait vu d'aussi lumineux.

— *Va-t'en, maintenant*, ordonna-t-elle à sa sœur. *Sois prête à refermer le portail juste derrière nous. Une fois que je l'aurai capturé, va avertir Omort de mon succès. Annonce-le haut et fort, devant tous ces idiots de la cour.*

— *Pigé. Allez, fonce, la tigresse ! GRRRR !*

Lanthe partie, Sabine se concentra pleinement sur lui. Elle le vit plisser les yeux lorsqu'elle donna une apparence onirique à la nuit. Les étoiles se mirent à briller plus intensément, la lune apparut plus lourde. Interloqué, il se dirigea vers elle.

Elle sentit son regard sur elle, le sentit glisser sur ses cheveux, sur sa modeste robe que, fort heureusement, la brume avait rendue humide si bien qu'elle lui collait aux seins. Il s'arrêta sur cette vision, considéra la pointe durcie qui saillait sous l'étoffe, puis se frotta le visage.

C'est le moment de lui faire passer le portail. Elle s'éloigna lentement de lui, suivit la route.

— Hé ! Attendez ! s'écria-t-il. Tout va bien ?

Elle se retourna, mais continua d'avancer à reculons en direction du piège.

— Je ne vous ferai pas de mal, reprit le démon, qui pressa le pas pour la rejoindre. Vous avez une voiture ?

— J'ai besoin de ton aide, dit-elle, continuant de jouer les damoiselles en détresse.

— Bien sûr. Vous habitez près d'ici ?

Enfin, ils étaient près du portail.

— Besoin de ton aide, répéta-t-elle en se glissant derrière un saule pleureur au bord de l'eau – qui n'était qu'une illusion à l'intérieur du donjon.

Il fit de même, et Sabine sentit le portail se refermer. Le piège avait fonctionné, et il ne s'était douté de rien du tout.

— Je dois retourner en ville, expliqua-t-il. Mais ensuite, je peux revenir vous aider.

Incapable de s'en empêcher, elle jeta un coup d'œil à la cicatrice qui lui barrait le visage – c'était la première fois qu'elle la voyait de si près.

Il s'en aperçut, et parut attendre sa réaction.

Visiblement, la balafre le dérangeait plus qu'elle ne dérangeait Sabine. Un détail dont elle pourrait se servir contre lui.

Tout compte fait, il n'était pas du tout comme elle se l'était imaginé. Il était… mieux. Et si elle regardait suffisamment longtemps ces yeux verts, il était probable qu'elle finirait par oublier qui il était. Quand elle se cambra vers lui, il eut un mouvement de recul, méfiant.

— Aide-moi *maintenant*, dit-elle précipitamment.

Elle lui prit la main, la baisa avec un sourire, avant de la poser sur l'un de ses seins.

Comme s'il ne se rendait pas compte de ce qu'il faisait, il le lui pressa avec un grognement.

— Voilà ce dont j'ai besoin, murmura-t-elle allant à la rencontre de sa paume calleuse.

— Et c'est exactement ce que je veux te donner, dès que j'aurai...

Elle lui prit l'autre main, la plaqua sur l'intérieur de sa cuisse.

— J'en ai besoin tout de suite, répéta-t-elle.

Il lui agrippa le sein et la cuisse avec violence, comme s'il s'agissait de ses seules planches de salut. Et pourtant, il semblait prêt à s'en aller. Elle tenta de lire dans son esprit, mais les démons savaient se protéger contre de telles intrusions. Elle n'entendit que ses pensées secondaires, et seulement parce qu'elles étaient particulièrement fortes.

— *Si longtemps sans femme... pas possible de l'avoir... responsabilités...*

Depuis quand exactement était-il célibataire ? Cette brute envisageait-elle réellement de la repousser ? Pour des *responsabilités* ?

Voilà qui était fascinant.

Elle savait que les démons aimaient qu'on leur touche les cornes, et goûtaient particulièrement les femelles qui prenaient l'initiative sexuellement. Sous l'effet de l'excitation, celles de Rydstrom s'étaient redressées, leur couleur avait foncé. Aussi Sabine leva-t-elle les mains pour s'en saisir.

Il fut secoué d'un frisson digne des plus belles extases.

— Embrasse-moi, démon.

D'un mouvement ferme, elle chercha à l'attirer à elle, et il finit par pencher la tête. Lorsque leurs lèvres se rencontrèrent, un grognement sourd monta des profondeurs de son large torse.

— *... un lien avec elle... peut-être LE lien...*

Oui, il sentait déjà ce qu'elle était pour lui. *À présent, il va obéir.*

Il lui captura la bouche, mêla lentement sa langue à la sienne. Elle eut l'impression qu'il s'efforçait de la traiter avec délicatesse. Sans doute redoutait-il de l'effrayer et de la faire fuir. Mais lorsque, à son tour, elle lui caressa la langue, il lui empoigna sans ménagement les fesses, et la plaqua contre sa remarquable érection.

Ainsi donc, la rumeur concernant la virilité des démons n'était pas exagérée.

« Ah, voilà qui est mieux », se dit-elle en le sentant frotter discrètement son sexe contre elle. Quand les mâles en arrivaient à ce stade, généralement ils cessaient de réfléchir.

Du coup, elle se détendit un peu, et trouva même son baiser agréable. Il avait bon goût, ses lèvres étaient fermes et il savait s'en servir. D'autres baisers profonds, des caresses pressantes, une exploration plus poussée de son corps, oui, pourquoi pas ?

Mais en proie à une excitation intense, Sabine projetait malgré elle des illusions de feu. S'il les voyait, il devinerait peut-être son identité. Au moment où elle s'inquiétait de réagir à ses baisers de façon trop prononcée, il s'écarta d'elle.

— Je... je ne peux pas faire cela maintenant. Je dois retrouver quelqu'un. C'est un rendez-vous très important.

Il plaisantait ?

— Fais-moi l'amour, murmura-t-elle en se collant contre lui. Ici. Sous cet arbre, au clair de lune. J'ai *faim* de toi.

Et en plus, il se pouvait bien que ce fût vrai.

— Non. J'ai des obligations, répondit-il d'une voix rude.

Sa voix était rauque, ses pensées si tourmentées que ses propres défenses volaient en éclats.

— *... elle est si sexy... ma queue palpite... mes cornes se redressent... Non ! Les besoins du royaume passent toujours avant ceux du roi.*

Oui, Rydstrom était censé être patient et sage. Apparemment, on pouvait ajouter altruiste à la liste.

Lorsqu'il fit un pas en arrière, elle demeura interdite. *Il me jette.* Elle lui avait offert son corps, l'avait pratiquement supplié de la prendre, et il déclinait la proposition.

Alors là, pour une surprise... Il lui avait résisté, à elle, sa femelle.

— Alors, tu ne me laisses pas le choix, Rydstrom.

Comme il fronçait les sourcils, sans doute étonné qu'elle connaisse son prénom, elle fit disparaître son illusion. La route et le clair de lune s'effacèrent, révélant la porte de la cellule, fermée à clé. Il pivota, regardant autour de lui, et comprit ce qui lui arrivait.

— Tu es la sœur d'Omort et de Groot. Sabine, la Reine des Illusions.

— Félicitations, Rydstrom.

Dans le regard de ce dernier, toute trace de désir disparut, remplacée par du dégoût.

— Montre-toi sous ton apparence réelle.

— C'est celle-là que tu vois, répondit-elle en glissant les mains sur sa poitrine, puis sur ses hanches. Et je suis vraiment ravie qu'elle te plaise à ce point.

Mais visiblement pas assez, hélas...

— Pourquoi m'as-tu fait cela, Sabine ? demanda-t-il, luttant pour garder son calme.

Elle indiqua le lit qui venait d'apparaître au centre de la cellule, équipé de chaînes à la tête et au pied.

— N'est-ce pas évident ?

3

— Non, ça n'a rien d'évident.

Rydstrom regarda le lit, puis la sorcière. Dans son esprit régnait la confusion la plus totale – il ne savait plus que penser, que croire. Un lit et des chaînes. Elle n'avait pas réussi à le séduire pour qu'il couche avec elle de son plein gré. Avait-elle à présent l'intention de *prendre* ce qu'on lui refusait ?

À cette idée, il sentit monter en lui une surprenante vague de désir, et comprit qu'elle était sans doute déjà occupée à l'ensorceler. Bien sûr. Il avait vu disparaître la route, avait vu la butée du pont changer de place. Elle possédait un immense pouvoir, et pour une raison qu'il ignorait, elle l'avait pris pour cible.

Il examina l'endroit, plongé dans une semi-pénombre. Elle l'avait entraîné dans un grand cachot médiéval. Un cachot qu'il reconnaissait pour y avoir jeté des prisonniers lorsqu'il était seigneur et maître du château de Tornin, et roi de Rothkalina.

Elle m'a enfermé dans mon propre donjon.

Lorsqu'il se retourna vers elle, elle soutint son regard. Ses yeux sortaient de l'ordinaire, avec des iris d'un ambre clair cerclé d'un trait noir café. Il eut le plus grand mal à s'en détacher.

— Tu m'as ramené à Tornin, je suppose donc que tu es de mèche avec Omort.

— C'est exact.

Elle avait une voix de velours.

Dans mon propre cachot, prisonnier de mon pire ennemi.

— Et quand le verrai-je ? demanda-t-il entre ses dents.

— Tu ne le verras pas. C'est inutile. Tu n'as besoin que de moi.

— Peux-tu m'expliquer précisément tes projets ?

Il était furieux contre lui-même d'avoir réagi comme il l'avait fait au contact de Sabine. Jamais encore il n'avait réagi si fortement face à une femme. Il l'avait embrassée, s'était abandonné à ce plaisir, allant jusqu'à se dire : « C'est peut-être ma reine. »

Il avait redouté qu'une telle beauté trouve sa cicatrice repoussante, ou le trouve beaucoup trop massif. Pour elle, il avait tenté d'adoucir ses caresses et ses baisers. Et pendant ce temps, elle ne pensait qu'à une chose : l'attirer dans un piège.

— Mon projet, car il n'y en a qu'un, est de porter ton héritier, répondit-elle d'un ton neutre.

Il en demeura bouche bée. À ces seuls mots, son sexe était devenu dur comme l'acier, tandis que tous les instincts primaires du démon semblaient se réveiller en lui. Cette femelle, avec ses seins rebondis et ses lèvres douces, voulait sa semence, voulait s'accoupler *avec lui*.

Elle m'a jeté un sort. Je ne vois pas d'autre explication.

Il avait étudié la famille d'Omort, s'était documenté sur plusieurs centaines de ses demi-frères et sœurs. Omort en avait assassiné la plupart après leur avoir volé leurs pouvoirs. Mais il en restait certains sur lesquels il gardait toujours un œil.

Qu'avait-il lu sur cette sorcière ? Elle était à juste titre nommée Reine des Illusions. Rydstrom venait de se laisser piéger par l'une de ses œuvres remarquablement détaillée. Bien que paraissant n'avoir qu'une vingtaine d'années, elle devait être âgée de plusieurs siècles. Elle était réputée plus diabolique encore qu'Omort.

— Et si nous discutions de tout cela comme des êtres raisonnables ? suggéra-t-il, à bout de patience, et se sentant tout sauf raisonnable. Qu'espères-tu gagner ?

— Avec ton héritier sous ma coupe, les dernières révoltes de démons furie pourront être étouffées.

Imaginer que les rebelles puissent être une épine dans le pied d'Omort réchauffa le cœur de Rydstrom. Il avait fini par croire que le régime sadique du sorcier était arrivé à tuer dans l'œuf tout véritable élan de protestation.

— Ton plan comporte deux failles.

— Éclaire ma lanterne, démon.

— D'abord, mon corps ne... produira aucune semence.

Un démon furie pouvait se soulager sexuellement, mais ne répandait sa semence que le jour où il possédait pour la première fois la femelle que le destin lui réservait.

— Seule celle qui m'est destinée...

— Je te suis destinée.

Elle soutint son regard, et il comprit qu'elle était convaincue de dire vrai. Omort avait des sibylles, l'équivalent de plusieurs Nïx, qui lui obéissaient au doigt et à l'œil.

Sabine en sait peut-être plus que moi...

Rydstrom secoua vigoureusement la tête alors même que sa bouche s'était asséchée. En mille cinq cents ans, jamais il n'avait été attiré à ce point par une femelle. Et si c'était elle ? S'il avait enfin trouvé sa reine, après si longtemps ? Pour découvrir qu'il s'agissait de la sœur d'Omort ?

— Non, le destin n'est pas si cruel.

— Le destin est indifférent.

— Quelles sont les probabilités que ma femme soit parente avec mon pire ennemi ?

— Le père d'Omort a vécu pendant des millénaires et a engendré des centaines de filles, répondit Sabine en tournant autour de Rydstrom. Il y a cinq siècles, un devin a prédit à Omort que sa demi-sœur, la Reine des Illusions, serait celle que le destin te réservait, et qu'elle porterait ton héritier en des temps troublés. Après cette prédiction, Omort m'a fait rechercher uniquement à cause de ce que je représente pour toi. Depuis, j'attends à Tornin que le moment soit venu.

— Pourquoi aujourd'hui ? Pourquoi faire cela maintenant ?

Elle inclina la tête de côté.

— J'avais prévu de te séduire en douceur, lentement mais sûrement. Mais nous avons eu vent d'un accord passé entre Groot et toi. Je devais t'empêcher d'unir tes forces à celles de ton frère, Cadeon le Faiseur de Roi.

Sabine connaissait-elle les détails de leur plan ? Ce soir, Rydstrom avait confié à son frère que si Omort était informé de leur quête, il ferait tout pour les éliminer. Rydstrom ignorait qu'une sorcière de cette trempe aidait son ennemi.

— Que sais-tu, exactement ? s'enquit-il.

— J'en sais plus que tu ne le penses. J'en sais toujours plus que n'en pensent les hommes.

Savait-elle qu'il existait enfin une arme capable de tuer Omort ? Que Rydstrom avait eu l'intention de retrouver Cadeon au plus vite pour qu'ensemble ils aillent marchander avec ce fou de Groot, et obtenir cette épée ? Oui, forcément, elle savait.

Cadeon devait être sur les lieux du rendez-vous, à présent, et se demander où diable son frère aîné était passé. Ce frère qui n'était jamais en retard, ne ratait jamais un rendez-vous.

— Même si tu es celle qui m'est destinée, Sabine, jamais je ne voudrai de toi.

Un sourire entendu, sensuel, se dessina sur les lèvres de la sorcière. Un sourire qui lui fit battre le cœur.

— Tu me voudras, crois-moi. Et tu me prendras. Encore, et encore, jusqu'à ce que le destin s'accomplisse.

Encore et encore. Posséder ce corps souple, caresser cette peau si pâle… *Non ! Tu dois résister !*

— Et la seconde faille ? reprit-elle. Tu ne m'en as pas parlé.

Elle s'allongea sur le grand lit, et s'appuya gracieusement sur le coude. Sa crinière rousse glissa sur le côté, son parfum se répandit dans la pièce.

— Et je suis curieuse de l'entendre, ajouta-t-elle.

Il se força à se ressaisir.

— Pour que mon héritier soit légitime, tu dois devenir ma reine en m'épousant.

— Je sais, dit-elle en faisant glisser sa main délicate sur le drap. Nous nous marierons.

Elle en parlait comme d'un détail sans importance, tandis que dans l'esprit de Rydstrom, c'était le chaos.

Car il était attiré par Sabine comme jamais il ne l'avait été par une femme. Et il n'existait qu'un seul moyen de savoir si elle était bel et bien celle que le destin lui réservait.

— Tu me réciteras le serment, démon. Et je t'accepterai pour mari.

Le serment était récité au moment de l'accouplement, et unissait un démon furie à sa reine. Il n'y avait ni cérémonie ni témoins, juste un pacte entre deux êtres qui décidaient de ne plus former qu'un. Sur le ton de la psalmodie, il ferait acte de possession vis-à-vis d'elle qui, si elle acceptait d'être possédée, deviendrait sa reine pour toujours.

— Mon peuple ne reconnaîtra jamais un mariage conclu sous l'influence de la magie – et encore moins une conception induite par quelques-unes de tes potions bien connues.

— Rydstrom, regardons les choses en face, veux-tu ? Vu la façon dont tu réagis face à moi, expliqua-t-elle, indiquant son érection d'un doigt fin, penses-tu vraiment que j'aie besoin de recourir à la magie ?

Il serra les dents, dans l'incapacité de nier l'évidence.

— Et, bien sûr, tu m'éliminerais dès la naissance de notre bébé ?

Notre bébé. C'était la première fois qu'il prononçait ces mots. Sabine elle-même pencha la tête en les entendant.

Puis, lentement, elle lui adressa un sourire aguicheur qui lui coupa le souffle. S'en rendit-elle compte ?

— Te laisser en vie ne ferait pas de moi une très bonne sorcière du Mal.

— Alors je peux t'assurer une chose : jamais tu ne m'extorqueras le moindre serment.

— Dans ce cas, Rydstrom, jamais tu ne me toucheras.

Et soudain tout devint clair. Elle allait le séduire, le tourmenter sexuellement, le tenter jusqu'à ce qu'il cède et récite les paroles sacrées. Pourquoi cette pensée provoqua-t-elle un afflux de sang dans son bas-ventre ?

Cette créature ne cessait de le pousser à bout.

Imaginer la lutte de pouvoir entre eux, les complications que cela allait entraîner… Malgré lui, il se mit à fantasmer, et fut bientôt submergé par des pensées qu'il balayait d'ordinaire aussitôt. Des pensées secrètes tues depuis longtemps, et toujours niées.

— Tu vas donc juste me faire perdre mon temps, rétorqua-t-il, mais sa voix avait pris une inflexion rauque.

— Comment peux-tu être si sûr que je ne parviendrai pas à te faire dire, ou faire *n'importe quoi* pour être en moi ?

Il y a trop en jeu. Jamais Rydstrom n'avait été si près du but.

Il devait s'échapper pour rejoindre son frère avant que ce dernier ne fasse quelque chose de monstrueusement égoïste. Cadeon était un mercenaire sans pitié qui venait d'entrer en possession de ce qu'il désirait le plus au monde.

— Tu n'as pas réussi à me détourner de mon devoir, jusqu'à présent – et pourtant, je ne savais même pas qui tu étais.

Tu frimes un peu, Woede.

Elle se leva, le dos bien droit.

— Tu n'as pas vu tout ce dont je dispose pour te séduire, riposta-t-elle en tirant sur le ruban qui fermait son corsage.

Sa robe glissa sur ses seins dressés, puis le long de sa taille étroite et de ses jambes galbées, avant de tomber à ses pieds.

Il ne restait plus sur ce corps exquis qu'une camisole de soie blanche arachnéenne et la plus minuscule culotte qu'il ait jamais vue.

Il entrouvrit les lèvres. Il avait l'impression que son sexe raidi était sur le point de déchirer son pantalon. Les yeux lançant des éclairs, Sabine redressa le menton, tout à fait consciente de l'effet qu'elle produisait sur lui, et fière de cela.

Si cette femelle n'avait pas été aussi malfaisante, elle aurait été merveilleuse.

À cet instant précis, Rydstrom décida : « Quand je m'échapperai, je l'emporterai comme prise de guerre. »

Et il allait se servir d'elle pour recouvrer sa liberté.

4

Plongée dans ses pensées, les écouteurs de son iPod vissés dans les oreilles, Lanthe se rendit à la cour d'un pas traînant.

Quelques mois plus tôt, dans une autre dimension, elle avait passé un moment dans un magasin d'électronique. Sur l'un des postes diffusant une chaîne de ce câble dont elle rêvait, elle était tombée sur un reportage sur les dauphins en captivité.

Lorsqu'ils devenaient un peu léthargiques, qu'ils s'ennuyaient, leurs dresseurs mettaient un poisson dans une boîte, et les dauphins devaient faire un effort pour l'obtenir, trouver comment ouvrir la boîte.

Devant ces dauphins victimes du syndrome d'épuisement professionnel, ou burn-out, qui ne pouvaient nager librement ni se procurer leur nourriture seuls, Lanthe avait songé à Sabine.

Sabine était une tueuse, mais n'avait personne à détruire. C'était une survivante qui n'avait aucun obstacle à franchir, aucun coup dur à surmonter. Ce qui faisait d'elle une sorcière en plein burn-out. Et ce depuis des siècles.

Pourtant, ce soir, lorsqu'elle avait posé les yeux sur le démon, Lanthe avait compris que sa sœur venait de recevoir une boîte à poisson de la taille d'un démon. *Enfin...*

Pour aller du donjon à la salle du trône, il fallait passer par l'extérieur. Lanthe eut le sentiment que le ciel nocturne se moquait d'elle, et cela raviva des peurs anciennes...

Mais c'était quoi, ça, nom d'une pipe ? Par-dessus la musique, elle avait cru entendre quelque chose passer en planant.

Regardant autour d'elle, elle arracha ses écouteurs, puis se figea. Mais non, il n'y avait que le silence. *Tu perds la boule, ma pauvre.*

Elle était à bout de nerfs, elle ne voyait pas d'autre explication. Et le fait que la fonction *shuffle* de son iPod ne sélectionne que des chansons sur la mort n'aidait pas...

Depuis plusieurs semaines, elle était préoccupée, redoutant que Thronos ne les retrouve chaque fois qu'elles changeaient de dimension. Ou qu'il ne découvre le moyen de s'introduire dans celle de Rothkalina.

Ce soir, quand Sabine avait créé cette vaste illusion, Lanthe avait été étonnée qu'elle n'attire pas les Vrekeners.

Là où sa sœur répondait à la peur par la colère, Lanthe, elle, avait juste peur. Quelque chose pointait le nez à son horizon, et ce n'était pas que du bon, elle le sentait.

Elle pénétra dans le grand hall, et se hâta en direction de la salle du trône. Deux revenants montaient la garde devant l'imposante double porte. À son approche, ils l'ouvrirent sans hésiter.

Elle détestait aller à la cour presque autant qu'elle détestait s'en éloigner. Comme elle passait devant les membres du Pravus, ils échangèrent des commentaires à voix basse, la traitant comme une paria alors qu'elle avait des liens de sang avec Omort.

Lanthe était une princesse du royaume, et à ce titre, une des six tours du château de Tornin lui appartenait.

Mais à la cour, on la traitait comme son demi-frère décidait de la traiter.

Les Invidia, avec leur coiffe délirante – des bois de cerf ! –, leur fouet accroché à la ceinture et des étoiles collées sur le bout des seins, se moquèrent d'elle. Les Ondines, des nymphes malfaisantes au corps peint, la méprisèrent ouvertement.

Les Libitinae, quatre messagères de la mort aux ailes de corbeau, la regardèrent en fronçant les sourcils, tête penchée sur le côté. Leur grand plaisir consistait à forcer des hommes à se castrer eux-mêmes pour éviter la mort. Elles ne comprenaient tout simplement pas ce besoin de compagnie masculine qu'éprouvait Lanthe.

Sans doute cette dernière n'avait-elle pas vraiment travaillé sa côte de popularité en s'envoyant en l'air avec quatre-vingt-quatorze virgule sept pour cent des mâles présents à la cour, à l'exception des revenants alignés contre le mur, bien entendu. Mathématiquement, cela faisait d'elle l'équivalent de la pétasse du bahut.

Elle n'était jamais allée au lycée, mais avait vu des films comme *Grease, Dangereuse Alliance* et *Varsity Blues*, qui traitaient tous de la pétassitude lycéenne. *Oui, c'est moi*.

Elle n'avait aimé aucun de ses ex-amants, mais elle adorait le sexe. À haute dose. Cependant, quand un mâle profitait de son extase pour lui piquer ses pouvoirs, elle ne le laissait jamais tenter sa chance une seconde fois.

Sabine l'avait suppliée de ne pas coucher avec des Sorceri, mais les vampires n'en voulaient qu'à son sang, et les démons et centaures entraient dans la catégorie animaux. Les autres races ? Brrrrrr... carrément monstrueuses.

Elle passa devant l'énigmatique vampire nommé Lothaire, qui était général dans l'armée, à la tête d'un régiment de vampires déchus particulièrement méchants. Surnommé l'Ennemi de Toujours, il faisait peur à voir, avec ses cheveux blonds presque blancs, ses yeux plus roses que rouges, et son visage impassible en toutes circonstances.

C'était l'un des rares vampires de sa connaissance qui s'intéressait au sexe, en plus du sang. Mais il ne manifestait pas plus que ça l'envie de la faire grimper aux rideaux.

De toute sa longue vie, un seul mâle l'avait regardée avec affection et compréhension. En faisant ainsi défiler les amants dans son lit, Lanthe se doutait qu'elle cherchait en réalité à retrouver ce regard. Du reste tous ses précieux bouquins de psy le laissaient entendre.

Contrairement à ce que croyait Sabine, ce n'était pas la nuit de l'assassinat de leurs parents que Lanthe avait croisé Thronos pour la première fois.

Mais le jeune Vrekener avait grandi, et il était devenu son pire ennemi…

Depuis son trône, Omort l'aperçut et son regard s'assombrit. Lanthe ignorait ce qu'elle avait bien pu faire pour susciter pareille animosité, mais bon, c'était ainsi. D'après Sabine, Omort la craignait sans vraiment savoir pourquoi. C'était viscéral. Après tout, si elle retrouvait son pouvoir un jour, elle pourrait ordonner à Omort de perdre la mémoire, et d'oublier comment se servir des siens.

La sibylle numéro Trois cent huit avait prédit à Lanthe qu'un « incident périlleux » réveillerait son pouvoir de persuasion. Alors Lanthe attendait impatiemment que cela se produise. Depuis presque cinq cents ans.

— Quelles sont les nouvelles ? demanda Omort lorsqu'elle s'immobilisa au pied de l'estrade sur laquelle se trouvait le trône.

Comme d'habitude, Hettiah minaudait à côté de lui, pâle imitation de Sabine. Leurs traits étaient identiques, mais à côté de la belle et lumineuse Sabine, Hettiah n'était qu'une fade copie.

Lanthe se racla la gorge. *Sabine est partie à la chasse au démon et elle a décroché le gros lot !* Non, trop familier.

— Notre sœur a vu ses efforts couronnés de succès, dit-elle à la place. Elle a capturé le démon.

À ces mots, Omort serra si fort les accoudoirs en or de son trône qu'il les déforma. Hettiah nota cette réaction d'un regard lugubre.

Il tourna les yeux vers le mur est de la salle du trône, qui était couvert de tablettes de pierre. Il s'agissait de pactes, rédigés avec le sang de leurs auteurs, et passés dans toutes sortes de domaines, souvent obscurs.

Les quatre principaux dirigeants du Pravus en avaient signé un, se jurant mutuellement fidélité. Omort, Lothaire, le centaure vice-roi et le roi de la démonarchie feu.

Pour l'heure, le regard d'Omort était fixé sur la tablette de Sabine. Il s'agissait d'un Sanctuaire, un ancien pacte sorceri qui assurait que tant que son corps demeurerait « pur », aucun mâle ne pourrait le « contaminer ». Durant des siècles, elle avait conservé sa virginité, refusant toute relation.

Si une tablette se décrochait du mur, tout le monde saurait que quelqu'un avait violé les termes du contrat. Omort attendait avec angoisse que celle de Sabine se brise, prouvant sans erreur possible qu'elle était en train de coucher avec Rydstrom.

— Le démon est ici, dans mes geôles ? demanda-t-il d'un air absent. Depuis combien de temps ?

Lanthe haussa les épaules.

— Une demi-heure, peut-être.

— Je vois que ta sœur n'a pas la tâche aussi facile qu'elle l'avait annoncé, commenta Hettiah avec un sourire en coin.

Les choses n'étaient pas encore faites, mais assurément, elles le seraient bientôt.

— Tu te trompes, Hettiah. Sabine trouve probablement très divertissant de jouer avec lui, un peu comme un chat qui a étourdi sa proie sans la tuer, et lui donne de petits coups de patte…

Le démon se passa une main tremblante sur le visage, et parut soudain se rendre compte de son geste.

Parcourant le corps de Sabine d'un regard fasciné, il s'approcha d'elle à pas lents, presque menaçants. Son regard virait à nouveau au noir, mais était-ce de désir, de rage, ou des deux ?

Elle avait prévu qu'il essaierait de s'échapper, et chercherait sûrement à l'utiliser comme otage à moins qu'elle ne parvienne à le séduire au point qu'il s'oublie lui-même. Elle disposait cependant d'un atout de poids – il ne pouvait dissimuler la réaction de son corps face à elle. Pourtant, le conflit qui l'habitait était visible sur son visage.

Rydstrom ne savait s'il devait la posséder ou la tuer.

— Qu'espères-tu retirer de tout cela ?

— Je t'ai déjà répondu.

— Non, je veux dire toi, personnellement. Ton espèce méprise la mienne. Qu'est-ce qui peut bien te pousser à vouloir épouser un démon, et porter son enfant ? Omort disposerait-il d'un moyen de pression contre toi t'obligeant à agir de la sorte ? A-t-il emprisonné un membre de ta famille ? Un… amant ?

Sabine voyait à quel point il aurait aimé que ce fût le cas. Qu'elle soit forcée de se donner à lui.

— Non. Il ne retient personne qui me soit cher. J'étais plutôt impatiente d'accomplir ce devoir.

Et de déclencher la prophétie.

Bien des siècles auparavant, celle-ci avait annoncé que si la Reine des Illusions portait l'enfant du roi déchu des démons furie, ce prince libérerait une source de pouvoir inconcevable. Si elle n'y parvenait pas, le Pravus tomberait entre les mains de ses ennemis.

— *Impatiente ?* répéta-t-il d'un ton acerbe.

Jusqu'à présent, Rydstrom inspirait profondément, et expirait lentement, puisant dans cet exercice plus de patience que Sabine n'en avait jamais vu chez un mâle. Mais découvrir que personne ne la contraignait à agir eut raison de lui, et il renonça à discuter rationnellement.

Elle le vit se fermer. Un muscle tressauta sur sa joue balafrée, et ses yeux d'un noir profond se mirent à luire. Dans un éclair de lucidité, elle se rendit compte qu'il exposait là une facette de sa personnalité que peu d'êtres connaissaient.

— Tu ne sais pas à quoi tu t'attaques, dit-il d'un ton cruel.

— Eh bien, dis-le-moi.

— Tu ne gagneras pas à ce jeu.

— Ah bon ? Mais imagine, Rydstrom : je peux te donner tout ce que tu veux. Je peux assouvir tous tes désirs secrets.

— Que sais-tu de mes désirs secrets ?

La voix se faisait-elle plus rude ? Une fois de plus, Sabine tenta de lire dans ses pensées, sans succès.

Lorsqu'il fut devant elle, il ne chercha pas à la toucher. Il était si grand, elle se sentit minuscule. Elle perçut la chaleur qui émanait de son corps.

Sans prévenir, il empoigna la fine étoffe de sa camisole. Elle retint un cri lorsqu'il la déchira et l'arracha, dénudant sa poitrine.

Se ressaisissant aussitôt, elle s'enquit d'une voix de femme fatale :

— Tu les trouves beaux ?

Il répondit d'un froncement de sourcils sans les quitter des yeux.

— Pourquoi ne les touches-tu pas ? Tu as attendu toute ta vie de pouvoir caresser ta femelle.

Au moment où elle crut qu'il allait succomber, il lui agrippa les cheveux, les enroula autour de son poing, et la tira vers lui jusqu'à plonger son regard dans le sien.

— Une petite fille comme toi ne devrait pas jouer avec un démon comme moi, dit-il en tirant de nouveau, si fort qu'elle plaqua les mains sur son torse. Tu vas perdre, et je te ferai payer très cher ce que tu as fait.

— Vraiment ? Alors...

Il l'interrompit d'un baiser brutal. Tellement différent du premier, quand il s'appliquait à la satisfaire. Là, c'était comme s'il cherchait à la punir. Mais ce baiser hardi et ferme plut à Sabine. Elle aimait l'idée que Rydstrom ne la craigne pas, comme tant de mâles.

Elle se sentit basculer, se laissa prendre par ce baiser et baissa la garde. Lorsqu'elle gémit, il parut lui aussi se perdre dans leur étreinte. Un grognement sourd monta de sa poitrine.

Frottant ses seins nus contre le torse de Rydstrom, elle murmura :

— Rydstrom, caresse-les. Tu en as envie, tu le sais bien.

Avec un gémissement accablé, il referma ses grandes mains sur ses seins. La chaleur, la texture de sa peau la surprirent. Il avait des mains de guerrier, calleuses à force de serrer la poignée de son épée. Tout en lui pétrissant la poitrine, il s'empara à nouveau de sa bouche.

Lorsqu'il lui pinça la pointe d'un sein – durement, avec hargne –, elle poussa un cri, anticipant la douleur. Mais ce fut une onde de plaisir qui la parcourut.

Pour une surprise...

Il pinça l'autre, jusqu'à ce que toutes deux soient dures et gonflées. Puis, du plat de la main, il les effleura, de haut en bas, ses paumes calleuses râpant sa chair tendre.

Il releva la tête.

— Tes yeux deviennent bleus, observa-t-il d'un ton de pure satisfaction masculine. Tu aimes mes caresses, femelle.

Oui, en effet. Ils ne se connaissaient pas, il ne savait rien d'elle, mais il la caressait à la perfection.

Elle sentit ses seins s'alourdir, son sexe devenir humide. Elle attendait cela depuis si longtemps. Elle l'attendait, lui, depuis si longtemps. Enfin, elle allait découvrir ce que c'était qu'avoir un homme en elle.

— Encore, démon.

Il la fit pivoter, se plaqua contre son dos. Sans cesser de lui caresser les seins, il se pencha en avant, son visage contre le sien. Elle sentit son souffle chaud contre son oreille. Quand son énorme membre vint taper contre ses reins, il se frotta contre elle.

Une de ses mains descendit sur son ventre, jusqu'à son sexe. Elle bascula le bassin pour s'offrir, mais ses doigts s'attardèrent sous le bord de la culotte, histoire de la faire languir.

— Mmm… Touche-moi, démon.

Elle trembla d'impatience tandis que la main s'insinuait lentement à l'intérieur de sa culotte. Des illusions de feu apparurent çà et là, mais elle les fit disparaître… difficilement.

Enfin, les doigts s'aventurèrent dans le petit triangle bouclé. Il eut une brève inspiration en découvrant qu'en dehors de ce triangle, elle était entièrement rasée.

— C'est si doux, fit-il d'une voix rocailleuse. Vais-je te trouver trempée, sorcière ?

Comme il plongeait entre les replis moites, elle laissa échapper un gémissement de plaisir. Il se tendit, lâcha un juron.

— Tu es prête pour moi, on dirait.

Il humidifia le clitoris gonflé, puis le fit rouler entre deux doigts, encore et encore. Il n'hésitait pas, savait ce qu'il faisait, mais sa lenteur la mettait à l'agonie.

— Il n'en faudrait pas beaucoup pour que tu jouisses sur ma main.

Sa caresse se fit plus agressive, elle ferma les yeux sur un cri. Elle était au bord de l'orgasme, et vit à peine le bras qu'il levait… avant qu'il ne s'enroule autour de son cou tel un étau, l'empêchant de respirer.

Elle planta les ongles dans son avant-bras. Il ne bougea pas. *Respirer… Je ne peux plus…*

— Moi aussi, je peux la jouer méchant. Appelle un garde, pour voir.

Il relâcha légèrement son étreinte, juste assez pour qu'elle puisse avaler une goulée d'air.

— Pas la peine… Il y en a un, là.

L'illusion d'un garde masqué sortit de la pénombre, brandissant son épée, visant le cou du démon. Rydstrom la lâcha et la repoussa pour se défendre.

Une fois libre, Sabine ouvrit sa bague, versa sa poudre somnifère dans le creux de sa main, et s'approcha doucement de Rydstrom par-derrière. Laissant l'illusion s'effacer, elle murmura :

— *Retourne-toi.*

Quand le démon fit volte-face, elle lui souffla la poudre dans le visage.

— Puisque tu te conduis comme un animal, alors tu seras traité comme un animal.

Il la gratifia d'un regard de haine pure.

— Espèce de petite garce…

Et il s'effondra sur le sol.

5

— Tu veux voir mon nouvel animal de compagnie de près ? demanda Sabine à Lanthe lorsque celle-ci revint de la salle du trône.

Elle l'invita à prendre une chaise tandis que ses serviteurs déshabillaient le démon.

Seuls ceux en qui elle avait le plus confiance étaient présents. Les esclaves sorceri étaient appelés Inferi – littéralement « ceux qui sont en dessous ». Elle avait des dizaines de mâles et de femelles à sa disposition.

— Plus vite ! ordonna-t-elle en frappant dans ses mains. Avant qu'il ne se réveille.

Deux lui retirèrent son blouson tandis qu'un troisième allumait un feu dans l'âtre. Un quatrième servit du vin doux à Sabine et à Lanthe. Par habitude, les deux sœurs reniflèrent leur verre, vérifiant qu'il n'y avait pas de poison avant de boire.

— Tu as prévenu toute la cour ? demanda Sabine à sa sœur.

— Oui. Bon, tu vas me dire ce qui s'est passé, ici ? Pourquoi est-il encore habillé ?

Sabine lui résuma les événements.

— Et quand il a essayé de m'étrangler, conclut-elle, je l'ai drogué.

— Tu es la championne du faux, et il a réussi à prendre l'avantage sur toi ?

— Il embrasse à la perfection, en plus d'être excessivement intelligent, se défendit Sabine.

— Tu n'as pas l'air spécialement en colère contre lui.

— Il n'a fait que ce que j'aurais fait moi-même en pareille situation. J'avoue avoir été impressionnée par son sang-froid. Il est impitoyable, dit-elle en ignorant le regard scrutateur de sa sœur. Et retors. Je soupçonne son esprit comme ses désirs d'être difficiles à percer.

— Arrête, je n'y crois pas. Je l'entends presque dire : « Moi grand démon, moi vouloir faire crac-crac ! »

Sabine secoua la tête.

— Non. Il n'est... pas comme ça.

— Essaie de t'insinuer dans son esprit. De puiser dans ses fantasmes.

— J'ai essayé, mais c'était fermé à double tour. Typique.

— Voit-il en toi la femelle que le destin lui réserve ?

— Je pense qu'il s'en doute, mais il rejette cette idée. Pas pour longtemps, je te rassure.

C'était important. Le temps pressait. Le cycle des femelles sorceri n'avait lieu que tous les deux mois, et elle approchait de la fin de sa période de fécondité.

— Installez-le sur le lit, ordonna-t-elle à ses serviteurs.

Le lit en question était un matelas posé sur une plateforme en titane à la tête et au pied de laquelle étaient fixées des chaînes terminées par des menottes.

— Faites attention à ses cornes quand vous le soulèverez, dit-elle, se souvenant que la pointe des cornes des démons pouvait produire un poison capable de paralyser un immortel et de tuer un humain.

Lorsqu'il fut installé, elle indiqua ses pieds. Ils lui ôtèrent ses chaussures.

— Quand même, j'ai du mal à croire qu'il ait refusé de faire la chose, avoua Lanthe.

Sabine but une longue gorgée de vin doux.

— Il a invoqué des obligations, des responsabilités.

— Il pense vraiment que tu vas avaler ses salades ? Que tu le crois capable de repousser une femelle nubile qui le supplie presque de coucher avec elle au prétexte qu'il a des *responsabilités* ? Jamais entendu un truc pareil. Tu ne perdrais pas un peu la main, ma vieille ?

— Va te faire voir, idiote. Je ne lui ai pas sorti le grand jeu, voilà tout.

— Tu veux que je te donne quelques conseils éclairés ?

C'était un sujet épineux entre les deux sœurs. Quand Sabine avait compris que durant les siècles à venir elle ne connaîtrait pas l'amour physique, elle avait supposé que Lanthe resterait vierge elle aussi, par solidarité. Quand elle le lui avait suggéré, Lanthe avait ri. Aux éclats. Elle s'était esclaffée, plutôt.

— Je possède quelques bases, répliqua-t-elle.

Même si son hymen était encore intact, elle avait essayé tout le reste.

— Ah oui, j'oubliais ! Sabine, la reine de la pipe de contrebande...

C'était vrai, elle enfreignait la règle en agissant de la sorte. Chaque fois que Sabine fréquentait quelqu'un, c'était illicite. Longtemps, elle avait envié les couples qui traînent toute la journée au lit. Elle, elle redoutait sans arrêt que des Vrekeners débarquent ou qu'Omort la surprenne.

Quand les Inferi eurent retiré le pull de Rydstrom, Lanthe émit un long sifflement.

— Pas un gramme de graisse, dis donc.

Et lorsque Sabine s'approcha du lit pour y regarder de plus près, elle la suivit avec empressement.

Le démon semblait n'être que puissance. Son torse était une succession de creux et de saillies. Ses muscles étaient longs, toniques. Il était athlétique, pas juste costaud.

Un large brassard d'or mat s'enroulait au-dessus de son biceps. De toute évidence, il ne le quittait jamais, et le portait vraisemblablement depuis des siècles.

— Regarde ce tatouage, fit Sabine en indiquant son flanc, au niveau de la taille. On dirait qu'il continue dans le dos.

Elle le souleva pour jeter un coup d'œil, et découvrit un dragon qui semblait chercher à refermer ses ailes sur son torse.

Selon la légende, les basilics, dragons d'une ère lointaine, habitaient dans la dimension de Rothkalina, dans une région appelée le Domaine du Tombeau. Les démons considéraient ces créatures comme sacrées.

Les tatouages étaient courants chez les démons mâles, mais elle ne s'attendait pas à en trouver un sur Rydstrom. Elle suivit les contours du dessin de l'index, éprouvant en même temps la fermeté des muscles.

— Tu le regardes comme si tu le désirais, Abie.

— Et alors ?

— Alors... si tu es sa femelle, peut-être que toi aussi, tu éprouves de l'attirance pour lui. Peut-être que tu pourrais tomber amoureuse.

Ses grands yeux bleus étaient teintés de mélancolie.

Lanthe était la contradiction incarnée – sorcière du Mal, elle désespérait de trouver l'amour. Sabine n'avait jamais vu quelqu'un d'aussi impatient et déterminé que sa sœur dans ce domaine. Depuis leur enfance, Lanthe semblait se consacrer corps et âme à la recherche de son alter ego. Elle dévorait tous les bouquins consacrés à la recherche du bien-être et au développement personnel, et ne ratait jamais une histoire d'amour tragique sortant en DVD.

— Le seul amour dont je sois capable est l'amour fraternel, répondit Sabine. Tu vois, tu as de la chance.

Dans la mesure où elle n'avait éprouvé aucun attachement romantique en cinq siècles, Sabine voyait mal comment cela pouvait changer. Elle était arrivée à la conclusion que la partie en elle capable d'aimer un homme avait définitivement expiré lors de l'une de ses nombreuses morts.

En outre, elle ne pouvait faire confiance à personne d'autre qu'à Lanthe, et à en croire la sagesse populaire et les livres de sa sœur, il ne pouvait y avoir d'amour sans confiance.

— De toute façon, ce n'est pas parce que je suis sa femelle qu'il est mon mâle.

Les Sorceri ne croyant pas au destin, l'idée d'un partenaire à qui l'on serait destiné leur paraissait farfelue.

Malgré tout, Sabine devait faire attention avec sa proie. S'attacher à lui, ou plutôt à son corps et à ses baisers, pouvait les mettre dans une situation des plus... inconfortables lorsqu'elle en aurait terminé avec lui.

— Prête pour le pantalon ? s'enquit Lanthe en se frottant les mains. Voyons si les rumeurs à propos des démons mâles sont vraies.

— Oh, ça, pour l'être, elles le sont ! Je crois même qu'elles sont en deçà de la vérité.

Sabine se mordit la lèvre inférieure. Son érection n'était pas totalement retombée, et elle n'était pas sûre de vouloir que d'autres le voient ainsi.

— Laissez-nous, finit-elle par lancer à ses serviteurs.

Quand elles furent seules, Sabine saisit la taille du pantalon, mais s'arrêta sur le bouton au-dessus de la braguette.

— Je vais peut-être le lui laisser, finalement. Pour que l'effet soit plus réussi quand je le lui ôterai.

Lanthe arqua les sourcils devant l'attitude de propriétaire de sa sœur.

— Quoi ? fit cette dernière, sur la défensive. Je veux juste éviter qu'il ne prenne froid.

Elle lui attacha les poignets au-dessus de la tête.

— Mouais... lâcha Lanthe. Je crois que je vais suivre tout ça de très près, moi.

Et elle s'occupa de refermer les fers autour des chevilles de Rydstrom. Lorsqu'elles eurent fini, les deux sœurs le contemplèrent longuement, côte à côte.

Du fait de son imposante carrure, il occupait toute la largeur du matelas. La ligne qui partait des épaules et descendait en douceur jusqu'à la taille étroite était d'une élégance remarquable. Les poils sombres de ses avant-bras et de son torse étaient plus clairs sur les pointes. Son hâle était parfait.

— Il est... Abie, il est magnifique, articula Lanthe dans un souffle. Tu possèdes désormais un esclave démon à ton entière disposition, quand tu veux, comme tu veux... J'en veux un moi aussi !

— Oui, mais maintenant, je dois faire en sorte qu'il remplisse son nouveau rôle, et vite.

Lanthe hocha la tête, songeuse.

— On ne l'a jamais envisagé, mais que se passera-t-il si ce type est le seul mâle sur cette planète à toujours faire passer le devoir avant ses désirs ? Que se passera-t-il s'il persiste à vouloir tenir ses promesses ?

— Un tel mâle n'existe pas, répliqua Sabine sans hésiter.

— Tu crois ? Je me demande quand même... Peut-être qu'il est tellement du côté du Bien que quelqu'un du Pravus ne *peut pas* le tenter.

— Je rêve ou tu mets en doute mes capacités de séductrice ?

Hettiah l'avait déjà mise au défi d'accomplir sa mission. Ça commençait à bien faire.

— Tu veux qu'on parie ? proposa-t-elle à Lanthe.

— D'accord. Si tu ne parviens pas à le séduire d'ici la fin de la semaine prochaine, tu me donnes ta plus belle coiffe.

Ciselée dans les ors bleus et jaunes les plus rares, la coiffe à laquelle tenait le plus Sabine était ornée d'ailes arquées vers l'arrière, qui revenaient sur les oreilles, et des fils d'or d'une finesse arachnéenne tombaient en voilette sur le front.

Sabine l'avait volée à la Reine de la Clairvoyance, de même que son pouvoir de lire l'histoire des objets en les touchant. C'était un pouvoir fondamental, elles s'étaient battues à mort, l'une pour l'obtenir et l'autre pour le garder. Mais pour finir Sabine avait donné le pouvoir à Lanthe, admettant sans le dire que ce qu'elle convoitait vraiment, c'était la coiffe.

Les sœurs ne pariaient jamais de l'or à la légère. Leur mère avait souvent frotté leur visage avec des souverains en répétant d'une voix douce : « L'or, c'est la vie ! C'est la perfection ! D'une armure d'or votre cœur envelopperez, et jamais votre vie ne perdrez. »

Mais Sabine ne pouvait pas perdre ce pari. Elle était la femelle que le destin réservait à Rydstrom.

— Et toi, si je gagne, tu arrêtes le sexe pendant un an. Après cela, tu éprouveras peut-être davantage de compassion pour moi.

Devant le regard incrédule de Lanthe, elle ajouta :

— Oui, oui, j'ai bien dit un *an*. Tu sais très bien que les deux enjeux doivent être de valeur égale.

— Bon, bon, finit par lâcher Lanthe d'un air blessé. Pari tenu.

Au même instant, le prisonnier de Sabine marmonna quelque chose en langue démon.

— À présent, va-t'en. Je veux être seule quand il se réveillera.

Après le départ de Lanthe, Sabine s'assit sur le lit à côté de Rydstrom, et l'étudia longuement, la tête penchée de côté. Ses cornes la fascinaient. Cette façon de se recourber en épousant la forme du crâne, cette surface absolument lisse, en dehors de la base, qui était nervurée. Ses cheveux épais les recouvraient entièrement, afin qu'il puisse passer inaperçu parmi les humains, alors que la plupart des démons ne le pouvaient pas.

Se souvenant de sa réaction lorsqu'elle lui avait touché les cornes, elle fit courir ses doigts dessus. Le démon frémit dans son sommeil.

Elle s'intéressa ensuite à son visage. Ses traits étaient ciselés. Nez puissant, menton carré, seule la profonde cicatrice entachait cette beauté. La blessure avait de toute évidence été grave, et Sabine se demanda comment cela était arrivé.

Son regard descendit plus bas. Ce démon avait un corps inimaginable.

Sabine avait toujours préféré les physiques un peu plus fringants. Les hommes qui l'attiraient faisaient presque toujours partie des Sorceri, souvent fins séducteurs et beaux parleurs. Rydstrom n'avait rien du fin séducteur. Il n'était que virilité brute.

Ce qui ne signifiait pas qu'elle était impatiente de coucher avec lui. L'expérience avait montré qu'elle n'aimait pas être mordue, or les démons marquaient leur femelle en les mordant la première fois qu'ils la possédaient. De plus, un démon changeait d'apparence pendant l'acte sexuel. Ses traits devenaient plus prononcés, sa peau fonçait, ses crocs supérieurs et inférieurs s'allongeaient.

Comment réagirait-elle face à un démon opérant sa transformation tout en la possédant ? Face à un corps aussi puissant que celui-ci la menant à l'orgasme ? Elle but une longue gorgée de vin.

Sabine n'avait pas menti en disant qu'elle préférait lui laisser son pantalon, histoire de renforcer l'effet lorsqu'elle le lui retirerait – naturellement, elle prévoyait de tirer sur la fermeture avec les dents –, mais un petit coup d'œil en attendant...

Elle posa son gobelet sur la table de nuit, et ouvrit lentement la braguette. Ce qu'elle découvrit lui fit se mordre la lèvre.

Une série de cicatrices courait le long de son membre impressionnant. Il n'en avait plus, mais avait eu autrefois des *piercings*.

Elle avait entendu parler de rites de passage archaïques dans un grand nombre de démonarchies, mais il lui semblait que les démons furie y avaient mis un terme depuis bien longtemps.

Peut-être était-ce Rydstrom lui-même qui avait supprimé ces rites par décret – après tout, il avait été en position de le faire.

Donc, le démon portait un brassard d'or quasiment incrusté dans le biceps, et il avait été tatoué et transpercé. Pourtant, l'apparence de Rydstrom Woede lorsqu'il était vêtu ne laissait rien deviner de tout cela.

Elle remonta doucement la fermeture Éclair de sa braguette et sourit. *Pour une surprise…*

6

Rydstrom reprit lentement conscience. Dans la lumière du crépuscule naissant, il se rendit vaguement compte qu'il était allongé sur un lit.

— Tu reviens à toi au bout d'une demi-heure à peine, dit Sabine. Quelle force de la nature tu fais, démon.

La fureur le submergea. *Elle m'a drogué.* Il ne parvenait ni à bouger les membres ni à ouvrir les paupières. Il sentait la proximité de Sabine, mais sa voix semblait lointaine.

Je suis torse nu ? Bon sang qu'est-ce que…

— Il va peut-être falloir un petit moment avant que nous puissions reprendre, physiquement, où nous en étions, alors, en attendant, je te propose de parler de ton rendez-vous avec l'émissaire de Groot.

Que savait-elle ? Il sonda sa mémoire, mais les souvenirs lui échappaient.

— Ce que je sais ? demanda-t-elle, lisant dans ses pensées, ce qui exaspéra Rydstrom. Je sais que tu te précipitais à La Nouvelle-Orléans ce soir, et pourquoi tu étais si déterminé qu'il m'a fallu réduire ta jolie voiture en miettes juste pour attirer ton attention.

Il était censé retrouver son frère. Cadeon allait se demander où il était. Quand Rydstrom sentit qu'elle s'installait à côté de lui sur le lit, il entrouvrit les yeux, qui le piquaient encore, mais ne distingua rien d'autre qu'une forme floue.

Elle lui murmura à l'oreille :

— Je sais que Groot a forgé une épée dont tu crois qu'elle détruira Omort.

Il s'écarta brusquement d'elle, et poussa un rugissement en entendant – et en sentant –, les chaînes qui l'entravaient.

— Tu m'as… enchaîné ?

La chienne l'avait menotté au lit.

« Quand je la tuerai, je prendrai mon temps », se promit-il.

Elle ignora sa question.

— En échange de l'épée, Groot a exigé la *Porteuse*, une femelle qui doit mettre au monde un guerrier du Bien ou du Mal absolu en fonction des penchants de son géniteur. Mais où vas-tu trouver une Porteuse ?

Il sentit qu'elle cherchait à nouveau à lire dans ses pensées, mais cette fois, ses défenses étaient bien en place.

— Après tout, reprit-elle, les Porteuses ne naissent qu'une fois tous les cinq cents ans.

Et cependant, Cadeon en avait déjà trouvé une. Malheureusement, la femelle que le destin lui réservait – celle après laquelle il soupirait depuis plus d'un an –, était aussi la Porteuse. Une jeune femme nommée Holly Ashwin, voilà ce que réclamait Groot en guise de paiement.

La vue de Rydstrom retrouva son acuité. Il découvrit Sabine assise au bord du lit, qui lui souriait, un gobelet à la main. Il fut soulagé de constater qu'elle avait recouvert sa poitrine. Puis il s'interrogea. Ce haut minuscule qui en laissait voir autant qu'il en cachait… ne l'avait-il pas arraché, tout à l'heure ? *Je perds la tête…*

— Ce que j'ignore, c'est si tu as donné suffisamment d'informations à ton idiot de frère pour qu'il poursuive cette quête inutile.

Groot avait établi tous les paramètres destinés à permettre cet échange. Un système de check points permettait de découvrir au fur et à mesure des précisions sur le chemin à suivre pour gagner son antre secret. Lors de leur dernier coup de téléphone, Rydstrom avait donné à Cadeon suffisamment de renseignements pour qu'il se rende au premier check point et puisse poursuivre sa mission.

— Inutile ? Non, je ne crois pas.

Mais sans Rydstrom et sans ses instructions, était-il envisageable que Cadeon parvienne à s'en sortir ?

— Même si ton frère réussissait par je ne sais quel miracle à trouver la Porteuse et à localiser la forteresse secrète de Groot, l'épée ne fonctionnerait pas. Les Sorceri vouent un véritable culte au métal, et Groot le Métallurgiste le forge et l'ensorcelle. Cela le rend très puissant. Mais pas suffisamment pour faire mourir l'Immortel.

Rydstrom sentait ses forces revenir. Il tira sur ses chaînes.

— Tu ne peux pas les briser, elles ont été renforcées par magie.

— Libère-moi, Sabine !

— Mais je viens juste de t'attraper, rétorqua-t-elle en faisant la moue.

Rydstrom balaya la pièce du regard, cherchant un moyen de s'échapper. Elle l'avait enfermé dans la plus grande geôle du château, constata-t-il. Celle qu'il réservait aux prisonniers politiques lorsqu'il régnait sur Tornin. Elle était équipée de sanitaires, d'une petite table de nuit. Il y avait un tapis sur le sol, quelques ustensiles près de la cheminée. Rien qui puisse l'aider.

Mais il ne le savait que trop... *Personne ne s'évade des geôles de Tornin.*

— Bien, je crois qu'il est temps de reprendre les choses là où nous les avons laissées, fit Sabine en posant son gobelet.

— Quoi ? Tu n'as toujours pas recouvré la raison ?

— Non, et je suis encore plus déterminée. Je ne perds jamais, Rydstrom.

Il tira sur ses chaînes, grogna.

— C'est pourtant ce qui va t'arriver.

— Ah, encore cette fameuse volonté de fer ! Presque aussi forte que ton esprit rationnel et que ton sens du Bien et du Mal. Cela dit, était-ce *bien* de m'étrangler comme tu l'as fait ?

— Tu es une ennemie. Une ennemie que je tuerai à la première occasion.

Les mots étaient forts, le ton, violent. Pourtant, lui seul savait combien il avait été près de poursuivre l'exploration de ce petit corps sensible, et de le mener jusqu'à l'orgasme. Chaque centimètre de peau avait été plus excitant que le précédent.

— Cela ne t'ennuie pas qu'on se serve ainsi de toi ? Tu n'es qu'un outil entre les mains d'Omort.

— À t'entendre, soit je suis à la solde d'Omort, soit j'ai des scrupules à baiser quelqu'un pour d'autres raisons que le plaisir ou l'amour. Mais ni l'un ni l'autre n'est vrai.

— Alors tu n'es qu'une garce froide et sans cœur.

— À peu près autant que toi, tu es un pauvre connard moralisateur. Mais cela ne signifie pas pour autant qu'il ne peut rien y avoir entre nous, précisa-t-elle avec un sourire narquois.

Il tendit les jambes, tenta de se redresser.

— Il faut bien que tu comprennes que tu ne pourras pas te détacher. C'est impossible.

À quatre pattes sur le lit, elle s'approcha de lui, lui offrant une vue plongeante sur son décolleté. Comme il fixait sa poitrine, elle fit brusquement disparaître son haut, révélant des seins qui auraient mis à genoux un démon moins coriace.

Le vêtement n'était qu'une illusion. Et maintenant, ses tétons durcis se trouvaient à quelques centimètres du torse de Rydstrom.

— As-tu envie que nos peaux se touchent ? s'enquit-elle d'une voix essoufflée.

Quand elle se pencha davantage et frotta le bout de ses seins contre lui, ses paupières s'alourdirent, et Rydstrom dut ravaler un grognement. De nouveau, il se débattit, ce qui ne fit qu'accentuer le contact physique entre eux.

— Ces chaînes sont renforcées, tout comme la porte de la geôle. Reconnais-le, Rydstrom, tu es à moi.

— Sabine, bon sang, libère-moi, sinon…

— Tsss, tsss, démon, on se tait.

Elle l'avait interrompu ?

Elle posa l'index sur ses lèvres, et le retira à temps pour éviter le coup de dents de Rydstrom.

— Je sais exactement ce que tu vas dire. Que j'ai intérêt à te libérer immédiatement, sinon, tu vas m'étrangler, ou me faire subir je ne sais quel outrage. Et puis, tu pimenteras cela d'une menace à propos de l'avenir. Avec peut-être une proposition circonstancielle du style « Quand je serai libre. » Tu vois, mon démon chéri ? On est tellement sur la même longueur d'onde que tu n'as même pas besoin de me faire part de tes pensées. C'est un peu comme si nous ne formions déjà plus qu'un, conclut-elle avec un sourire ironique.

Il leva la tête, découvrant ses crocs, qui s'allongeaient.

— Une menace à propos de l'avenir ? Mais je ne vais pas me contenter de te faire souffrir, Sabine. Je vais te tuer.

L'enjeu est si important.

Une nouvelle tentative pour se libérer lui entailla les chevilles et les poignets. Le sang se mit à couler.

Il était réellement prisonnier. Donc il ne pouvait rejoindre son frère. Ni récupérer l'épée.

Être si près du but, et se trouver entravé par des chaînes que même sa force ne pouvait briser…

Cette ensorceleuse l'avait interrompu dans sa quête. Elle était l'obstacle qui lui barrait le chemin. Une petite femelle allait mettre à bas des siècles de labeur et de combat.

— Tu me tueras ? répéta-t-elle.

Elle fit courir ses ongles sur le torse de Rydstrom, descendit jusqu'à son nombril. Il réprima un frisson de plaisir.

Avec elle, sa peau semblait mille fois plus sensible, son corps réclamait l'assouvissement comme jamais auparavant. Pourtant, il se sentait en même temps au bord de la fureur, sa transformation en démon absolu s'esquissait.

L'espèce de démon à laquelle il appartenait s'abandonnait volontiers à d'indicibles fureurs, mais Rydstrom parvenait le plus souvent à les canaliser. Pourtant, la présence de Sabine le rendait fou, lui faisait perdre trop facilement la raison.

— Oui, je te tuerai, lâcha-t-il d'une voix rauque. Vous autres les Sorceri, vous êtes si faciles à détruire physiquement. Si je t'étrangle suffisamment fort, et suffisamment longtemps…

— Comme tu tentais de le faire tout à l'heure. Sache une chose, démon : rien ne me met plus en colère que lorsque l'on attente à ma vie. J'ai une aversion particulière pour l'assassinat.

Mais de quoi parlait-elle, bon sang ?

À genoux entre les jambes de Rydstrom, elle s'étira au-dessus de lui, posa les mains à plat sur ses épaules. Comme elle baissait la tête, elle ajouta :

— Et puis, tu ne voudrais tout de même pas assassiner la mère de ton futur enfant ?

— Espèce de sal…

Un premier coup de langue sur son torse le fit taire.

Inspirant profondément, il s'efforça de se contrôler. Sa transformation avait commencé, la fureur montait en lui en même temps qu'un violent désir charnel. Jamais il n'avait éprouvé ces deux sensations au même moment.

« Que m'arrive-t-il ? » s'inquiéta-t-il.

Sabine entreprit de l'embrasser un peu partout sur le corps. Sa chevelure soyeuse caressait sa peau hypersensible. L'envie d'enfouir le visage dans ses longs cheveux se fit impérieuse. Pourquoi ne l'avait-il pas fait tout à l'heure ? Non, il fallait qu'il la tue.

Une grenade dégoupillée. *Et elle l'avait ramenée chez elle.*

Elle leva les yeux pour le regarder, mais continua à parsemer son torse de baisers ponctués de petits coups de langue, telle une créature imaginaire buvant à une flaque. Puis ses mains se posèrent sur la braguette de Rydstrom.

Soutenant son regard, elle tira lentement sur la fermeture. Dans la chambre silencieuse, ce bruit parut anormalement fort. Malgré lui, Rydstrom ondula des hanches.

— Tu as senti comme j'étais trempée, murmura-t-elle. Tu n'as donc pas envie de plonger *ça* en moi ?

Il sentait sur sa peau son souffle chaud qui descendait plus bas, toujours plus bas.

Au moment où elle dénudait son sexe, il se cabra.

— Libère-moi !

Des scènes érotiques jaillirent dans son esprit. Toutes les choses qu'il avait envie de lui faire. La plaquer sur le sol et s'enfoncer en elle. L'inonder de sa semence, encore et encore. *Jusqu'à ce qu'elle me supplie d'arrêter.* D'autres fantasmes, d'autres fureurs se succédèrent.

Elle ouvrit de grands yeux comme ses traits commençaient à changer, et se redressa.

Il se contorsionna, donna des coups de cornes dans les chaînes au-dessus de sa tête, se blessant les bras au passage.

— Du calme, démon, murmura-t-elle.

Sa voix était envoûtante, et il essaya de lutter contre l'attraction qu'elle exerçait sur lui.

Quand elle prit son sexe d'une main ferme, il sursauta. Il se soulageait lui-même depuis si longtemps que la douceur de cette main l'étonna.

Elle commença à le caresser, les gestes réguliers, appuyés. Il se débattit, mais cela ne fit qu'accroître le mouvement de va-et-vient de son membre dans le poing de Sabine. De nouveau, le sang se mit à couler à ses poignets et à ses chevilles.

Comme il la détestait…

Ce fut comme si un éclair le traversait. Une onde de plaisir le parcourut. Un plaisir *inconnu*. Sous le choc, il baissa les yeux.

Une perle de liquide séminal était apparue à l'extrémité tumescente de son sexe, et elle avait soufflé dessus, le rafraîchissant brusquement.

Quand son sexe palpita dans sa main, chercha à avancer jusqu'à ses lèvres entrouvertes, Sabine fixa sur lui un regard scintillant. Elle était excitée elle aussi, son souffle était haletant, et il se souvint qu'elle était trempée lorsqu'il l'avait caressée, un peu plus tôt.

— Je le *vois* pulser, démon.

Il la croyait volontiers. Jamais il n'avait ressenti une pression aussi douloureuse.

Dans son esprit, c'était la confusion la plus totale. Il avait besoin du regard de Sabine sur lui, voulait qu'elle désire ce qu'elle avait sous les yeux. Il voulait qu'elle le désire, même s'il fallait qu'il la tue.

Elle s'humecta la lèvre inférieure.

— Je crois que tu as envie que je te lèche. Que je te prenne dans ma bouche.

Ses paroles lui arrachèrent un grognement, son sexe tressaillit, et une nouvelle goutte de liquide perla à l'extrémité. Comme il se cambrait sous l'effet de ce plaisir stupéfiant, elle murmura :

— Seule la femelle qui t'est destinée peut faire venir ta semence. As-tu jamais été aussi près de la répandre ?

Jamais.

7

— Commences-tu à croire que je suis ta femelle ?

Comme plusieurs fois déjà, le démon soutint son regard sans ciller – ses yeux couleur d'obsidienne étaient impénétrables –, mais il ne répondit pas. Sabine réalisa qu'il faisait cela lorsqu'il était tenté de mentir. Dans pareille situation, la plupart des gens détournaient le regard, mais lui la défiait en soutenant le sien.

— Ce doit être terriblement frustrant de ne pas pouvoir te répandre, souffla-t-elle en se penchant vers lui. Dans de telles conditions, faire l'amour perd beaucoup de son attrait. Je parie que tu te demandes en permanence ce que tu éprouverais si tu pénétrais une femelle consentante et déversais ta semence en elle.

À ces mots, une grimace – de douleur ? – déforma le visage de Rydstrom. Ses lèvres se retroussèrent, révélant ses crocs.

— Désormais, tu peux cesser de t'interroger. Tu n'as que quelques mots à dire, et je te chevaucherai, je te prendrai en moi. Je te monterai avec fougue, démon, jusqu'à ce que tu ne puisses plus jouir.

Elle en avait envie. Elle était presque aussi excitée que lui.

Connaître enfin le plaisir absolu… Pas une seconde elle n'avait imaginé qu'il lui refuserait cette ultime étape.

L'extrémité de son sexe était complètement humide, à présent, et brillante. Comme son regard demeurait rivé au sien, elle parvint enfin à lire une de ses pensées, ignorant qu'il le lui ordonnait silencieusement.

Lèche mon sexe ! entra dans son esprit comme une bouffée de chaleur.

— Fais-le, *tassia*, dit-il à voix haute.

— Que veut dire ce mot ?

— *Chienne*. Parce que c'est ce que tu es. Maintenant, goûte ce que tu m'as arraché.

— J'en ai envie, murmura-t-elle en se baissant encore.

Elle disait vrai. Tout son corps en avait envie. Ses seins étaient douloureux, leurs pointes durcies et engorgées.

— Je vais le faire, lâcha-t-elle dans un chuchotement.

Elle sut exactement à quel moment il sentit son souffle sur sa peau ; tous ses muscles se tendirent d'impatience.

— Prononce le serment, Rydstrom. Fais de moi ta reine.

— Plus bas... Prends-le dans ta bouche !

Il va recommencer. Il va me repousser.

Elle se redressa.

— Ton consentement, démon. Sinon, je m'en vais.

— Jamais !

Elle se leva, quitta le lit.

— Tu ne gagneras pas à ce jeu-là ! lança-t-elle d'un ton cinglant. Tu me fais perdre du temps, c'est tout !

Il serra les poings.

— Finis ce que tu as commencé !

— À quelques mots près, commenta-t-elle, projetant sur elle-même une illusion de la robe qu'elle portait un peu plus tôt. La prochaine fois, peut-être.

Rydstrom vociféra en langue démon, et elle n'avait nul besoin de le comprendre pour savoir qu'il la traitait de tous les noms. Peu lui importait. Elle se dirigea vers la porte, le laissant arc-bouté sur le lit, son sexe imposant dressé vers le plafond.

Dehors, sa fidèle servante l'attendait. Sabine l'appelait Inferi. Elle appelait tous ses serviteurs Inferi.

Bien que fulminante après un tel affront, elle s'efforça de donner ses instructions d'un ton posé.

Elle ordonna qu'on lui administre un autre calmant, puis, après l'avoir fait se laver, que l'on s'enquière de ses besoins pour la nuit. Ensuite, il devrait être attaché au lit par un collier, les mains liées dans le dos, au cas où il déciderait de relâcher un peu la vapeur.

Il était probable que, suffisamment excité, même une « petite chienne » comme elle finirait par le faire céder.

Songeuse, elle se dirigea vers sa tour, et gravit les six étages qui menaient à ses appartements. D'ordinaire, elle se méfiait : Omort l'avait souvent coincée sur ce chemin. Mais en l'occurrence, le corps de Rydstrom occupait toutes ses pensées.

Elle ne s'était pas attendue à être aussi déstabilisée par cet homme. On lui avait appris à se considérer comme supérieure aux démons, et elle ne voyait dans cette histoire « d'héritier » qu'un jeu de pouvoir.

Mais mis à part son inexplicable penchant pour le Bien, et le fait qu'il était leur ennemi juré, Rydstrom l'attirait. Il était si différent des hommes qu'elle avait côtoyés et connus qu'il la fascinait.

Dans quelles circonstances avait-il été blessé au visage ? Et les cicatrices sur son sexe, quelle était leur signification ? Maintenant qu'elle connaissait quasiment tout son corps, elle ne parvenait plus à chasser de son esprit la vision de ce torse et de ces bras musclés. Son regard avide s'était longuement attardé sur son sexe…

Elle soupira. Ce soir, elle allait devoir prendre rendez-vous avec son PAP – son petit ami à piles.

Dès qu'elle eut verrouillé derrière elle la porte de ses appartements, elle se détendit, et effaça l'illusion de sa robe. Elle était fatiguée, mais après tout, elle rentrait d'une journée de boulot.

Elle contempla son reflet dans le miroir. Sa carrière était tout pour elle.

Complots et conspirations. Sabine était célèbre dans ce domaine. Et justement, elle était au cœur d'une conspiration.

Omort, Lanthe et elle étaient les seuls à connaître la vraie raison de la capture de Rydstrom. L'héritier du démon n'était pas nécessaire à la répression des révoltes qui éclataient ici et là, mais à l'ouverture du mystérieux Puits des Âmes qui se trouvait au centre de la salle du trône, ici, à Tornin. Sabine ignorait comment le prince libérerait le pouvoir retenu dans le Puits, elle savait juste qu'il y parviendrait.

Ce qu'Omort ignorait, c'était qu'elle ferait en sorte que son fils libère ce pouvoir pour elle et elle seule.

Elle projetait de s'emparer du royaume de Rothkalina et d'en devenir la reine.

Capturer le démon, c'était se procurer les moyens d'arriver à ses fins. Restait à le convaincre de coucher avec elle.

Jamais Rydstrom n'avait imaginé que pareille douleur existât. Son sexe était à l'agonie. Il essayait de ne pas penser à la pression qui s'exerçait à l'intérieur, essayait d'oublier les chaînes qui l'entravaient, mais les menottes lui entamaient les chairs.

Cette situation était un affront terrible à sa dignité, et cela le rongeait.

Dans son esprit, c'était la tourmente, les questions se succédaient sans relâche. Reviendrait-elle ce soir ? Combien de temps le laisserait-elle ainsi attaché ? Comment se faisait-il qu'elle en sache tant à propos du marché passé avec Groot ?

Et depuis quand sa capture était-elle prévue ?

Il devait se libérer à tout prix, mais comment ? *Personne ne s'évade des geôles de Tornin...* Il lui faudrait utiliser Sabine comme otage. À moins qu'il ne parvienne à la convaincre de trahir Omort. Jusqu'à quel point était-elle loyale envers ce dernier ?

Avoir une ensorceleuse de cette envergure de leur côté présenterait des avantages considérables.

Il tenta de faire le point. Que savait-il sur les Sorceri ? Ces créatures étaient cupides, hédonistes, elles se consacraient à la poursuite du plaisir... et de l'or. Mais elles étaient aussi très secrètes, paranoïaques, et se méfiaient des inconnus qui se présentaient à leur porte. La plupart vivaient aux confins de la terre.

Dans l'ensemble, néanmoins, les Sorceri n'étaient pas foncièrement mauvaises. *Tu dis cela parce que tu la désires.* Peut-être, mais il n'en restait pas moins que gagner Sabine à sa cause était envisageable. Et pour l'instant, c'était même la seule solution apparemment viable.

Il peinait encore à croire qu'elle puisse être sa femelle. L'Accession provoquait souvent le rapprochement de partenaires et la fondation de familles. Du reste, il avait secrètement espéré que celle-ci lui permettrait de trouver son alter ego. Il rêvait d'elle depuis toujours. Comment serait-elle ? Son rire serait-il joyeux, sa peau douce, son corps... accueillant ? Il aurait aimé s'y perdre, dans ce corps fantasmé.

Il eut beau chercher, Rydstrom ne trouva rien dans celui de Sabine qu'il aurait aimé changer. Son teint était lumineux, ses pommettes roses. Ses cheveux soyeux reflétaient l'éclat des flammes. Pas une seule cicatrice n'abîmait sa peau.

Il avait vu le désir allumer dans ses yeux une étincelle bleu métallisé... Elle n'avait pas pu feindre cela. Pas plus que la réaction de son corps. Son sexe était moite, et *lisse*. Il serra les poings, ses griffes lui mordirent les paumes.

Après ces dernières semaines, ceci ne servait qu'à jeter de l'huile sur le feu. Trop de conflits animaient Rydstrom. Son esprit ne pouvait tout simplement pas fonctionner ainsi. D'ordinaire, les décisions à prendre se schématisaient sous la forme d'un diagramme précis. Les choix apparaissaient clairement, les conséquences aussi. D'ordinaire, il se montrait rationnel et aimait que les choses soient simples. Il avait *besoin* qu'elles le soient.

Mais à présent, presque rien n'était comme il le paraissait, ou quand ça l'était, tout allait de travers. Il était de retour chez lui, mais en tant que prisonnier. Il avait peut-être trouvé sa reine, mais elle était fourbe, dangereuse, et dénuée de sens moral. Tant qu'il ne se serait pas évadé, son destin et celui de son peuple reposeraient entre les mains de Cadeon – une position fort précaire.

Surtout maintenant que Cadeon avait avec lui la femme qu'il avait une fois appelée – dans une envolée lyrique autant qu'éthylique – « la lumière de mon existence ».

Rydstrom était présent lorsque Cadeon avait vu Holly Ashwin pour la première fois. Il avait senti l'énergie qui passait entre eux. Mais Cadeon n'avait pu la posséder, convaincu qu'elle était humaine.

Désormais, Cadeon savait que Holly était en réalité une Valkyrie. Plus rien ne l'empêchait d'en faire sa femme.

Comment Rydstrom pouvait-il espérer que non seulement son frère renonce à sa femme, mais qu'en plus il la livre à Groot, un assassin psychotique qui voulait uniquement lui faire un enfant ?

La dernière fois que le royaume avait eu besoin de Cadeon, ce dernier avait tourné le dos à Rydstrom et à sa famille. Pourquoi agirait-il différemment cette fois-ci ?

Penser à Cadeon et à Holly fit naître un autre doute en lui. Tous deux étaient à l'opposé l'un de l'autre. Cadeon, mercenaire impitoyable franchement négligé, avait trouvé son alter ego en une brillante mathématicienne à lunettes obsédée par la propreté.

L'universitaire aux troubles obsessionnels compulsifs et l'aventurier sans port d'attache. Un couple complètement improbable, et pour le moins inattendu.

Rydstrom avait la réputation d'être droit et bon. Sabine celle d'être fourbe et malfaisante. Cela n'avait, semblait-il, pas d'importance. Il ne pouvait ignorer la façon dont son propre corps avait réagi à l'ensorceleuse. Instinctivement, il savait que s'il plongeait en elle, le sceau serait rompu. Enfin, il saurait ce que l'on ressent à répandre sa semence, et serait capable de recommencer encore et encore.

Il avait récemment consulté Nïx la devineresse à propos de son avenir.

— C'est un peu flou, avait-elle répondu avec un sourire ironique.

De toute évidence, ce qu'elle avait vu l'avait amusée.

Rien ne pouvait être plus ironique que Sabine devenant la reine de Rydstrom. Et c'était tout à fait le genre de situation que Nïx aurait trouvée amusante. Les Valkyries vouaient un véritable culte au destin.

Elles étaient aussi les premières à reconnaître qu'il n'existait rien de plus inconstant.

Je peux résister…

La porte de la geôle s'ouvrit en grinçant et des serviteurs entrèrent.

— Nous devons vous préparer pour ce soir.

Une fois de plus, de la poudre lui piqua les yeux.

8

Sabine s'éveilla en sursaut. Son lit était sous la pluie, au milieu du champ de boue où on l'avait enterrée vivante tant d'années auparavant.

Elle cligna des yeux, comprenant qu'il s'agissait des chimères d'un cauchemar. Elle avait toujours projeté des illusions dans son sommeil, que ce soit durant un rêve ou un cauchemar. Tandis qu'elle passait une main distraite sur la cicatrice, dans son cou, l'illusion s'évanouit et sa chambre réapparut.

Ces appartements étaient censés avoir été ceux de Rydstrom autrefois. Ils se trouvaient dans la tour ouest, celle qui surplombait l'océan. La chambre était percée de hautes fenêtres que Sabine laissait ouvertes pour que pénètre la brise marine. Elle avait décoré la pièce d'oriflammes violettes et noires qui claquaient dans le vent.

Elle ne parviendrait pas à se rendormir, elle le savait. Déjà qu'elle avait eu du mal à trouver le sommeil…

— Tu n'as pas rêvé de ton prisonnier ? demanda une voix dans la pénombre.

Repérant les yeux jaunes d'Omort qui luisaient dans la pénombre, elle recula brusquement et heurta la tête de lit.

Elle projeta précipitamment une illusion de robe de chambre par-dessus sa chemise de nuit minimaliste, puis une lumière fluorescente dans la pièce.

Voilà pourquoi elle ne pouvait plus dormir toute une nuit d'affilée. Omort aurait pu profiter de son sommeil pour lui attacher les mains dans le dos, position qui l'aurait empêchée de projeter une illusion – sa seule défense.

— Tu es allé trop loin en t'introduisant dans ma chambre, mon frère.

— C'était censé n'être qu'une formalité, non ? Ne pas te prendre plus de quelques instants ?

Il envoyait des sondes télépathiques pour lire dans ses pensées, mais elle avait appris à les bloquer totalement. Souvent, il exigeait des autres qu'ils lui ouvrent leur esprit, mais jamais il ne l'avait demandé à Sabine. Comme si, au fond, il ne tenait pas vraiment à connaître ses sentiments à son sujet.

— Que veux-tu dire ?

— Avec la capture de Rydstrom, nous sommes encore plus près de… l'inévitable.

« Combien de temps encore vais-je réussir à repousser Omort ? » s'interrogea-t-elle. Qu'il se soit introduit dans sa chambre était de mauvais augure. Une fois qu'elle aurait offert sa virginité au démon et porté son enfant, elle n'aurait plus de lieu sûr où se réfugier. Elle n'avait pas imaginé qu'il attendrait ainsi tel un vautour, surtout avec Hettiah, censée le soulager.

Quand il s'approcha du lit, elle demeura calme, mais au prix d'un réel effort.

— Que veux-tu ?

— Ta tablette n'a pas bougé, elle est toujours sur le mur ouest. Les choses ne se passent pas comme prévu avec ton prisonnier ?

— Disons qu'il est aussi déterminé et volontaire que tu l'avais dit.

— Peut-être devrais-je aller voir…

— Non ! C'est impossible. Il est inutile de lui rappeler les liens qui existent entre nous. Mais dis-moi, comment se passe la recherche d'une sibylle ? enchaîna-t-elle, pour changer de sujet.

Ils étaient pris dans un cercle vicieux, ne trouvant que des devineresses de plus en plus faibles. Chacune d'entre elles commettait invariablement des erreurs, et était exécutée. On la remplaçait par une moins efficace encore.

— Tu as trouvé la perle rare ?

Il lui adressa un regard signifiant qu'il autorisait le changement de sujet.

— J'en ai sélectionné une et j'ai envoyé des démons feu la chercher.

La chercher. La sibylle Trois cent cinquante-six avait été volontaire, et non « achetée » par Omort. Il s'en trouvait toujours qui postulaient pour la place, convaincues qu'elles seraient plus intelligentes, meilleures, moins taillables et corvéables à merci. À tort.

— Il est très important que nous en ayons une en place le plus vite possible, déclara Sabine d'un ton mesuré.

Elle savait le sujet épineux, et susceptible de plonger Omort dans une colère noire.

Autrefois, il avait volé son don de divination à une sibylle. Mais n'ayant aucun talent d'interprétation, il s'était révélé incapable de tirer parti des visions qu'il recevait. Cela l'avait rendu plus fou encore, et il avait été obligé de renoncer à ce pouvoir.

— Ce sera fait, répondit-il d'un air absent.

Il arpentait la chambre de Sabine, examinant ses affaires, s'arrêtant ici ou là pour prendre un livre, le feuilleter.

Il y en avait des centaines, empilés un peu partout. La plupart concernaient le royaume, et Rydstrom. Sabine étudiait le sujet depuis des années.

— J'ignorais que tu t'étais à ce point documentée sur mon ennemi.

— Je prends cette affaire très au sérieux. C'est l'occasion d'étendre le pouvoir du Pravus.

— Oui, moi aussi j'ai beaucoup étudié Rydstrom. Il me fascine depuis longtemps.

Il feuilleta un volume ancien, puis le jeta d'un geste désinvolte.

— Croit-il que tu es sa femelle ?

— Je pense, oui.

Omort sourit, révélant des dents blanches parfaites. Mais le sourire n'atteignit pas son regard, qui demeura froid.

— Il doit être très déçu, observa-t-il en s'asseyant sur le lit à côté d'elle.

« Calme… calme… distrais-le », s'enjoignit-elle.

— Que s'est-il passé, la nuit où tu l'as affronté, quand le royaume a basculé entre tes mains ? J'ai lu les documents de l'époque, mais les détails restent flous.

— J'avais conclu un pacte avec Demestriu, le roi de la Horde. Il a harcelé Rydstrom, fatigué ses armées, et puis il a lancé une attaque-surprise. Pour se défendre, Rydstrom a été obligé de quitter le royaume. C'est à ce moment-là que je me suis emparé de Tornin. Le château était resté sans protection parce que Cadeon, l'héritier de Rydstrom, avait refusé d'obéir à son ordre de venir le défendre.

— Pourquoi a-t-il fait une chose pareille ?

D'après ce qu'elle avait entendu dire sur Cadeon, il ne connaissait pas la peur.

— Qui peut comprendre les démons ? Pour ma part, je m'amuse à l'idée que Rydstrom reproche à Cadeon d'avoir tourné le dos à son royaume. Ce qu'il ignore, c'est que j'étais parfaitement conscient de l'importance de la présence de Cadeon au château, et que pour cette raison, j'avais envoyé cinq cents revenants lui tendre une embuscade. Si Cadeon avait obéi à son frère et était venu défendre Tornin, il aurait été massacré.

Intéressant.

— Et tu as affronté Rydstrom en personne.

— De tous ceux que j'ai jamais combattus, c'est le seul qui soit encore en vie. Plutôt que de le réduire en cendres, je l'ai affronté à la loyale, en duel à l'épée, dans l'une de ses places fortes. Il m'a décapité. Le coup était réel, mortel pour n'importe qui d'autre. Mais je me suis relevé. Il a usé de sa forte brute pour faire s'effondrer sur moi le plafond et le toit, mais je me suis échappé.

La main d'Omort approchait lentement de sa jambe.

— Sabine, jusqu'à quel point puis-je te faire confiance ?

— Probablement pas autant qu'à Hettiah. À ce propos, ne devrais-tu pas être avec elle ?

— Elle ne comprend pas les choses aussi bien que toi. Et j'ai beau le regretter, elle ne t'arrive pas à la cheville. Elle n'est qu'une pâle copie de toi.

— T'es-tu introduit à mon insu dans ma chambre pour me dire ce que je sais déjà ?

L'attirance qu'éprouvait Omort pour elle n'était pas seulement due à son physique. Sabine le soupçonnait d'être fasciné par la mort. Et elle, qui connaissait la mort si intimement, était un moyen de s'en approcher.

Lorsqu'il fit glisser son index sur la cheville de Sabine, ses paupières se fermèrent et de la bave apparut à la commissure de ses lèvres. Retenant un frisson, elle se leva prestement et se dirigea vers le balcon qui donnait sur la mer.

Cet endroit avait un effet apaisant sur elle, tel un baume sur son esprit. La plupart de ses nuits d'insomnie, elle les passait là, à contempler la mer.

Omort la rejoignit, s'immobilisa derrière elle. Il ne la touchait pas, mais se tenait beaucoup trop près à son goût. Il ne dégageait aucune chaleur. Il était froid, sans vie, tel un cadavre.

Rydstrom, lui, n'avait été que chaleur accueillante.

— Tu devrais y aller, cher frère. Une journée difficile m'attend, demain. Je dois être au mieux de ma forme si je veux être la première femme à briser la volonté de fer de Rydstrom.

— Je suis heureux de constater que tu ne le sous-estimes plus.

Quand elle sentit son souffle froid contre sa nuque, elle fit volte-face et alla se servir un peu de vin doux.

— Mon frère, dit-elle en levant son gobelet dans sa direction. Sois gentil, empoisonne-moi.

Chaque mois, Omort leur donnait, à Lanthe et à elle, le *morsus*, littéralement le « poison morsure ». Le pouvoir du morsus résidait dans le fait qu'il ne provoquait pas de douleur lors de son ingestion, mais au moment où ses effets diminuaient.

Le sevrage en était si douloureux que Lanthe et Sabine se savaient condamnées à en consommer. Sans antidote, la douleur serait telle qu'elles finiraient par en mourir.

Le morsus les empêchait de quitter Omort et de se rebeller. La plupart du temps.

Omort soupira, comme si elle en demandait vraiment trop, puis fit tourner la grosse bague qu'il portait à l'index. Quand il ouvrit d'une pichenette sa capsule à poison, Sabine fixa la bague. Ce bijou signifiait tant pour elle. C'était la source de la vie, le garant de son obéissance.

La bague lui disait aussi quand Omort mentait, car il la faisait alors tourner à son doigt sans s'en rendre compte.

Quand il versa les granules noirs dans son vin, il y eut un pétillement, puis des volutes de fumée s'élevèrent. Une fois dissous, cependant, le poison serait inodore et sans saveur pour ceux qui n'avaient pas été entraînés à le détecter.

Il y avait de cela des lustres, avant qu'elles ne soient capables de l'identifier, et de créer leur propre poison pour le contrer, Omort avait régulièrement versé du morsus dans leur vin.

Sabine porta un toast d'un geste nonchalant.

— *Slàinte*, dit-elle avant de vider le contenu du gobelet. Bien, à présent, il faut vraiment que je dorme. Souviens-toi, Omort, je fais tout cela pour *nous*. Et je sais que tu souhaites notre victoire.

— Très bien, Sabine.

Avec un dernier regard languissant à son adresse, il sortit enfin non sans avoir murmuré :

— Bientôt.

De nouveau seule, elle regagna le balcon. Tandis qu'elle observait les tumultes de l'océan et inspirait à grandes goulées l'air iodé, elle fit le point sur la situation.

Complots et conspirations. Elle voulait Tornin pour elle seule, et pour Lanthe. Pourtant, ce soir, elle suspectait Omort d'essayer de la forcer à capituler avant même qu'elle ait eu l'occasion de mener son projet à bien.

Elle frissonna. Il avait eu le culot de venir dans sa chambre, apportant le froid et le malheur accrochés à lui telle une cape à ses épaules. Elle demeura songeuse, se sentant sale.

Pour la première fois, son regard ne s'attarda pas sur l'écume qui couronnait les vagues, mais glissa malgré elle vers le sud, vers la tour où se trouvaient les geôles.

Rydstrom était une telle force de la nature… Elle s'imagina se perdant en lui et, au bout d'un moment, se surprit à se diriger vers sa cellule. Son cœur avait faim de… quelque chose.

9

Sans un mot, Sabine s'installa aux côtés du démon.

Bien qu'elle le sentît se tendre, elle s'allongea sur le dos, sans le toucher, mais suffisamment près pour percevoir sa chaleur.

Ils restèrent ainsi un long moment, comme si une trêve un peu difficile avait été déclarée. Tous deux fixaient le plafond, aussi le fit-elle s'effacer peu à peu, à la faveur du ciel étoilé.

Rydstrom se tendit davantage.

— Ton pouvoir est grand, observa-t-il d'une voix sourde.

— En effet.

— Tout cela n'est-il qu'illusion ou as-tu fait disparaître le plafond ?

— Mon orgueil me dit que mon don quasi divin t'impressionne, et t'intrigue, aussi. L'expérience me dit que tu veux en apprendre le plus possible sur mes forces et mes faiblesses afin de me tuer.

— Je te laisserai la vie sauve si tu me libères maintenant. Tu m'as maltraité, mais tu n'as encore rien commis d'irréparable.

— Laisse-moi un peu de temps, démon.

Comment faisait-il pour être si chaud ? Aussi incroyable que cela puisse paraître, elle sentait qu'elle se détendait.

— Pour répondre à ta question, tout n'est qu'illusion. D'optique et de son.

— Peux-tu provoquer des sensations chez les autres ?

— Je ne peux projeter aucune illusion tactile. Pour l'instant. Ce qui est dommage, parce que cela me permettrait de décimer une armée à coups de flèches imaginaires. Mais je peux provoquer des sensations, oui.

— Par exemple ?

— Je peux te faire vivre tes pires cauchemars, ou tes rêves les plus chers. Et je peux les contrôler.

— As-tu d'autres pouvoirs ?

— Des dizaines, mentit-elle. Je me sers de la plupart.

Le seul autre pouvoir dont elle disposait était celui que lui avait offert Lanthe pour son anniversaire, bien des années auparavant, et qui lui permettait de communiquer avec les animaux et de les hypnotiser.

Il y eut un silence, comme si Rydstrom mesurait les implications de cette réponse.

— As-tu réfléchi à ce que tu te prépares à faire ? demanda-t-il enfin. À ce que cela représente de porter et d'élever un enfant démon ?

À dire vrai, elle n'avait pas beaucoup réfléchi au problème. Elle ne s'autorisait pas à imaginer sa grossesse, son accouchement ou son rôle de mère d'un prince démon. Chaque fois qu'elle se demandait à quoi ressemblerait leur petit, elle se forçait à penser à autre chose.

Le déroulement des événements avait été fixé, le plan ourdi. Le reste n'était que détails.

Mais la visite d'Omort dans sa chambre, ce soir, avait introduit un grain de sable dans son plan.

Elle répondit à la question du démon par une autre question.

— Qu'est-ce qui te dit que je n'ai pas déjà toute une portée de petits démons ?

— Est-ce le cas ?

— Non, je n'ai pas d'enfant.

— Et si tu mets une fille au monde ? Le royaume de Rothkalina est patrilinéaire.

— Inutile de me le rappeler. Tu sais, chez les Sorceri, les femmes peuvent hériter de la couronne. Morgana est actuellement l'impératrice de tous les Sorceri.

Sabine se tourna sur le flanc, et Rydstrom l'imita, malgré ses bras toujours attachés dans le dos.

— Ici, le peuple n'accepterait pas une femme. Je me demandais… me laisserait-on suffisamment longtemps en vie pour une seconde tentative, au cas où ce serait nécessaire ?

Une mèche de cheveux tomba sur son front, mais il ne pouvait pas l'en écarter lui-même.

— Je suis destinée à concevoir et à mettre au monde un garçon en bonne santé qui sera ton héritier.

— Un garçon que je ne verrai jamais si les choses se passent comme tu l'entends, fit-il, d'une voix qui lui parut plus rauque, soudain. Que je ne pourrai ni élever ni protéger.

Elle demeura silencieuse. Contrairement à sa réputation, Sabine n'éprouvait pas de plaisir particulier à faire souffrir ceux qui ne lui avaient jamais rien fait. Mais elle n'était pas – encore – maîtresse du monde, et ne pouvait donc rien changer au déroulement de cette affaire. Pour que Lanthe et elle soient enfin en sécurité, un démon devait perdre la vie. Le démon qui se trouvait près d'elle, en l'occurrence.

On pouvait en quelque sorte parler de victime collatérale.

— Attends… Si tu es certaine d'avoir un garçon en bonne santé, tu pourras m'assassiner à l'instant où ta grossesse sera avérée.

Elle avait projeté une illusion sur son propre visage, aussi ne vit-il pas qu'elle détournait le regard.

— Je n'abandonnerai pas mon enfant aux mains d'une famille qui ne jure que par le sang et la haine, enchaîna-t-il. J'ai eu vent des rumeurs, vous n'êtes que des dépravés. Vous pratiquez des sacrifices, et toutes sortes de perversions. Chez *moi*, dans *mon* château.

— Omort aime tellement ses sacrifices.

— Écoute-toi ! Tu es tellement endurcie que tu ne te rends même plus compte que ton monde est pourri !

Sabine plissa les yeux. *Ce n'est pas parce que je ne réagis pas que je ne vois rien.*

Elle ne savait que trop combien tout cela était malsain. D'où sa détermination à prendre le pouvoir.

— Jamais tu n'auras mon consentement.

— Je ne m'arrêterai pas avant de l'avoir.

— Tu comptes me garder enchaîné pendant tout ce temps ? Je sais mieux que quiconque qu'il est impossible de s'évader de cette geôle.

— La sécurité n'est pas la seule explication à tes chaînes. Je veux être sûre que tu ne relâches pas la vapeur que nous faisons monter ensemble. Tu ne serais plus en forme, autrement.

Elle fit glisser l'index sur le torse de Rydstrom, dont les muscles se contractèrent en réponse.

— Mais je me dis que si tu es à ce point opposé à la présence de ton enfant en ces lieux, c'est que tu dois accepter peu à peu l'idée que je suis ta femelle.

— As-tu déjà réfléchi à ce que ta vie aurait pu être si tu n'avais pas recours à de tels procédés ?

— Tu veux dire si nous nous étions rencontrés en d'autres circonstances ? Aurais-tu été gentil avec moi ? Honnête ? s'enquit-elle d'un ton amusé. Quand j'ai été appelée pour te capturer ce soir, j'envisageais de me faire embaucher comme serveuse dans ton restaurant préféré. J'aurais été la jolie et souriante Lorean, qui a du mal à joindre les deux bouts, porte des petites robes à fleurs, et attend l'occasion – ou l'homme – qui lui permettra de prendre sa revanche. J'avais même prévu de te laisser mater mes jambes quand je t'aurais servi du gâteau, conclut-elle avec un petit rire.

— Et tu aurais probablement rencontré un homme honorable, sincère et attentionné.

— On prétend que tu ne mens jamais.

— Tu n'as pas l'air convaincue.

— Parce que je ne le suis pas. Je n'ai jamais rencontré un homme qui n'arrange pas la vérité à sa sauce, pour servir ses intérêts.

— Ce n'est pas mon cas.

— Alors dis-moi : suis-je tout ce dont tu rêvais, physiquement ?

Il eut à nouveau ce regard de défi silencieux, puis répondit :

— Moralement, non. Je ne m'attendais pas à me retrouver avec l'une des femelles les plus malfaisantes du Mythos sur les bras.

Les paroles d'Omort résonnèrent dans l'esprit de Sabine. *Comme le démon doit être déçu...*

— L'une des plus malfaisantes ? Pas LA plus malfaisante ?

Elle fit la moue.

— Eh bien, tout le monde a besoin d'avoir un objectif pour progresser. Si tu veux savoir, je ne me considère pas comme malfaisante. Ce n'est pas parce que je vole de temps en temps...

Le voyant froncer les sourcils, elle rectifia :

— Ou que je tue celui qui m'empêche de voler...

— Pourquoi voles-tu ?

— Comment ferais-je pour me procurer de l'or ? Je prends un boulot de sténodactylo ?

— Tu pourrais peut-être t'en passer.

— Impossible. Il faut avoir de l'or.

L'or, c'est la vie...

— Tu es détestée par bien plus de gens que tu ne l'imagines.

— Tu me détestes, toi ?

— Pas encore, mais je pense que c'est inévitable.

Elle eut un petit rire.

— Me haïr, c'est haïr le fil de l'épée qui te pourfend. Il n'est pour rien dans la façon dont il a été aiguisé.

— Une épée peut être refaçonnée, on peut changer sa forme.

— Seulement après avoir été brisée. Imagine la douleur provoquée par le feu dans la forge et le marteau du forgeron – aussi terrible que la première fois. Pourquoi vouloir la connaître à nouveau ?

— Pour que *cette fois* les choses soient comme il faut.

Elle ne releva pas.

— Ce soir, tu m'as appelée *tassia*, alors que j'étais en train de te caresser de la plus exquise des manières. Si cela signifie « chienne », quel est le masculin ?

— Tu ne sais pas ? Tu ne parles pas la langue démon ? s'étonna-t-il, incrédule.

— Il est malséant d'apprendre cette langue, et la parler est interdit au château. De toute façon, je connais déjà cinq autres langues. Cinq, c'est ma limite. N'en jetez plus.

— Donc tu n'as pas compris ce que je disais quand je te maudissais ?

— Pas un mot. Mais tu m'as traitée de mauvaise et de chienne suffisamment de fois pour que je devine…

La cloche du château résonna au loin.

— Ils la sonnent à minuit et à 3 heures maintenant ? commenta Rydstrom d'une voix où perçait le dégoût. Pourquoi 3 heures ? C'est l'heure d'aller s'incliner devant un dieu malfaisant ? Un dieu avide de sacrifices ?

— Devrais-je vénérer la raison, comme toi ?

— Tu pourrais faire pire.

— Tu veux que je t'avoue un secret, Rydstrom ? Je vénère l'illusion, moi.

— Ce qui signifie ?

Elle tendit la main vers le front du démon, écarta la mèche rebelle.

— L'illusion, c'est l'amie discrète de la réalité, qui lui remonte le moral quand elle est triste. L'illusion, c'est l'astuce face à la sagesse, l'agréable néant face au savoir. La richesse face au manque. Voilà ce que je tiens pour sacré.

— Tu te considères comme l'incarnation de l'Illusion ?

Elle lui sourit.

— Veux-tu être ma réalité ?

Comme le regard vert de Rydstrom descendait sur ses lèvres, elle hasarda :

— Serais-tu en train de repenser à notre baiser, démon ? Je l'espère, parce que moi aussi, j'y pense sans cesse. J'ai beaucoup aimé la façon dont tu m'as embrassée.

Rydstrom se rembrunit.

— Pourquoi es-tu venue ce soir ?

Pour oublier le dégoût provoqué par Omort.

— Pour te prévenir. Je ne prendrai pas de gants la prochaine fois que je te rendrai visite.

Ou plutôt, j'en mettrai.

— Je me montrerai sans pitié.

Elle n'en avait plus les moyens. Chaque jour qui passait rendait une conception plus improbable.

Les Sorceri n'étaient tout simplement pas très prolifiques, contrairement à d'autres espèces du Mythos.

Le démon scrutait son visage, comme s'il essayait de lire sous le masque des illusions.

— Sabine, je ne pense pas que tu sois aussi mauvaise que le laissent croire les apparences.

— Avec moi, rien n'est jamais conforme aux apparences. C'est toujours bien, bien pire.

— Non. Je ne pense pas que tu souhaites réellement nous faire tout cela, à mon peuple et à moi.

— Faire quoi ? Chercher à prendre le pouvoir ? Capturer un démon ?

Comme il ne répondait pas, elle continua d'un ton glacial :

— Tu penses que tu peux me faire changer, c'est cela ? Faire de moi quelqu'un de *bon*. Me *rééduquer*, peut-être ?

— Étant donné ma situation, je dois le croire. Avec de l'aide, tu peux apprendre à voir les choses différemment. Je peux te montrer…

Quand elle se leva, la pièce parut trembler sous l'effet de sa fureur. Au-dessus d'eux, dans l'illusion du ciel, une cascade d'étoiles filantes s'enflamma.

— Le premier mâle qui a essayé de me faire prendre le chemin du Bien, je l'ai décapité.

Elle se dirigea vers la porte, se retourna et ajouta :

— J'avais douze ans.

10

Quand Rydstrom sentit l'odeur sensuelle de Sabine, il ferma les yeux de plaisir, pour les rouvrir aussitôt, maudissant sa faiblesse.

Qu'allait-elle lui faire ce soir ? Ses serviteurs l'avaient laissé nu et enchaîné au lit, un simple drap recouvrant la partie inférieure de son corps.

Elle n'était pas venue depuis deux jours. Au fil des heures, il avait eu l'impression que la cellule se refermait sur lui. Les menottes ne cessaient de lui entamer les chairs.

Tous les démons furie connaissaient les légendes relatant le calvaire de ceux de leur espèce qui, après s'être transformés pendant l'acte sexuel, n'avaient pas retrouvé leur forme normale ensuite. Ils vivaient comme des animaux, et pour quelqu'un comme Rydstrom, cette idée était insupportable. Pour éviter cela, les démons furie se soulageaient plusieurs fois par jour.

Et Sabine lui avait même refusé cela.

Elle lui avait demandé s'il la détestait. Sur le moment, il n'éprouvait pas de haine, mais la graine avait été plantée. Et chaque jour passé dans cette sinistre geôle la faisait pousser davantage.

— Tu es en colère, et du coup, tu boudes, lança-t-elle d'un ton léger en entrant. Mais j'ai l'intention de me faire pardonner.

D'autres tourments. D'autres tentations. La haine en lui le disputait au manque. Il maudit son sexe lorsqu'il se redressa sous le drap, impatient.

Bon sang, pourquoi était-elle restée absente aussi longtemps ? Il ignorait où elle était et si elle comptait seulement revenir un jour.

— Tu n'as pas envie de savoir ce que j'ai à te proposer ? reprit-elle en se penchant sur lui par-dessus la tête de lit. Comme prévu, je suis venue avec un arsenal complet, aujourd'hui.

Il sentit la froideur du métal sur sa peau et baissa les yeux sur les mains que Sabine venait de poser sur son torse. Elle portait des gants de fil métallique tressé qui se terminaient par des griffes d'argent coupantes qui brillaient dans la pénombre.

Des gantelets ? Un malaise s'empara de Rydstrom.

— Je vais me servir de mes talents uniques pour te séduire. Tu ne veux donc pas regarder ta femelle ?

Pour ce faire, il aurait dû se dévisser le cou. Il se refusa à manifester sa curiosité.

« Ne regarde pas, s'exhorta-t-il. Ne fais rien de ce qu'elle te demande. »

Quand elle se mit à pétrir les muscles de ses épaules, il se raidit, mais elle savait user de ses griffes sans lui percer la peau.

— L'autre nuit, j'étais allongée dans l'obscurité, et je me suis dit : ce n'est pas parce qu'il s'est refusé à moi que je n'ai pas droit à un peu de plaisir.

Cela signifiait-il qu'elle avait couché avec un autre ? Était-ce la raison de son absence prolongée ? Rydstrom sentit ses crocs s'allonger dans sa bouche.

Sabine s'inclina pour lui murmurer à l'oreille :

— Alors j'ai fantasmé sur toi… tout en me caressant.

Sans lui laisser le temps de ravaler sa fureur – et son soulagement –, elle lui demanda :

— Veux-tu voir ce que je m'imaginais ?

Toujours penchée sur lui, elle promena les paumes devant le visage de Rydstrom. Au-dessus d'eux, l'air devint opaque, la température monta. Une illusion se dessina sur le mur, de l'autre côté de la pièce, tel un film projeté sur un écran.

Devant l'image qui apparut, il resta bouche bée. La scène la montrait à quatre pattes, nue. Il était derrière elle, les mains agrippées à ses hanches et la prenait brutalement en levrette.

Il sentit ses paupières s'alourdir, mais ne put détourner le regard de la scène. Son sexe se raidissait à chaque battement de son cœur. La haine qu'il éprouvait à son endroit était noyée par le désir d'être en elle.

Si seulement je pouvais me soulager, faire baisser la pression, alors je pourrais réfléchir…

S'imaginer la posséder était une chose, en être témoin en était une tout autre. Quand il vit sa virilité s'enfouir dans le scxe de Sabine, il ne put réprimer un grognement.

— Tu joues avec des choses que tu ne comprends pas. Je perdrai tout contrôle de moi-même. Je pourrai te tuer aussi facilement que je te possède.

Elle l'ignora.

— Aimerais-tu voir à quoi j'ai pensé quand j'ai joui ?

L'imaginer en train de se caresser jusqu'à l'orgasme…

Soudain, l'illusion changea. À présent, Sabine était à genoux devant lui, qui la dominait de toute sa taille. Il avait empoigné sa chevelure rousse, et la guidait tandis qu'elle le prenait dans sa bouche. La tête en arrière, il donnait des coups de reins, visiblement au bord de l'explosion. Elle avait imaginé cela ?

Tranquillement, elle vint se placer entre lui et l'image projetée sur le mur. Il eut du mal à respirer, le temps parut ralentir.

— Sabine ?

Elle portait la tenue des Sorceri, celle-là même que ses ancêtres avaient choisie des siècles auparavant. La coiffe très élaborée, en or et argent, qui ornait sa tête aurait aisément pu passer pour une couronne de reine. Un flot de tresses tombait en cascade sur ses épaules.

Un masque de khôl noir mettait en valeur l'ambre de ses yeux, et elle avait peint ses lèvres en rouge sang. Le métal de son bustier lui couvrait à peine la poitrine. Sous sa courte jupe, ses bas en résille d'or s'arrêtaient à mi-cuisse.

Il avait toujours pensé que la tenue traditionnelle des Sorceri était d'un érotisme torride. Il ne l'avait jamais vue sur la femme idéale.

Jusqu'à présent. Rydstrom lâcha un juron. *Refuser tout.*

On prétendait dans le Mythos qu'elles s'habillaient ainsi car elles faisaient partie des espèces les plus faibles. Elles ne possédaient pas de griffes, donc elles en portaient des fausses. Elles étaient très vulnérables à toutes sortes de blessures, donc elles se protégeaient la tête et le torse avec du métal. Et le masque noir déconcertait leurs adversaires plus puissants.

Si, jusque-là, il l'avait trouvée séduisante mais pas irrésistible, elle était désormais son fantasme incarné – tandis qu'elle se tenait debout devant l'illusion d'une fellation à couper le souffle, dont ils étaient les protagonistes.

Elle est à moi. Elle pivota doucement, pour qu'il puisse la voir de dos. Devant le spectacle de ces fesses rebondies moulées dans cette minijupe, sa seule pensée fut : « Je suis perdu. »

— J'ai décidé qu'il fallait que nous fassions connaissance, déclara-t-elle d'une voix de velours en lui faisant de nouveau face. Peut-être rechignes-tu à m'épouser parce que tu n'as pas vu quelle personnalité de gagnante j'avais.

Elle laissa l'illusion dans son dos s'évaporer.

— Personnalité de gagnante, répéta-t-il avec stupeur.

Voilà qu'elle voulait discuter, alors qu'il faisait tout ce qui était en son pouvoir pour ne pas frotter son sexe douloureux contre le drap frais.

— Je me demandais, démon... quelles sont tes préférences, sexuellement ?

Il avait cherché la réponse à cette question pendant toute son existence ou presque. Il savait qu'il aimait la voir ainsi vêtue. Cette tenue le faisait fantasmer, il s'imaginait lui retirant un à un ses atours si sensuels.

Défaire une à une les attaches compliquées... le temps que cela devait prendre... l'impatience... le désir qui devait monter... Rien que les liens de cuir noués sur son bustier de métal...

— Il paraît que tu es attiré par les gentilles filles, les femmes vertueuses.

Il frissonna intérieurement.

— Je veux une bonne reine pour mon peuple.

— Mais ce n'est pas ce dont tu as besoin au lit.

— Qu'est-ce qui te fait dirc cela ?

— Ta façon de me baiser du regard quand je suis habillée de la sorte. Et puis, ce drap tendu... Tu sais ce que je pense ? Je pense qu'au fond, tu as toujours eu envie d'une fille qui n'a pas froid aux yeux, et qui aime ça. Le destin le savait, et c'est pour cela qu'il m'a choisie pour être ta femelle. Je pense que tu fréquentais des femmes vertueuses – autant dire ennuyeuses à mourir –, uniquement parce que c'est ce que l'on t'avait recommandé.

— Tu ne sais pas de quoi tu parles.

— Je sais tout de toi, Rydstrom. Je t'ai étudié pendant des années, j'ai dévoré les biographies non autorisées les plus anciennes qui soient. Ces deux derniers jours, j'ai relu tous les textes concernant l'histoire de ta famille, *ton* histoire. J'ai tenté de faire le rapprochement entre ce qui a été écrit, et ce que je connais de toi personnellement.

La sueur perla au front de Rydstrom. Qu'avait-elle appris exactement ?

— Par exemple, j'ai lu que tu avais essayé ta première femelle le jour de ton treizième anniversaire, et ta deuxième le lendemain. Et je pense que c'est vrai.

Ça l'était. Pour un prince démon, essayer des femelles était fondamental. Il avait couché avec des dizaines et des dizaines d'entre elles, espérant chaque fois trouver son alter ego. Rydstrom avait eu plus de femmes au cours de son premier siècle d'existence que pendant les quatorze qui avaient suivi.

— Elles étaient toutes plus âgées que toi, poursuivit Sabine. Et c'était des « dames », façon de dire qu'elles n'y connaissaient rien en matière de sexe. Est-ce qu'elles gémissaient ? Est-ce qu'elles appelaient cela ton pénis plutôt que ta queue ? s'enquit-elle en pointant une griffe métallique en direction du sexe de Rydstrom. Étaient-elles beaucoup trop douces avec elle ?

La réponse est oui. À toutes ces questions. Il détestait la douceur. Ce qu'il aimait, c'était prendre une femme toute la nuit, et en sentir les effets le lendemain. Quand il était jeune, un de ses amis se vantait toujours des griffures qu'il avait dans le dos, faites par sa dernière conquête, abandonnée dans la foulée. Rydstrom l'avait envié amèrement.

— Ce devait être pénible de coucher avec une inconnue après l'autre. Tu en as eu tant. Et tu étais si jeune pour supporter une telle pression. Ces déceptions répétées.

Ses partenaires sexuelles étaient toujours nerveuses, chacune espérant sans le dire qu'elle parviendrait à briser le sceau, et à devenir sa femme. Faire l'amour était devenu une épreuve, chaque accouplement plus embarrassant que le précédent. « *Je suis désolé de t'avoir tiré les cheveux* » ; « *Faites comme il vous plaira, sire.* »

Son frère aîné, Nylson, et leur père avaient tous deux trouvé leur femelle dans les royaumes voisins.

— J'ai fait ce qui était nécessaire pour le royaume, grinça-t-il. Tout nous portait à croire que ma femelle...

— ...appartiendrait au genre démon et serait aussi désintéressée que toi, termina Sabine avec une moue dégoûtée. Mais il t'a fallu quinze siècles pour la trouver, et c'est moi, une ensorceleuse experte en fourberie, en vol et en violence gratuite.

— Cela reste à voir.

Elle lui adressa un regard amusé, presque victorieux.

— Tu en as eu tellement... les as-tu toutes satisfaites ?

Loin, très loin de là...

— Je n'ai jamais eu de réclamation, répondit-il avec honnêteté.

Elles n'auraient jamais osé. Et c'était un problème. Toute sa vie, les femmes l'avaient traité comme un roi au lit et, aussi étonnant que cela puisse paraître, cela l'avait laissé froid.

— Mais tu n'as encore jamais eu de femelle sorceri, observa Sabine en s'asseyant sur le lit. Nous avons tendance à être plus exigeantes que la démone moyenne.

— Tu penses que je n'ai couché qu'avec des filles de mon espèce ?

C'était le cas. Il avait toujours pensé que la reine des démons furie serait de la race des démons. Pas un instant il n'avait pensé qu'une ensorceleuse pourrait être son alter ego. *Non, il n'y a rien de certain.* Il ne pouvait en être sûr tant qu'il ne serait pas en elle.

Refuse-toi...

Elle fit courir ses griffes métalliques sur son torse. Les muscles de Rydstrom se contractèrent.

— Tu es un mâle dominant, viril, et un roi. Peut-être serais-tu tenté si j'étais coquine *et* soumise ?

Jamais. Il voulait une femelle avide, agressive, limite égoïste. Il en avait soupé des femmes désintéressées et altruistes.

Elle rabattit le drap, puis fit courir une griffe sur son sexe. Appuyant juste assez pour qu'il sente la morsure, mais pas la douleur. Les yeux de Rydstrom roulèrent dans leur orbite.

— C'est dommage, parce que soumise, ça n'est pas au programme. Pas avec moi.

C'est bien ma reine. Je ne peux pas le nier... Alors protège-la. De toi-même.

— Sabine, si je me transforme, je perdrai tout contrôle. L'instinct prendra le dessus, et si tu es l'objet de tout ce que le démon en moi veut, de tout ce dont il a besoin, alors que les dieux te viennent en aide. C'est ce que tu veux ?

— C'est ce sur quoi je compte.

— Il n'y aura aucune douceur... tu peux aussi compter là-dessus.

— Peut-être que la douceur ne me dit rien, démon. Peut-être que nous avons plus de points communs que tu ne l'imagines. Donc, si je résume, tu rêves de sexe brutal avec des filles pas farouches, mais pas soumises. C'est bien cela ?

— Arrête de me faire dire ce que je n'ai pas dit.

Comment aurait-il pu lui expliquer ce que lui-même avait du mal à comprendre ?

Il voulait la dominer, mais détestait l'idée qu'elle puisse être consentante. Il avait besoin qu'elle se batte contre lui, qu'elle rende coup pour coup. Il adorait les jeux de pouvoir entre eux, ces jeux intellectuels.

Mais au bout du compte, il fallait qu'il la domine. À l'issue d'une nuit avec elle, il saurait qu'il avait gagné quand elle le supplierait dans le creux de l'oreille de la laisser jouir. Ou, si les dieux étaient avec lui, quand elle planterait ses griffes dans son dos en le suppliant.

Quand son sexe palpita, elle ouvrit de grands yeux.

— À quoi penses-tu pour réagir de la sorte ? Laisse-moi entrer dans ton esprit, laisse-moi voir tes fantasmes.

— Pourquoi ferais-je une chose pareille ?

— Nous pourrions regarder ensemble tes désirs les plus secrets. Tu sais que je peux réaliser tes rêves les plus fous si tu me laisses l'accès à ton esprit.

De sa main gantée, elle empoigna le sexe de Rydstrom, lui arrachant un gémissement.

— Tu n'es toujours pas convaincu ? Alors demande-moi une faveur – dans la limite du raisonnable, bien sûr –, et je te l'accorderai si tu acceptes de me laisser entrer dans ton esprit. Il doit bien exister quelque chose que tu veuilles de moi…

11

— Une faveur ?

Il plissa les yeux. Dans ses iris noirs brillèrent des flashs d'un vert étincelant.

« Il a vraiment les yeux les plus divins que je connaisse », songea-t-elle.

— Oui. Demande-moi, c'est tout.

Comme ce devait être difficile de devoir marchander ainsi pour un roi aussi puissant.

— Cela ne pourra que te servir, répliqua-t-il.

Quand elle lâcha le sexe massif qui pulsait dans sa main, il sembla ravaler un grognement.

— Il est vrai que cela m'aiderait à savoir un peu plus précisément comment te satisfaire, et à te tenter encore davantage, admit-elle.

Et cela t'aiderait aussi à y voir plus clair, car je ne suis pas sûre que tu saches ce que tu veux.

— Allez, vas-y, reprit-elle. Demande-moi deux choses.

— Rien de ce que tu m'accorderas ne vaut vraiment le risque. Tu pourrais voir plus que mes fantasmes.

— Rydstrom, si je voulais savoir ce que tu as en tête, je pourrais facilement te droguer avec du sérum de vérité. Et puis, il ne s'agit pas de lire dans l'esprit. Considère plutôt la chose comme une *expédition* dans l'esprit. Après quoi, j'exposerai tout ce que j'aurai trouvé.

— Si j'envisageais une chose pareille, ce serait en échange d'une nuit avec toi, sans chaînes. Je voudrais aussi être libre d'aller et venir dans la cellule quand tu n'es pas là. Et vêtu.

— Et si tu essaies de te soulager quand tu seras seul et sans chaînes ?

De nouveau, une mèche brune tomba sur le front de Rydstrom.

— Je te promets de ne pas le faire.

— Et tu tiens toujours tes promesses ?

— Oui, Sabine. Je les tiens toujours.

— Très bien, démon.

Elle leva les paumes vers lui.

— Non ! Je ne pensais pas...

— Que j'accepterais ? Et pourtant, c'est le cas. Tu vas sentir une sensation de tiraillement. Détends-toi. Je me suis laissé dire que ce n'était pas désagréable, juste palpable. Tu sauras bel et bien que je suis dans ton esprit.

Le tiraillement se fit sentir.

— J'ai dit non !

— Trop tard.

Elle se tourna de côté et souffla sur l'une de ses paumes. Une scène apparut sur le mur, tirée des pensées de Rydstrom...

Dans cette vision, il était libre de ses mouvements, et se trouvait avec elle dans sa cellule. Avec une infinie lenteur, il faisait rouler les bas de Sabine sur ses jambes. Lorsque, au bout d'un long moment, il acheva de la débarrasser de ses longs gants, elle tremblait visiblement.

— Tu veux me voir frémir de désir.

Il ne répondit pas, se contentant de se regarder dégrafer tranquillement le bustier de Sabine avant de la déshabiller complètement. Il ne lui laissa que son string, et son tour de cou. Un bijou qui, selon lui, évoquait davantage un collier de chien.

L'image vacilla, et changea pour montrer Sabine face au mur, les poignets attachés à une patère fixée au-dessus de sa tête.

— Tu veux me prendre attachée ?

Elle jeta un coup d'œil au vrai Rydstrom. Il fixait l'image, visiblement impressionné, mais surtout, surpris par ce qu'il voyait, comme s'il ne s'était jamais laissé aller à entretenir de telles pensées. Son sexe était plus rigide que jamais.

Elle le prit de nouveau dans sa main et le caressa sur toute sa longueur, de la base à l'extrémité, tandis que dans la vision, l'autre Sabine se débattait pour tenter de se détacher.

— Faut-il que je veuille t'échapper ?

Rydstrom secoua la tête.

— Alors quoi ?

Elle le caressa jusqu'à ce qu'il frémisse de plaisir, puis, devant son mutisme, elle s'arrêta.

— Je t'ai menée au bord du plaisir pendant des heures, lâcha-t-il enfin. Tu n'en peux plus, tu voudrais me toucher, te caresser, n'importe quoi qui te fasse enfin jouir. Tu n'as plus que cela en tête.

Ses cornes se redressaient, un voile de sueur recouvrait son torse aux muscles tendus.

Dans son fantasme, ses mains parcoururent le corps de Sabine, pinçant, pétrissant, soupesant ses seins nus. Et soudain, il lui écarta les jambes et tira sur son string. Quand il introduisit un doigt en elle par-derrière, il grogna, mâchoires serrées, à la fois dans la vision et sur le lit.

— Voilà donc ce dont mon démon a envie, murmura Sabine.

Elle en fut secrètement flattée. De tous les fantasmes qu'un homme pouvait avoir – partenaires multiples, objets érotiques, ou même déviances diverses –, ses rêves à lui étaient centrés sur elle et elle seule.

Elle était également surprise de trouver elle-même ces scènes puissamment érotiques. L'idée d'être entravée par un ennemi aurait dû la mettre dans une rage noire, pas l'exciter. Au cours de ses liaisons passées, ses partenaires avaient tous été des Sorceri, donc des ennemis potentiels susceptibles de s'emparer de ses pouvoirs. Manifester la moindre faiblesse avec eux était dangereux, s'abandonner était hors de question. S'ils la craignaient – et c'était souvent le cas –, elle ne faisait rien pour les rassurer.

Dans ses fantasmes, Rydstrom ne la craignait pas. Il se comportait comme si elle était sa propriété, ce qui excitait étrangement Sabine. Dans ce cas de figure, elle n'avait pas le choix de s'abandonner ou pas. Il exigerait sa reddition totale.

Sans cesser de la caresser d'une main, il posa l'autre sur sa tête, la fit pencher en avant, et dégagea sa nuque afin d'y poser les lèvres. Il lui murmura combien il la désirait, combien il la trouvait belle.

— Tu as déjà attaché une femme ? demanda-t-elle, le souffle court.

Comme il ne répondait pas, elle fit vaciller l'illusion, menaçant de la laisser disparaître.

— Jamais, lâcha-t-il d'une voix rauque.

— Mais tu en as envie. Tu en as *besoin*.

Il tira sur ses menottes pour venir frotter ses cornes contre le bras de Sabine.

— Je veux t'attacher, toi, *tassia*.

Le désir était palpable dans sa voix. Sabine avala sa salive, puis s'allongea près de lui.

Dans sa vision, Rydstrom la retourna pour qu'elle soit face à lui, puis s'agenouilla. Après lui avoir arraché son string, il lui fit caler une jambe sur son épaule, afin qu'elle s'ouvre à lui.

— Dans ton fantasme, tu me lèches ?

— Jusqu'à ce que tes cuisses tremblent et que tu inondes ma langue.

Elle retint un petit hoquet tandis que la scène changeait une nouvelle fois, et montrait Rydstrom la léchant avec avidité. Quand il s'écarta légèrement pour souffler sur elle, elle poussa un cri et ondula du bassin sans vergogne.

Mais dans le fantasme, il ne la laissait pas jouir.

Incapable d'en supporter davantage, Sabine prit le contrôle de la scène et la changea. Dans *sa* vision, elle parvint à faire passer le lien qui lui entravait les poignets par-dessus la patère et empoigna les cornes de Rydstrom. L'agrippant ainsi, elle le força à rester en contact avec son sexe et se frotta contre lui jusqu'à atteindre l'orgasme dans un cri.

Dans le lit, lui aussi poussa un cri, et d'un violent coup de reins poussa son sexe dans le poing de Sabine, cherchant à se soulager. En se comportant comme elle l'avait fait dans sa vision, Sabine avait misé en plein dans le mille.

— *Fais-moi jouir, tassia !*

— Possède-moi, démon. Quand je serai ta femme, je ferai tout ce que tu voudras. Je te donnerai tout ce dont tu as besoin pour que ton plaisir surpasse tous tes fantasmes.

Quand elle glissa sa main libre entre ses cuisses et soupesa ses bourses, il gémit, de nouveau à l'agonie.

Un royaume est en jeu. Une nouvelle fois, il repassa dans son esprit les raisons qui l'empêchaient de posséder cette créature. *Juste un instant. La goûter.*

— Qu'est-ce qui me dit que tu ne m'as pas drogué pour que j'éprouve de l'attirance pour toi ? Tu es capable de me leurrer, de me forcer à penser que tu es celle que le destin me réserve.

Elle le lâcha, se mit à genoux, puis se pencha jusqu'à ce que leurs visages soient à quelques centimètres l'un de l'autre.

— Regarde-moi dans les yeux, Rydstrom. Regarde-moi bien. Tu *sais* que c'est moi.

Seigneurs, ces yeux ourlés de khôl étaient saisissants. Et cette bouche rouge et brillante…

— Persistes-tu à nier que je suis à toi ?

— Il m'est impossible de le savoir… tant que je ne t'ai pas essayée.

— Voilà une façon détournée de me dire que tu ne peux pas le nier.

Elle fixa la bouche de Rydstrom, s'humecta les lèvres.

— Je vais t'embrasser, démon. Et si tu me mords, je te coupe la queue et je la donne à dévorer aux corbeaux.

Point de minauderies, ici. Jamais elle ne dirait : « Faites comme il vous plaira, sire. » Jamais.

Histoire de le déstabiliser un peu plus, elle l'embrassa tendrement, lui frôlant les lèvres des siennes, les léchant jusqu'à ce que Rydstrom se laisse emporter par un tourbillon de sensations.

Ah, seigneurs, elle est mienne !

Lorsqu'elle s'écarta, un reflet bleu métallisé brillait dans ses yeux.

— J'ai entendu ta pensée. Tu sais que c'est moi. Tu as accepté l'idée que je suis celle que tu attends depuis si longtemps.

De nouveau, elle avait lu dans son esprit.

— Et toi ? rétorqua-t-il. M'as-tu « attendu » ?

— Tu voudrais que je sois restée vierge pendant que tu courais tous les jupons de ton royaume ? contra-t-elle d'un ton glacial.

— Combien de mâles m'ont précédé ?

— J'ai cinq cents ans. À ton avis ? Cela t'ennuie ? Penser que d'autres hommes ont caressé mon corps, l'ont goûté, l'ont *pénétré* ?

Rydstrom sentit un muscle tressauter sur sa joue balafrée. Elle sourit.

— Oh, mais oui, cela te gêne !

— Finis ce que tu as commencé, se contenta-t-il de répliquer.

Elle empoigna son sexe, se remit à le caresser.

— Dis les mots, démon, et je ferai tout ce que tu me demanderas. Combien de fois aimerais-tu me prendre, en cette première nuit de notre union ? Dix fois ? Il y a tant de positions à essayer…

Il serra les dents pour empêcher le consentement qu'il était tenté d'énoncer de lui échapper. La pression était énorme, sa résistance faiblissait. Pouvait-il renoncer à la réalisation de tous ses fantasmes ? Alors qu'en lui, la tension s'accumulait depuis plusieurs semaines déjà ?

— Et puis, il y a cette histoire de bondage, qu'il faut qu'on explore. Intéressant fétichisme.

— Je ne suis pas fétichiste !

— Pourquoi le nier ? Et pourquoi me repousser ? Quel mâle serait capable de résister à cela ?

Rydstrom redressa le menton.

— *Moi*, asséna-t-il. D'autres comptent sur moi pour que je résiste. Pour le bien du plus grand nombre.

— Dans quel but ? En quoi résister fait-il du bien à d'autres ?

— Plus tôt je céderai, plus vite je mourrai.

— Et si je te disais que je ne te tuerai pas ? Que je te garderai comme animal de compagnie ?

— Je choisirais la mort.

— Donc, je dois faire en sorte que tu me désires tellement que plus rien d'autre n'a d'importance.

— C'est bon, Sabine, souffla-t-il tandis qu'elle continuait à le caresser. C'est sacrément bon. Mais pas assez.

Elle se rembrunit. Une fois de plus, la pièce parut trembler, une bourrasque de vent venue de nulle part lui souleva les cheveux.

— Donc cela ne te manquera pas, démon entêté. Quand cela cessera.

Elle le lâcha et se leva.

— Je ferai la même chose tous les soirs. Je le ferai jusqu'à ce que tu perdes la tête de désir. Tu as peut-être une volonté de fer, mais la mienne est en fer forgé ! Et tu découvriras que cela est plus que suffisant pour te briser.

— Tu ne vas pas m'abandonner ainsi !

Une fois encore, il l'agonit d'injures. Chaque seconde qui passait voyait sa haine croître. Elle allait le laisser là, le sexe palpitant, gorgé de semence, les griffes lui entamant les paumes.

— Reviens ici et va jusqu'au bout !

— Je peux jouer à ce genre de jeux encore et encore, démon. D'ailleurs, je crois que j'y prends vraiment plaisir.

Du plaisir, il aurait pu en prendre aussi, ça oui !

Et j'en prendrai. Quand j'aurai renversé les rôles.

12

— Tu sembles toujours immaculée, commenta Lanthe lorsque Sabine et elle se retrouvèrent en haut.

Sabine détestait ce mot. Elle détestait le fait qu'il ne soit jamais utilisé pour un homme, et détestait le rester aussi longtemps.

— Oui, Lanthe. Je suis toujours *pure*.

— Le deuxième round s'est donc si bien passé ?

Pour la première fois depuis qu'elle était femme, Sabine était déconcertée.

— J'ai attendu tout ce temps d'avoir un but, d'accéder au pouvoir. J'ai mis mon existence entre parenthèses pendant des siècles.

Ne rien vouloir, n'aspirer à rien. Et maintenant que le moment était venu de passer à l'action, elle ne le pouvait pas.

— Jamais je n'aurais cru qu'il me résisterait.

Elle frissonna au souvenir de ces yeux verts virant au noir et dans lesquels elle avait lu un désir absolu. Non seulement il avait résisté à l'appel d'une femelle pour un mâle, mais il avait refusé l'appel de celle qui lui était destinée.

— Et si ce n'était pas moi, sa promise ? Si la prophétie s'était trompée ?

D'ordinaire, les sibylles ne commettaient pas d'erreur, mais ceux qui interprétaient leurs paroles, si.

— Je n'y comprends rien. Je suis super bandante quand même…

— Et modeste.

— Ce n'est pas de la vantardise si c'est vrai. Et je m'offre à lui, ce qui veut dire que c'est du tout cuit. Enfin, ça le devrait.

La plupart des démons cherchaient leur alter ego pendant toute leur existence, mais pas Rydstrom. Après avoir perdu Tornin, sa seule obsession avait été de récupérer sa couronne.

Surmontant son dépit, Sabine tenta de prendre du recul et de réfléchir à ce qu'elle avait appris. Pour le satisfaire à hauteur de ses besoins, elle allait devoir lui céder les rênes – ou du moins faire comme si.

Vue de l'extérieur, Sabine était forte, ne se laissait jamais un instant de répit, ne révélait jamais de faiblesse. Il lui était arrivé de se demander ce que cela ferait de s'allonger et de s'abandonner entre les bras d'un homme.

Si elle lui faisait confiance. *S*'il en était digne. *Le démon ne chercherait jamais à me voler mes pouvoirs…*

— Je savais qu'il était compliqué.

Mais pas à ce point.

— Le roi pondéré et droit a une face cachée.

Qu'il avait choisi d'ignorer, de toute évidence.

Lanthe ouvrit grand les yeux.

— Quoi ? Allez, raconte !

— Il recherche le contrôle absolu, mais ne veut pas que je le lui donne. Il veut le gagner.

— Plutôt excitant, non ?

Très excitant. Seigneurs, la chaleur virile du démon lui manquait déjà…

— Quand tu étais avec lui, est-ce que tu t'es sentie plus qu'attirée par lui ?

Comme Sabine la regardait sans comprendre, Lanthe ajouta :

— Pour faire simple : si tout cela se passait ailleurs, à une autre époque, et que vous étiez deux êtres ordinaires, est-ce que tu chercherais à le revoir ?

Il veut m'embrasser la nuque et me dire que je suis belle…

— Pour notre espèce, les démons valent à peine plus que les animaux.

— Ce n'est pas ce que je te demande.

— Je… Peut-être, marmonna Sabine.

Le visage de Lanthe s'éclaira.

— Mais c'est merveilleux ! Tu pourrais tomber amoureuse…

— Oh, toi et tes histoires d'amour ! Tu sais ce que j'aime, moi ? La vie ! Et l'amour romantique est une distraction qui peut s'avérer dangereuse quand tu cherches à rester en vie. En outre, nous ne sommes ni ailleurs ni à une autre époque.

Pourtant, en pensant au démon seul dans sa geôle, Sabine ressentit… comme un pincement.

Mais Lanthe semblait soucieuse, soudain, et scrutait le ciel.

— Tu penses à Thronos, n'est-ce pas ?

— Quoi ? s'écria Lanthe.

— Tu as peur qu'il trouve un chemin jusqu'à cette dimension. Mais il ne le peut pas, Lanthe. Et même s'il y parvenait, nous ne sommes plus les fillettes apeurées d'autrefois. On le pendrait avec ses propres viscères.

— Oui, avec ses viscères, répéta Lanthe d'un ton étrange.

— Et si on se regardait l'un de tes DVD ?

Lanthe possédait une belle collection de films. Chaque mois, elle ouvrait un portail depuis sa chambre directement sur une boutique de discount, et elles ordonnaient à leurs Inferi de former une sorte de colonne de fourmis dans le rayon DVD.

— On va se mettre un petit film d'horreur et on trinquera chaque fois qu'une blonde se prendra les pieds dans le tapis.

— Bonne idée, fit Lanthe sans enthousiasme aucun.

— Ça va être super. On va rire, et on fera un barouf d'enfer.

Sabine sentit tout à coup les poils se dresser sur sa nuque. Et voilà, Lanthe avait réussi à lui ficher les jetons ! Elle leva les yeux, mais ne vit aucun Vrekener.

En revanche, elle aperçut Lothaire sur les remparts, son manteau et ses épais cheveux blond-blanc volant au vent. Le général des vampires déchus les épiait.

Lothaire était un des mâles les plus compliqués que Sabine ait jamais rencontré. Ses yeux étaient roses – mais pas injectés de sang. On le considérait comme déchu, et pourtant, il s'empêchait de commettre les quelques derniers meurtres qui l'auraient fait vraiment basculer.

Chaque fois que Sabine se rendait invisible et se promenait dans le château, elle le surprenait en train d'épier les autres, le regard intelligent et rusé.

L'intérêt qu'il leur portait à sa sœur et à elle n'augurait rien de bon.

Sans cesser de les regarder, Lothaire disparut.

Des pensées de plus en plus sombres…

Rydstrom se débattit dans ses chaînes. Autour de son cou, le lourd collier de métal lui irrita la peau. *Et qui s'assombrissent d'heure en heure.*

Cette nuit encore, il avait résisté à l'ensorceleuse, et ce malgré la projection de ses fantasmes sur le mur de la cellule. Mais la douleur devenait insupportable. Son sexe brûlait d'être en elle au point que Rydstrom n'avait plus les idées claires. Ne parvenait plus à réfléchir.

Il devait s'échapper. *Joue le jeu. Laisse-la croire qu'elle t'a séduit et que tu feras ce qu'elle désire.* Le stratagème était dangereux, car il redoutait de le faire effectivement. Il avait faim d'elle, aurait donné presque n'importe quoi pour la posséder.

Mais pas son royaume.

Au départ, il voulait s'évader pour remettre Cadeon sur le droit chemin et échanger la Porteuse contre l'épée de Groot. Désormais, tout ce qu'il souhaitait, c'était se venger de Sabine.

Il imaginait déjà toutes les façons dont il la ferait payer quand il serait libre. Elle devrait le supplier d'entrer en elle. Il l'écouterait gémir en se débattant dans les chaînes avec lesquelles il l'attacherait.

Les visions qu'elle lui avait montrées ce soir l'avaient choqué à plus d'un égard. Avant de visualiser ses fantasmes, jamais il n'aurait reconnu que c'était là exactement ce qu'il cherchait dans l'amour physique.

Admettre cela, c'était admettre qu'il avait passé toute son existence, depuis son treizième anniversaire, à ne faire qu'essayer des femmes. Il avait chaque fois soigneusement choisi sa partenaire. Chaque relation sexuelle avait été un élément de l'enquête destinée à lui révéler qui était son alter ego, ou plutôt, à écarter la possibilité que telle démone le soit.

Il n'avait connu que des ébats dépourvus de sens, destinés à rester sans suite, s'attendant chaque fois à être déçu et soupirant de soulagement lorsque c'était fini.

Avec Sabine... Il voulait rester en elle pendant des jours.

Refuse-toi. Jamais il n'avait éprouvé pour une femelle le centième de ce qu'il éprouvait pour elle. Même si leurs échanges allaient toujours à l'encontre de ses désirs – c'était *elle* qui aurait dû être enchaînée à son lit à *lui* –, ils étaient malgré tout plus sensuels que tout ce qu'il avait vécu dans ce domaine.

Et bientôt, elle serait sous sa coupe. Elle avait fait le serment de le libérer de ses chaînes lors de sa prochaine visite. À la première occasion, il l'enlèverait et s'évaderait.

Une fois libre, il emmènerait Sabine dans la forêt qui cernait le château et s'y cacherait pendant quelque temps. Mais pour retrouver son frère, Rydstrom devrait parvenir à s'échapper de cette dimension.

Omort contrôlait toutes les téléportations au départ de Rothkalina, c'était de notoriété publique. Pourtant, dès lors que des inconnus n'entraient pas dans cette dimension, Omort ne se souciait pas plus que cela de leur sortie.

Depuis longtemps circulaient des rumeurs concernant des portails secrets du côté du Domaine du Tombeau, la zone la plus dangereuse de tout le royaume. S'ils atteignaient un de ces portails, ils pourraient s'échapper vraiment. On disait d'Omort qu'il s'affaiblissait lorsqu'il s'éloignait du Puits, donc il ne les poursuivrait pas lui-même. Rydstrom se débarrasserait aisément de ceux qu'il enverrait à sa place.

Mais chaque fois que Rydstrom tentait de planifier son évasion, sa volonté lui jouait des tours. Obnubilé par ses fantasmes, il ne parvenait pas à s'imaginer capturant Sabine et s'échappant.

À la place, il se voyait la jetant sur le lit et la possédant comme un fou.

13

— Mon démon est en colère contre moi, remarqua Sabine en entrant dans la cellule, le lendemain soir. Je me doutais que tu serais furieux que je ne tienne pas ma promesse de te libérer.

Au lieu de cela, elle avait ordonné qu'on l'enchaîne au lit, bras attachés au-dessus de la tête.

Elle voyait la rage monter en lui. Déjà, ses yeux étaient noirs, ce qui n'empêchait pas son sexe de se dresser sous le drap.

Il avait *intérêt* à bander pour elle, dans la mesure où le simple fait de descendre l'escalier qui menait à sa cellule la mettait dans un état d'excitation proche de celui du démon.

Tandis qu'il luttait contre ses entraves, elle promena lentement le regard sur son torse musclé, puis sur ses abdominaux. Elle oublia de respirer à la vue de la ligne de poils sombres qui partait du nombril pour disparaître sous le drap – le drap, qui bougeait au rythme des sursauts de ce membre tentateur...

Le roi démon était réellement magnifique.

— Tu m'avais fait une promesse.

Elle se ressaisit.

— Vraiment ? fit-elle d'un ton léger. Franchement, tu devrais savoir que faire confiance à quelqu'un comme moi n'est pas recommandé. C'est ta faute si tu es crédule.

Le regard de Rydstrom s'assombrit encore. Ses crocs s'allongèrent, menaçants. Comment se débrouillait-il donc pour apparaître aussi dangereux ? Comme si c'était lui qui contrôlait la situation ?

— Ce n'était pas très gentil de ma part, je le reconnais. Je pense que tu devrais me punir. Les mâles tels que toi aiment ça, punir, non ? lança-t-elle avec un sourire en coin.

Elle s'assit au bord du lit, il se redressa, les chaînes se tendirent. Il s'approcha de son oreille et murmura :

— Je te punirai, Sabine, crois-moi. Quand je serai libre, la première chose que je ferai, ce sera de t'allonger en travers de mes genoux pour fesser ton exquis petit derrière jusqu'à ce que ta peau soit en feu et que ma paume me brûle. Puis je t'enchaînerai à mon lit, et là, je te jure que tu me supplieras.

— Dans ce cas, je ferais attention de ne pas te libérer.

— Cela n'y changera rien. Je finirai par arriver à mes fins. Tu m'as drogué. Tu m'as tourmenté physiquement. Tu m'as retenu contre ma volonté. Tu seras punie pour tout cela. Et tu paieras en nature.

— Je ne *peux pas* te libérer, Rydstrom. Je sais que tu as prévu de te servir de moi pour t'évader du château. Je n'ai pas l'intention de te libérer ce soir. Et je n'ai pas l'intention de me laisser capturer.

Comme il retroussait ses lèvres, laissant apparaître ses crocs, elle ajouta :

— Dis-moi que tu n'avais pas prévu de t'évader, et je te retirerai tes chaînes.

Il la défia du regard, mais ne nia pas. Elle aurait aimé voir de la faiblesse dans cette honnêteté sans faille, mais non. Il semblait tout maîtriser, au contraire. Viril et farouche.

— Rydstrom, si je t'enchaîne de la sorte et me sers de toi, tu crois vraiment que c'est pour le plaisir ?

Il la fusilla du regard.

— D'accord, ça me plaît un peu. Mais honnêtement, je préférerais te faire l'amour normalement. Enfin, pour autant que ton fétichisme le permette.

— Je ne suis pas fétichiste !

D'un petit mouvement du poignet, elle fit apparaître sa chambre, traversée de brises marines qui agitaient les bannières noires et rouges.

Il fronça les sourcils, perdus.

— C'est ma chambre, dit-il.

— La *nôtre* désormais. Je m'y suis installée en t'attendant.

Il détourna les yeux, et balaya Sabine du regard.

Elle était vêtue comme la veille, ou presque. Sa tenue était peut-être plus sophistiquée encore. Le bustier était d'or et d'argent tressé, et montait jusqu'au cou. Ses yeux étaient cernés d'un violet si sombre qu'il paraissait noir.

— Tu me baises de nouveau du regard, commenta-t-elle. Ça te plairait de me voir tout entière ? Je pourrais te faire un strip-tease.

Un moment s'écoula, puis Rydstrom hocha brièvement la tête, comme si c'était plus fort que lui.

Elle fit glisser ses longs gants jusqu'aux poignets, les retira et les laissa tomber négligemment sur le sol. Le bustier fut long à défaire, Rydstrom fixait d'un œil avide ses doigts dénouant et démêlant les fils de métaux précieux. Son excitation semblait croître à chaque seconde.

— As-tu choisi ce bustier parce que tu pensais qu'il me plairait ? demanda-t-il, le souffle court.

— Oui. Je voulais te faire plaisir.

Quand elle passa à sa jupe, il ordonna d'une voix rauque :

— Plus lentement, femelle.

Son regard était de feu, son expression affamée. Il ne paraissait pas réaliser que son bassin ondulait doucement sous le drap.

La jupe tomba sur les chevilles de Sabine, qui l'envoya valser d'un coup de pied. Elle ne portait plus que son string de dentelle noire et des bas.

— Le string, articula-t-il.

Elle prit tout son temps, histoire de faire monter la fièvre.

Quand elle s'en débarrassa d'un mouvement gracieux, il murmura :

— Arrête-toi là.

Elle ne portait plus que sa coiffe, son tour de cou, et ses bas.

— Tourne-toi, maintenant, ordonna-t-il.

Elle obtempéra.

— N'est-ce pas un corps de reine, Rydstrom ? Allez, démon, reconnais que je te plais.

Elle lui fit face à nouveau. *Regard affamé, expression féroce.* Un frisson la parcourut.

Comment un simple regard pouvait-il l'exciter à ce point ?

Elle s'avança vers lui les yeux rivés aux siens.

— Si tu te montres coopératif, j'ai l'intention d'embrasser ton corps depuis les cornes jusqu'aux orteils, lui annonça-t-elle en s'installant sur lui.

Il s'arc-bouta, elle le saisit par les cornes pour le calmer.

— Ce n'est pas ce que j'appelle coopératif, mon chéri.

Elle se pencha, et frotta son visage contre la surface lisse de l'une d'elles.

Lâchant un grognement, il leva légèrement la tête pour atteindre la pointe de l'un de ses seins. Lorsqu'elle sentit ses lèvres l'aspirer, elle fut prise de panique. Et s'il la mordait ?

Il n'en fit rien. Il suça la pointe durcie, la caressa de la langue, arrachant un gémissement à Sabine. En guise de récompense, elle lui lécha la corne. Le corps massif de Rydstrom frémit sous elle, les chaînes cliquetèrent.

Quand il grogna contre son sein, elle ferma les yeux. Tout autour de la pièce, des flammes s'élevèrent, grandissant au rythme des caresses de Rydstrom.

Esquissant un sourire, elle laissa la pièce s'embraser.

Sabine se dégagea, effleura l'oreille de Rydstyrom du bout des lèvres. D'une main délicate, elle lui caressa le torse.

— Démon, je te ferais l'amour à la perfection, tu sais. Je te donnerais tout.

Il n'en doutait pas une seconde.

— Je ne te comprends pas. La dernière fois que tu es venue me voir, tu étais à cran, prête à mordre. Et maintenant…

Il n'y avait plus rien d'impersonnel dans les caresses de Sabine. Elle était tendre, pleine de désir… en tout point identique à l'image qu'il se faisait de sa femelle.

— Tu persistes à nier que je suis à toi ? demanda-t-elle d'une voix légèrement cassante.

— Non, je ne le nie plus.

Il cligna des yeux, secoua la tête pour chasser une vision.

— Sabine, il y a le feu…

De nouveau, elle lui murmura à l'oreille :

— Ce n'est qu'une illusion, démon. Je fais cela inconsciemment, quand je suis au comble de l'excitation.

Au comble de l'excitation ? Et le feu ne cessait de prendre de l'ampleur. Lorsqu'il comprit qu'elle était autant en manque que lui, l'instinct du mâle se fit plus puissant encore.

L'attirance était trop forte, comme si elle recourait à la magie. Le feu, la douceur de ses caresses…

— Tu uses de tes sortilèges.

— Non. Je te désire, c'est tout.

Malgré ses murmures et sa voix apaisante, la frénésie montait en lui, il sentait approcher la transformation.

— Accepte-moi, je suis à toi. Possède-moi.

Elle prit son visage entre ses mains, et le gratifia d'un tendre baiser, comme lors de sa dernière visite. Quand elle l'embrassait de la sorte, il sentait sa résistance vaciller.

Quittant ses lèvres, elle promena la bouche sur son torse, sa chevelure brillante lui caressant la peau. Ses seins fermes, pointe durcie, se tendaient vers lui. Ses baisers enflammés et ses mains de velours l'avaient amené au bord de l'explosion. À présent, elle descendait dans une direction qui ne laissait aucune place à l'équivoque.

Lorsqu'elle frotta son visage contre son sexe, il renversa la tête. Pour la relever aussitôt.

— C'est typique des hommes, murmura-t-elle. Ils veulent toujours regarder. Eh bien, regarde cela...

Du bout de la langue, elle agaça l'extrémité engorgée de son sexe, suivit la fente et la lécha jusqu'à ce qu'il pousse un cri.

— Mmm, démon, j'aime ton goût.

— *Tassia*... prends-moi dans ta bouche.

Elle referma la main autour de la base, le gland disparut entre ses lèvres.

— Mmm, gémit-elle sans le lâcher.

— Prends-moi plus profond ! ordonna Rydstrom.

Elle s'exécuta. Son poing allait et venait énergiquement tandis que sa bouche l'aspirait sans relâche, les deux travaillant de concert pour lui procurer un maximum de plaisir. Un gémissement monta de la poitrine de Rydstrom lorsqu'il s'aperçut que, de sa main libre, elle se caressait intimement. Ce n'était pas une femme soumise, mais une femme affamée qui entendait prendre du plaisir elle aussi. Parfait.

— Tu... aimes ça ? articula-t-il. Tu es trempée ?

En guise de réponse, elle tendit en direction de sa bouche la main avec laquelle elle se caressait. Quand il comprit qu'elle attendait de lui qu'il la goûte à son tour, son sexe tressaillit dans la bouche de Sabine. Il lui lécha les doigts avec un grognement de délice. Dans son sexe, il sentait la semence monter.

Autour de lui, tout devint flou. Jamais il ne s'était transformé à ce point en compagnie d'une femelle. Le désir de la posséder le fouetta.

Il ne lâcha les doigts de Sabine que lorsqu'il sentit son dos s'arrondir. *Si proche.*

Elle enfonça ses ongles dans son torse, y laissant des marques. Il était au bord de l'explosion.

— Je dois... il faut que je te prenne !

Les mains enchaînées dans le dos, il ne put que donner un furieux coup de reins.

Elle s'arrêta et se redressa.

— *Non !* hurla-t-il.

Elle le fixa de son regard ténébreux, métallique, sans lâcher son sexe, encore brillant de salive.

— Récite ton consentement, démon, ordonna-t-elle, haletante. Et je ferai se retourner tes yeux dans leur orbite.

C'en était trop... Il allait céder.

— Rydstrom, je le veux. As-tu jamais pensé que moi aussi, j'avais besoin de toi ?

Besoin de moi ?

— Sabine...

De la tour principale monta soudain un hurlement.

— Qu'est-ce que c'était ? demanda-t-il.

— Rien. Rien du tout.

Quelqu'un frappa violemment à la porte de la geôle.

— Fais comme si de rien n'était, démon. Qu'allais-tu me dire ?

— Abie ! lança une voix féminine. Vite !

Avec un soupir de frustration, Sabine se pencha vers le sexe de Rydstrom et, du front, le pressa contre son ventre.

— Finis ce que tu as commencé, Sabine ! J'ai besoin que tu ailles jusqu'au bout !

Elle s'allongea sur lui, la tête posée sur son torse. Elle tremblait tandis qu'ils s'efforçaient de reprendre leur souffle, et lui frissonnait.

Il avait beau être à l'agonie, Rydstrom éprouva du plaisir à la sentir ainsi contre lui.

Elle est mienne. Il aurait voulu l'enlacer, la serrer fort, la garder contre lui.

— Laisse-moi entrer ! cria la voix. Je ne partirai pas tant que tu n'auras pas ouvert !

Sabine soupira de nouveau, puis déposa un baiser sur le torse de Rydstrom.

— Ton cœur est si puissant, murmura-t-elle, impressionnée. Je me demande s'il pourrait battre pour nous deux ?

— Si je pensais pouvoir t'avoir encore ainsi contre moi, il serait à toi.

Elle le fixa, interloquée. Un autre cri résonna au loin.

— Abie, je vais ouvrir un portail dans cette cellule si tu ne sors pas immédiatement !

Sabine détourna brièvement le regard, et lorsqu'il revint sur lui, Rydstrom y décela quelque chose qu'il n'y avait encore jamais vu. L'espace d'un instant, elle avait paru… effrayée. Autour d'eux, les flammes s'éteignirent d'un coup.

Rydstrom savait combien ceux qui habitaient le château étaient dangereux. L'inquiétude qu'il ressentit pour Sabine suffit à refroidir son désir. Son instinct lui ordonnait de la protéger, mais elle faisait partie des êtres dangereux qui occupaient le château, il ne devait pas l'oublier.

Jamais l'instinct ne s'était à ce point opposé à la raison. Le déchirement qu'il en ressentait était insupportable.

— Es-tu en danger ?

Elle sourit, mais son regard demeurait inquiet.

— Que ferais-tu si je te répondais oui ? Tu me protégerais ?

— Oui, répondit-il sans hésiter. Libère-moi, Sabine, et je te protégerai de ma vie.

— Pourquoi ? Simplement parce que je suis ta femelle ?

— Te protéger est la raison pour laquelle j'ai vu le jour.

— Il faut que j'y aille.

— Alors embrasse-moi.

Les mots étaient sortis avant qu'il ne les formule dans son esprit.

Elle prit son visage entre ses mains et se pencha pour l'embrasser. Différemment, cette fois. Il entrouvrit les yeux pour découvrir qu'elle avait les paupières closes. Elle semblait chercher désespérément à se perdre dans ce baiser.

Lui s'y abandonna sans retenue, fermant les yeux à son tour, savourant la façon dont les lèvres de Sabine tremblaient contre les siennes. Sa femelle avait besoin de lui, tout était bien.

14

— Bon sang, Lanthe, il était sur le point de prononcer son consentement ! Je te préviens, tu as intérêt à m'annoncer l'apocalypse parce que…

Sabine avait tellement été touchée par l'attitude de Rydstrom qu'elle n'était que difficilement parvenue à se rhabiller.

— Ben… on n'est pas loin du compte. Nous avons été plus ou moins attaqués.

— Sporadique ou permanente, l'attaque ?

— Pour l'instant, là, tout de suite, il n'y a rien, mais bien sûr, il a pu se produire quelque chose pendant que je venais ici. En tout cas, Omort te demande, et j'ai pensé que tu ne tenais pas à ce qu'il vienne te chercher en personne.

Sabine se tourna vers une de ses Inferi.

— Toi. Viens ici.

Elle avait promis au démon qu'il serait libre d'aller et venir dans sa cellule, et vêtu. Et elle se sentait juste assez coupable pour lui concéder un pantalon et une liberté partielle.

Tandis que la servante s'éloignait avec ses instructions, Sabine et Lanthe se dirigèrent vers la cour d'un pas rapide.

— Tes yeux brillent encore, Abie. Il serait peut-être préférable de camoufler cela avant de te présenter devant Omort.

Sabine tissa une nouvelle illusion devant son visage.

— C'était… bien, avec Rydstrom. Inattendu.

Un amant démon avec des yeux de jais, qui la regardait comme si rien d'autre n'existait à ses yeux.

— Tu craques pour lui ?

— Une relation amoureuse pourrait-elle démarrer sous de pires auspices ? Le seul fait d'envisager la chose est ridicule.

Sa voix rauque… Le goût de sa peau…

— C'est juste qu'il est si… bon.

— J'ai l'impression que cela te fascine. C'est un mâle aussi fort que toi, et que tu ne peux pas vaincre.

— On peut parler de tout ça plus tard ? Après que tu m'auras expliqué ce qui se passe, peut-être ?

— Les patrouilles rentrent de plus en plus souvent pour faire état de foyers de rébellion, de soulèvements dont le nombre et l'intensité ne font qu'augmenter. Certaines ont même été attaquées par des démons furie.

— Ils n'avaient jamais osé, jusque-là.

— Ils savent que nous retenons leur roi prisonnier. Et, à l'évidence, ils savent aussi que Cadeon a entrepris la quête qui doit lui permettre de récupérer l'épée. Comme tu l'avais prévu, c'est devenu la cause à laquelle tout le monde se rallie.

— Tu ne crois pas qu'il y a autre chose ?

— Absolument ! J'ai aussi entendu dire qu'Omort avait envoyé quatre démons feu pour se procurer non seulement une devineresse, mais la plus puissante qui existe.

— Nïx.

Selon la rumeur, la célèbre sibylle valkyrie, appelée Nïx la Savante, ou Syphonïx, avait trois mille ans et était folle à lier.

Mais ses prédictions, quand elle daignait en faire, se révélaient toujours exactes.

— Précisément. Et il semblerait qu'elle ne cesse d'échapper aux démons feu. Ah, j'allais oublier ! Apparemment, des vampires convergent vers la forêt qui entoure le château, et envisagent de prendre Tornin.

— Des sbires de Lothaire ?

Était-ce pour cette raison qu'il épiait tout le monde ? Parce qu'il envisageait une trahison ?

— On ne pense pas, non. Sa tablette sur le mur n'a pas bougé.

Comme elles atteignaient les grandes portes de la salle du trône, les deux sœurs furent doublées par un groupe qui riait sous cape.

— Mais qu'est-ce qui se passe, bons dieux ?

— Ils savent que tu n'as pas réussi à séduire le démon.

Sabine se décomposa.

— La tablette...

La preuve tangible qu'elle était toujours vierge était exposée aux yeux de tous.

Et tout le monde attendait qu'elle se brise. Les mâles sorceri avec qui elle avait eu des relations intimes – ceux qui n'étaient jamais parvenus à lui faire renoncer à sa virginité –, trouveraient très drôle qu'elle ne parvienne pas à offrir sa vertu à celui pour qui elle l'avait sauvegardée.

— Les paris vont bon train, grommela Lanthe.

— Les paris ? Et quelle est ma cote ?

— Je préfère ne pas te le dire. Disons juste qu'on toucherait le très gros lot si tu pouvais concrétiser.

Tout le monde au château savait qu'elle échouait dans sa conquête du pouvoir. Et elle était sur le point de pénétrer dans la salle du trône, devant la cour, jungle impitoyable où médisance et trahisons variées étaient légion. Non seulement son ego allait en prendre un sacré coup, mais si elle perdait la face au sein du

Pravus, où seul comptait le pouvoir, sa vie même pourrait être en danger.

Sabine entendit d'autres ricanements. Hettiah et sa clique de Sorceri passèrent devant sa sœur et elle. À leurs regards moqueurs, Sabine comprit qu'elle allait devoir se surpasser.

Tu perds la face, tu perds la vie. Elle avait l'habitude. Elle n'avait pas survécu si longtemps et à tant de drames pour se faire tuer à quelques mètres du sommet.

— Je vais devoir me battre, là-dedans, si on me provoque.

Lanthe et elle ne possédaient pas de pouvoirs de combat, mais elles avaient quelques bases et, avec le temps, étaient devenues d'assez fines lames. Au combat, Sabine se servait de ses illusions pour les rendre invisibles, ce qui leur permettait de décapiter allègrement leurs adversaires.

Ce n'était pas très fair-play, mais seuls les idiots faisaient passer le fair-play avant la vie.

— Je sais, répondit doucement Lanthe. Et je ne pourrai pas être à tes côtés pour t'aider.

— Hé, t'inquiète pas, dit Sabine levant ses mains équipées de gantelets. Je viens juste de faire aiguiser mes griffes.

Elle faisait tinter le métal quand soudain Lothaire se téléporta jusqu'à elles, les considérant du haut de son imposante stature.

Sabine leva les mains vers lui, prête à attirer ses cauchemars.

— J'ai entendu dire que des amis à toi s'apprêtaient à nous rendre visite ? fit-elle.

— J'aurai glissé loin d'ici avant que tu ne parviennes à me rendre fou, répliqua-t-il avec un fort accent.

Certains disaient qu'il était originaire de la Dacie, et avait été un transylvanien pur jus.

Les lèvres pincées, Sabine baissa les mains. Il ne l'avait pas menacée, et elle n'était pas censée l'attaquer. Techniquement, il appartenait au Nouveau Pravus, faisait partie du premier cercle. Son sang était dans une tablette accrochée au mur ouest.

— Juste pour mémoire, reprit-il, je n'ai pas d'amis. Et *mes* soldats sont quelque part dans la cour, en bas.

— Alors qui se tapit dans nos forêts ?

— Une faction dissidente qui a pris ses distances vis-à-vis de la Horde depuis que le roi vampire est mort. D'après mes espions, ils attaqueront demain soir.

Tornin était protégé – essentiellement par des douves magiques –, les vampires ne pourraient donc pas se téléporter directement derrière les fortifications. Du moins, pas tout de suite.

— Que veulent-ils ?

— Le Puits.

Le Puits des Âmes. De tout temps, les armées avaient cherché à en prendre le contrôle, car dans chaque faction du Mythos circulait une légende particulière à propos de ce Puits.

Les Lycae pensaient qu'il guérissait de la folie qui allait de pair avec la transformation en loup-garou. Les vampires pensaient qu'il leur permettait de sortir le jour et de transformer des humaines en compagnes potentielles. La Maison des Sorcières pensait qu'il permettait de jouir des cinq pouvoirs de leurs cinq castes en même temps.

En réalité, Sabine ignorait ce que faisait ce foutu Puits. Même Omort jurait qu'il n'en savait rien. La seule chose dont ils étaient certains, c'était que le pouvoir du Puits dépassait l'imagination, et que seul le fils de Sabine pourrait le libérer.

— Qui dirige les vampires ? demanda Lanthe.

— Ils n'ont pas vraiment de chef, parce qu'ils refusent les roturiers tels que moi.

La Horde était connue pour n'obéir qu'à ceux qui étaient de lignée royale.

— Pourtant, tu diriges ceux qui ont rejoint le Pravus.

— J'ai peut-être mentionné en passant la possibilité que le Puits ressuscite le vieux roi de la Horde, afin qu'il les dirige de nouveau. Dès que le Pravus aura gagné.

Tordu, ce vampire. Il grimpa d'un cran dans l'estime de Sabine.

— Et Kristoff ?

C'était le neveu du vieux roi, et il aurait dû prendre la place de celui-ci, étant de lignée royale, même s'il ne buvait pas de sang.

Lothaire secoua la tête.

— Ils savent qu'il les forcerait à respecter ses lois. Ils vivent dans l'anarchie depuis trop longtemps pour se laisser dompter aussi facilement. De plus, ils aiment le goût de la chair humaine.

Sabine crut voir la langue du vampire passer sur ses crocs.

— Il s'agit pour l'instant d'une fraction de l'armée qui doit se former. D'autres soldats doivent arriver d'ici deux nuits. La plupart d'entre eux connaissent bien l'endroit pour y avoir combattu le puissant roi démon, il y a de cela des lustres.

Tout le monde connaissait l'histoire de Rydstrom repoussant les assaillants de la Horde, le visage protégé par son impressionnant heaume noir. Ses batailles étaient légendaires.

— On pourrait penser que tu serais capable de les persuader de repartir, lâcha-t-elle.

— Vraiment ?

— Sabine ! tonna Omort depuis la salle du trône.

Il avait le regard vitreux, mais lorsqu'il la vit sur le seuil, il parut sortir de sa torpeur. Puis il remarqua Lanthe à côté d'elle.

— Hors de ma vue, Melanthe ! ordonna-t-il. Retourne dans ta tour !

Un jour... soupira Lanthe par télépathie, tout en tournant les talons. *Bonne chance.*

Sabine pénétra dans la salle du trône d'un pas nonchalant. Tous les regards convergèrent sur elle. Au moment où elle s'éloignait de Lothaire – de crainte que les autres les soupçonnent d'avoir conclu une alliance secrète –, ce dernier murmura :

— C'est noté, sorcière.

Quand elle atteignit l'estrade, Omort tripotait sa bague à poison. Sabine aurait tout donné pour avoir l'antidote à son morsus. Chaque individu possédait un poison qui lui était propre. Omort faisait préparer ceux qu'il utilisait par la Vieille Folle du Labo, celle-ci était par conséquent la seule à pouvoir guérir Sabine.

Mais la Vieille Folle avait fait le serment de ne jamais donner l'antidote à un autre que lui...

— Cadeon le Faiseur de Roi continue de chercher l'épée, annonça Omort.

— Oui, mon frère, acquiesça Sabine du ton le plus apaisant qu'elle put. Mais trouver la Porteuse peut lui prendre des années.

— Il l'a *déjà* trouvée !

Sabine en demeura bouche bée.

— Tu veux dire que la Porteuse est en chemin pour le domaine de Groot ? Tu dois envoyer des démons feu pour la supprimer !

Avec un être aussi mauvais que Groot, cette femelle ne pouvait que mettre au monde le Mal absolu.

— À ton avis, qu'est-ce que j'ai fait ? hurla Omort, la bave aux lèvres.

Il l'écœurait. Un peu plus tôt, quand Rydstrom avait compris qu'elle allait partir, il avait inspiré profondément, sa souffrance était visible. Et puis il avait repris le contrôle de lui-même. Qui était le plus puissant ? Le roi démon calme qu'elle gardait enchaîné ou le sorcier fou qui pouvait détruire le monde mais était incapable de faire régner l'ordre dans un seul château ?

Omort s'empara d'un gobelet, le jeta contre le mur.

— On ne peut pas compter sur ces démons !

— On va trouver une solution, assura Sabine. J'irai la chercher moi-même, s'il le faut. Et tu sais que tu peux compter sur moi.

Omort tapa du poing sur l'accoudoir de son trône.

— Faux ! Sur toi non plus, je ne peux pas compter ! Tu passes ta vie dans la cellule du démon, et RIEN ! Voilà des jours qu'on attend que les choses progressent, pourquoi est-ce que tu n'y arrives pas ?

— J'avais un temps imparti pour ma mission ?

— Une rumeur circule selon laquelle tu ne ferais que parler avec lui, intervint Hettiah.

— Ton animal de compagnie pleurniche encore, Omort. Fais-le taire !

— Je crois que tu n'es pas dévouée à cette cause ! aboya Omort. Je devrais peut-être te priver de morsus, histoire de te motiver.

Sabine plissa les yeux. La pièce sembla vaciller.

— Continue à me menacer ainsi, et tu risques de ne pas aimer le résultat.

— Ose seulement...

Quatre démons feu se matérialisèrent devant l'estrade, à côté de Sabine. Le choc fut tel que toute la cour se tut.

Les démons avaient été battus, ils étaient en sang, et n'avaient plus de mains. Épinglé au col de l'un d'eux se trouvait un parchemin plié marqué d'un sceau de cire noire sur lequel apparaissait la lettre *N*.

Nïx. La Valkyrie les avait renvoyés, et leur avait coupé les mains, les privant de leurs pouvoirs.

Omort dégringola les marches du trône jusqu'à eux, arracha le parchemin dont il fit sauter le cachet avant de le déplier. Tandis qu'il en lisait le contenu, une veine se mit à gonfler sur son front.

— Cette chienne ! Je vais lui montrer ce qui arrive à ceux qui provoquent ma colère ! ragea-t-il en froissant le message qu'il jeta par terre. Je vais aller la chercher moi-même !

Et sans plus d'hésitation, il leva les mains vers les quatre démons et les réduisit en cendres.

Contournant les restes fumants, Sabine ramassa le mot, et le lissa pour le lire.

Chère lavette,

C'est tout ce que tu as ? Et si tu mettais ta jolie culotte de fille pour venir faire tes commissions toi-même ? À moins que tu ne craignes que Nïxanator botte les petites fesses d'Omort ?

Au fait, tu as pris un des chefs les plus respectés de notre armée. Il va falloir nous le rendre. D'autant que Sabine ne peut pas le mater.

Signé :

Nïx la Savante, Devineresse Inégalée, Générale de la Nouvelle Armée de Vertas.

Sabine ne put retenir un sifflement étonné. La Valkyrie était vraiment folle à lier.

Puis elle se rembrunit. *Ne peut pas le mater ?* Encore une fois, y avait-il un temps imparti ? Des points pour la technique ?

Et puis, c'était quoi, cette Armée de Vertas ? Sabine avait entendu dire que Nïx réunissait des factions – les Lycae, les Abstinents, les nobles feys, la Maison des Sorcières, un mélange de démonarchies, et bien d'autres encore. Avaient-ils tous conclu une alliance ?

Peut-être cette lettre était-elle destinée à attirer Omort dans un piège. Sabine savait que l'autre camp disposait de prisons magiques, des îles entières dont il était impossible de s'échapper. Parviendraient-ils à capturer l'Immortel ?

Les yeux fixés sur le mot, elle réfléchit à toute allure.

— Amène-moi le démon furie ! ordonna Omort. Je vais envoyer un bras de Rydstrom à la Valkyrie !

— Non ! hurla Sabine, le cœur battant.

Omort allait le massacrer. Le bras de Rydstrom se régénérerait, mais la douleur…

— Tu ne…

Le coup l'atteignit en pleine face, le sang gicla de sa bouche.

Hettiah l'avait frappée ? Un flot de fureur froide – celle que Sabine connaissait si bien – la submergea. Puis vinrent la bile, la nausée que seule la violence pouvait soulager. *Se protéger, survivre.*

Un voile rouge obscurcit sa vision. Sabine cracha encore du sang tandis que les alliés d'Hettiah l'encerclaient.

15

Rydstrom se dégoûtait. Une fellation avait suffi pour qu'il soit prêt à capituler sur tout. D'accord, c'était la meilleure qu'on lui ait jamais faite, mais tout de même…

Il secoua la tête. Ce n'était pas seulement ce qu'elle lui avait fait, mais la façon dont elle l'avait fait. Elle était tout ce dont il avait toujours rêvé. Et quand la pièce s'était embrasée, lui révélant l'intensité de ce qu'elle ressentait…

Quel mâle n'aurait pas été tenté de *tout* faire pour la posséder ?

Il avait été si près de craquer… S'il cédait, il était possible qu'il la féconde. Et que se passerait-il s'il ne parvenait pas à s'échapper avant qu'elle le tue ?

Son enfant serait élevé par Omort et elle, et utilisé comme un vulgaire pion. Ils ne comprendraient pas les besoins d'un enfant démon. S'en préoccuperaient-ils seulement ? Jamais il ne laisserait la chair de sa chair subir l'enfer qu'ils lui réservaient.

Elle voulait un serment que Rydstrom ne prononcerait pas.

Pour prendre épouse, un roi démon furie devait déclarer : « Je réclame l'honneur de te protéger et de te garder près de moi. Tu es mienne, épouse qu'il me revient de chérir. Tu régneras à mes côtés et engendreras notre dynastie. Accepte ce serment, et qu'il en soit ainsi, aujourd'hui et pour toujours. »

Si sa femelle l'acceptait, alors ils seraient mari et femme pour l'éternité. Mais Rydstrom ne pouvait engager sa vie sous la contrainte. Il ne le ferait que lorsqu'il serait prêt.

Et quand elle mériterait un tel engagement.

Il entendit des pas, mais ce n'étaient pas ceux de Sabine. Les serviteurs étaient déjà passés, et l'avaient détaché, et vêtu...

Une garde de cinq vampires se matérialisa dans la cellule. L'un d'entre eux était Lothaire, l'Ennemi de Toujours. C'était un général de la Horde, mais Rydstrom n'avait jamais affronté ses troupes.

— Que fais-tu...

Il n'eut pas le temps d'achever sa phrase. Ils attaquèrent d'un seul et même élan. Il eut beau se défendre de toutes ses forces, ses cornes et ses crocs ne suffirent pas pour les repousser, et il ne put les empêcher de lui attacher les chevilles et les poignets.

Puis ils le téléportèrent jusqu'à la salle du trône, et ce que Rydstrom y découvrit lui donna envie de vomir.

Le Puits, source du pouvoir le plus pur qui fût, était couvert de membres coupés, de torses déchiquetés. Les êtres les plus malfaisants du Mythos étaient rassemblés autour. Il y avait des dizaines d'espèces différentes : des Néoptères, des humanoïdes ailés qui ressemblaient à des insectes, des Alchimistes, hommes éternellement vieux affublés de longues barbes vertes et ébouriffées, des Cernunnos, serpents à tête de bélier...

Dans mon château...

Omort siégeait sur un trône en or massif, un sourire mauvais aux lèvres. Quand Rydstrom se jeta en avant, crocs découverts, les vampires le retinrent fermement.

— Bienvenue à ma cour, démon. Le grand Rydstrom a perdu de sa légendaire prestance, on dirait.

— Viens m'affronter, foutu pleutre !

Omort s'avança vers lui, puis s'immobilisa soudain, et se tourna vers le centre de la salle, comme mû par une force irrésistible.

Le cœur de Rydstrom fit un bond. Sabine ! Elle était encerclée par des femmes, du sang coulait de sa bouche. L'instinct protecteur en lui se réveilla brusquement.

Comme il se débattait, Lothaire lui asséna un coup de poing dans les reins.

— Tout doux, démon, murmura-t-il.

— Hettiah va effacer les illusions de Sabine, dit un des laquais de Lothaire. Je parie vingt souverains sur elle.

— Pari d'ivrogne, soupira Lothaire. Sabine n'en fera qu'une bouchée. Son combustible, c'est la fureur.

Le regard de Sabine était en effet vibrant de rage.

— Que se passe-t-il ? demanda Rydstrom.

— Une querelle entre femmes. Hettiah, celle qui ressemble vaguement à Sabine, et ses amies cherchent à éliminer ta femelle. Elles considèrent que son échec avec toi est une faiblesse, donc elles n'auront de cesse de l'attaquer, encore et encore. Tu es en train de la tuer, démon, ajouta Lothaire à mi-voix.

— Lâche-moi, que je puisse la protéger !

— Regarde plutôt.

Elles étaient trop nombreuses. Sabine ne pouvait plus les repousser. L'une d'entre elles se glissa derrière elle, armée d'un poignard.

— Sabine !

Vive comme l'éclair, elle se baissa, évita la lame et lança la jambe en arrière pour faire tomber son assaillante. Lorsque celle-ci fut à terre, Sabine lui arracha le poignard, puis lui écrabouilla le visage d'un coup de talon.

Elle se tourna alors vers Rydstrom, visiblement stupéfaite de le voir là, puis fit disparaître son propre visage derrière un masque. Leurs regards se croisèrent.

Il lut un avertissement silencieux dans celui de Sabine. Il ne pouvait rien faire pour elle.

L'instant d'après, son corps sembla s'évanouir en une centaine de chauves-souris en vol tandis qu'elle se drapait d'invisibilité. Hettiah leva les mains, pour effacer l'illusion, mais il était trop tard. Quand Sabine réapparut, elle avait déjà planté ses griffes dans la tête d'Hettiah.

La maintenant ainsi en place, elle serra son poing ganté de fer et l'écrasa sur le nez de son ennemie. On entendit les os craquer, le sang gicla, Hettiah hurla.

Sans la lâcher, Sabine esquivait avec grâce les coups qu'elle tentait de lui porter. Ouvrant la main, elle visa les autres avec sa paume, exactement comme lorsqu'elle avait tiré des secrets de l'esprit de Rydstrom.

Les femmes se mirent à hurler de terreur, s'arrachant les yeux. Avait-elle libéré leurs pires cauchemars ?

Puis Sabine pivota sur un pied, envoyant un puissant coup de talon dans la mâchoire d'Hettiah. Celle-ci vola en arrière et s'affala sur le sol, laissant un beau morceau de scalp accroché aux griffes de Sabine. Celle-ci le jeta d'un geste négligent sur le corps inerte d'Hettiah, puis redevint invisible.

Celles qui étaient encore debout lancèrent des regards inquiets autour d'elles. La gorge de l'une fut soudain tranchée. Une autre fut poignardée à la tempe. Elle tomba à genoux, puis face contre terre.

Quand il n'en resta plus une seule en vie, Sabine réapparut. Rydstrom la fixa, bouche bée, comme tout le reste de la cour, en dehors de Lothaire, occupé à collecter l'argent des paris.

Elle était éclaboussée de sang, essoufflée... et souriante. Jusqu'à ce qu'elle voie Omort se ruer sur Rydstrom, le regard fou.

Rydstrom poussa un rugissement et plongea en avant, réussissant à se libérer. Le sorcier éclata de rire.

D'un revers de la main, il le jeta contre le mur, et l'y cloua en le tenant par la gorge.

Lothaire et ses vampires haussèrent les épaules, et se téléportèrent ailleurs.

— Nïx a-t-elle décidé de me capturer ? demanda Omort en resserrant sa prise autour du cou de Rydstrom. Dis-moi quels sont ses points faibles !

Bon sang, qu'avait-elle encore fait, celle-là ? Rydstrom serra les dents tandis que des os de son cou cédaient sous la poigne d'Omort. Il était incapable de bouger.

— Réponds-moi, démon !

La pression s'allégea un peu.

— Bats-toi contre moi !

Elle s'accentua de nouveau. Des taches noires se mirent à voleter devant les yeux de Rydstrom.

— *Que fais-tu !* glapit Sabine en les rejoignant au pas de charge.

On aurait dit une Furie, avec son visage et ses cheveux couverts de sang. Ses yeux brillaient comme du métal en fusion. Rydstrom se concentra sur elle. *Reste en vie… reste en vie.*

— J'interroge mon prisonnier, lança Omort pardessus son épaule. Avant de lui arracher un bras pour l'envoyer à la Valkyrie.

Il y eut un nouveau craquement, et la nuque de Rydstrom céda. *Je ne sens plus rien en dessous du cou.* Omort allait continuer à serrer jusqu'à ce que la tête se détache du corps.

C'est donc ainsi que tout se terminera. Sa peau se déchira. Devant ses yeux se succédèrent des scènes d'une longue et périlleuse existence. Sans femme, ni enfant. Il ne laissait derrière lui que… l'échec.

— *Lâche-le immédiatement !*

Omort se tourna vers Sabine. Rydstrom glissa le long du mur.

Il resta ainsi affalé, paralysé. Comme sa vision redevenait normale, la salle se mit à tanguer et à vibrer. Des bourrasques de vent balayèrent la pièce. La chevelure indomptée de Sabine vola autour de son visage.

Tous ceux qui se trouvaient à proximité coururent se mettre à l'abri.

Bien que minuscule face au sorcier, Sabine leva vers lui un regard dépourvu de crainte.

— C'est *mon* prisonnier, cher frère. Et il est sous *ma* protection. Je ne voulais pas qu'il soit ainsi maltraité.

Omort fit quelques pas dans sa direction, visiblement fasciné.

Omort… veut Sabine ? Il veut être son amant ?

— Quitte cette pièce, ordonna-t-elle, refusant de le regarder.

Et Omort obtempéra…

Certaines rumeurs d'inceste avaient couru. On disait qu'Omort aimait l'une de ses sœurs d'un amour défendu. *Pas elle. Faites que ce ne soit pas elle.*

Mais Rydstrom ne pouvait nier l'évidence : Omort désirait Sabine.

Le souffle haletant, Rydstrom éclata d'un rire amer, un rire de dément. *Ma cour, mon château… ma femme. Tout est perverti.*

— Ça doit être blessant de savoir qu'un démon va posséder ce qui t'appartient… de savoir que c'est moi qu'elle désirera toujours ardemment plutôt que toi.

Sabine écarquilla les yeux. Omort fit volte-face. D'un revers de main, il envoya une force invisible qui frappa Rydstrom en plein torse, et l'ouvrit en deux.

16

Combien de temps était-il resté inconscient ? Rydstrom l'ignorait. Ouvrant les yeux, il tenta de deviner où il se trouvait. Sur le lit, dans la geôle ? Une douleur sans nom l'assaillit, circonscrite au-dessus du cou. En dessous, il ne sentait rien.

— Faites venir la Vieille Folle ! ordonna Sabine à quelqu'un qu'il ne voyait pas. Vite !

Quelques heures, quelques minutes plus tard, il n'aurait su dire, une vieille femme entra dans la cellule, chargée d'un rouleau de bandages et d'un sac de jute qui dégoulinait. Elle s'assit à côté de lui sur le lit, tira de son sac un onguent épais qui sentait les aromates et bourra sa blessure avec. Il ne sentit rien.

Tandis qu'elle travaillait, Rydstrom regarda Sabine aller et venir. Il avait gardé les yeux mi-clos afin qu'elle ignore qu'il avait repris conscience.

— Combien de temps lui faudra-t-il pour se régénérer ? s'enquit-elle.

— Deux jours, répondit la vieille femme. Le temps de lui voler sa semence.

L'insolence de cette réponse ne sembla pas surprendre Sabine.

Une autre femme entra en trombe.

— Le château est sens dessus dessous ! J'ai entendu dire que tu avais hurlé après Omort.

Elle était brune et se rongeait frénétiquement les ongles. Ses traits étaient semblables à ceux de Sabine. *Encore une sœur ?*

— Bon sang, Abie, tu es folle ou quoi ? reprit-elle. Tu veux finir comme la sibylle ?

La nouvelle venue jeta un coup d'œil en direction du lit.

— Oh ! C'est ton démon ! Pas étonnant que tu sois à cran.

Sabine se remit à faire les cent pas.

— Donne-nous l'antidote, Vieille Folle. Je sais que tu peux le fabriquer.

— J'ai prêté serment, répliqua la vieille femme en déroulant les bandages. Si je ne tiens pas parole, on me tuera et on te donnera une autre drogue.

— Que faudrait-il que je fasse pour que tu acceptes ? demanda Sabine à mi-voix.

— Un serment, seuls ceux qui le prêtent peuvent s'en libérer les uns les autres. Ou mourir.

— Il y a forcément un autre moyen.

— Tu rêves, grommela la Vieille Folle. Et la place des rêves est dans le sommeil.

— Je complote. Et la place des complots, c'est partout, tout le temps.

Elles se jaugèrent du regard. Que se passait-il exactement ? Rydstrom cligna des yeux, et l'espace d'un instant, la vieille femme lui apparut sous les traits d'une jeune elfe brune. *Bon sang, qu'est-ce que c'est que ce truc ?* Sabine, quant à elle, semblait n'avoir rien remarqué.

Un bruit étranglé monta de sa gorge, interrompant cet échange tendu. Sabine s'approcha aussitôt du lit.

— Ne regarde pas vers le bas, démon.

Sabine avait réussi à lui éviter la mort. Pour l'instant. Mais ne se rendait-elle pas compte qu'Omort allait revenir, et l'attaquer tel le lâche qu'il était ?

Elle lut sans difficulté dans ses pensées.

— Je vais te mettre à l'abri. Ce qui est arrivé aujourd'hui ne se reproduira pas.

D'un geste tendre, elle lui caressa le front, puis regarda sa propre main, étonnée, et la laissa retomber avant de jeter un regard autour d'elle pour s'assurer que personne n'avait remarqué son geste.

— Dors, démon.

Il ne parvenait plus à garder les yeux ouverts.

« Ne lis pas dans mes pensées, songea-t-il. Ne… »

— D'accord, j'arrête.

— Promets-le-moi !

— C'est promis, murmura Sabine. Dors, maintenant. Et rêve. Rêve de ce dont tu as le plus besoin.

Ses paupières se fermèrent complètement. Et il rêva.

Assis devant la cheminée, Rydstrom regardait sa femme allongée dans leur lit. La lumière vacillante des flammes éclairait son visage, elle était plongée dans un sommeil paisible. Leur fils adoré dormait dans son berceau.

Dehors, la tempête faisait rage, fouettait les murailles du château. À l'intérieur, ils avaient chaud. Rydstrom veillait sur les siens, il les protégeait.

Jamais il ne s'était senti aussi bien.

La faim réveilla le bébé. Rydstrom se leva pour le prendre dans ses bras et le porter jusqu'au sein de sa mère. Dans un demi-sommeil, Sabine referma les bras sur leur fils, et murmura le nom de son père.

Ma famille…

Il ouvrit brusquement les yeux. *C'est de cela que j'ai le plus besoin. Et* elle *est la clé de tout…*

La douleur le submergea d'un coup, le transperçant à chaque respiration. *Ma colonne vertébrale est guérie.* Combien de temps avait-il dormi ?

Sabine pénétra dans la cellule au même moment. Elle portait un autre bustier en métal, et ses yeux étaient cerclés de bleu marine.

— Je ne peux pas rester longtemps. Je passe juste voir comment va mon démon d'une stupidité colossale.

Il sentit qu'elle était à cran. La Sabine affectueuse et douce avait disparu.

— Combien de temps suis-je resté inconscient ? articula-t-il avec effort.

Seule l'une de ses chevilles était enchaînée. Il avait les bras libres, mais aurait-il voulu s'en servir qu'il en aurait été incapable.

— Une journée. Ton corps se régénère vite. Ta colonne et ta nuque sont déjà guéries, de même que tes pauvres poumons, puisque tu peux de nouveau parler.

Comme il baissait les yeux sur le bandage qui enveloppait son torse, elle ajouta :

— La blessure n'est pas encore complètement refermée, mais cela ne devrait plus tarder. Tu as de la chance de ne pas avoir été touché plus gravement. Mais qu'est-ce qui t'a pris de provoquer Omort ?

— Ça m'a fait du bien… de pouvoir enfin le faire.

— Si je n'avais pas été là, tu serais mort.

La puissance et la ruse de Sabine l'avaient subjugué. À sa façon, elle était aussi puissante qu'Omort, plus même, parce que le sorcier la désirait.

Mais qu'éprouvait-elle pour lui ? Avaient-ils couché ensemble ? Des actes plus répugnants que cela avaient été commis par leur espèce. Peut-être était-ce pour cette raison qu'elle s'était alliée à lui.

Ou était-ce parce qu'elle ne pouvait pas tout à fait le tuer ? Si Omort n'était pas immortel, Sabine pourrait-elle le vaincre ? Peut-être était-ce ce qu'elle avait en tête à cet instant précis. Et si Rydstrom parvenait à la convaincre que l'épée pouvait réussir ? Irait-elle jusqu'au bout de son plan ?

La reine sur l'échiquier, attendant son heure.

Rydstrom pouvait l'aider dans cette entreprise. Qu'avait-il à perdre ?

Sabine croisa les bras.

— Je suppose que tu n'éprouves pas le besoin de me remercier de t'avoir sauvé la vie. Non seulement tu es un démon stupide, mais en plus tu n'es pas reconnaissant.

Jamais il n'avait été à ce point certain de mourir, et elle l'avait empêché. *Mais...*

— C'est à cause de toi et de tes illusions si je suis ici, non ?

La douleur irradia de sa blessure.

— C'est grâce à moi qu'Omort t'a épargné toutes ces années. Tu ne t'es jamais demandé pourquoi il avait renoncé à t'assassiner ?

Si, Rydstrom s'était posé la question. Surtout depuis qu'il était installé à La Nouvelle-Orléans, demeurant pour la première fois des mois au même endroit. Il aimait sa maison, là-bas. Elle lui suffisait en attendant de récupérer son royaume. En attendant de reprendre Tornin – *et de le nettoyer*. Il baissa brièvement les paupières pour chasser le souvenir de ce qu'il avait vu la veille.

— Couches-tu avec Omort ?

— Non, je ne couche pas avec lui. Je ne couche avec personne. Un héritier doit être engendré, et j'aimerais autant qu'il n'y ait aucune équivoque quant à son géniteur.

Elle n'avait pas nié avoir jamais couché avec lui, mais Rydstrom eut le sentiment que ce n'était pas le cas. Ou peut-être refusait-il simplement de l'envisager, parce que cette éventualité mettrait un terme définitif à ses relations avec Sabine.

— Pourquoi t'es-tu battue avec Hettiah ?

Les mots sortaient déjà plus facilement.

— C'est elle qui m'a attaquée. Ça fait des siècles qu'elle cherche à prendre sa revanche.

— Pourquoi ?

— Sans doute parce que j'ai fait une couronne mortuaire avec ses intestins devant toute la cour. Et pas qu'une fois. Je connais ses organes vitaux par cœur. Il se pourrait même que je les aie gardés dans un bocal sur ma table de nuit.

— Tu… tu n'as pas fait cela.

Et le vampire disait que je *la tuais ?*

— Mais si. À propos, tu as faim ? enchaîna-t-elle en se dirigeant vers la table où était posée une assiette.

Il jeta un regard agacé à l'assiette. Elle ne contenait que des fruits et des légumes. Pas de viande.

— Comment veux-tu que je guérisse si tu ne me nourris que de brindilles ?

Sabine ne lui avait toujours pas apporté de viande, ni de bière démon, boisson fermentée très virile. Les Sorceri ne buvaient que des vins et des alcools doux écœurants. Ils considéraient la bière démon comme une *mixture de brute*. Lui ne parvenait pas à avaler leurs créations sirupeuses.

— J'oublie toujours que mon démon de compagnie est carnivore, dit-elle en reposant l'assiette. Attends, je vais t'installer un peu plus confortablement.

D'un geste de la main, elle donna à la cellule l'aspect de ce qu'avait été la chambre de Rydstrom dans le château.

Mais cette fois, elle ajouta une tempête à l'extérieur. Comment savait-elle… ?

— Tu as lu dans mon esprit, n'est-ce pas ?

— En effet, répondit-elle d'un ton absent, même si son expression ne l'était pas.

Il la soupçonnait de masquer ses expressions. À l'avenir, il cesserait de scruter son visage et observerait ses mains, la tension de ses épaules.

— Ça t'arrive souvent de ne pas tenir ta promesse ?

— Constamment. J'irais même jusqu'à dire systématiquement.

Qu'elle n'ait pas tenu sa promesse l'énervait profondément, qu'elle n'en éprouve aucune honte le mettait hors de lui.

— Ça ne t'ennuie pas de te faire une réputation de menteuse ?

— Qu'est-ce que j'y peux, moi, si la vérité et moi sommes étrangères l'une à l'autre ? On ne nous a jamais présentées.

— Et qu'as-tu appris en t'introduisant dans mon esprit ?

Elle semblait tendue, à l'écoute de quelque chose en dehors de la cellule. Pas nerveuse, mais impatiente. Elle se mit à arpenter la pièce.

— Les tempêtes te berçaient, autrefois, et ta chambre dans la tour te manque depuis longtemps. Tu as une relation houleuse avec ton frère, et cela te préoccupe beaucoup. Tu lui reproches d'avoir perdu ton royaume.

C'est ce que tout le monde pensait. Et c'était vrai, mais en partie seulement. Il lui reprochait aussi de boire, de tricher, et de se battre pour de l'argent. La vie de Cadeon n'avait aucun sens.

Et la tienne, elle en a ?

— Tu as deux sœurs, continua Sabine. Mia et Zoë. Tu ne leur parles plus ou presque. Elles mènent leur vie de leur côté, et tu te demandes si tu n'aurais pas dû les impliquer davantage dans ta quête. Tu as honte parce que tu t'es surpris à envier l'un de tes amis qui a enfin trouvé l'âme sœur. Un Lycae. Qui s'appelle Bowen MacRieve si je ne me trompe.

Bien que décontenancé, Rydstrom soutint son regard. Elle avait vu tant de choses. Il était bel et bien jaloux, et voyait là une faiblesse. Un homme bon aurait dû se réjouir pour son ami, point.

Mais Rydstrom était un des plus anciens du Mythos, et au cours de son interminable existence, l'un après l'autre, tous ses camarades avaient rencontré leur alter ego.

Tous avaient vécu une expérience à laquelle il ne pouvait que rêver. Une expérience tellement vitale qu'ils avaient tous fini par le plaindre de ne pas la connaître.

Il affichait une expression stoïque, mais elle voyait bien qu'il était déconcerté par ce qu'elle avait découvert.

— Autre chose ? fit-il.

— Des tas.

Le démon était un mâle solitaire. Il avait des amis, mais était trop obsédé par sa mission pour en profiter. Il n'approuvait pas le comportement de son frère et de son équipe de mercenaires, et ne les fréquentait donc que lorsque c'était nécessaire.

Sabine n'avait vu aucune maîtresse.

— En gros, dit-elle, j'ai vu que tu étais… seul.

Et cette solitude l'avait intriguée, ce qui la déroutait, et ne faisait qu'ajouter à sa frustration. La veille, quand elle avait imaginé la douleur que ressentirait Rydstrom si on lui coupait le bras, elle avait éprouvé un sentiment si puissant qu'elle n'en avait pas entendu Hettiah approcher pour l'attaquer. Les sentiments rendaient les gens bêtes et vulnérables.

Pis, elle avait été *gênée* par le spectacle que la cour avait offert à Rydstrom. Jamais elle n'oublierait son expression dégoûtée lorsqu'il avait découvert ce qui lui avait autrefois appartenu. Pour une raison inconnue, elle ne voulait pas qu'il pense que parce qu'elle vivait ici, elle était comme eux.

Ce n'est pas parce que je ne réagis pas que je suis aveugle.

— Tu n'avais pas le droit de t'introduire dans mon esprit !

Il se retourna, la bouche pincée de douleur.

— Et ensuite, tu m'as fait rêver de…

— Rêver de *quoi*, Rydstrom ? J'ai fait en sorte que tu rêves de ce dont tu avais le plus besoin. J'entendais par là ce qui te permettrait de *guérir*. Ton esprit a-t-il bifurqué dans quelque autre direction ?

Le visage de Rydstrom se ferma.

— Cela ne te regarde pas.

Elle n'insista pas. Plus tard, peut-être.

— J'ai aussi vu que tu souhaitais m'avoir à tes côtés. Voilà qui serait un beau coup. Une chose cependant : il y a peu de chances que je m'allie avec qui que ce soit contre le sorcier le plus puissant que cette dimension ait jamais connu.

— Je t'ai vue à l'œuvre. Tu es plus forte que lui.

— Ne joue pas avec mon orgueil démesuré, démon, dit-elle en examinant ses ongles. Tu n'as rien à y gagner.

— Allie-toi avec moi, et mon armée te protégera.

— Ah oui ? Et où ? Dans ton château ? Oh, mince, j'oubliais que tu n'en avais plus ! Au moins, avec Omort, je suis protégée de ceux de ton espèce.

— Deviens l'une des nôtres, et plus personne ne te fera de mal.

Elle s'assit au pied du lit.

— C'est la différence entre toi et moi. Je n'essaierai pas de te convertir. Est-ce que ça me plaît que tu ne mentes jamais et que tu tiennes en haute estime des choses comme le courage ? Non, bien sûr. Mais je n'essaie pas de te faire changer. Pourquoi ceux de ton espèce cherchent-ils toujours à faire changer ceux de la mienne ?

Ce qu'elle détestait le plus chez les démons ce n'était pas leurs valeurs à l'ancienne qui laissaient si peu de place à l'intuition, mais le fait qu'ils voulaient les imposer aux autres.

— Parce qu'en pratiquant la loyauté, la fidélité, l'honneur, nous vivons une existence plus satisfaisante.

— Mais c'est surfait, tout ça, des grands mots. Les seules occasions que tu as de mettre ces valeurs en pratique, c'est lorsqu'il s'agit de renoncer à quelque chose ou à quelqu'un que tu désires.

— Si l'on continue dans la même veine, qu'en est-il de ta loyauté envers Omort ? As-tu déjà été tentée de t'allier avec ses ennemis ?

— Jamais, mentit Sabine.

Elle était *constamment* tentée de le trahir. Et plus encore maintenant qu'il devait faire face à une montée en puissance de ses ennemis. Les vampires étaient aux portes du château, une Valkyrie folle le provoquait...

L'idée de Sabine s'alliant à un démon...

À dire vrai, elle aurait pu rester fidèle à Omort. Elle se souvenait du jour où il était venu la chercher. Il avait paru galant quand il les avait sauvées, Lanthe et elle, d'une attaque d'humains ignorants. Quand il les avait emmenées vivre à Tornin, dans une dimension où il n'y avait ni humains ni Vrekeners, les deux sœurs s'étaient enfin senties en sécurité, protégées.

Jusqu'à ce qu'Omort pose la main sur la cuisse de Sabine.

Bien sûr, elles n'avaient pas cru qu'il était leur demi-frère juste parce qu'il le leur avait dit. Mais elles savaient qu'Elisabet, leur mère, avait commis un péché en punition duquel elle avait été reniée par la noble famille des Deie Sorceri. Certaines transgressions avaient laminé son amour-propre au point que le bon à rien qui allait devenir le père de Sabine et de Lanthe lui avait semblé être une bonne prise.

D'Omort, elles avaient appris qu'Elisabet avait été la Porteuse d'alors, et qu'elle avait engendré le Mal absolu : *lui*...

Rydstrom interrompit ses pensées.

— Omort ne peut pas repousser l'alliance que Nïx est en train de former. Pas seul, en tout cas.

— Ah, oui, la Vertas. C'est ainsi que Nïx l'appelle.

— Tu lui as parlé ?

— Disons plutôt que j'ai correspondu avec elle. Elle est complètement fêlée. Tu ferais confiance à une folle pour mener ton armée ?

— Sa folie est très organisée, répondit Rydstrom avec flegme, mais il y avait du respect dans sa voix.

Heureusement, Sabine ne voulait pas du respect de Rydstrom, elle ne fut donc pas jalouse de la Valkyrie. Son respect, elle pouvait l'obtenir n'importe quand – si tant est qu'elle le veuille.

— Omort ne sera pas seul, démon. Tu as vu les membres de son armée.

Des membres qu'il perdrait s'il ne se ressaisissait pas très rapidement.

— Cette Accession devrait être très intéressante, conclut Sabine.

— Et que l'on soit dans des camps opposés ne te gêne pas ?

— Tu te conduis comme si cela n'avait pas toujours été le cas.

— Peut-être, mais nous ne le serons plus très longtemps.

— Alors tu devras rejoindre le Pravus, parce que moi, j'ai bien l'intention d'être du côté des gagnants.

Pourtant, pour la première fois, elle s'interrogeait. Face aux menaces qui les entouraient, Omort s'avérait incompétent. Sans lui à sa tête, l'armée serait en proie aux rumeurs et à l'instabilité. Déjà, des pactes étaient brisés tandis que de petites factions passaient à l'ennemi.

Ce soir, au crépuscule, Lanthe et elle allaient devoir risquer leur vie au combat parce qu'il ne parvenait pas à relever le défi.

— Il faut que tu comprennes, démon, qu'Omort ne peut pas être tué. Il n'y a tout simplement aucun moyen de le vaincre.

— Et s'il y en avait un ?

— Tu persistes à croire en l'épée de Groot, fit-elle avec un regard indulgent. Mais c'est une fable, Rydstrom. Même si ça ne l'était pas, même si tu étais libre, tu n'arriverais jamais à approcher Omort d'assez près pour pouvoir t'en servir.

— L'épée fonctionnera. Nïx l'a juré et elle ne se trompe jamais.

— Elle doit être…

Sabine s'interrompit comme un cri leur parvenait, bientôt suivi du fracas des chevaux et des soldats en marche.

Le soleil se couche. Les vampires attaquaient.

— Il faut que j'y aille. Je ne reviendrai pas avant un certain temps.

— Pourquoi ? Où vas-tu ?

Tenter de colmater les brèches dans la santé mentale de mon frère. Et si je n'y arrive pas…

— Au combat.

17

— *Omort est toujours comateux ?* demanda Lanthe par télépathie tout en évitant une flèche de centaure.

D'un mouvement ample de sa longue épée, Sabine trancha le cou du vampire qui se trouvait devant elle. La tête roula à ses pieds. Du bout métallique de sa botte, elle l'écarta de son chemin.

— *Non, il n'est pas comateux. Il plonge juste plus profondément dans la folie. Il a le regard vitreux, sue comme un porc et exige de nouveaux sacrifices.*

Quelques heures plus tôt, Sabine s'était rendue dans la tour d'Omort – elle qui détestait y aller –, pour l'implorer de décimer l'armée qui les attaquait. Elle l'avait trouvé assis sur son lit, hurlant qu'il fallait d'autres sacrifices tandis qu'Hettiah, qui se remettait de ses blessures, lui caressait le front.

— Il me faut du sang nouveau ! vociférait-il.

— *On ne peut pas s'en sortir sans lui*, déclara Lanthe. *Même si seules les victimes décapitées que nous laissons derrière nous trahissent notre présence.*

L'invisibilité avait du bon.

— *Tu as raison.*

Les Revenants ne se battaient pas mal, mais ils ne réfléchissaient pas. Les Libitinae fondaient brusquement depuis le ciel nocturne, et s'avéraient de redoutables tueuses, mais elles jouaient avec leurs victimes.

Les Centaures avaient leurs flèches empoisonnées, mais leur imposante stature les désavantageait face aux vampires – ces derniers pouvaient se ruer sur le dos d'un centaure à plusieurs, puis le mettre à terre tout en le vidant de son sang.

Les vampires de Lothaire étaient d'une efficacité indéniable, mais trop peu nombreux. Sabine l'aperçut de l'autre côté du champ de bataille. Il se battait contre les siens, les massacrait avec un grand sourire – c'était la première fois qu'elle le voyait sourire. Ses cheveux, tressés à la Berserk, étaient imbibés de sang.

Elle pencha la tête de côté. Il était aussi grand que le démon, mais pas aussi athlétique. *Mais qu'est-ce qui me prend de penser au démon, là ?*

Elle se secoua intérieurement, puis plongea son épée dans un vampire. Tandis qu'il s'écroulait, elle regarda Lanthe éviscérer une sangsue, remontant la lame de son épée dans ses entrailles.

D'ordinaire si songeuse et attentionnée, elle était cruelle au combat. Plusieurs fois, Sabine avait dû se retenir de claironner : « Hé, vous avez vu ? C'est ma petite sœur ! »

— *Sabine !* hurla soudain Lanthe. *Pourquoi les vampires nous regardent-ils ?*

Sabine lança un coup d'œil autour d'elle. Lanthe et elle étaient... *visibles* ? D'une pichenette, elle tenta de lancer une illusion, sans succès.

Une seule personne pouvait annihiler ainsi son pouvoir.

— *Hettiah. Elle nous a rendues visibles. Tu peux ouvrir un portail ?* demanda-t-elle tandis que Lanthe et elles se mettaient dos à dos et pivotaient, à la recherche d'une issue de secours.

— *J'ai déjà essayé. Ça n'a rien donné.*

Elles étaient encerclées, les vampires approchaient...

— *Je crois qu'on est fichues.*

— *Je crois que tu as raison.*

Elles étaient désormais impuissantes, deux petites femelles sorceri au milieu de la Horde vampire. Sabine chercha Lothaire au loin, mais ne le vit pas…

Au même moment, un vampire se rua sur elle, crocs en avant. Il lui érafla la peau, mais heurta le plastron de son armure. Elle réussit à plonger sous lui et le fit tomber d'un coup de poing en revers. Mais déjà d'autres s'avançaient.

Des centaines d'autres.

Étrangement, elle se demanda comment le démon réagirait à l'annonce de sa mort. Pleurerait-il son alter ego ?

— Abie ? murmura Lanthe.

Elle l'entendit, malgré la clameur de la bataille – le grondement des sabots, le sifflement des flèches, le tintement des épées…

Que dire à sa sœur ? Comment la protéger ?

La fin était proche… Les vampires se précipitaient vers elles… Ils allaient les atteindre quand… ils se transformèrent en… *cendres*.

Leur élan dispersa la suie, qui se déposa sur les bottes des deux sœurs.

Sabine se tourna vivement vers le château. Omort se tenait sur les remparts, bouche ouverte, regard fou, paumes levées vers le ciel.

Comme tous les guerriers du Pravus encore debout, elle le fixa avec horreur.

Un silence de plomb s'était abattu sur le champ de bataille. Le vent souleva les nattes de Sabine, elle entendit bruisser le feuillage d'arbres tout proches. Au loin, des oiseaux de nuit piaillèrent.

Les cendres s'éparpillèrent…

Omort adressa un regard meurtrier à Hettiah, qui tomba à genoux en pleurant.

— *C'est ça, la créature que tu veux que nous attaquions ?* murmura Lanthe.

Sabine lui avait dit qu'elle se rendait *au combat*.

Il aurait voulu l'empêcher d'aller au-devant de ceux qui la tueraient. Et l'empêcher de les tuer puisque, très probablement, ils appartiendraient à son peuple. À coup sûr, ils avaient appris sa capture et se révoltaient.

Elle est exposée au danger, et personne ne la protège. Il tira violemment sur ses chaînes. Les muscles de son torse protestèrent. Maintenant qu'il était capable de se lever, ils avaient recommencé à lui attacher les mains dans le dos. Et chaque fois qu'il se levait ou faisait un mouvement brusque, la peau toute neuve de son torse se rappelait à son souvenir. Il se mit à faire les cent pas en souhaitant son retour.

Je peux la changer. Je peux lui faire comprendre la différence entre le Bien et le Mal. Quand je me serai échappé...

Il s'embarquait dans d'impossibles raisonnements, parce qu'il la désirait *au-delà* du raisonnable. Son rêve lui revint à l'esprit. Cette atmosphère paisible. Il en avait envie comme jamais. Il voulait retrouver la Sabine de leur dernière entrevue, la femme qui lui avait incendié les sangs.

Elle est mienne. Pour le meilleur et pour le pire, c'est ma femme.

Ne meurs pas... ne...

Quand son odeur lui parvint, il ferma brièvement les yeux. Quelques instants plus tard, elle entra dans sa cellule et s'immobilisa. Elle était hors d'haleine. Elle portait une coiffe à pointes reliée à un col par une chaînette, un bustier en métal et de longs gants terminés par des griffes acérées.

Ses pupilles étaient dilatées, bleues, et un filet de sang coulait à la commissure de ses lèvres. Elle était venue le voir directement à son retour du combat ? Il plissa les yeux. *Elle est ébranlée.* Rydstrom savait reconnaître un soldat ayant échappé de justesse à la mort. *Et c'est vers moi qu'elle est venue.*

Quand le sang coula sur son menton, elle l'essuya d'un revers de bras.

Si belle. Si dangereuse. Mienne. Déjà, il sentait durcir son sexe. *Non ! Comment pourrais-je avoir envie d'elle alors qu'elle vient de se battre – contre mon propre peuple ?*

Pourtant, lorsqu'elle courut vers lui, rien n'aurait pu l'empêcher d'aller à sa rencontre. Elle prit son visage entre ses mains et, se hissant sur la pointe des pieds, l'embrassa. Ses lèvres étaient d'une infinie douceur, et tremblaient sous celle de Rydstrom.

La savoir en danger l'avait mis hors de lui, il lui montra à quel point avec son baiser. *Soulagement.* Il captura sa bouche avec rudesse, força le barrage de ses lèvres de la langue jusqu'à ce qu'elle lui agrippe les épaules.

— Qu'est-il arrivé ? demanda-t-il enfin en s'écartant.

— Ça n'est pas passé loin, avoua-t-elle, le souffle court.

Elle se débarrassa de ses gants qu'elle jeta au loin.

— J'ai eu peur que tu ne meures.

Elle délaça son plastron, le laissa tomber à terre.

— Durant quelques instants, j'ai été certaine que c'était la fin.

Comme les pointes de ses seins effleuraient le torse de Rydstrom, elle glissa la main vers son ventre.

— Détache-moi, Sabine.

Son sexe se dressa à la rencontre de sa main.

— Je ne peux pas.

— Laisse-moi te protéger.

— Embrasse-moi d'abord, nous parlerons plus tard...

Il frémit lorsqu'elle plongea les doigts dans son pantalon. Elle le prit à pleine main, caressa du pouce l'extrémité de son sexe. C'était à devenir fou.

Il inspira brièvement, puis s'empara à nouveau de ses lèvres. Il la posséderait, d'une manière ou d'une autre.

Leurs souffles rapides, bruyants, se répondaient dans le silence. Il n'avait que vaguement conscience des illusions d'incendie, tout autour d'eux.

De sa main libre, elle défit sa braguette, tira sur son pantalon qui glissa à ses pieds.

Puis elle le guida vers le lit sans lâcher son sexe.

S'embrassant comme si leurs vies en dépendaient, tous deux titubèrent vers le matelas. Avec les mains attachées, il ne pouvait pas se rattraper. Au dernier moment, il pivota pour ne pas tomber sur elle.

Entre deux baisers, ils manœuvrèrent jusqu'à ce qu'elle se retrouve allongée sous lui. Ignorant la douleur, il se redressa, s'agenouilla. Et la frustration grandit en lui. Il ne pouvait pas lui remonter sa jupe sur les cuisses, ne pouvait pas lui arracher ses sous-vêtements, ne pouvait pas la caresser...

— Retire ta jupe.

Le regard embrumé, elle défit les liens qui maintenaient sa jupe, et la retira.

— Enlève ça, maintenant, dit-il en indiquant le string du menton.

Elle obtempéra, l'envoyant promener d'un coup de pied. À présent, elle ne portait plus que ses bas et sa coiffe. Ses paupières s'étaient alourdies, et ses yeux avaient pris un reflet métallique.

— Entre tes cuisses, fit-il d'une voix rauque. Je veux voir.

Comme elle écartait les jambes, il lui sembla qu'elle gémissait. Un son rude jaillit de sa gorge lorsqu'il posa les yeux sur la toison cuivrée et la chair luisante.

— Touche-toi là. Laisse-moi te regarder...

Sabine obéit avec empressement, et ses doigts délicats glissèrent sur sa fente. *Pas de gêne. Pas d'hésitation.* Pour la première fois de sa vie, il allait posséder le genre de femme dont il rêvait en secret.

Elle était magnifique, ses tresses déployées sur l'oreiller, les flammes se reflétant dans son regard, le corps frémissant tandis qu'elle se caressait.

— Récite ton serment, démon. Fais de moi ta reine.

Reine du peuple qu'elle venait de combattre ? Il remarqua alors les deux petites lignes sanglantes qui couraient, parallèles, de son cou à sa poitrine.

— Qu'est-ce que c'est que cette marque ?

Elle eut un geste indiquant que cela n'avait pas d'importance.

— Un vampire a essayé de planter ses crocs en moi. Mais mon armure l'en a empêché.

— Pourquoi un vampire ?

Avec un soupir agacé, elle cessa de se caresser et s'appuya sur les coudes.

— On est en *guerre*, il ne va pas faire mon portrait.

Elle ne tue pas ceux de mon espèce ?

— Tu es en guerre contre les vampires ?

— Contre certains d'entre eux. Tu pensais quoi ?

— Je… Pas contre les démons furie ?

Elle avait risqué sa vie contre un ennemi commun.

— *Quoi ?* Tu as cru que… ?

— Donne-moi une minute, Sabine.

Que je réfléchisse…

— Tu ne peux plus te battre ainsi contre eux.

— Tu ne peux pas m'en empêcher. J'adore massacrer les sangsues.

— Nous avons cela en commun. Mais ce sont des ennemis redoutables. Reste au château.

— Une seule chose pourrait m'empêcher d'y retourner – la possibilité d'une fécondation.

Les vampires avaient tué son père et son frère. Pas question qu'ils tuent sa reine. *Le seul moyen de la protéger, c'est de la féconder*. Ce qui signifiait qu'il devait l'épouser, à moins qu'il ne parvienne à gagner le combat obstiné qui les opposait. Il devait la pousser à perdre pied, et à se laisser posséder – sans qu'il prête serment.

— Et d'abord, pourquoi combattrais-je des démons furie ? s'enquit-elle d'un ton méprisant. Autant m'attaquer à des moutons...

— Tu peux te taire ? aboya Rydstrom. J'envisage de prononcer le serment.

Elle cilla, et laissa échapper une exclamation étouffée. Puis un lent sourire se dessina sur ses lèvres tandis que les pointes hérissant sa coiffe se métamorphosaient en délicates feuilles d'or, des vrilles de vigne s'entremêlant aux mèches cuivrées.

— Je le ferai... dès que tu m'auras détaché.

— Je te détacherai dès que tu l'auras fait.

Il s'abaissa jusqu'à ce que son sexe touche le sien, chair contre chair. Elle était brûlante, prête à le recevoir. Et sa queue palpitait si fort qu'il aurait été étonné qu'elle ne le sente pas. Mais lorsqu'il tenta de la pénétrer, son membre viril glissa sur les replis humides.

— Rydstrom ! s'écria-t-elle.

Il essaya de nouveau, glissa encore. Il grogna :

— J'ai besoin de mes mains, mon ange.

La sueur lui perlait au front. Le besoin de plonger en elle devenait insupportable.

— Le serment.

— Guide-moi en toi, et je le prononcerai.

Elle l'empoigna sans hésiter, mais plutôt que de diriger son sexe à l'orée du sien, elle en frotta le bout contre son clitoris.

— Épouse-moi, Rydstrom, souffla-t-elle en soutenant son regard. J'ai besoin de toi, démon. De toi tout entier. Tu ne le sens donc pas ?

— En toi, *tassia*. J'ai besoin d'être en toi...

Il lâcha un cri lorsque son gland s'engouffra brièvement en elle. Elle était si étroite... N'en pouvant plus, il donna un puissant coup de reins, mais elle le maintenait fermement, et fit dévier son sexe vers le haut.

La douleur lui arracha un autre cri. *Je donnerais n'importe quoi pour me planter en elle*.

— Bon sang, tu es mienne ! Je veux ce qui m'appartient.

— Alors prends-moi. Et sens-moi jouir pour toi. Prononce le serment.

L'empêcher de retourner au combat, à n'importe quel prix. Elle lui avait enseigné les règles de son jeu, et cette fois, il allait jouer pour gagner. Il allait la posséder. Mais à sa façon.

— Sabine, je dois te posséder.

Une dernière fois, il tenta de s'enfoncer en elle, mais n'y parvint pas. La tête de Sabine bascula en arrière.

— Regarde-moi pendant que je prononce mon serment.

Comme elle s'exécutait, il murmura les mots en langue démon : « *Je ne t'épouserai pas, Sabine. Pas tant qu'il n'y aura pas de confiance entre nous. Et je te fais le serment de me venger de tout ce que tu m'as fait subir.* »

— Acceptes-tu ? demanda-t-il pour finir.

18

Le regard du démon était rivé au sien, irrésistible. Son cœur se mit à battre de manière erratique.

— Oui, Rydstrom. J'accepte. Mais comment être sûre que tu as bien prononcé le serment ?

— Je ne mens jamais.

Elle le contempla longuement.

— J'attends ce moment depuis mille cinq cents ans, finit-il par murmurer d'une voix rauque. Ne me fais pas souffrir plus longtemps.

La gorge nouée, elle introduisit l'extrémité du sexe de Rydstrom dans son étroit fourreau.

— Plus loin, la pressa-t-il d'une voix rocailleuse. Vite !

Sous sa peau luisante de sueur, ses muscles se gonflèrent. Son visage se crispa.

Elle frémit, puis obéit.

— Tu es… trop gros.

C'était inconfortable, elle se sentait écartelée.

— C'est que tu n'es pas assez mouillée. Cambre-toi vers moi.

Elle fit ce qu'il lui demandait, et le regarda lui frôler la pointe des seins de ses lèvres.

— Suce-les, Rydstrom.

— Cela risque de se terminer avant d'avoir commencé.

Finalement, il attira un téton entre ses lèvres et le suça goulûment. Sabine posa la main sur sa tête et la tint contre elle, gémissant de plaisir.

Elle glissa sa main libre entre ses cuisses pour caresser son clitoris, et bientôt, elle ressentit un manque en elle, le besoin vital d'être emplie. Elle était si près…

Rydstrom lâcha son sein.

— Plus profond, *tassia*, souffla-t-il en ondulant du bassin. Non ! cria-t-il comme elle reculait. Prends davantage ma queue en toi.

Il avait à peine fait la moitié du chemin.

Elle vit ses muscles tressaillir sur son torse. Il n'était pas encore assez fort pour se pencher sans les mains, et ses coups de boutoir n'étaient pas assez puissants. Il ne pouvait pas la prendre comme il en avait visiblement envie.

— Je… j'essaie, dit-elle. Je suis trop étroite pour toi, démon.

— Fais basculer ton bassin vers le haut.

— Tu es trop gros. Accorde-moi encore un instant. Juste une seconde…

Elle était sur le point de jouir.

— Je ne peux pas.

Il s'immobilisa, l'air concentré. *Je perds le contrôle.* Lentement, il se retira.

— Mais je vais jouir !

— Je ne veux pas te faire mal…

Elle plongea ses ongles dans ses fesses.

Il rugit de plaisir, rejetant la tête en arrière.

— Ne fais… pas ça ! Non !

Alors elle recommença, plus fort. Ce fut comme un coup d'éperon, comme si elle avait fouetté la bête en lui. La transformation s'enclencha. La peau de Rydstrom s'assombrit, se mit à luire à la lumière des flammes. Le voir ainsi l'affola… tout en l'excitant. Davantage encore.

Elle aurait voulu lécher chaque centimètre de cette peau superbe. Sa voix avait changé, son attitude aussi était différente. Ses crocs s'étaient allongés et ses yeux ne quittaient plus la base de son cou, à la naissance de l'épaule.

Un démon voulait la mordre, la déclarer sienne pour l'éternité. Et pourtant, elle était sur le point de s'abandonner à l'orgasme entre ses bras...

Pantelante, elle cria :

— Oh ! Je vais... je vais jouir !

Les flammes redoublèrent comme elle arquait le dos, seins dressés.

Rydstrom sentit alors les spasmes caractéristiques tandis que l'étroit fourreau enserrait violemment sa virilité. Le corps de Sabine le comprimait tel un petit poing.

— Sabine !

Il était sur le point de répandre sa semence en elle. *Enfin.* Un violent frisson le secoua à cette pensée.

— Il faut que... je te marque

Je la désire depuis si longtemps.

— Accoude-toi...

— Non ! Ne fais pas cela, démon. Je me défendrai si tu me marques !

— *Non ?* répéta-t-il dans un rugissement.

Elle lui avait dit *non* ? Il l'entendait à peine... *Je suis déjà trop loin...*

— Ensuite, tu pourras m'accueillir tout entier !

Après la torture de ces derniers jours, la pression allait enfin retomber.

La force du démon monta en lui. *Plus loin. Je dois libérer ma semence au plus profond de son corps*. Il appuya le front contre la tête de lit, ce qui lui permit de donner des coups de reins. Dans cette position, ses hanches basculèrent vers l'avant de manière incontrôlable, et il entra en elle en force.

Tellement étroite. Trop ? Il lui sembla l'entendre crier tandis qu'elle se tortillait, son sexe planté en elle. Mais le rugissement du sang dans ses oreilles couvrait tout le reste. Essayait-elle de le repousser ? Lui hurlait-elle d'arrêter ?

Vierge.

Cette pensée s'évanouit comme la pression dans son sexe devenait douloureuse. Sabine enfonça les ongles dans ses épaules – et il adora cela.

Un cri brutal sortit de sa gorge lorsque son sperme jaillit pour la première fois.

Cette chaleur. Cette force.

— Seigneurs… Sabine !

La sensation de ce jet puissant inondant sa femelle…

Il plongea en elle aveuglément, encore et encore, la pilonnant jusqu'à ce qu'il n'ait plus rien à donner. Jusqu'à ce que la douleur reflue enfin.

Lorsqu'il rouvrit les yeux, la tête de Sabine fonçait sur son nez à pleine force. *Crac !*

— Qu'est-ce qui te prend ? rugit-il.

— J'ai attendu cinq cents ans pour *ça* ?

Tandis qu'elle se dégageait, son illusion vacilla brièvement, puis le masque réapparut.

Elle avait les larmes aux yeux.

Il inspira à fond, plusieurs fois de suite, horrifié.

— Tu étais… vierge ?

Il l'avait mise en garde contre les dangers de sa transformation, parce qu'il savait que dans cet état, il pouvait faire du mal à une femme *expérimentée*, mais là…

— Jamais je n'ai voulu te faire mal, Sabine. Pourquoi m'as-tu laissé croire que tu étais expérimentée alors que tu étais pure ?

Apparemment, il avait dit ce qu'il ne fallait pas.

— Je *suis* expérimentée, et je ne suis *pas* pure !

Tandis qu'elle se drapait d'invisibilité, il sentit le claquement sec de sa gifle. Il l'avait fait souffrir, et son ardente ensorceleuse le faisait souffrir en retour.

Après son départ, il baissa les yeux sur son sexe encore à demi rigide. Et tressaillit en découvrant le sang mêlé au sperme. C'était là le signe indéniable de la douleur de Sabine, et de son plaisir à lui – plus puissant qu'il ne l'aurait imaginé possible.

Mais il se sentait coupable à la pensée de lui avoir fait mal.

Et de lui avoir fait le serment de se venger.

19

— C'était bon à ce point ? demanda Lanthe en découvrant Sabine assise sur son lit, en robe de chambre, la tête entre les mains.

Le feu crépitait dans l'âtre, mais elle tremblait.

— Qu'est-ce qui m'a seulement pris d'attendre autre chose ? Il a été *horrible*. Si je devais prendre une décision maintenant, je choisirais de ne plus jamais recommencer.

— C'est un démon imposant, et c'était ta première fois.

— Peut-être que démons et Sorceri n'ont absolument rien à faire ensemble. Peut-être que cette espèce est trop forte pour nous.

— Il a sans doute perdu le contrôle en route parce que c'était la première fois. Reconnais que tu avais drôlement fait monter la pression, et…

— Il a tout fichu en l'air, et dans les grandes largeurs ! Tu te rends compte, il voulait me marquer avec ses énormes crocs !

Et lorsqu'elle avait dit non, il avait plongé en elle avec une indicible violence. Ce souvenir lui arracha un frisson.

— Tu aurais dû voir comme il avait changé. C'est vraiment un démon !

— Mince alors, j'y crois pas. Tu n'as pas pris ton pied, et moi, je ne peux plus prendre le mien pendant un an ! Encore trois cent soixante-quatre jours à tenir ! Ça m'apprendra à parier avec toi.

Sabine n'esquissa même pas un sourire. En soupirant, Lanthe s'assit près d'elle et passa le bras autour de ses épaules.

— Écoute, je pense qu'on nous a si souvent fait du mal que maintenant, même quand c'est accidentel, on n'arrive plus à faire la différence.

— Tu crois vraiment ?

— Oui. Je pense... je pense que tout le monde n'a pas forcément pour objectif de nous éliminer ou de se servir de nous.

Sabine eut un petit rire narquois.

— Je te l'accorde, reprit Lanthe, les créatures que nous avons croisées ces cinq cents dernières années ont toutes, sans exception, essayé de nous entuber. Mais quand même... Peut-être que le démon est vraiment un type bien. Il y en a peut-être un sur un million, et c'est peut-être lui. Peut-être que s'il le pouvait, il effacerait le mal qu'il t'a fait.

Sabine se redressa.

— Un sur un million ?

Si c'était le cas, si Rydstrom était cet être-là, alors elle n'avait peut-être pas agi exactement comme elle l'aurait dû. Il l'avait prévenue qu'il risquait de perdre le contrôle. Cela dit, comment était-elle censée savoir ce qui se passerait ? Elle n'avait jamais encore fréquenté de démon !

— Il ignorait que j'étais vierge, reconnut-elle.

— Oh, Abie, non !

Peut-être que je n'aurais pas dû lui mettre un coup de boule, ni le gifler, ni...

— Et j'ai laissé des instructions pour qu'il soit puni.

Une fois de plus, son caractère de chien avait pris le dessus.

— J'ai demandé qu'on le baigne. Qu'on le récure à fond. Mais il n'est peut-être pas trop tard pour…

La porte de la chambre s'ouvrit à la volée, et Omort entra.

— Laisse-nous, ordonna-t-il à Lanthe.

Cette dernière n'eut d'autre choix que de filer. Elle lança un regard apeuré à sa sœur avant de sortir.

Sabine se tenait bien droite, redoutant la proximité du sorcier après sa démonstration pendant la bataille.

Il déambula dans la pièce, faisant claquer sa cape. Puis il s'immobilisa devant elle, le visage fermé.

— Ta tablette s'est… brisée. Je redoutais que tu prennes du plaisir. Avec lui.

— J'ai l'air d'avoir pris du plaisir ?

— Je suis désolé que tu aies dû subir cela. Tu n'auras pas à recommencer.

Elle eut un soupir agacé.

— Nous ne sommes pas sûr que je suis enceinte.

— Le démon a répandu sa semence, non ?

Elle hésita, puis hocha la tête.

— Dans ce cas, une autre femelle pourra porter son enfant.

En tant que femelle destinée à Rydstrom, Sabine était la seule capable de lui faire répandre sa semence pour la première fois. Mais maintenant que le flux était enclenché, Rydstrom pouvait féconder d'autres femelles.

— Tu ne retourneras pas le voir, déclara Omort. Lanthe ou Hettiah – dès qu'elle sera guérie – te remplaceront.

— Hettiah ne devrait plus être en vie. Elle a failli nous faire tuer toutes les deux.

— Et elle a reçu le châtiment qu'elle méritait.

— Pourquoi ferait-elle ça avec le démon, de toute façon ? L'héritier doit être de moi. C'est *moi*, la reine de Rydstrom.

Le dire à voix haute la bouleversa. *Je suis la véritable reine de ce château. Et lui est mon… mari.*

Omort détourna le regard.

— L'enfant doit être de son sang à lui, c'est tout.

— Les démons furie n'accepteront qu'un héritier légitime.

— Je me suis peut-être... mal exprimé en rapportant la prophétie. Le garçon doit juste être de lui.

Mal exprimé ?

— Que sais-tu exactement sur la façon dont il parviendra à ouvrir le Puits ?

Omort la scruta de ces étranges yeux jaunes.

— Je veux te faire confiance. J'en ai besoin. Ces dernières heures m'ont été un supplice.

— Tu prévois de régner avec moi, mais tu ne me dis rien.

— Je ne tenais pas à te faire supporter une pression excessive, expliqua Omort en faisant tourner sa bague.

Il me ment.

— Le fait est que l'enfant doit être sacrifié.

— Pardon ?

— Son premier enfant sera offert au Puits...

— Tu veux dire *jeté* dedans ? l'interrompit-elle.

Elle tissa une illusion pour masquer son visage tandis que du regard, elle cherchait un récipient, au cas où elle serait prise de nausées.

Sabine n'avait pas particulièrement désiré cet enfant démon – son unique moteur dans cette affaire, ç'avait été l'attrait du pouvoir –, mais il n'était pas question de laisser quiconque s'en prendre à son enfant. Moitié démon ou pas.

— C'est pour cela que je ne t'ai rien dit, continua Omort. Je savais que tu ne comprendrais pas. Tu n'es pas aussi... *forte* qu'il y paraît.

Pas aussi *malfaisante*. Il observa sa réaction. Si elle sortait enceinte de cette débâcle et manifestait un quelconque attachement à cet enfant, Omort la punirait, et tuerait quand même son fils. Tout signe d'affection envers son bébé serait interprété comme une faiblesse.

— Qu'est-ce qui te fait croire qu'Hettiah aura moins de difficulté que moi à le séduire ?

Elle ne parlait même pas de Lanthe qui, vu le contexte, refuserait de faire une chose pareille.

— Elle fera prendre un aphrodisiaque au démon.

Plutôt me passer sur le corps.

— Parce que l'héritier n'a pas besoin d'être reconnu.

— Exactement. Sabine, ouvre-moi tes pensées.

— Jamais. Je vais plutôt te *dire* ce que je pense. Je me contrefiche de ce qu'il faut faire pour obtenir le pouvoir du Puits, mentit-elle en le regardant droit dans les yeux. Mais que tu n'aies pas cru bon de me faire confiance dans cette histoire me met en rage. Pourquoi ?

— L'enjeu est tellement important, Sabine.

— Explique-moi ça.

De nouveau, il se mit à arpenter la pièce.

— Cadeon a repris le flambeau. Il a la Porteuse et s'avère déterminé. Je ne m'inquiétais pas à son sujet vu que, jusqu'à présent, il avait échoué dans toutes ses tentatives de rédemption. Mais là, il réussit tout ce qu'il entreprend. Car bizarrement, la Porteuse qu'il est censé amener à Groot lui apporte son aide. On dirait qu'elle travaille à sa propre perte.

— Rydstrom dit que Nïx lui a juré que l'épée pouvait te tuer. Est-ce vrai ?

Omort tripota sa bague tout en regardant Sabine.

— Non. Bien sûr que non. Nïx n'est pas infaillible, tu sais.

Il ment ! Calme-toi... Respire.

— Tu ne me dis pas toute la vérité.

Omort baissa les yeux.

— En fait, c'est... possible.

Voilà pourquoi il était d'humeur aussi versatile !

— J'ai besoin de ta confiance, reprit-il. Je peux te faire confiance ?

Jamais !

— Bien sûr, mon cher frère.

Il n'est pas invincible !

— C'est une des raisons pour lesquelles je cherche Nïx et personne d'autre. Afin de l'interroger au sujet de cette épée.

Pour masquer son excitation, Sabine feignit l'indignation.

— Mais pourquoi ne pas m'avoir parlé de tout cela ? Tu as gardé pour toi des secrets aussi importants ? Ton comportement nous met en situation de vulnérabilité, et nous ne pouvons pas nous le permettre. Surtout quand Cadeon est peut-être sur le point de réussir !

Le bon à rien de frère de Rydstrom était à deux doigts d'obtenir l'arme capable de tuer l'immortel. Comment utiliser cette information ? Comment exploiter cette fragilité imprévue d'Omort ?

— J'aurais dû me confier à toi, admit ce dernier en s'arrêtant devant elle

Lui caressant le visage, il ajouta dans un murmure :

— Je t'aime.

Elle eut un mouvement de recul.

— Non, tu ne m'aimes pas. Tu ne sais pas ce que c'est qu'aimer !

Et le pire, c'était qu'elle-même n'était pas certaine de le savoir non plus.

Si Omort avait couché avec l'une de ses sœurs, ce n'était pas Sabine.

Elle s'était donnée vierge à Rydstrom. Durant toutes ces années, elle était parvenue à demeurer pure.

Et si je l'ai fécondée ? Rydstrom leva les yeux vers le plafond de la cellule. Il était tout à fait possible qu'elle soit enceinte

Qu'elle porte mon enfant. Il se surprit à espérer que ce soit le cas, même si cela sonnait le glas de sa propre existence. Si Sabine était enceinte, ils n'auraient plus besoin de lui. Plus que jamais, il devait s'évader. *Prendre ma femelle, prendre mon enfant, récupérer mon royaume...*

Sabine lui manquait. Il lui avait fait mal, et il voulait se racheter. Mais il y avait autre chose. Il avait possédé Sabine, mais elle n'était pas son épouse, et il ne l'avait pas marquée comme lui appartenant.

Pour satisfaire son instinct de démon, il devait la marquer.

Rydstrom se raidit soudain en entendant des pas résonner dans le couloir. Trois esclaves inferi à la stature imposante entrèrent. Il se souvint de la colère de Sabine. Avait-elle donné des ordres pour qu'on le batte ?

Le plus grand lui retira ses chaînes. Rydstrom vit là une chance de s'échapper. Il se figea, prêt à bondir. Trois Inferi ne pouvaient maîtriser un démon...

De nouveau, une poudre lui piqua les yeux. *Qu'ils aillent au diable...* Pourtant cette fois, il demeura éveillé.

Mais il ne pouvait plus bouger.

La lueur dans le regard de ces hommes qui examinaient son corps inerte le mit mal à l'aise. Et lorsqu'il reconnut cette lueur, son sang se glaça dans ses veines.

C'était de la lubricité.

Ils le suspendirent dans la douche et lui retirèrent son pantalon sans qu'il puisse rien faire pour les en empêcher. Ils nettoyèrent son corps paralysé, et pendant tout ce temps, il fixa le plafond, sentant une rage incommensurable le dévorer.

Sabine avait ordonné cela parce qu'elle savait combien il en serait humilié.

Une fois libre, il l'humilierait devant un millier de démons, il la leur offrirait pour qu'ils en fassent ce que bon leur semblerait. À cette pensée, sa fureur redoubla.

Il s'y abandonna, la laissa le submerger, appelant de ses vœux la plus cruelle des vengeances. Des représailles impitoyables pour chaque humiliation subie.

Je n'aurai de repos que lorsqu'elle aura payé.

20

— *Tu n'as pas réussi à annuler la... heu... toilette ?* demanda Lanthe par télépathie, ce qui lui permettait de siroter son vin doux tout en communiquant.

— *Non, hélas !* répondit Sabine, qui choisissait une tenue devant un immense miroir, se préparant à une nouvelle nuit avec le démon. *Et ça s'est très mal passé.*

— *Raconte.*

— *La poudre paralysante des Inferi a cessé de faire effet, et Rydstrom les a attaqués avec ses cornes empoisonnées.*

Les trois esclaves n'avaient pas l'intention de faire autre chose que de le laver, mais il était devenu fou, s'était débattu comme une bête sauvage.

— *Il a réussi à paralyser temporairement un de mes pauvres Inferi avant que les deux autres ne parviennent à le maîtriser,* expliqua Sabine en choisissant un nouveau bustier parmi ceux qui avaient récemment été forgés à son intention. *Bon, je savais qu'il n'aimerait pas trop être tripoté par trois mâles, et c'est pourquoi je l'ai ordonné. Mais réagir aussi violemment, c'est bizarre, non ? Personnellement, la pensée d'être lavée par trois inconnues, ça aurait plutôt tendance à m'exciter.*

— *Et tu retournes le voir trois nuits plus tard ?*

— *Je n'ai pas le choix.*

Malheureusement, elle n'était pas enceinte.

La Vieille Folle du Labo était capable de déceler une grossesse quelques jours à peine après la conception, aussi, le matin même, Sabine était-elle descendue dans les entrailles du château pour la consulter. D'après la rumeur, la Vieille Folle était une superbe jeune elfe avant d'être victime d'une malédiction.

Sabine avait du mal à l'imaginer.

Son laboratoire était sordide, les cadavres d'animaux y répandaient une puanteur insupportable – Sabine avait dû prendre deux bains avant de parvenir à se débarrasser de l'odeur d'ailes de chauves-souris frites.

La vieille femme avait prélevé un peu de son sang, l'avait examiné, et lui avait annoncé la mauvaise nouvelle. Un choc pour Sabine, dont la période de fécondité touchait à sa fin.

Par curiosité, elle avait demandé si Rydstrom aurait pu être empoisonné par le morsus s'il avait réussi à la mordre dans le cou. La vieille l'avait fusillé de son regard rendu opaque par l'âge.

— Non, sauf si tu étais toi-même aux prises avec le poison. Donc tu n'as aucune excuse, tu n'aurais pas dû refuser au démon ce dont il a *besoin*. Tu t'es comportée égoïstement, voilà tout. Tu as pris sa semence et tu n'as rien donné en échange…

— *Ce soir*, dit Sabine à Lanthe, *il faut faire comme si de rien n'était. Je dois concevoir pour empêcher Hettiah de porter l'enfant de mon époux.*

Hettiah, qui ne serait plus hors d'état de nuire très longtemps.

Lanthe fit la grimace.

— *Ça me paraît tordu tout ça.*

— *Parce que ça l'est ! Plutôt me passer sur le corps que de laisser Hettiah prendre ma place. Et tu sais que je ne dis pas ça à la légère.*

— *Tu as repensé à l'épée de Groot ?*

Quand Sabine lui en avait parlé, elles avaient commencé à échafauder des plans, à conspirer, prêtes à agir, à faire *quelque chose.*

Résultats et possibilités. Actions et réactions. Bien qu'en général Sabine n'ait pas de difficulté à fomenter des complots, cette affaire-là lui donnait du fil à retordre.

En outre, le souvenir de la colère d'Omort face à l'armée vampire demeurait vivace dans leur esprit.

— *Je continue avec le démon.*

Sabine avait fini par décider que l'épée était une éventualité trop aléatoire pour bâtir une stratégie.

— *Je croyais que tu avais renoncé au sexe, s'étonna Lanthe.*

— *J'ai décidé de lui donner une seconde chance.*

Certaine que le démon l'aimerait, Sabine enfila un bustier dont les bonnets étaient des pièces métalliques en forme de patte d'animal hérissée de griffes.

— *Tu craques pour Rydstrom, pas vrai ? Regarde-moi dans les yeux et dis-moi que tu n'éprouves rien pour lui.*

— *Lanthe, tu sais très bien que je pourrais te regarder dans les yeux* et *mentir. Mais je ne le ferai pas. Je l'admets, je suis attirée par le démon.*

En fait, Sabine pensait sans cesse à lui. À sa chaleur, à son odeur. Allongée dans son lit, les yeux rivés au plafond, elle s'était demandé quel effet cela ferait de l'avoir ici, avec elle, dans son lit.

— *Je n'arrête pas de penser à lui comme à mon époux. C'est idiot de se laisser influencer ainsi par des mots, mais du coup, je me découvre possessive vis-à-vis de lui.*

— *Devoir coucher de nouveau avec lui n'a pas l'air de te poser trop de problèmes.*

— *Après réflexion, j'ai réalisé que ça n'avait pas été si horrible que cela.*

Ce qui avait précédé la douleur avait même été fabuleux. Elle voulait éprouver de nouveau cette excitation, cette montée du désir. Hédoniste née, elle aimait le plaisir. Et le démon pouvait le lui procurer.

La nuit précédente, elle avait rêvé que Rydstrom venait se glisser dans son lit, le regard intense et des menottes à la main…

— *Le démon Cadeon fait toujours des étincelles ?* demanda Lanthe.

Sabine se ressaisit.

— *D'après ce que j'ai compris, il devait franchir quatre check points, et la Porteuse et lui en ont déjà passé trois.*

Elle posa une nouvelle coiffe sur sa tête, en clipsa l'arrière à son col.

— *Mais même s'il obtient l'épée, il ne parviendra jamais à s'approcher suffisamment pour s'en servir,* conclut-elle.

— *Nous, on pourrait. Si tu en avais l'occasion, tu serais capable d'éliminer Omort ?*

Le regard de Sabine se fit glacial.

— *En une fraction de seconde.*

Elle passa ses bas en métal les plus fins, les fit tenir à l'aide de jarretières de cuir, puis glissa les jambes dans des cuissardes à bout métallique.

— *Tu ne veux toujours pas envisager une alliance avec les démons furie ?*

Sabine secoua la tête.

— *Omort nous tuerait avant. On oublie tellement vite son pouvoir. Et puis, si on s'alliait avec eux, il nous faudrait ensuite retourner notre veste et les tuer. Sinon, il nous manquerait un château. Et je n'aime pas la colocation.*

Par-dessus sa jupe courte, elle attacha une ceinture à laquelle pendaient une dizaine de glands or et bleu.

— Pas même avec ton mari ?

Encore ce mot. Sabine hésita, puis répondit :

— Essaie d'imaginer ce que Rydstrom exigerait de nous. Obéissance, droiture. Certes, ce serait mieux qu'avec Omort, mais pas aussi bien que si nous détenions le pouvoir.

Lanthe se leva pour regagner ses appartements.

— *C'est vrai*, reconnut-elle. *Essaie de glaner quelques renseignements ce soir. Peut-être qu'ils ont leur propre plan.*

— *Je verrai ce que je peux découvrir.*

Une fois sa sœur partie, Sabine s'assit à sa coiffeuse pour se maquiller. Elle dessina de larges traits noir et gris sans délimitation précise sur et sous ses yeux, les estompant jusqu'aux tempes.

Elle étudia son reflet. Était-elle suffisamment séduisante pour le détourner de sa colère ? Le miroir lui répondit « oui ».

Elle eut alors la plus stupéfiante des pensées. Une impulsion, plutôt. Qu'elle s'empressa de chasser. Avec un petit rire nerveux, elle regarda autour d'elle.

L'espace d'un instant, elle avait envisagé de lui dire qu'elle était... désolée.

Bien que furieux contre elle, Rydstrom avait envie de sa présence.

Être ainsi séparé d'elle n'était pas naturel. Cela allait à l'encontre de ses instincts démoniaques.

Il désirait ardemment laisser sa marque sur elle, son odeur sur sa peau, effleurer son corps de ses cornes.

Il serra les poings. *Mais quand donc compte-t-elle revenir ?*

Un mâle se matérialisa dans sa cellule. Lothaire. *Tue-le.*

— Ne me regarde pas comme si tu allais me trancher la gorge, dit le vampire avec son drôle d'accent. Je peux t'aider à t'évader.

Il avait une clé dans une main, un paquetage dans l'autre. Il les lui tendit.

— Ta liberté. Et de quoi tenir quelque temps. Je peux te téléporter jusqu'au Domaine du Tombeau, mais pas te faire changer de dimension.

— Pourquoi m'aider ? demanda Rydstrom, cherchant à comprendre quel jeu il jouait.

— J'ai besoin que tu me fasses une promesse en échange.

— Te promettre quoi ?

— Quand je te demanderai quelque chose plus tard, tu devras me le donner.

— Va te faire foutre.

— Réfléchis quand même. Pour l'heure, tes choix sont limités.

Il avait raison. Et dans la situation qui était la sienne, Rydstrom n'imaginait pas ce que Lothaire pourrait lui demander qui fût pire que de perdre ce qu'il perdrait s'il demeurait prisonnier – sa femme, son enfant, son royaume, et au bout du compte, sa vie.

— Pourquoi décider de m'aider maintenant ?

— Parce qu'en ce moment même, Hettiah, la sœur dc Sabine, claudique en direction de ta cellule pour te faire prendre un aphrodisiaque. Et ça, ce n'est pas bon pour toi.

— Elle ne fait pas cela sur ordre de Sabine ?

— J'en doute fort.

— Tu m'en demandes trop, vampire. Je résisterai à la sœur et à ses potions.

— Pas si tu es inconscient.

— Elle peut faire cela ?

— Oui.

— Même si je m'évade, on me retrouvera avant que je parvienne à nous faire passer dans une autre dimension.

— Nous ?

— Sabine et moi. Je ne pars pas sans elle.

Le vampire secoua la tête.

— Reviens la chercher plus tard. Omort ne la laissera jamais partir.

— Où j'irai, Sabine ira. Il en sera ainsi jusqu'à ma mort.

Lothaire eut un regard admiratif, puis hocha la tête.

— Il te reste quelques jours avant que le sorcier parvienne à faire sceller tous les portails clandestins. D'autant que c'est moi qui suis en charge de cette mesure de sécurité. Attention, Hettiah approche.

À la pensée de cette femme le droguant et se servant de lui tandis qu'il serait inconscient, Rydstrom eut un frisson de dégoût.

— Promets-moi, démon, insista Lothaire. Je connais beaucoup de choses sur ce royaume. Ainsi que sur celle que tu as l'intention de faire prisonnière. Par exemple, je sais comment lui *supprimer tous ses pouvoirs*.

Cette fois, Rydstrom n'hésita plus.

— Je t'en fais le serment. Maintenant dis-moi.

Lothaire faillit sourire. Ce qui n'était jamais bon.

— Elle ne peut plus projeter d'illusions si elle a les mains attachées dans le dos, répondit-il en ôtant les chaînes de Rydstrom. Et elle vit dans la tour ouest.

— Ça, je le sais, fit Rydstrom, le cœur battant.

Lothaire lui saisit le poignet et les téléporta jusqu'à la chambre de Sabine.

Celle-ci se regardait dans le miroir. C'était vraiment la créature la plus belle que Rydstrom ait jamais vue. *Elle est mienne.*

— Bonjour, princesse.

21

Quand elle vit Rydstrom se refléter dans son miroir, Sabine eut le souffle coupé. Il affichait un regard féroce… et était en compagnie de Lothaire ! Le vampire œuvrait pour lui ? Le traître !

Elle leva les mains pour se parer d'invisibilité, mais Rydstrom bondit sur elle et lui immobilisa les poignets dans le dos. Savait-il que cela l'empêcherait de projeter des illusions ? Elle poussa un cri avant qu'il ne plaque la main sur sa bouche.

Cela suffirait-il pour que les Inferi devant sa porte appellent les gardes ?

Tandis que Rydstrom lui attachait les mains dans le dos à l'aide d'une cordelette, Lothaire glissa jusqu'à eux. Elle se débattit comme une diablesse tandis que le vampire la bâillonnait.

D'une voix étouffée, elle maudit le traître, qui se contenta de hausser les épaules.

Des cris résonnèrent dans le château. L'alerte avait été donnée. Quelques secondes plus tard, un groupe de gardes assez disparate fit irruption dans la chambre, épée à la main. Il y avait là des Revenants, des Sorceri et des vampires déchus. Ces derniers adressèrent un signe de tête à Lothaire et *disparurent*.

Rydstrom la poussa derrière lui si brusquement qu'elle s'affala sur le sol, puis il fit face à ses assaillants - une bonne dizaine. Ses cornes émirent une lumière vive menaçante, sa peau s'assombrit en même temps que sa fureur montait. Ses muscles se gonflèrent, souples, puissants.

Véritablement impressionnée, Sabine regarda le démon se ruer sur les gardes, tailladant à coups de griffes et de crocs tout ce qui se trouvait à sa portée. Le dragon tatoué ondulait sur sa peau luisante de sueur comme s'il était vivant.

Lothaire se tenait à côté de Sabine, tranquillement adossé au mur.

— On aurait pu se téléporter tout simplement, dit-il. Mais tu préfères sans doute qu'il se défoule un peu. Et puis, j'ai faim.

Elle le maudit de nouveau derrière son bâillon, mais il était trop occupé par le combat pour y prêter attention.

Rydstrom massacrait les gardes avec une telle sauvagerie que Sabine en fut abasourdie.

Et c'est mon mari...

Lothaire lui-même haussa un sourcil tandis que son regard passait de Rydstrom à Sabine, et vice versa. De toute évidence, il pensait que la réaction du démon était directement liée à Sabine.

— Je note, marmonna-t-il.

Deux gardes sorceri se précipitèrent vers Sabine et Lothaire. Le vampire s'écarta du mur pour les affronter. Il semblait y trouver un certain plaisir, évitant facilement leurs coups d'épée grâce à la téléportation.

Il en élimina un, puis plaqua le second contre lui avant de planter les crocs dans son cou. Sabine était pétrifiée, en proie à une fascination horrifiée.

Elle se secoua, réussit à se relever, et gagna la porte. Elle y était presque lorsque le démon et les deux Revenants qu'il affrontait foncèrent vers elle.

Du coin de l'œil, elle vit la poignée d'une épée se diriger vers sa tête.

Quand elle hurla de douleur, le démon rugit. Puis ce fut le néant...

Il n'arrivait plus à penser. Ses instincts démoniaques avaient pris le pas sur la raison.

Prendre ma femme... m'enfuir.

D'autres gardes criaient dans l'escalier. Rydstrom hissa Sabine sur son épaule et se tourna vers Lothaire.

— Téléporte-nous !

Le vampire lâcha le garde qu'il était en train de saigner et agrippa le poignet de Rydstrom.

— Tiens-la bien.

Il y eut un instant d'obscurité complète, puis Rydstrom aperçut des montagnes dans le lointain. La lune brillait sur une plaine aride et sablonneuse. Le vampire les avait téléportés au Domaine du Tombeau.

Rydstrom était libre, et Sabine était entre ses mains. Il la fit glisser de son épaule dans ses bras. Elle semblait innocente, mais ce n'était qu'un masque. Elle l'avait tourmenté sans relâche.

Dans l'esprit du démon, la haine était vive, tout son corps vibrait d'agressivité et du besoin primaire de s'accoupler.

Ma femme. Si pâle, si parfaite. *Je vais pouvoir en user à ma guise.*

Il déposa son corps inerte sur le sable, puis examina sa tête. Un hématome s'était formé, mais rien que son immortalité ne puisse réparer rapidement.

— Donne-moi un couteau, dit-il au vampire.

Lothaire lui tendit une dague, avec laquelle il coupa la cordelette en plusieurs morceaux pour confectionner des menottes.

Quand il eut terminé, Lothaire lui lança le paquetage et une tunique noire.

— Tu trouveras là-dedans une gourde d'eau et de quoi camper quelques jours.

Il déboucla le ceinturon auquel pendait son épée et le lui tendit.

— Et voici de quoi te défendre contre les bêtes sauvages, ajouta-t-il, l'air amusé.

Rydstrom enfila la tunique, puis attacha le ceinturon à sa taille.

— Tu as une semaine pour trouver un portail, pas plus. Pique à l'ouest à partir d'ici, tu croiseras probablement des démons furie, des réfugiés qui pourront te renseigner sur le chemin à suivre.

Rydstrom reprit Sabine dans ses bras

— Que me demanderas-tu ? voulut-il savoir.

Le regard pâle du vampire se riva au sien.

— Quelque chose qui vaudra ce que je viens de perdre en trahissant Omort.

— Quand ?

— Le moment venu. Dans une semaine, dans dix ans. Dans mille, peut-être.

— Tu demeures mon ennemi, lui rappela Rydstrom. Je pourrais te pourchasser et te tuer.

— Je n'en attends pas moins de ta part. Tu es un roi honnête, mais impitoyable. Mets-toi en route à présent. Le temps presse.

Quand Sabine ouvrit les yeux, la lune n'avait pas encore disparu.

Une douleur lancinante lui martelait le crâne, et comme le démon la portait sur son épaule, chaque pas ne faisait qu'accroître la douleur. Elle avait toujours les mains attachées dans le dos, ce qui signifiait…

Je n'ai plus de pouvoirs.

Jetant un coup d'œil entre ses nattes, elle découvrit qu'ils se trouvaient dans une région différente. Le château, l'océan et la forêt verdoyante avaient été remplacés par une vallée aride, un paysage désolé. Or, il n'existait à Rothkalina qu'une région qui ne soit pas couverte de verdure : le bien nommé Domaine du Tombeau.

Où la sauvagerie est partout présente...

Elle était en plein cœur d'un territoire dangereux en compagnie d'un dément. Lanthe devait se faire un sang d'encre, d'autant qu'elle n'avait pas de morsus. Si elle ne regagnait pas rapidement le château, elle était condamnée.

Tout cela à cause de ce traître de Lothaire ! Qui les avait téléportés jusqu'au Domaine du Tombeau, qui plus est ! Elle l'empalerait elle-même dès que l'occasion se présenterait.

Sabine imaginait aisément la réaction d'Omort face à cette trahison. Et voyait très bien vers qui il allait diriger sa rage. Lanthe s'en sortirait sans trop de difficulté, mais parviendrait-elle à protéger leurs Inferi ?

Peu à peu, la plaine céda le pas à une forêt de bois pétrifiés, noueux et tordus. Les rayons de lune se glissaient entre les branches. De petites bêtes invisibles couraient sur le chemin de terre.

Plus inquiétant, la jupe de Sabine était remontée jusqu'à la taille, exposant largement son postérieur et un string tout ce qu'il y avait de plus minimaliste. La main dont Rydstrom se servait pour la maintenir en place sur son épaule glissa sur la partie rebondie de son anatomie, qu'il commença à pétrir.

Quel sort me réserve-t-il ? Elle ne voulait pas refaire l'amour avec lui, vu l'état d'agitation dans lequel il se trouvait. D'une part, son plan était à l'eau, d'autre part la douleur était encore trop fraîche. Lorsqu'elle avait pris la décision de retourner dans la cellule, elle comptait se mettre sur lui...

Rydstrom s'arrêta brusquement et la posa sur le sol. Dans le clair de lune finissant, son regard fou trahissait l'attente, et ses lèvres laissaient apparaître ses crocs.

Rydstrom le sage, le posé, avait pété un câble.

Sabine avait tiré le tigre par la queue. Et le tigre l'avait attrapée.

Pas pour longtemps.

— Rydstrom, murmura-t-elle.

— Quoi ?

Elle baissa encore la voix, et quand il se pencha pour l'entendre, elle le frappa de sa coiffe en plein sur le nez, puis lança un pied botté de métal entre ses jambes...

Il lui agrippa la cheville et la fit tomber sur le dos. En un instant, il fut sur elle.

— Quelle petite femelle vicieuse tu fais, dit-il en enfouissant le visage dans ses cheveux avant d'inspirer profondément. Et traîtresse, avec ça.

Lorsqu'il l'embrassa dans le cou, elle fronça les sourcils. Il y avait un côté affamé dans son baiser – comme si elle lui avait manqué. De la même façon que sa solitude avait séduit Sabine, l'expression de ce manque l'attendrit.

— Mais cela ne va pas durer.

Déjà, il était en érection, et lorsqu'il frotta son membre viril contre elle, un délicieux frisson la secoua. Elle se laissait prendre au jeu. Le désir de Rydstrom alimentait le sien.

Attends un peu... Que voulait-il dire par « cela ne va pas durer » ? Envisageait-il de la faire changer de camp ? De la convertir ?

Il s'empara des lèvres de Sabine, les écrasa sous les siennes. De crainte de s'abandonner à la frénésie de ce baiser, elle lui mordit la lèvre inférieure.

Il lâcha un juron et se releva d'un bond. Puis il la saisit par la taille et l'entraîna jusqu'à un énorme rocher plat. Il s'y laissa tomber, et fit basculer Sabine en travers de ses cuisses.

— Qu'est-ce que tu fais ?

— Je tiens mes promesses.

Sur ce, il lui releva sa jupe.

— Rydstrom, attends ! cria-t-elle en se tortillant comme il tirait son string jusqu'aux chevilles.

— Démon…

Sa paume s'abattit avec un claquement sonore. La brûlure fut douloureuse, mais pas autant que le bruit le laissait prévoir.

C'était ça, sa vengeance ? Se vexerait-il si elle dormait, pendant ce temps ?

— C'est tout ce que tu proposes, démon ? C'était une punition, ou une manifestation d'affection ? Je suis un peu perdue, là, tu vois…

Vlan ! Une deuxième claque lui coupa le souffle. Elle s'agita sur les cuisses de Rydstrom. Une troisième suivit, puis une quatrième, tandis que l'autre main lui pétrissait la cuisse. Il était excité, à en juger par son souffle haletant.

À sa grande surprise, elle sentit le plaisir monter en elle. Mais qu'avait-il, ce démon, à la fin ? Était-il arrivé une seule fois qu'il ne parvienne pas à l'exciter ? Comme maintenant, par exemple, alors qu'il la fessait sans ménagement et semblait à deux doigts de l'étrangler ?

Cela dit, la force l'avait toujours beaucoup attirée, et le démon était le mâle le plus puissant qu'elle ait jamais rencontré. Jamais elle n'oublierait la façon dont il s'était battu contre les gardes, cette férocité…

À la claque suivante, le cri de Sabine se mua en un gémissement qui la prit de court. Rydstrom lui-même parut hésiter.

Elle était vraiment une Sorceri, une hédoniste prête à prendre son plaisir partout où elle le trouvait. Et voilà qu'elle était là, au cœur du Domaine du Tombeau, prisonnière d'un démon qui la frappait… et que des illusions de flammes s'allumaient déjà autour d'elle, éclairant la nuit.

« Alors là, pour une surprise ! » songea-t-elle avec un petit sourire.

Elle bougea légèrement, releva le genou, écarta les jambes. Rydstrom se figea. Sa main s'immobilisa en l'air. Seul son souffle haletant brisait le silence.

Avec un grognement, il se pencha pour regarder entre ses cuisses.

— *Te caresser*...

Elle hocha la tête. Au premier contact, elle poussa un cri, puis gémit lorsqu'il insinua un doigt en elle. Venait-il de libérer son sexe ? Elle le sentait se frotter contre elle.

Il fit aller et venir son doigt en elle.

— *Tu es trempée*... commenta-t-il d'une voix sourde. *Sorcière, tu me rends fou*...

22

Rydstrom était plongé dans le crépuscule séparant la raison de l'instinct, une zone où plus rien n'avait de sens. Il ne se maîtrisait plus, et y puisait un indicible plaisir.

Il s'était évadé avec elle. *Enfin.* Se dire qu'elle était sa prisonnière, qu'elle lui appartenait, lui donnait envie de hurler de triomphe.

Avec son flot de tresses, son corps ceint de métal, elle apparaissait aussi vicieuse qu'elle l'était en réalité, encaissant les claques et levant les fesses pour en redemander. Et maintenant, elle réclamait un orgasme. À tout prix. Autour d'eux, les flammes s'élevaient déjà.

Il glissa un second doigt dans son fourreau humide qui l'enserra aussitôt.

— Tu es si étroite. Si chaude. Et tu n'es plus vierge.

De sa main libre, il se caressa jusqu'à ce que son membre palpite d'impatience. Il retira les doigts du sexe de Sabine le temps de la retourner pour voir son visage.

Il n'y décela ni honte ni peur. Les yeux mi-clos, elle resta allongée sur lui, creusant les reins de manière éhontée pour venir à la rencontre de ses doigts. *Si belle. Si déterminée. Elle m'appartient.*

Dans son sexe, la pression si peu familière montait dangereusement. Il frotta son gland contre les fesses de Sabine. Un plaisir si extrême qu'il en était douloureux.

Ses muscles se raidirent comme son corps s'apprêtait à jouir. Il rugit, et éjacula contre ses fesses à longs jets puissants, tandis que son bassin ondulait de manière incontrôlable.

Elle réprima un cri, puis laissa échapper un gémissement qui déclencha en lui une ultime explosion. Un dernier jet brûlant l'atteignit entre les jambes. Elle se tordit, sur le point de jouir à son tour…

Il retira alors sa main pour refermer sa braguette, puis remit Sabine debout.

Tandis qu'elle le fixait d'un air ahuri, il déchira un morceau de sa tunique pour essuyer la semence qu'il avait répandue sur elle.

— Qu'est-ce que tu fais ? articula-t-elle.

— J'ai fini.

Ne me pousse pas à bout… Ne provoque pas ma fureur.

— Tu me dois trois nuits, poursuivit-il. Trois nuits durant lesquelles tu connaîtras les mêmes tourments que ceux que tu m'as infligés. Ensuite, nous serons à égalité.

Comme il finissait de l'essuyer, elle le martela de coups de poings.

— Je te tuerai !

Au clair de lune, il vit que ses fesses étaient rouges. « L'ai-je vraiment frappée si fort ? » s'interrogea-t-il.

— Oui, tu as frappé très fort, espèce de mufle !

— Reste en dehors de mon esprit, Sabine !

Il jeta le morceau d'étoffe, et remonta le string de Sabine si brusquement qu'elle faillit perdre l'équilibre.

— Sinon quoi ? Tu me donneras la fessée ? Ça t'arrive souvent, de frapper les femmes ?

— Jamais.

Pas une seule fois en quinze siècles.

— Ah oui, c'est vrai, j'oubliais ! Tu es le roi Rydstrom le Bon. Enfin, pas si bon que ça, ces temps-ci.

— Comment saurais-tu ce qui est bon et ce qui ne l'est pas ?

Il lui rabattit sa jupe si violemment qu'il la déchira.

— C'est moi qui te rends mauvais, démon ? La belle façade s'effrite, on dirait.

Il la prit par le bras et la poussa en avant sur le chemin.

— Cela aurait pu être bien pire. Les choses n'étaient pas forcément destinées à se passer ainsi. C'est toi qui nous as entraînés sur cette voie. Tu te souviens du moment où je t'ai demandé de me soulager ? Tu te souviens de ma douleur quand j'étais allongé sur ce putain de lit, poitrine ouverte et colonne vertébrale sectionnée ? Jour après jour, j'ai été prisonnier dans cette foutue cellule *à cause de toi !*

Comme si elle n'avait rien entendu, elle leva les yeux et examina ses cornes.

— Hé ! Ça va durer longtemps, la crise de nerfs ?

Il la lâcha. Il était totalement déconcerté par cette femelle. *Seigneurs, elle m'a complètement chamboulé à l'intérieur*. Poursuivant son chemin, il lança sans se retourner :

— Tu as intérêt à me suivre, parce que si tu ne le fais pas tu risques d'être dévorée vivante.

— Où m'emmènes-tu ? demanda-t-elle en lui emboîtant le pas. Que comptes-tu me faire ? En dehors de t'adonner sur moi à ta perversion préférée, bien sûr.

Il s'immobilisa, et pivota pour lui faire face, la contraignant à pencher la tête en arrière pour le regarder.

— Pourquoi me pousses-tu ainsi à bout ? Tu me provoques, parce que tu aimes que je perde le contrôle ?

Elle détourna le regard une fraction de seconde, puis rétorqua :

— Dans tes rêves. Comment suis-je censée me comporter avec mon ravisseur ? Gentiment ?

— Si tu avais un tant soit peu de jugeote, tu *éviterais* de me provoquer.

Considérant le sujet clos, il se remit en marche. Le soleil se lèverait bientôt, et leur progression n'en serait que plus éprouvante...

Elle ne cessa de l'assaillir de questions sur leur destination et la durée de leur voyage.

Elle se plaignit de la chaleur, du fait qu'ils marchaient trop vite, de ce qu'il rationnait de l'eau.

À part lorsqu'il lui donnait quelques gorgées à boire à la gourde, Rydstrom l'ignora. Le chaos régnait dans son esprit. D'un côté, il avait le sentiment d'avoir remporté une victoire : il était libre, Sabine était sa prisonnière. Il avait commencé à se venger et en avait été largement récompensé, jouissant si fort qu'il avait eu les jambes en coton pendant un moment.

D'un autre côté, il se sentait coupable de la traiter comme il le faisait. Pour apaiser sa conscience, il se remémorait le traitement qu'elle-même lui avait infligé dans sa cellule. Ce bain si humiliant donné par ces hommes... Ce seul souvenir le faisait se tourner vers elle les lèvres retroussées sur ses crocs.

Le comportement de Sabine le confortait dans sa décision de la traiter comme bon lui semblerait.

Mais combien de temps supporterait-il de ne pas la posséder ? Si ce n'était pas déjà fait, il ne souhaitait pas la féconder. Il voulait un fils, certes, mais pas tout de suite. Le danger était trop grand. Et il savait que Sabine retournerait chez Omort à la première occasion.

Alors qu'ils gravissaient une pente assez raide, Sabine trébucha et tomba en avant.

— Ça suffit maintenant ! s'emporta-t-elle après avoir craché du sable. Tu dois me détacher ! Détache-moi au moins une main. J'ai besoin des deux pour projeter des illusions. Rydstrom, je ne peux pas continuer ainsi !

Il l'attrapa par son bustier en métal et la remit sur ses pieds.

— Omort partira à ma recherche ! Il ne laissera pas passer ça !

— Encore un mot et je te bâillonne.

— Et Lothaire sera réduit en cendres…

Elle se tut en le voyant déchirer un autre morceau de sa tunique.

— Rydstrom, non ! Je ne dirai plus rien…

Il la bâillonna et serra fort, comme s'il cherchait à l'étouffer.

— *Je sais…*

Il la laissa ainsi une bonne heure. Tout en marchant, il sentait le regard furibond de Sabine dans son dos, mais ne voulait plus entendre ses jérémiades.

Il finit par lui jeter un coup d'œil par-dessus son épaule. Elle s'était laissé distancer, et commençait visiblement à fatiguer. Sa peau était brûlée par le soleil, ses genoux saignaient, et ses jambes étaient couvertes de griffures. Quant à ses fesses, elles étaient sans doute encore en feu.

Il aurait aimé n'éprouver que de la satisfaction à la pensée qu'elle souffrait, mais n'y parvenait pas. Cela allait contre son instinct.

Foutue ensorceleuse. Elle a changé quelque chose en moi. Il lui lança un regard noir.

Elle se redressa, afficha un air hautain… et trébucha de nouveau. Rydstrom aurait pu marcher pendant des jours, mais de toute évidence, il allait devoir faire étape pour la nuit.

Comme ils atteignaient un lac, à l'abri d'une vallée, il posa son paquetage et s'accroupit pour en vider le contenu : une petite bouteille de vin, du pain, du poulet, du fromage, un couteau et des pierres à feu, de quoi dormir.

Poussant un soupir de soulagement, Sabine se laissa tomber à genoux, puis roula sur le flanc.

Rydstrom alluma un feu, mangea sa part de nourriture, puis se pencha pour tirer d'un coup sec son bâillon vers le bas.

Elle déglutit à plusieurs reprises, fit fonctionner sa mâchoire engourdie.

— Alors, c'est aussi agréable que prévu ? demanda-t-elle. Ta vengeance ?

— Elle le sera. Nous ne sommes qu'au début, princesse. Tout ce que tu m'as fait subir se paiera d'une manière ou d'une autre. Trois nuits durant, tu es venue dans ma cellule et tu m'as tourmenté…

— Non, pas trois nuits. Tu n'as pas idée de ce que j'aurais fait la nuit où tu as été blessé. Si je n'avais pas été convoquée à la cour, je me serais peut-être laissé emporter.

— Parce qu'avant ce n'était pas le cas ?

Il la fit boire à la gourde. Lorsqu'il approcha le poulet de sa bouche, elle détourna le visage.

— Tu sais que je ne mange pas de viande.

— Tu savais que j'en mangeais.

— Je n'en avalerai pas un morceau.

— Alors tu auras faim.

Il termina son repas, puis prépara leurs couches sous un arbre sans feuilles, près du feu.

— J'ai besoin que tu me délies les mains pour que je me lave. Je crois que j'ai du sperme de démon sur les fesses, dit-elle en se contorsionnant pour regarder son dos.

D'un mouvement du menton, il indiqua le lac.

— L'eau est là.

— Que veux-tu que je fasse avec les mains attachées ?

— Demande-moi de te laver.

Comme elle lui répondait d'un regard mauvais, il se débarrassa de son épée et de ses vêtements, puis plongea dans l'eau profonde depuis un rocher. L'eau était fraîche et apaisa son corps meurtri.

Lorsqu'il remonta à la surface, Sabine avançait d'un pas précautionneux sur des rochers mouillés, un peu plus hauts que celui d'où il avait plongé. Il allait lui indiquer une langue de sable plus pratique pour elle lorsqu'elle glissa et tomba dans l'eau. En un instant, elle disparut.

Elle a les mains attachées dans le dos. Ses vêtements sont en métal et vont l'entraîner vers le fond.

Dans un élan de panique, il plongea à sa recherche.

23

— Qu'as-tu l'intention de faire pour ma sœur ? demanda Lanthe à Omort.

Seule son inquiétude à propos de Sabine lui donnait le courage d'affronter le monstre qui se tenait devant elle.

Il ne ressemblait même plus à un homme. C'était la colère incarnée. Hettiah était agenouillée au pied de son trône, tête baissée, et frissonnait de manière irrépressible.

Au cours des heures qui venaient de s'écouler, il avait tué, encore et encore. Inferi, Revenants, et même démons furie arrachés à leurs foyers.

Mais rien ne l'apaisait. Les cadavres s'accumulaient autour du Puits. La puanteur et les mouches devenaient insupportables.

— Tu dois envoyer les démons feu à sa recherche. Ils peuvent se téléporter…

— Comme si je n'y avais pas déjà pensé ! hurla Omort. Rydstrom l'aura emmenée au Domaine du Tombeau, d'où l'on trouve toujours des portails vers d'autres dimensions. Et aucun des démons feu ou des vampires n'est jamais allé là-bas.

Les démons et les vampires ne pouvaient se téléporter que vers des endroits dont ils avaient déjà foulé le sol.

Lanthe ignorait si Omort en était conscient, mais là n'était pas le problème. Les vampires n'étaient plus leurs alliés.

La tablette du pacte entre les différentes factions s'était brisée, et quand la légion de Lothaire avait disparu, tout le monde avait compris qui avait trahi Omort – et Sabine. Le roi des démons feu restait leur allié, mais pour combien de temps encore ?

Lanthe ne redoutait pas que Rydstrom fasse du mal à Sabine. À vrai dire, elle était même convaincue qu'il la protégerait au péril de sa vie. Ce qui l'inquiétait, c'était le morsus.

— Omort, si nous ne la retrouvons pas, quand le poison fera-t-il effet ? demanda-t-elle.

Omort éclata d'un rire sans joie.

— Une semaine avant qu'elle ne s'y attende.

— Tu lui as menti à ce sujet ? s'écria-t-elle.

— Peu importe. Tu vas ouvrir un portail vers le Domaine du Tombeau. Les Revenants fouilleront la zone et la ramèneront dès ce soir.

— Je... je n'ai pas de portail à te donner, balbutia Lanthe.

Quand Omort avait ordonné que l'on torture et que l'on abatte les Inferi de Sabine, Lanthe avait décidé d'ouvrir un seuil afin de les sauver. Lanthe était réellement persuadée que sa sœur était davantage en sécurité avec le démon qu'avec quiconque à Tornin. Et les deux sœurs avaient fait le serment de protéger et d'aider les Inferi de l'autre s'il arrivait quelque chose à l'une d'entre elles.

Omort la regarda sans comprendre.

— Que veux-tu dire ?

— Je ne peux pas rouvrir de seuil avant plusieurs jours.

Quand il bondit, furieux, et se rua sur elle, elle recula précipitamment.

— Si tu me fais du mal, tu ne reverras jamais Sabine.

— Mais si je m'empare de ton pouvoir, et que je découpe ton corps devenu inutile...

Il leva les paumes. Elles irradiaient d'une chaleur menaçante.

Sabine se débattit, et toussa comme le démon la hissait sur la berge.

— Tu en as mis, du temps !

Elle avait cru se noyer pour de bon, en avait été certaine, même. Puis elle avait senti les grandes mains se refermer autour de sa taille.

— J'ai plongé tout de suite ! protesta-t-il.

Il lui retira sa coiffe et la détacha du col.

— Non ! s'écria-t-elle.

Sans l'écouter, il balança l'objet par-dessus son épaule, en direction de leur campement. Après lui avoir ôté son tour de cou, qu'il lança aussi, tel un frisbee, il l'attrapa par les chevilles, la fit tomber dans le sable et lui arracha ses bottes.

— Arrête immédiatement, démon !

Se débattre était vain, mais elle essaya tout de même. Et parvint à décocher quelques solides coups de pied dans le torse encore fragile de Rydstrom, qui ne parut pas s'en apercevoir et jeta les bottes au loin.

— Tu es ma prisonnière, et je suis responsable de toi. Je dois m'assurer que tu es propre.

Après sa fessée, Sabine avait remarqué que Rydstrom s'était calmé. Son regard avait perdu de sa sauvagerie, sans pour autant redevenir normal. À présent, la bête féroce était de retour. Sa voix même avait changé. Sa façon de parler, son attitude n'avaient plus rien de royal. Rigidité et hauteur n'étaient plus de mise. Il y avait désormais de la fluidité dans ses mouvements.

— Et je suppose que je n'ai pas mon mot à dire ?

Il secoua lentement la tête, concentré sur les liens de son bustier. Il se leva, la hissa sur ses pieds, puis entreprit de défaire les nœuds gorgés d'eau.

De nouveau, il sentit l'excitation monter en lui. Son sexe se dressa. Il procédait sans hâte, comme pour savourer l'instant.

Dès qu'il l'eut débarrassée de son bustier, il braqua les yeux sur ses seins, l'air fasciné. Se ressaisissant, il fit glisser la jupe le long de ses jambes pleines de sable.

— Ça suffit !

Elle se lança contre lui, mais il l'immobilisa en enroulant le bras autour de sa taille.

Une claque sur ses fesses encore endolories et un regard menaçant l'incitèrent à se tenir tranquille.

Il lui ôta son string, puis ses bas.

Après l'avoir entièrement dénudée, il s'attaqua à ses nattes. Il affichait une expression féroce, mais manipula ses cheveux avec une infinie douceur.

Quand il eut terminé, il la porta jusqu'à l'eau et l'y déposa. Elle en avait jusqu'aux genoux. Appuyant les mains sur les épaules de Sabine, il la força à se mettre à genoux, si bien que son visage se retrouva au niveau de son sexe durci.

Alors qu'elle pensait qu'il allait l'obliger à le prendre dans sa bouche, il s'agenouilla devant elle.

Il commença par rincer le sable qui lui collait à la peau, puis explora son corps entier avec une attention d'expert. Ses mains la caressaient, ses yeux la caressaient, ses lèvres la caressaient. Il fit couler de l'eau sur sa poitrine, lécha les gouttes sur le bout de ses seins.

Sans qu'elle sache pourquoi, il se comportait avec une délicatesse à l'opposé de la colère qu'elle sentait pourtant encore en lui. Ses caresses étaient… tendres. Réconfortantes. Mais cherchait-il à la réconforter pour ce qu'il lui avait fait… ou pour ce qu'il s'apprêtait à lui faire ?

Elle maudit son propre corps de réagir ainsi à ces caresses. Mais elle était encore frustrée de leur précédent échange, et de ces nuits passées à avoir envie de lui. Les yeux mi-clos, elle sentit son inquiétude et sa rancœur refluer.

Il lui effleura le lobe de l'oreille des lèvres et murmura :

— J'ai attendu ma femelle si longtemps. Quinze siècles durant, j'ai dû me passer d'elle. De *toi*. Alors plus jamais.

Il frotta délicatement une corne contre le cou de Sabine, puis la prit par les épaules, la fit pivoter et promena les lèvres le long de son dos.

— Tu aimes encore mes caresses, constata-t-il en lui effleurant les fesses.

Lorsqu'il la tourna de nouveau face à lui, caresses et baisers l'avaient plongée dans un brouillard d'excitation léthargique. Il introduisit la main entre ses jambes, prit son sexe en coupe, et elle se pressa contre sa paume, le front appuyé contre son épaule.

Un brouillard... Fais ce que bon te semble... Peu lui importait.

Jusqu'à ce qu'il lève l'autre main vers son visage.

Aussitôt, elle se raidit, et s'écarta.

— Ne me touche jamais le visage, Rydstrom, l'avertit-elle d'un ton menaçant.

Neuf fois sur dix, lorsqu'un homme avait la main près de son visage, c'était soit pour l'intimider, soit pour la tuer.

— Je fais comme bon me semble avec toi.

Il lui pinça le menton, elle tressaillit, ce qu'il ne manqua pas de remarquer.

— Tu n'as pas le droit de...

— Tu me l'as donné, ce droit, coupa-t-il, en me traitant comme tu l'as fait.

Il passa la paume sur le devant de son cou. Quand il fronça les sourcils, comme s'il avait perçu la cicatrice qui était encore invisible, elle chercha à se dégager, mais il la tenait fermement. Ses illusions n'allaient pas tarder à s'estomper, elle le savait. Bientôt, il distinguerait la mèche blanche dans ses cheveux, la cicatrice sur son cou.

— Tu vas vouloir coucher avec moi, maintenant ? demanda-t-elle précipitamment pour distraire son attention. Parce que j'ai déjà donné, et que...

— Non.

— ... ç'a été une catastrophe... Qu'as-tu dit ?

— Je vais te faire le même marché que celui que tu m'as proposé. Tu vas me dire quelque chose avant que je te possède. Quelque chose que tu ne veux pas dire.

Encore cette idée d'égalité. Cette fois, c'était pour le consentement qu'elle lui avait arraché. Le serment de mariage.

— Tu diras : « Je te supplie de me posséder. J'ai besoin que tu sois mon maître, et je soumets ma volonté à la tienne. » Ensuite seulement, je te récompenserai.

— Bon, alors... *jamais*.

— Je te fais le serment de ne te posséder à nouveau que lorsque tu auras prononcé ces paroles. Et je ne te laisserai pas jouir non plus tant que tu ne m'auras pas supplié de le faire, ou que tes trois nuits ne se seront pas écoulées.

— Si tu n'exiges pas que je fasse l'amour avec toi, c'est que tu me gardes prisonnière uniquement par esprit de vengeance ?

— Et parce que je garde ce qui m'appartient.

Passant les mains derrière la tête de Sabine, il lui frôla les pommettes des pouces, puis se pencha pour l'embrasser.

Leur dernier vrai baiser avait été frénétique. Cette fois, il lui lécha la lèvre inférieure avant de la mordiller.

Lorsqu'il s'empara enfin de sa bouche, il y glissa la langue, titilla celle de Sabine, qui ne tarda pas à répondre. Ses petits coups de langue le firent gémir. Elle sentait son érection pulser contre son ventre et commença à onduler, le dos cambré afin que la pointe durcie de ses seins entre en contact avec son torse.

Il s'écarta abruptement, la laissant pantelante, la souleva dans ses bras et sortit de l'eau.

— Que fais-tu à présent ?

Sans un mot, il la porta jusqu'à la couche aménagée sous l'arbre, et l'y allongea.

Il dénoua la corde qui reliait ses poignets, pour la passer derrière le tronc.

— Attends… Non, démon, ne fais pas ça !

Mais il tira sur la corde, la forçant à lever les bras, et l'attacha à l'arbre.

Puis il s'agenouilla devant elle.

— Écarte les jambes.

— Va te faire foutre.

Il posa ses grandes mains sur les cuisses de Sabine, la força à les ouvrir, puis la contempla un long moment.

Elle aurait voulu détourner les yeux de son visage, mais s'en découvrit incapable.

— Tu n'imagines pas à quel point j'ai envie de te goûter, murmura-t-il d'une voix qu'elle ne reconnut pas. Rien que de te regarder, j'en ai l'eau à la bouche.

Il se pencha, déposa des baisers sur les boucles rousses. Sabine lâcha un cri. Des lèvres, il effleura les replis délicats. Son souffle était brûlant et elle plia les genoux pour lui enserrer la tête.

— Hmm, Rydstrom, c'est bon… Continue !

— Continuer quoi ? s'enquit-il en écartant le délicat calice avec les pouces.

— Goûte-moi… Embrasse-moi…

Quand il plongea la langue en elle, il laissa échapper un tel grognement de plaisir qu'elle en perçut la vibration dans sa chair. Elle s'abandonna en gémissant.

Il la lécha longuement, profondément, l'explora de ses lèvres, de ses doigts, ne s'interdisant rien.

Jamais personne ne l'avait caressée de la sorte.

— Ton goût… me rend fou, gronda-t-il avant d'enrouler la langue autour de son clitoris palpitant.

Encore et encore, il le titilla, l'agaça sans relâche, jusqu'à ce qu'elle agite frénétiquement le bassin. *Je vais jouir, je vais…*

Elle le vit empoigner son énorme sexe, son biceps se gonfla au-dessus du bandeau d'or tandis qu'il se donnait du plaisir. Bientôt, le rythme s'accéléra, et avec lui la cadence des coups de langue.

Le démon redevenait sauvage. Tout son corps se tendit à l'approche de l'orgasme. Il gronda tout contre elle juste avant que sa semence ne vienne fouetter la hanche de Sabine.

— C'est chaud. Si chaud, haleta-t-elle, au bord de l'extase elle aussi.

Mais sa semence répandue, Rydstrom s'écarta d'elle. Elle lut dans ses yeux qu'il avait aimé qu'elle le regarde jouir, que cela l'avait excité.

Avec un soupir de satisfaction, il se laissa tomber sur le dos. Devant ce sexe encore rigide et agité de spasmes ce fut plus fort qu'elle, elle se mit à onduler des hanches sans retenue, cherchant l'orgasme.

Avait-elle réellement juré de renoncer au sexe ? Là, tout ce qu'elle voulait, c'était réessayer.

— Bon, au boulot, dit-il lorsqu'il eut repris son souffle.

Il se pencha de nouveau sur elle.

— Je pourrais faire ça toute la nuit… D'ailleurs, j'ai bien envie de…

— Oui ! cria-t-elle.

Il la dévorait déjà.

— Encore, gémit-elle.

Elle n'en pouvait plus, devenait folle…

Au moment où elle allait jouir, il se retira.

— Non ! hurla-t-elle en tapant du pied. Je… je te tuerai pour cela !

— Ah bon ?

D'un geste léger, il fit courir le dos de sa main sur le corps de Sabine. Quand, enfin, son souffle se calma et qu'elle referma les cuisses, il ordonna :

— Écarte-les.

Le regard perdu dans les branches au-dessus d'elle, mâchoire serrée, elle s'offrit à nouveau.

Pendant des heures, Rydstrom l'amena ainsi au bord de l'orgasme sans jamais la laisser jouir. Lui se répandit encore deux fois, puis décida de ménager ses forces, déterminé qu'il était à gagner cette course au plaisir.

Jamais il n'avait vu de femme dans un tel état de frénésie. Elle agitait la tête en tous sens, sa crinière rousse répandue autour d'elle. Ses seins pointaient vers le ciel tant elle arquait le dos.

Des illusions de flammes dansaient tout autour d'eux.

L'empêcher d'atteindre l'extase était une punition pour lui aussi – il lui fallut toute la volonté du monde pour brider l'instinct qui lui dictait de posséder et de satisfaire sa femelle. Mais la réaction de Sabine l'excitait aussi, puissamment.

Pourtant, elle ne cédait pas. Il mourait d'envie de se plaquer sur ce corps pâle, de le pilonner sans relâche, mais il s'agissait d'un combat entre deux volontés. Et il ne perdait jamais dans ce genre d'affrontement.

Quand la lune entama sa descente dans le ciel, elle était pantelante, son corps luisait de sueur. La pointe de ses seins était gonflée et à vif.

Comme il s'allongeait près d'elle, elle le regarda dans les yeux et murmura :

— Prends-moi dans tes bras, démon. C'est tout ce que je demande. Je pourrais bouger contre toi…

Les images que ces mots firent naître dans l'esprit de Rydstrom lui donnèrent envie de gémir. Lui, serrant ce petit corps, elle se frottant contre son membre dressé… jusqu'à ce qu'elle frémisse entre ses bras…

Il se pencha, enroula la langue autour d'un de ses tétons.

— Supplie-moi, ma douce. Et je te ferai jouir jusqu'à ce que tes yeux se retournent dans leur orbite.

— Jamais ! cracha-t-elle en secouant la tête. Tu ne comprends pas…

— Ah bon ? fit-il en s'asseyant.

Les bras toujours attachés au tronc, elle roula sur le côté, tremblante, et remonta les genoux vers la poitrine. Elle battit un instant des paupières, puis ses yeux se fermèrent, et elle sombra dans le sommeil, épuisée.

Il faisait encore nuit quand elle s'éveilla. Elle était seule sur la couverture, ignorait combien de temps elle avait dormi. Elle regarda son propre corps, étonnée. Il l'avait détachée, et lavée ?

Quand elle releva les yeux, elle découvrit Rydstrom nu, adossé contre un rocher, le bras posé sur son genou relevé. Il la regardait, l'expression insondable. Il n'était pas encore redevenu normal, mais les traits de la bête en lui s'estompaient. Ses yeux d'obsidienne avaient perdu de leur sauvagerie.

Jamais elle n'oublierait le regard possessif dont il l'avait couvée ce soir. Elle se remémora sa fierté si masculine quand il avait réalisé qu'elle l'avait vu se caresser, et un frisson la parcourut.

C'était un mâle magnifique, avec un corps fait pour l'amour. Le démon était à sa place, ici, dans la nature sauvage. Être mythique, créature de légende.

Et c'était son époux.

Quand il la rejoignit sur la couverture, son corps réclamait encore l'assouvissement, mais elle était trop épuisée pour seulement envisager de le soulager. Rydstrom l'attira contre son torse, referma les bras autour elle, et la serra contre lui.

Elle se raidit, peu habituée à ce genre d'étreinte, comprenant que son intention était de dormir ainsi, ensemble.

Quand il frotta son visage contre le sien, elle sentit le sommeil la gagner. Il était incroyablement chaud, nota-t-elle, tandis qu'il l'embrassait dans le cou, dans l'oreille. Ses caresses étaient à nouveau tendres. On aurait dit qu'il regrettait de la faire souffrir alors même que c'était lui qui avait décidé de la punir. Seigneurs, que les démons étaient compliqués !

Ses mains attachées ne l'empêchaient pas de projeter des scènes tirées de ses rêves. Et en cet instant, elle aurait donné sa plus belle coiffe pour une potion qui la maintînt éveillée. L'idée que Rydstrom connaisse ses pensées les plus intimes, ses souvenirs…

Elle redoutait sa réaction si son passé lui était révélé. Elle ne voulait pas qu'il la juge ou, pis, qu'il la plaigne. Sa mère disait souvent : « Je peux tout endurer sauf la pitié d'un homme bon. »

Oui, Sabine était inquiète, mais ses muscles étaient douloureux et son corps se sentait délicieusement bien contre celui de Rydstrom. Contre ce corps chaud, robuste… protecteur.

Ne rêve pas… ne rêve pas…

Vaincue par la fatigue, elle glissa dans l'inconscience.

24

Réchauffe-le, caresse-le, bats-le et cultive-le. Frotte-le, tords-le, aime-le et embrasse-le...

Rydstrom se réveilla en sursaut, tiré de son sommeil par l'étrange psalmodie d'une femme.

Il regarda Sabine, mais elle dormait. Ses yeux s'agitaient derrière ses paupières. Une force le poussa à s'éloigner d'elle et il courut vers l'endroit d'où venait la voix.

— *L'or c'est la vie... la perfection*, dit encore la femme, qui éclata de rire.

Il regarda autour de lui.

Personne. Était-ce un leurre ? L'avait-on trompé pour le pousser à s'éloigner de sa femelle ? Il regagna l'arbre au pas de course.

Sabine dormait toujours. Poussant un soupir de soulagement, il se rallongea près d'elle. Sa colère et son désir étaient suffisamment retombés pour qu'il puisse raisonner de nouveau. Mais s'agissant de Sabine et des sentiments confus qu'elle lui inspirait, il ne parvint à aucune conclusion.

La veille, sa nature démoniaque avait exigé des représailles. Il lui fallait se venger pour calmer sa colère. Mais au bout du compte, il avait souffert de voir souffrir son alter ego.

Il ne savait que penser d'elle, ne savait que penser de lui-même. Il envisageait de renoncer à sa vengeance alors même que c'était cette perspective qui l'avait aidé à tenir bon dans sa cellule, à ne pas succomber à la fureur.

Il se retrouvait dans une situation impossible. La tourmenter encore deux nuits, c'était se comporter aussi mal qu'elle. Ne pas le faire, c'était rompre son serment, et là encore, agir aussi mal qu'elle.

Peut-être devrait-il accepter l'argument de Sabine selon lequel elle ne l'avait repoussé que deux nuits. Ainsi, il ne lui en resterait plus qu'une à tenir.

Tandis qu'il contemplait sa crinière rousse, son regard fut soudain attiré par une mèche de cheveux blancs qu'il n'avait jamais vue. Il s'en saisit, la fit glisser entre son pouce et son index. Elle la lui avait cachée... Pourquoi ?

La mèche retomba, oubliée, comme il posait les yeux sur son cou, et sur la cicatrice qui en faisait le tour. Stupéfait, il agrippa Sabine par les épaules et la redressa pour inspecter sa peau.

— Quoi ? balbutia-t-elle en clignant des yeux, aveuglée par le soleil levant. Qu'est-ce qui se passe ?

— C'est quoi, cette cicatrice ? Une opération ? demanda-t-il, priant pour que ce soit cela. Réponds-moi !

Elle parut embarrassée.

— Oui, Rydstrom, c'était une opération.

— Tu mens ! De nouveau !

— Non, je ne mens pas. C'était une opération non voulue, destinée à me décapiter.

La bouche de Rydstrom s'assécha d'un coup.

— Tu étais *jeune*. Quel âge avais-tu ?

— Quelle imp...

— Quel âge ? tonna-t-il.

— J'avais douze ans, démon, répondit-elle en le regardant droit dans les yeux. J'avais douze ans lorsqu'un soldat de l'armée du *Bien* m'a tranché la gorge.

— Raconte-moi ce qui s'est passé.

— Un clan de Vrekeners a tué mes parents. Quand j'ai voulu les combattre, ils ont tenté de me tuer moi aussi. Et avant que tu fasses un commentaire quel qu'il soit : oui, j'ai été obligée de me battre. Tu n'as pas idée de ce qu'ils font aux enfants comme nous.

— Ils les adoptent et les emmènent dans leur famille.

— Et séparent les frères et sœurs afin de les transformer plus facilement. Ils font un lavage de cerveau aux femmes de mon espèce pour qu'elles deviennent comme les leurs, soumises et sinistres. Ils nous lavent le cerveau pour qu'on pense comme *vous* !

— Comment as-tu pu survivre à une telle blessure ?

— Peu importe. J'ai survécu, c'est tout.

— Je veux savoir !

Elle se débattit, mais il la maintint fermement.

— Lanthe, ma sœur, possédait autrefois le pouvoir de persuasion. J'étais morte – mon cœur ne battait plus –, mais elle m'a ordonné de vivre et de guérir.

— C'est pour cette raison que tes cheveux ont blanchi ?

Elle détourna le regard.

— Je ne veux plus parler de cela. De toute façon, il n'y a pas de quoi en faire un plat.

Comme il la fixait, stupéfait, elle ajouta :

— Tu crois donc que c'est la seule fois où j'ai été assassinée, démon ?

Il pouvait toujours insister, elle ne lui raconterait pas l'histoire de ses morts. Le démon ne méritait pas de savoir. Il ne comprendrait pas, en tout cas pas comme il faudrait, parce qu'il avait été conditionné pour penser différemment d'elle.

Elle le fusilla du regard, et ce qu'il lut dans ses yeux l'incita à la lâcher.

Il avait presque retrouvé son apparence normale, mais semblait à deux doigts de se transformer de nouveau.

— Il faut qu'on y aille, grommela-t-il.

Y aller... S'éloigner de Tornin, du morsus, de sa sœur. Repartir pour une interminable journée.

Elle avait les bras engourdis, des fourmis des épaules aux poignets. Ses seins étaient douloureux, la frustration sexuelle la rendait fébrile, tel un virus s'attaquant à un organisme sain.

Et elle avait dormi au moins cinq heures. Ce qui ne lui était pas arrivé depuis l'enfance ! Pendant cinq heures, elle avait été vulnérable, sa sécurité reposant entièrement entre les mains de Rydstrom.

Cette idée lui déplaisait.

— Ce matin, j'ai entendu une femme qui psalmodiait, fit Rydstrom en éparpillant les restes du feu. Mais quand j'ai cherché d'où cela venait, je n'ai trouvé personne.

— Tu n'as rien entendu.

De toute évidence, elle avait rêvé, mais elle ne se souvenait plus de quoi. Au moins n'avait-il pas *vu* son rêve.

— Il faut qu'on avance bien, aujourd'hui.

Elle le regarda avec horreur s'emparer de ses bottes et en couper le talon d'un coup d'épée.

— Tu ne crois pas que le moment est venu de m'informer de la situation un peu plus en détail ?

— Je t'emmène chez moi, en Louisiane.

Il l'aida à se relever. Quand elle se tint, nue, devant lui, il serra les dents, mais ne la toucha pas.

Le geste brusque, il lui passa sa jupe.

— Il faut que l'on trouve des réfugiés qui cherchent à changer de dimension.

— Omort peut savoir qui entre et sort.

— Pas cette fois.

— Tu m'emmènes à l'un de ces portails clandestins, c'est ça ? Combien de temps va-t-il falloir marcher ?

— Encore quelques jours.

— Il nous trouvera avant qu'on atteigne le portail.

Un muscle tressauta sur la joue balafrée de Rydstrom, qui continua à l'habiller.

— Et mon string et mes collants ? demanda-t-elle quand il lui eut enfilé son bustier et ses bottes.

— Tu ne les porteras plus tant que tu seras avec moi.

— Puisque tu ne me libères pas, va chercher mon tour de cou et ma coiffe.

— Va chercher ?

— Oui, enfin, je veux dire… s'il te plaît, quoi.

— Dans tes rêves.

— Mais il le faut !

Il s'éloigna au pas de charge, les récupéra.

— Qu'ont-ils donc de si important ? À cause d'eux, tu as failli couler à pic !

Sur ce, il les lança dans le lac.

— Noooon ! hurla Sabine.

Trop tard.

Elle en eut le souffle coupé, se mit à vaciller. *L'or c'est la vie…* L'eau les avait engloutis comme s'ils n'avaient jamais existé. Sa lèvre inférieure trembla, et elle se trouva incapable de masquer son émotion.

— Allons-y, décréta Rydstrom d'un ton bourru en la prenant par le bras.

Elle se tourna vers le lac.

— Comment as-tu pu faire une chose pareille ?

Abandonner de l'or à quelqu'un d'autre était une chose. Le jeter délibérément était… incompréhensible.

— Tu n'as aucune excuse. Aucune.

— Ça ne vaut rien, ici.

— Qui te parle de valeur, balourd ? Ces objets me protégeaient le cou et la tête !

— Dans ce cas, tu vas devoir compter sur moi pour jouer ce rôle, désormais !

Et il l'entraîna sur le chemin.

Ils progressèrent en silence pendant plusieurs heures. Elle sentait le regard vert de Rydstrom constamment sur elle. Il était plus attentionné, l'aidait chaque fois que le terrain devenait plus difficile. Mais il ne semblait pas décidé à la détacher.

Et chaque fois qu'elle tentait de le convaincre de le faire, il la menaçait de la bâillonner. Elle s'interrogeait quant au sérieux de cette menace, car il avait clairement envie de lui parler, mais d'une seule chose. Sans arrêt, il lui reposait la même question : combien de fois était-elle morte ?

— Qu'est-ce que ça peut te faire ? finit-elle par rétorquer. Ça t'attendrit à ce point de savoir ce qu'on m'a fait subir quand j'étais petite ?

— Je... je ne sais pas. As-tu envie de ma compassion ?

Elle haussa les épaules.

— Je ne la mérite pas.

Dans sa bouche, ce qui aurait pu apparaître comme une déclaration larmoyante devenait une fatalité. Parce que c'en était une.

— La mèche blanche dans tes cheveux. J'ai entendu dire que cela arrivait lorsque l'on était confronté à une peur indicible. Que t'est-il arrivé, Sabine ? Est-ce qu'Omort t'a fait du mal ?

— Il ne m'a jamais fait de mal.

Physiquement.

— Tu lui es toujours loyale ?

Elle ne pouvait dire au démon tout ce qu'elle aurait aimé qu'il sache, tout ce qu'elle avait besoin de lui confier. Elle ne pouvait pas lui avouer combien elle haïssait son demi-frère, ni qu'elle pensait, elle aussi, qu'Omort devait mourir. Tout ce qu'elle dirait maintenant, Omort le découvrirait plus tard, lorsqu'ils seraient capturés. Son frère forcerait le démon à ouvrir son esprit. *Et il y verrait distinctement ma trahison.*

Elle biaisa.

— Il nous a protégées, Lanthe et moi, pendant des années. Et pourquoi devrais-je me montrer loyale envers toi plutôt qu'envers lui ? Tu m'attaches, mettant ainsi ma vie en danger. Au moins ma vie est-elle précieuse aux yeux d'Omort. Il viendra me chercher.

— J'ai hâte de voir ça.

— À propos de loyauté, pourquoi Lothaire a-t-il trahi Omort pour toi ? Vous travailliez main dans la main durant tout ce temps ?

— Le vampire voulait quelque chose que je pouvais lui donner en échange de ma liberté.

— C'est lui qui nous a téléportés jusqu'ici ? s'enquit-elle.

Comme Rydstrom hochait la tête, elle enchaîna :

— Donc il était déjà venu. Qu'est-ce qui avait bien pu l'attirer par ici ?

Rydstrom haussa les épaules.

— Il m'a dit qu'il connaissait beaucoup de choses sur le royaume.

— Vraiment ? Alors il aurait pu nous déposer plus près d'un portail plutôt que de nous laisser crapahuter dans ce trou.

— Ceux qui ouvrent les portails se déplacent sans arrêt. Attention à la souche.

Elle trébucha pour la xième fois.

— Allez, démon, détache-moi.

— À moins qu'il n'y ait un autre moyen de te rendre impuissante, tu restes attachée.

— Et si je faisais le serment de n'utiliser aucun de mes pouvoirs ?

Il éclata d'un rire cruel.

— Le serment ? Tu disparaîtrais dans la seconde !

— Tu parles d'égalité, mais je ne t'ai jamais fait souffrir physiquement. Et regarde ce que tu me fais subir.

— Sous ta *protection*, j'ai eu la colonne vertébrale sectionnée et le torse ouvert.

— Ce n'était pas ma faute. Et je t'ai sauvé la vie.

Il y eut un silence, puis Sabine comprit enfin.

— Le pire, pour toi, c'est le bain que t'ont donné mes trois serviteurs, pas vrai ? Je pensais pourtant que cela pourrait te plaire !

— Je ne te crois pas.

— D'accord, je ne le pensais pas. Mais je ne pensais pas non plus que tu détesterais cela à ce point !

Comme il la fixait, les yeux mi-clos, elle avoua :

— D'accord, d'accord, je le pensais.

— Qu'éprouverais-tu si je te faisais laver par trois femmes ?

— Je prendrais mon pied. D'ailleurs, c'est ce que tu vas devoir faire si tu t'en tiens à ta règle de l'égalité. Et je te préviens, elles ont intérêt à être canons, parce que moi, je t'ai envoyé des Inferi de choix. Et ils étaient tous volontaires, figure-toi.

— Voilà justement pourquoi je ne le ferai pas. Si tu ne le vis pas comme une punition, alors l'égalité de traitement n'est pas respectée.

Il accéléra l'allure.

— Et sinon, il y a quoi d'autre, dans ton système d'égalité ? demanda-t-elle en pressant le pas pour se maintenir à sa hauteur. Je suis un peu perdue, là.

Il s'arrêta et pivota si brusquement qu'elle faillit le heurter.

— Il te reste une nuit entière pendant laquelle je te ferai hurler de désir, à moins que tu ne me supplies de te soulager. Après cela, je ne te prendrai plus tant que tu ne m'auras pas dit : « Je te supplie de me posséder. J'ai besoin que tu sois mon maître et je soumets ma volonté à la tienne. » Et crois-moi, Sabine, j'attendrai le temps qu'il faudra. Si tu entends m'affronter sur le terrain de la volonté, prépare-toi à perdre.

— Le temps qu'il faudra ? répéta-t-elle. Combien de temps envisages-tu de me garder captive ? Quand comptes-tu me libérer ?

Il lui adressa un regard étrange, à la fois possessif et agressif. Et ses yeux passèrent brusquement du vert au noir.

— Je n'ai aucune intention de te libérer.

25

Le paysage se transformait à mesure qu'ils avançaient. Ils progressaient maintenant à travers d'épais taillis, sous des arbres tordus par le vent et serrés les uns contre les autres. Des rivières creusaient des gorges à travers d'immenses plateaux.

Sabine et Rydstrom poursuivaient leur ascension, traversant un petit torrent après l'autre.

Les ronces, le soleil, et Rydstrom chaque fois qu'il lui donnait à boire mettaient Sabine hors d'elle.

De son côté, Rydstrom ne cessait de penser à ce qu'il avait appris le matin même. Et s'interrogeait : Où se trouvait-il, cinq cents ans plus tôt, quand Sabine avait été torturée ?

S'il n'avait pas centré toute son existence sur la reconquête de son royaume, et l'avait cherchée à la place, peut-être aurait-il pu lui épargner cette épreuve. Ma femelle, égorgée comme une vulgaire fille de rien.

Avait-elle eu peur ? Avait-elle compris ce qui allait lui arriver ?

Elle avait précisé que cela lui était arrivé plus d'une fois, et il l'avait crue. Combien de morts avait-elle souffertes ? De quelle façon ? À quel âge ?

Comment s'étonner, après cela, qu'elle ait si peu de respect pour la vie ?

Lorsqu'il l'avait exhortée à tout lui raconter, n'hésitant pas à élever la voix, elle avait eu cette expression, ce regard furtif. Son air bravache avait disparu.

Jusqu'à présent, comme il le soupçonnait, elle camouflait ses réactions derrière une illusion de mépris indulgent ou d'amusement. Mais il n'était plus question d'illusion, désormais, et elle avait tellement l'habitude de masquer ses expressions par la magie qu'elle n'avait pas pensé à les feindre.

La Sabine colérique, sarcastique, avait *rougi*, aussi. Chaque fois qu'elle avait senti son regard sur sa mèche blanche ou sur sa cicatrice. Elle se comportait comme s'il avait découvert dans sa personnalité une faille qu'elle avait tenté de dissimuler.

Il lisait en elle comme dans un livre ouvert. Et ce qu'il lisait le bouleversait.

Elle lui avait demandé si connaître son passé adoucissait sa colère à son égard. La réalité, c'était que cette colère n'avait plus prise sur lui. Sabine ne cessait de le surprendre, et cela le troublait profondément.

Cette situation lui rappelait l'histoire de son ami Bowen, un Lycae, lorsqu'il avait cherché à gagner le cœur de la jolie sorcière Mariketa. Les choses avaient plutôt mal commencé, dans la mesure où il l'avait enfermée dans une tombe peuplée d'Incubes et n'était revenu la chercher que plusieurs semaines plus tard.

À l'époque, l'attitude de son ami, son indécision, son agressivité avaient plongé Rydstrom dans un abîme de perplexité. Il s'était montré si suffisant lorsqu'il lui avait conseillé calmement de se montrer raisonnable. Ce à quoi Bowen avait répondu d'un ton sec qu'il rigolerait quand Rydstrom rencontrerait son alter ego. *Chaque fois qu'elle passera près de toi, tes cornes se dresseront, bien droites. Tu verras !* Selon Bowen, le flegme de Rydstrom n'y résisterait pas, et il avait hâte de voir ça.

Maintenant, je comprends ce qu'éprouvait Bowen.

Mais ce dernier avait fini par se servir de sa tête pour parvenir à gagner le cœur de sa belle. Après leur mariage, il avait déclaré à Rydstrom : « J'ai appris une chose : avec ton alter ego, ne fais rien d'irrévocable. Il y a des limites à ne pas franchir avec une femelle, car ensuite, tu ne pourras plus jamais revenir en arrière. Et *jamais*, quand tu as affaire à une immortelle, ça craint. »

Ne fais rien d'irrévocable. En laissant Sabine attachée, il s'attirait sa haine. Se pouvait-il qu'elle ne lui pardonne jamais ? Peu importait finalement que ce soit bien ou mal, juste ou pas. La seule chose qui comptait, c'était ce que Sabine en pensait…

— Pourquoi tiens-tu tant à récupérer ce royaume ? lui demanda-t-elle alors qu'il l'aidait à traverser un ruisseau.

C'était la première fois qu'on lui posait précisément cette question. Quelques semaines plus tôt, la Valkyrie Nïx lui avait demandé s'il préférait avoir sa couronne ou sa reine. Le choix avait été facile : sa couronne, bien sûr. Mais depuis, il avait souvent repensé à sa réponse.

— C'est mon patrimoine, finit-il par répondre.

Mais ça n'avait pas toujours été le cas. Rydstrom n'avait pas été élevé comme héritier de Rothkalina. Et en tant que deuxième fils d'un roi immortel, il n'avait aucune raison de penser que le trône lui reviendrait un jour.

Le destin en avait décidé autrement, et il s'y était plié, par nécessité.

— Je veux voir mon peuple prospérer de nouveau.

— Pourquoi ?

— Parce que je suis son roi. À ce titre, la responsabilité de son bien-être m'incombe.

— Au moins, tu ne fais pas dans le cucul, genre « Parce que je les aime comme un père aime ses enfants. »

Rydstrom craignait de ne *pas* aimer son peuple – du moins pas assez. Il lui arrivait même de lui en vouloir.

À cause de lui, il était pris dans cette lutte sans fin pour reconquérir une couronne qui n'aurait jamais dû être la sienne.

Nylson, son frère aîné, et leur père, le grand roi, étaient partis combattre la Horde. Ils n'avaient pas respecté la règle qui veut qu'en temps de guerre, un roi et son héritier doivent toujours être séparés, et avaient été tués tous les deux.

Propulsant à la tête du royaume un jeune monarque désorienté : Rydstrom.

Par la suite, il s'était empressé de mettre Cadeon, son cadet et héritier, à l'abri du danger, et l'avait confié à une famille d'accueil dès qu'il avait été assez grand. Ce que Cadeon avait interprété comme une mise à l'écart de neuf cents ans.

— Je voudrais aussi récupérer mon château, ajouta-t-il. Et faire en sorte qu'il retrouve sa grandeur d'antan.

Le nettoyer de toute la vermine qui l'occupe.

Jamais il ne s'était senti aussi bien qu'à Tornin. Il y avait des souvenirs de sa famille, de Mia et de Zoë jouant à cache-cache avec Cadeon quand celui-ci n'était encore qu'un jeune chiot turbulent, de leurs éclats de rire résonnant dans les immenses pièces.

Mais une fois adulte, Cadeon avait ignoré les ordres de Rydstrom lui demandant de revenir défendre le château contre leurs ennemis. Cadeon avait choisi de rester dans sa famille d'accueil, et Tornin était tombé…

Reconquérir le royaume permettrait peut-être à Rydstrom de mettre fin aux tensions qui existaient entre ses proches et lui.

— Tu penses que tu mérites ce royaume ? hasarda Sabine.

— Il me revient de droit.

— Et ton droit fait loi ? Étais-tu un si bon roi que ton *droit* serait de le récupérer ?

— Je le crois, oui.

Certes, il n'avait régné que quelques années.

— Tu as laissé ce royaume embourbé dans le passé. Étranger à tout progrès, même à l'époque. Pas de routes, pas de droits de passage, pas de portails permanents reliant Rothkalina aux autres provinces.

— Je n'ai pas eu le temps ! Dès le premier jour de mon règne, j'ai été en guerre contre la Horde.

Et cette couronne avait pesé si lourd sur sa tête...

— Et tu oublies une chose, reprit-il. Beaucoup d'entre nous peuvent se téléporter. Les êtres façonnent leur environnement en fonction de leurs besoins. Installer des barrières grinçantes, faire sauter des montagnes pour construire des routes ne nous servait à rien.

— Sans voies de communication dignes de ce nom, seuls ceux qui sont capables de se téléporter prospèrent. Et je parie que tu t'en mords les doigts, maintenant que toi-même, tu ne le peux plus.

— À cause d'Omort, lui rappela-t-il.

Autrefois, Rydstrom se téléportait sans effort de Rothkalina vers d'autres dimensions et d'autres civilisations. Aujourd'hui, il était contraint de traverser le Domaine du Tombeau *à pied*...

Raison de plus pour vouloir éliminer Omort. Sa mort leur rendrait, à Cadeon et à lui, le pouvoir de téléportation.

— Et qu'en est-il des autres créatures qui ne sont pas des démons, mais aimeraient s'installer à Rothkalina ? Tu ne fais pas grand-chose pour les convaincre de venir.

— Des créatures comme les Sorceri, par exemple ?

— Pourquoi pas ? riposta-t-elle en relevant le menton. Nous ne manquons pas de talents.

— Rothkalina a déjà sa part de buveurs de vin et d'esclavagistes.

Sabine ne releva pas.

— De toute façon, les Sorceri ne risquent pas d'avoir envie de s'installer dans ce trou moyenâgeux. Nous sommes de nature enjouée, et les démons furie sont bougons et vieux jeu.

— Dans ce cas, pourquoi veux-tu y demeurer ?

— Il n'y a ni Vrekeners ni humains ici. Et même une ensorceleuse malfaisante a besoin d'un foyer sûr bien à elle.

Si tu m'acceptais, je t'en offrirais un...

— Ce n'est pas non plus comme si Tornin était un château quatre étoiles, poursuivit-elle. Ce n'est pas à cause du Puits que tu souhaites y retourner, en réalité ?

Rydstrom se tendit.

— Tu sais quels sont ses pouvoirs ?

Parce que lui l'ignorait.

— Peut-être. Mais ne t'inquiète pas, je ne le dirai à personne. J'aime bien que les imaginations vagabondent un peu. Certains prétendent qu'il s'agit d'une prison magique, d'autres que c'est une base de pouvoir, ou un puits qui accorde les vœux. Ah, et aussi qu'il ressuscite les morts. Mais le sais-tu seulement, *toi* ?

— Je sais que la race des démons furie a été créée dans le seul but de protéger ce Puits. Tornin a été bâti pour l'abriter. Mon devoir est de les préserver l'un et l'autre.

— Et tu accomplis toujours ton devoir. Ce doit être barbant, à la fin, non ? Je crois que c'est ça, qui t'attire chez moi : cette façon que j'ai de mettre la pagaille dans ta petite vie bien organisée et raisonnable. Je suis prête à parier que tu t'es plus éclaté avec moi cette dernière semaine que pendant les siècles passés.

Elle n'était pas loin d'avoir mis dans le mille.

— Et je crois que je n'ai jamais rencontré personne d'aussi égocentrique que toi, répliqua-t-il.

— Égocentrique ? Parce que je suis sûre de moi ? Tu préférerais que je sois docile ?

— Non, je n'ai jamais voulu d'une femme docile. Je veux une reine...

— Et tu en as une, maintenant.

Ils continuèrent en silence, le chemin malaisé exigeant de la concentration. Mais Rydstrom rumina les paroles de Sabine. Malgré ce qui s'était passé entre eux, le fait était qu'il l'avait *elle*.

Celle qu'il attendait depuis si longtemps...

Ils émergèrent bientôt des broussailles pour découvrir, se déployant à leurs pieds, un paysage enchanteur. Le soleil scintillait sur un lac d'un vert transparent qu'alimentaient des dizaines de cascades.

— Il va falloir traverser ça ? demanda-t-elle en s'essuyant le front sur l'épaule. Je ne sais pas nager. Même *si* tu me détachais les mains.

Il ouvrit sa gourde, lui offrit quelques gorgées d'eau, puis but à son tour.

— Toutes les créatures du Mythos savent nager. C'est instinctif.

Elle eut un rire amer.

— Jamais rien entendu de plus faux !

— T'es-tu déjà noyée ?

— Je ne sais pas nager. Je n'ai jamais appris. Je ne suis pas sportive.

— T'es-tu-déjà-noyée ? martela Rydstrom.

— Plus-d'une-fois ! scanda-t-elle en guise de réponse, le regard bleuissant sous l'effet de la colère.

Visiblement, c'était là un sujet sensible.

— J'en ai assez, Sabine. Tu ne me révèles ton passé que par bribes. Suis-je censé passer le reste de la journée à me demander si tu t'es noyée un jour ? Ou pourquoi tu n'aimes pas qu'on te touche le visage... ?

— Pardonne-moi si je n'ai pas très envie de faire la causette en ce moment ! Je suis fatiguée, j'ai besoin de me reposer !

Il secoua la tête.

— On doit continuer...

— Il *faut* qu'on s'arrête ! J'ai mal, moi ! J'ai les bras engourdis depuis vingt-quatre heures. Et tu n'as pas souvent dû porter du métal à même la peau ! Ce bustier n'a qu'une fonction : mettre en valeur mes courbes exquises. Pas faire de la randonnée en pleine brousse ! J'ai du sable à l'intérieur, ce qui m'irrite les seins. Déjà qu'ils sont hypersensibles parce que tu as passé la nuit à les tripoter !

À l'évocation de la nuit précédente, Rydstrom ravala un grognement. Toute la journée, il s'était rappelé avec délectation les caresses qu'il lui avait prodiguées… et avait imaginé celles dont il la gratifierait ce soir.

— Tu m'écoutes, démon ? On n'est plus dans l'égalité de traitement, là. Je ne t'ai jamais infligé de douleur prolongée, je ne t'ai jamais blessé dans ta chair.

— Tu es immortelle. D'ici le coucher du soleil, tout sera rentré dans l'ordre.

— Mais regarde un peu ! Mes seins sont à vifs ! Et je parie que j'ai un coup de soleil sur le nez !

Effectivement, une série de taches de rousseur était apparue sur son nez et ses pommettes si bien qu'elle ressemblait de moins en moins à une ensorceleuse malfaisante. Fichue Sorceri. Son corps était si fragile, pas du tout comme celui des autres femelles du Mythos. Une Valkyrie ou une Furie parcourrait ce genre de chemin sans même y penser.

— Tu veux que je m'en occupe ? proposa-t-il.

Il dénoua les liens du bustier, et l'en débarrassa.

S'il s'attendait qu'elle s'emporte il se trompait. Elle s'autorisa un long soupir, se cambra, puis tourna la tête dans tous les sens.

Ses seins étaient bel et bien irrités, et semblaient gonflés. Les pointes se dressaient fièrement, et Rydstrom en eut l'eau à la bouche…

— N'y songe même pas, démon !

— Tu oses diriger ta colère contre moi ?

Contre le désir qu'il avait d'elle ? Ce désir qu'elle avait attisé ?

Elle se rua sur lui, poitrine en avant, ses cheveux flamboyants dans la lumière du soleil.

— Oui, j'*ose* !

Et elle lui flanqua un coup de pied dans le tibia.

Il serra les dents.

— Recommence une seule fois, et tu le regretteras.

— Je commence à regretter de ne pas avoir demandé à mes serviteurs de passer un peu plus de temps avec toi sous la douche !

— Tu rêves d'une autre fessée, c'est ça ? Continue ainsi, et j'accéderai à ton désir.

— Ça te plairait, pas vrai ? Je crois que tu ne veux pas me libérer parce qu'alors il faudrait que tu oublies ta colère. Du coup, tu ne pourrais plus me traiter toutes les nuits comme ton esclave sexuelle. Et tu trouves ça tellement bon que tu ne peux déjà plus t'en passer !

Il l'attrapa par la nuque.

— Peut-être que tu as raison.

— Bien sûr que j'ai raison !

Ses yeux étaient bleus, elle avait le souffle court. Et elle était si furieusement sexy… Trop.

Il l'attira contre lui. S'était-elle hissée sur la pointe des pieds ?

La seconde d'après ils s'embrassaient avec frénésie. Comme le soir où il l'avait possédée. S'emparer de sa bouche frémissante le rendait fou, lui faisait l'effet d'une drogue. Lui arracher ces gémissements, ces petits cris essoufflés… Il aurait pu continuer ainsi à jamais.

Quand elle se cambra contre lui, il émit un grognement, leva la main pour lui pétrir un sein…

De l'estomac de Sabine monta alors un gargouillis sonore.

Rydstrom s'écarta, appuya son front contre le sien tandis qu'ils reprenaient leur souffle.

— Nous allons nous arrêter ici pour la nuit, ma douce, murmura-t-il.

Il retira sa tunique, en couvrit Sabine.

— J'ai comme l'impression qu'il faut que j'aille chasser pour ma femme.

Elle leva les yeux au ciel.

— Je n'ai pas besoin que tu chasses, démon, j'ai besoin que tu *cueilles*.

26

— Sabine, lâche ça ! hurla Rydstrom depuis un replat, un peu plus bas.

Il avait établi leur campement sur un promontoire rocheux, et installé Sabine près du feu après l'avoir aidée à enfiler sa tunique. Ensuite, total macho, il était parti d'un pas de Cro-Magnon chasser la créature innocente qu'il était en train de dépecer. Tout cela sans quitter Sabine des yeux ou presque. Mais il avait fini par s'éloigner suffisamment pour qu'elle atteigne son but.

— Lâche cette bouteille ! répéta-t-il en remontant au pas de charge. Immédiatement !

En réponse, Sabine glissa le goulot entre ses lèvres et renversa la tête pour boire goulûment.

— Bon sang, c'est pas vrai !

Lorsqu'il atteignit le campement, elle lâcha la bouteille et le regarda. Il était essoufflé, son torse nu luisait de sueur. Elle suivit des yeux une goutte qui roula sur l'arrondi du pectoral. *Ce démon est décidément superbe*.

Elle se renfrogna soudain. Il tenait à la main un animal dépecé d'une espèce indéterminée. Sans cette carcasse, elle aurait eu sous les yeux la vision la plus sexy qu'il lui ait été donné de contempler.

— As-tu idée du mal que je me suis donné pour retirer le bouchon ? demanda-t-elle.

Elle se détourna légèrement pour étouffer un petit rot contre son épaule. Très grande dame.

— Et tu voudrais que je renonce à ma récompense ? reprit-elle. Du reste, je ne peux pas supporter le spectacle du sacrifice rituel d'un animal sans boire de vin.

Il se laissa tomber de l'autre côté du feu et embrocha la pauvre créature sur un bâton.

Tandis qu'il la calait au-dessus des flammes, Sabine observa le paysage autour d'eux. Rydstrom les avait installés sur un promontoire élevé. À leurs pieds, les cascades dégringolaient dans un lac d'un vert profond. D'autres falaises surplombaient le lac sur trois côtés, et le vent qui soufflait faisait tourbillonner des pétales blancs.

En quelques minutes, l'odeur de viande grillée se répandit dans l'air. Après cette journée de marche éreintante, Sabine mourait de faim, et cette odeur ne lui parut pas si désagréable, finalement. Elle la trouva même… appétissante.

— Ça sent *bon*, non ? lança Rydstrom.

Elle prit un air hautain.

— Je n'en mangerai pas.

— Regarde.

Malgré elle, elle risqua un coup d'œil. Et se mit aussitôt à saliver. Le rôti dégoulinait de graisse fondue, qui sifflait sur le feu. *Non, je suis plus raffinée que cela. Je ne mange pas d'animaux !*

— Tu es bien conscient du fait que j'appartiens à une espèce qui ne mange pas de viande ?

— Tu en mangeras à présent.

— À présent que quoi ? Que tu es le chef ?

Le regard de Rydstrom glissa brièvement sur son ventre.

— Aaaah, je vois ! À présent que tu crois que je porte ton fils. Tu vas me forcer à en manger ?

— Je ne suis pas responsable de cette situation, garde bien cela en tête. Si ton plan a fonctionné et que tu portes un petit démon, tu auras besoin de viande pour le nourrir.

— Tu ne penses pas qu'avaler quelque chose que je n'ai jamais mangé – et que je trouve par ailleurs répugnant – pourrait me rendre malade ? Tu aurais peut-être dû te demander si j'étais difficile d'entretien avant de m'enlever.

Quand l'estomac de Sabine gargouilla de nouveau, Rydstrom se leva et ramassa le sac vide qui avait contenu leurs affaires.

— Ne bouge pas, princesse.

Il revint peu après, et vida le contenu du sac sur leur couverture. Sabine haussa un sourcil devant la sélection de baies variées.

— Un mâle qui essaie de m'empoisonner. Comme c'est... original.

— Elles ne sont pas toxiques.

Il en prit une poignée et la fourra dans sa bouche.

— Pas pour les démons. Mais pour moi, elles le sont. Parce que nous ne sommes pas de la même *espèce*.

— À t'entendre, nous venons de deux planètes distinctes. Nous ne sommes pas si différents l'un de l'autre.

— Non ?

Elle s'autorisa un regard appuyé sur les cornes de Rydstrom, qui passa la main dessus, et la fixa d'un air maussade. Bizarrement, on aurait dit qu'elle l'exaspérait, mais ne le mettait pas en colère.

Du menton, elle indiqua une racine couverte de terre.

— Je ne suis pas un petit lapin, Rydstrom. Et ça, c'est quoi ? Un morceau d'*écorce* ? fit-elle avant de s'esclaffer. Je rêve ! Tu m'as rapporté un morceau d'écorce pour que je me fasse les dents ?

— Comment veux-tu que je sache ce que tu manges ? Tu refuses une nourriture tout à fait bonne, et...

— Cet animal n'est pas de la nourriture. Les Sorceri sont trop raffinés pour manger d'autres êtres vivants.

— Tu te préoccupes plus du sort des animaux que de celui des gens.

— Le fait est que les vaches ne cherchent jamais à me voler mes pouvoirs, et que les poulets tentent rarement de m'assassiner. Pourquoi, je l'ignore. C'est comme ça, voilà tout.

— Il n'y a rien ici que tu puisses manger ?

— Ces baies-là ne sont pas toxiques, fit-elle en indiquant lesquelles.

Rydstrom les rinça à l'aide de l'eau contenue dans la gourde, puis vint s'asseoir à côté d'elle et entreprit de la nourrir. Elle prit tout son temps. Il devait apprendre la patience puisqu'il refusait de la laisser manger seule.

Mais qu'elle picore les baies une à une ne semblait pas le déranger. On aurait même dit qu'il y prenait du plaisir.

— Ma nouvelle mascotte est herbivore, commenta-t-il, amusé.

Déconcertée de le voir esquisser un sourire, elle regarda de nouveau autour d'elle.

— Il fait un peu frais, ici. Pourquoi nous as-tu fait grimper si haut ?

— Parce que la plupart des autres créatures n'y viennent pas.

— Tu n'aurais pas à te préoccuper de cela si tu me libérais. Je sais parler aux animaux.

— Ah.

— Démon, je ne te raconte pas d'histoires. Je peux leur parler, et ils me comprennent.

— Si tu le dis. Mais tu n'auras pas besoin de ce pouvoir. Je te protégerai de n'importe quelle menace.

— Génial. Nous sommes en danger. Tu m'emmènes dans le coin le plus dangereux du royaume – territoire des RTI et consorts –, et tu m'attaches pour que je ne puisse pas me défendre.

À plusieurs reprises depuis le début de leur périple, elle l'avait surpris en train d'examiner des traces dans la boue, l'avait vu poser la main sur le pommeau de son épée, en alerte.

— Des Rongeurs de Taille Inhabituelle ? fit-il. Je doute que cela existe.

Elle le regarda, bouche bée. Il venait de citer une réplique de *Princess Bride*.

— Quoi ? bougonna-t-il. Au *Coven*, près de chez moi, ce film tourne en boucle. Elles trinquent chaque fois qu'elles entendent *Westley, mon chéri*, ou un truc dans ce genre. On les entend de loin.

— Tu rends visite aux sorcières ?

Elle imaginait aisément ces petites mercenaires de la magie tombant en pâmoison devant le grand roi démon. Sabine n'aimait pas ces sorcières-là, elle s'en méfiait.

— Pourquoi ce ton condescendant ? Sorceri et sorcières, c'est la même famille, non ?

— Ce sont des parentes très éloignées.

Elles avaient en commun quelques ancêtres, un goût immodéré pour les bacchanales, et certains de leurs pouvoirs étaient interchangeables – il arrivait même qu'elles se les volent. Mais les Sorceri formaient un peuple unique, totalement distinct des sorcières, qui vouaient un culte à la terre.

— Tu n'as pas répondu à ma question ? fit-elle remarquer.

— J'y suis allé quelques fois. Comme tu l'as peut-être vu lorsque tu t'es introduite dans mon esprit, mon ami Bowen est marié à Mariketa l'Attendue.

Sabine avait entendu parler d'elle, comme la plupart des créatures du Mythos. C'était la plus puissante des sorcières, avec un talent avéré dans le contrôle des miroirs, au point qu'elle avait obtenu le statut de Reine des Reflets.

Lui voler ses pouvoirs aurait été un sacré coup. Mais s'attaquer à une sorcière puissante ou à une assemblée les réunissant était dangereux. Une sorcière pouvait voler ses pouvoirs à une Sorceri… si elle la tuait.

— Oui, en effet, je me souviens y avoir vu Bowen. C'est celui dont tu es jaloux.

— Je n'étais pas jaloux de lui, je l'enviais d'avoir rencontré son alter ego.

— Mais toi aussi, tu l'as rencontrée.

— Enfin.

— Et pourtant, tu la gardes prisonnière.

— Elle s'enfuirait à la première occasion. Et emporterait peut-être mon fils avec elle. Je chéris trop les deux pour prendre le risque de les perdre.

Dois-je lui dire que je ne suis pas enceinte ? Cela ne ferait que le mettre en colère. Or, pour la première fois depuis qu'elle le connaissait, il semblait détendu.

Elle décida de ne pas divulguer cette information pour le moment. Ce n'était pas par hasard que les Sorceri étaient réputées prudentes.

Quand Rydstrom se pencha et l'embrassa à la naissance du nez, elle demanda :

— Qu'est-ce qui me vaut un tel traitement ?

— Tes taches de rousseur ont disparu. Je t'avais bien dit que tout serait rentré dans l'ordre au coucher du soleil.

Il baissa brièvement les yeux sur ses seins.

La peau de Sabine avait effectivement retrouvé son aspect normal, et le soleil se couchait. Ce qui signifiait aussi qu'elle se rapprochait du moment où le morsus ferait effet.

Même s'il lui restait presque deux semaines, l'inquiétude la tenaillait.

Contrairement à ce qu'elle avait déclaré au démon, elle ne pensait pas qu'Omort viendrait la chercher rapidement. L'évasion de Rydstrom ébranlerait le Pravus, affaiblissant davantage encore l'alliance. Et puis, il y avait la trahison de Lothaire.

Les différentes factions allaient se disperser dans la nature, ne laissant que peu de monde derrière elles pour venir à son secours. Sans démons feu ni vampires pour se téléporter, seule Lanthe pourrait la sortir du Domaine du Tombeau.

Or, comme elle avait pu s'en rendre compte, ce dernier était très étendu. Les chances pour que sa sœur ouvre un portail près de l'endroit où ils se trouvaient étaient fort minces.

Et si Rydstrom l'emmenait dans une autre dimension… ?

Elle était presque suffisamment effrayée pour envisager de lui dire pourquoi elle était en danger. Mais elle se voyait mal lui expliquer le fonctionnement du morsus.

— *Au fait, je vais devoir faire demi-tour et rejoindre Omort, ton ennemi juré, parce que j'ai été empoisonnée. Par qui ? Oh, par Omort lui-même ! Dès que j'aurai trouvé le moyen de regagner le château, je supplierai mon frère de me donner une autre dose de ce poison. Y a-t-il des preuves de mon empoisonnement ? Des signes visibles ? Heu, non, aucun. Quand je ferai une sorte de crise d'épilepsie et que je commencerai à vomir du sang, là, oui, ce sera un signe. Quant aux marques physiques identifiables, il n'y en aura pas non plus, tant que je ne serai pas officiellement mourante. À ce moment-là, tu verras un X rouge quelque part sur mon corps. Mais là, il sera trop tard.*

Il était probable que le démon ne la croirait pas, et elle ne voyait pas quel genre de serment elle pourrait faire pour le convaincre qu'elle disait la vérité. Peut-être que rompre systématiquement ceux qu'elle avait faits quand il était son prisonnier n'avait pas été judicieux.

Mais comment j'étais censée savoir qu'il fallait que je tienne parole ?

La seule chose qu'elle puisse faire serait d'établir un pacte entre eux et de l'inscrire sur une tablette d'argile. Mais elle ne voyait pas de four où faire cuire celle-ci dans les parages…

Jusqu'à quel point doutait-il d'elle ? Elle décida de tâter le terrain…

— Rydstrom ? Si je te racontais quelque chose d'incroyable à première vue, et que je te demandais de me croire, est-ce que tu pourrais…

— Non.

— Tu ne veux même pas y réfléchir et…

— Non.

— Que faudrait-il que je fasse pour que tu me croies ? Un serment ? Une promesse ?

— La confiance viendra, Sabine. J'en suis persuadé. Il faudra du temps, c'est tout.

Et du temps, je n'en ai pas.

Son seul espoir était de le convaincre de la détacher. Alors, elle pourrait fuir, essayer de retrouver Lanthe dans ce fichu Domaine. Quand les deux sœurs se trouvaient assez près l'une de l'autre, elles pouvaient communiquer par télépathie.

Ce qui était une bonne chose dans la mesure où Sabine n'avait aucun sens de l'orientation. Elle fronça les sourcils. Lanthe non plus.

Mais peu importait. Elles trouveraient une solution.

Donc, la première étape consistait à séduire Rydstrom et à l'amener à lui détacher les mains. Cela ne devrait pas poser de problème particulier. Sabine était une ensorceleuse, elle pouvait le charmer, et lui faire faire ses quatre volontés.

Le décor était planté : les étoiles scintillaient dans le ciel, la lune, ronde, et brillante, accrochait des reflets émeraude à la surface du lac.

Oui, je peux séduire. Le démon ne comprendrait pas ce qui lui arrivait quand elle lancerait le charme…

Lorsqu'il eut terminé de manger son gibier – en se pourléchant exagérément – et nettoyé le reste de nourriture, elle parla de choses et d'autres, puis dit soudain :

— J'ai mal aux bras, Rydstrom. Ils sont ankylosés depuis si longtemps…

Il la jaugea du regard, et elle en profita pour tenter de lire dans ses pensées. En vain.

— Je vais te proposer un marché, commença-t-il. Si tu réponds à toutes les questions que je te pose, je te détacherai les bras pendant une heure.

Elle ravala de justesse un sourire. *Eh bien, voilà qui était plus facile que prévu.*

— Marché conclu, démon.

27

— Ça ne faisait pas partie du marché ! cria Sabine lorsque Rydstrom avança dans le lac. Tu n'avais rien dit à ce sujet.

Bien qu'il la tînt solidement, une main sous chaque fesse, elle avait noué les jambes autour de sa taille et le serrait fort. Son postérieur s'emboîtait si parfaitement dans ses paumes qu'on aurait dit qu'elle avait été faite pour qu'il la porte ainsi.

Il se dirigea vers un îlot rocheux situé au milieu du lac, en eaux profondes.

— Je ne te détacherai nulle part ailleurs, la prévint-il. Ainsi, tu ne pourras pas recourir à tes illusions pour m'échapper – à moins que tu ne regagnes la rive à la nage.

— Tu sais très bien que je ne sais pas nager !

— Précisément.

Un peu plus tôt, lorsqu'il lui avait annoncé son intention, elle avait renâclé, et s'était débattue quand il avait commencé à la déshabiller. Sans succès. Il avait un objectif, et rien ne pourrait l'en détourner.

Il avait compris que pour gagner l'affection de Sabine, il devait changer de stratégie.

En partant chasser, il s'était souvenu de son rêve. Et s'était dit que si Bowen avait usé de son intelligence pour séduire sa sorcière, il ne pouvait pas faire moins pour Sabine. Il allait trouver le moyen de faire en sorte que ça fonctionne entre eux.

Mais pour gagner son affection, il devait avant tout la comprendre. Et pour cela, gagner sa confiance.

Résoudre l'énigme qu'était Sabine... Relever le défi que représentait leur couple... Rydstrom était partant. Et déterminé.

— Retourne vers le bord ! glapit-elle lorsqu'il eut de l'eau jusqu'à la poitrine. Imagine que tu glisses ?

— Je ne glisserai pas, ma douce. Regarde, nous y sommes presque.

Arrivé à l'îlot, il la déposa sur le sol. Elle avait de l'eau jusqu'aux genoux.

— Tu ne comprends pas que c'est horrible pour moi, gémit-elle en regardant autour d'elle.

— Assieds-toi là, ordonna-t-il en désignant un grand rocher plat.

Elle obtempéra à contrecœur. Il s'installa derrière elle pour défaire le lien qui lui reliait les poignets, et le posa près de lui, à portée de main.

Aussitôt, elle tendit les bras au-dessus de sa tête, puis à droite et à gauche.

— Et ceux-là, tu ne les enlèves pas ? demanda-t-elle en montrant les liens à ses poignets.

— Non.

— Mais pourquoi ? Ça me démange atrocement, là-dessous !

— Possible, mais non.

Elle se retint visiblement de lui lancer une réplique acerbe, et dit à la place :

— Comme tu veux.

Pour la récompenser d'être aussi coopérative, il entreprit de lui masser les épaules. Elle pencha la tête en avant avec un gémissement. Ses longs cheveux glissèrent de part et d'autre de son cou, révélant une nuque diaphane qu'il ne put s'empêcher d'embrasser.

Elle sursauta, fut parcourue d'un frisson.

Il lui massa les bras, de l'épaule jusqu'au bout des doigts, puis remonta.

— Ça va mieux ? s'enquit-il.

— Hmm ? Oh, oui, ça va mieux !

— Alors nous allons pouvoir passer aux questions.

— Je t'écoute.

— Combien de fois es-tu morte ?

Elle se tendit sous les mains de Rydstrom, mais répondit :

— Plus d'une dizaine de fois.

— Qu'est-ce que… ça fait ?

— C'est la plus terrifiante, la plus abominable des expériences imaginables.

— Raconte-moi l'une de ces fois.

— Un Vrekener m'avait emportée dans les airs avec lui, nous étions au-dessus d'un village, et il m'a lâchée dans le vide. Je me suis brisé le crâne sur le pavé d'une rue. Dans ces cas-là, poursuivit-elle d'un ton lointain, tu sens le sang qui s'échappe de toi. Quand il n'y en a plus, ton corps devient froid… Mais s'il forme une flaque autour de toi, c'est un peu comme une couverture qui te réchauffe, du moins pendant quelques instants.

Qu'elle ait pu être *reconnaissante* de baigner dans une mare de sang dépassait l'entendement…

— Rydstrom, murmura-t-elle.

Il avait serré trop fort. Il relâcha la pression.

— Pourquoi s'acharner ainsi sur toi ?

— J'avais tué leur chef. Les Vrekeners sont responsables d'un grand nombre de mes morts. D'une de mes noyades, entre autres.

— Une de tes…

Il se tut un instant, avant de reprendre :

— Dès que nous aurons quitté cette dimension, je leur ferai savoir que ta sœur et toi êtes sous ma protection. Toute tentative d'agression contre l'une de vous sera considérée comme un acte de guerre à l'encontre de mon espèce.

Elle pivota et s'agenouilla devant lui, posant les mains sur ses genoux :

— Tu ferais cela ?

Il lui caressa le visage.

— Tu es ma femme, jamais je ne laisserai quiconque te faire du mal. Ta sœur t'ayant gardée en vie, je lui suis redevable. Est-ce la femme aux cheveux noirs qui se trouvait dans ma cellule quand j'ai été blessé ?

— Oui. Elle s'appelle Melanthe. Et elle doit se faire un sang d'encre à mon sujet.

— Si nous trouvons un messager ailé parmi les réfugiés, nous lui enverrons un mot pour l'avertir que tu vas bien.

Sabine eut l'air étonnée, puis elle sourit - un sourire authentique, émouvant, qui serra le cœur de Rydstrom.

— Tu es si belle lorsque tu souris ainsi.

Elle soupira.

— Je sais. Tu n'es pas mal, de ton côté. À vrai dire, je crois que tu es le plus bel homme que j'aie jamais rencontré.

À son tour, il poussa un profond soupir.

— Pourquoi faut-il toujours que tu mentes ?

— D'accord, tu n'es pas *le* plus beau. Mais tu figures parmi les dix premiers. Peut-être même parmi les trois premiers.

— Du moment que je suis sur le podium.

— J'aime vraiment beaucoup ton corps. Tu es remarquablement bâti.

Elle se mit à le toucher doucement comme si elle découvrait son corps.

Déposant de légers baisers le long de la cicatrice qui lui barrait le visage, elle demanda :

— Comment est-ce arrivé ?

— Lors d'un combat à l'épée. Plus jeune, j'étais très bagarreur. C'est comme cela que je me suis cassé une corne, aussi.

— Et le tatouage, c'est quoi ?

— Cela fait partie du rite de passage à l'âge adulte.

— Et les cicatrices… là ? murmura-t-elle, caressant son sexe du revers de la main.

Ses caresses mettaient Rydstrom à cran, mais il lutta pour garder le contrôle. Il avait un objectif : obtenir *tout* de cette femme.

— Encore le rituel, répondit-il d'une voix rauque. Tous les mâles démons devaient s'y soumettre. Jusqu'à ce que je l'interdise.

— Pourquoi ?

— Parce que ça fait un mal de chien.

— J'aurais pu te soulager d'un baiser, dit-elle avec un sourire un peu vague.

De toute évidence, le vin commençait à faire effet.

— Je crois que mon ensorceleuse est pompette.

Cela ne rendrait que plus facile l'obtention de certaines réponses.

— Comment se fait-il que tu sois restée vierge ? enchaîna-t-il.

— Je me préservais pour toi, répondit-elle sans hésiter.

Mais il commençait à savoir quand elle mentait.

— Je ne te crois pas.

Elle haussa les épaules.

— J'ai déclaré mon corps « sanctuaire ». C'est un pacte chez les Sorceri selon lequel si je restais vierge, aucun homme ne pourrait me forcer à coucher avec lui.

— Comme Omort ? lâcha-t-il, ses cornes se dressant de colère.

— Je n'ai pas envie de parler de lui ce soir. Pour des raisons qui me sont propres. Ça fait quoi, quand tu te transformes en démon ? continua-t-elle en montrant ses cornes du doigt.

Il renonça à en savoir plus sur sa virginité.

— C'est très déplaisant.

— Ah bon ? Mais ton corps devient plus puissant…

— Et n'obéit plus à mon cerveau. Il n'y a plus que l'instinct. Je suis comme un animal enragé. Je ne peux plus réfléchir, mes pensées deviennent aléatoires. Mon cœur bat si fort que je n'entends plus les conversations alentour. En même temps, je perçois le bruit d'une feuille qu'on écrase à près d'un kilomètre. Plus rien n'a de sens. Ce qui est très difficile pour moi.

— Parce que tu es esclave de la raison ?

— Exactement. Tu peux me dire quelque chose de parfaitement sensé, mais si cela va contre mon instinct, mon cerveau l'élimine. Et il semblerait que tu me mettes en permanence dans un état très proche de cela. C'est très inconfortable pour moi.

— Pourquoi est-ce que je fais cela ?

— Je t'ai prise, mais je ne t'ai pas marquée. Ce qui signifie que je ne t'ai pas complètement possédée. Le démon en moi n'est pas *satisfait*.

— Et si tu me marquais, ça ferait comment ?

— Si j'atteignais ce stade, ma transformation serait complète, ce qui est très rare pour notre espèce. Une fois en toi, je plongerais mes crocs dans ton cou, et tu serais… étourdie.

— Étourdie ?

— Certains disent que c'est pour que la femelle ne bouge pas quand le mâle jouit en elle.

— Oh. Et si tu me faisais cela, tu serais moins susceptible de te… déchaîner ?

— Ça aiderait. Mais je ne sens toujours aucun sentiment de ta part. Et j'ai beau souhaiter que tu en éprouves, je sais que ce n'est pas le cas.

— Et si je te disais que j'ai décidé de rester avec toi ?

Pour ponctuer son propos, elle déposa sur les lèvres de Rydstrom l'un de ces baisers tendres qui le rendaient dingue. Mais il se força à s'écarter.

Il savait ce qu'elle avait en tête. *Séduire le démon jusqu'à ce qu'il en perde l'esprit.* Pour le soumettre à sa volonté. Mais ce qu'elle ignorait, c'était qu'il jouait le même jeu qu'elle.

Et que cela lui plaisait beaucoup.

— Le roi Rydstrom, qui se préserve de tout et de tous, souffla-t-elle. Mais pas avec moi. J'ai décidé de te suivre de mon plein gré.

— Vraiment ? Et pourquoi cela ?

— Parce que, démon solitaire, tu as grand besoin de moi. Et parce que tu es mon époux.

Il retint une grimace. Pas son époux, non. *Bientôt.*

— Tu ne dis cela que pour que je te détache.

— C'est vrai, je veux que tu me détaches. Mais je ne dis pas n'importe quoi pour autant.

Il se remémora son rêve, Sabine et lui vivant ensemble, élevant leur fils. L'imaginer enceinte et s'échappant lui était insupportable.

Il ne voulait pas se l'avouer, mais s'il la gardait attachée, c'était en partie parce qu'il avait fini par penser qu'ils avaient peut-être un avenir ensemble. *Encore un conflit intérieur.* Car il ne pouvait pas l'attacher éternellement.

Elle lui prit la main et la posa sur sa joue veloutée.

— Je veux rester avec toi, murmura-t-elle en approchant ses lèvres des siennes.

Elle jouait avec lui, il le savait, mais ces mots étaient une douce musique à ses oreilles.

— Répète-moi ça.

— Je veux être avec toi.

— Encore.

— Je ne veux pas être séparée de toi. Emmène-moi chez toi, dans la dimension où tu vis. Je n'essaierai pas de m'enfuir. Je souhaite rester avec toi.

Il la regarda au fond des yeux. Il avait besoin de lui faire confiance. Mais il ne pouvait pas. Pas encore.

— Je t'ai emmenée ici pour une autre raison, dit le démon.

— Laquelle ?

Les cheveux de Rydstrom étaient ébouriffés, ses yeux verts rivés sur son visage. Il était encore mouillé, et sa peau luisait au clair de lune. *Quel mâle magnifique !*

Et qui ne cessait de la surprendre. Sa promesse de protéger Lanthe l'avait beaucoup touchée. Et elle le croyait lorsqu'il disait qu'il donnerait sa vie s'il le fallait.

Malheureusement, il ne pouvait la sauver du morsus. Seules deux personnes en étaient capables...

— Tu dois apprendre à nager, décréta-t-il.

— Quoi ! Pas question ! Je panique dans l'eau. Jamais je n'avais été aussi calme...

— Justement. C'est le bon moment pour apprendre.

Il se leva, la souleva dans ses bras, puis s'avança dans l'eau.

— Rydstrom, non !

— Fais-moi confiance, Sabine. Tout ce que je veux, c'est que tu t'habitues à l'eau. Tu vas flotter, rien de plus.

Peut-être qu'en feignant la confiance, elle parviendrait à s'attirer celle de Rydstrom...

— Qu'est-ce que je dois faire ?

— Allonge-toi sur mes mains.

Malgré sa raideur il parvint à la manipuler sans difficultés.

— Détends-toi... Fais-moi confiance.

— Je n'y arrive pas.

— Bien sûr que si. Tu as déjà commencé.

— Je... flotte ?

— Je ne te soutiens plus, je me contente de te maintenir en place. Voilà, c'est bien. Respire calmement. Détends-toi.

Sa voix était apaisante, ses grandes mains lui faisaient l'effet d'une ancre, et bientôt, elle se détendit effectivement.

Ses paupières se fermèrent. *Paisible. Sereine…*

Quand elle rouvrit les yeux, Rydstrom observait son visage d'un regard si intense, si possessif, qu'elle en tressaillit.

— Je suis nue devant toi, et tu regardes mon visage ?

— J'essaie de comprendre comment fonctionne ton esprit. Si j'y parviens, alors ça, dit-il en laissant courir ses doigts entre ses seins, puis plus bas, sera à moi pour toujours.

— Tu le crois vraiment ?

— Je n'ai pas le choix. Mais tu frissonnes, il faut rentrer.

Il la ramena sur l'îlot, l'aida à se redresser, et tendit la main vers la corde posée sur un rocher.

— Quoi ? Tu vas me rattacher ?

Il s'empara de ses poignets.

— Bien sûr.

— Pourquoi ? Je pensais que nous avions trouvé un accord.

Il ne cédait pas, malgré sa résistance.

— Rydstrom ! Combien de temps comptes-tu me garder ainsi ?

— Tant que je serai certain que tu ne fileras pas.

— Tu es une tête de mule déraisonnable…

— Prudente.

Elle était furieuse que son plan n'ait pas fonctionné.

— Et maintenant ce regard ! Oh, je connais la suite ! Si tu me tourmentes encore toute la nuit, je te haïrai pour toujours !

— Je sais ce que tu ressens, ce désir de haine. La seule chose qui m'a permis de surmonter ma haine, c'était la pensée de me venger. Il ne t'est jamais venu à l'esprit que si je suis capable d'être doux avec toi, c'est parce que j'évacue ma colère d'une autre façon ?

— Tout ça n'était que du bluff !

Il eut un rire amer.

— Bien sûr ! J'ai toujours su que tu jouais avec moi…

— Non, du bluff de *ta* part ! Tu m'amadoues pour que je te donne ma confiance, mais tu n'envisages pas une seconde de donner la tienne !

— Te donner *ma* confiance ? Tu oublies bien facilement tout ce que tu m'as fait subir. En me tenant éloigné de mon frère, tu as peut-être réduit à néant toute possibilité de reprendre possession de Tornin. J'ai juré de me venger, Sabine. J'ai besoin de cette vengeance. J'ai besoin que tu rendes les armes !

Il la souleva dans ses bras et regagna la rive. Elle tenta de se débattre, mais ses bras formaient une cage d'acier autour d'elle.

— Démon, non !

Il l'ignora, et remonta en direction de leur campement, de cette couche sur laquelle il la tourmenterait toute la nuit.

Arrivé à destination, il la laissa glisser le long de son corps nu, la prit par les épaules pour la maintenir tandis qu'il l'embrassait dans le cou.

Elle parvint in extremis à se retenir de jeter la tête en arrière pour s'offrir à ses baisers.

— Démon, je t'en prie. Tu fais de moi un être faible.

— *Tu* fais de moi un être faible, souffla-t-il contre sa peau. Rends les armes, et ce sera fini, Sabine. J'ai tellement envie de toi.

Elle sentait son sexe durci contre son ventre.

— Pas au point de renoncer à ta vengeance.

— Un jour, tu seras heureuse d'avoir un homme qui tient parole. Par ta faute, j'ai enduré des nuits insupportables. Tu connaîtras les mêmes. J'ai juré…

— Épargne-moi tes explications de texte ! Tu aimes ça, point ! Tu m'attaches parce que ça t'excite !

— Je t'ai expliqué que je ne pouvais pas prendre le risque de te perdre.

— Tu me fais payer quinze siècles de frustration !

— Peut-être as-tu en partie raison. J'aime que tu sois à ma merci. J'adore te rendre folle de désir. Sais-tu ce que je ressens lorsque tes yeux deviennent bleus de désir... pour moi ? Lorsque des flammes dansent autour de nous ?

Il frotta son visage contre celui de Sabine, inhala son odeur.

— Jamais je n'ai rien éprouvé de pareil, et j'en veux davantage. Tu es mon obsession, Sabine. J'ai entendu dire que tout mâle en avait une dans sa vie, tu es la mienne.

— Détache-moi !

— Cède-moi...

— Si tu ne me détaches pas, ma haine sera sans limites, siffla-t-elle. Je te tuerai, j'en fais le serment !

Il l'entraîna jusqu'à la couche.

— Certes, mais ma ravissante prisonnière ne tient jamais parole, alors...

28

— Aimerais-tu notre enfant ? Démon ou pas ? lui demanda-t-il, plus tard dans la soirée, alors qu'il la tenait dans ses bras.

Sa main, qu'il avait glissée sous la tunique et dans la jupe, reposait sur le ventre de Sabine.

— À moins qu'il soit aussi méchant que toi, répondit-elle d'une voix traînante, avant de sombrer dans le sommeil.

Méchant. Était-il en train de tuer ce qui pourrait exister entre eux en agissant comme il le faisait ? *Ne fais rien d'irrévocable.* Et pourtant, ce soir, elle avait crié : « Je te haïrai pour toujours ! »

Pendant les longues heures durant lesquelles il l'avait amenée au bord de l'extase sans lui autoriser le plaisir suprême, elle n'avait rendu les armes.

Elle s'était abandonnée à la frénésie, avait ondulé des hanches, s'était cambrée vers lui pour le pousser à rompre son serment. Il avait caressé son sexe trempé qui suppliait d'être comblé, et rien ne l'avait jamais excité à ce point.

À présent, les deux nuits étaient achevées. Demain, il ferait en sorte qu'elle se soumette complètement. Et il se contrôlerait. Il le fallait.

Troublé, accablé par l'incertitude, il finit par s'endormir à son tour.

L'aube approchait quand Rydstrom ouvrit les yeux, et se retrouva en pleine illusion. Sabine projetait des chimères dans son sommeil. S'agissait-il de ses rêves ?

— *Chauffe-le, caresse-le, bats-le, cultive-le. Frotte-le, tords-le, aime-le, embrasse-le*, psalmodiait une femme en frottant sa joue contre les chaînes d'or qu'elle tenait dans la main.

C'était la voix qu'il avait entendue la veille, sauf que maintenant, il la voyait.

Elle portait un loup de soie, et son regard bleu était las. De sa coiffe partaient deux ailes d'une trentaine de centimètres, serties de saphirs. En dessous, ses cheveux de jais étaient emmêlés.

— *L'or c'est la vie, la perfection. Les éléments n'existent que pour nous*.

Elle laissa tomber les chaînes dans un coffre à bijoux déjà plein, puis plongea les mains dans un tas de pièces de monnaie, qu'elle laissa filer entre ses doigts.

Quand elle se tourna vers le miroir, Rydstrom distingua deux femmes dans le reflet, l'une rousse, l'autre brune. C'était Sabine et Melanthe, très jeunes, qui la regardaient avec fascination. Cette femme était leur mère. Et, de toute évidence, elle était folle...

— Ton cœur en une armure dorée, jamais ne laissera la vie s'échapper. Cheveux, peau, visage d'or parés, tous les hommes tu sauras attirer. Il n'est jamais point trop voler, quiconque l'en empêche par l'ensorceleuse est tué.

« Les Sorceri vouent un culte à l'or », lui avait dit Sabine. Il pensait qu'il s'agissait là d'une excuse pour justifier sa cupidité, mais il y avait visiblement plus que cela. Se souvenant de son expression lorsqu'il avait jeté sa coiffe à l'eau, il ne put s'empêcher de s'en vouloir.

Je lui en achèterai d'autres, des milliers d'autres...

Quand les yeux de Sabine se mirent à tourner derrière leurs paupières et qu'elle émit de petits cris, il tendit la main vers elle pour la réveiller, puis se retint comme une nouvelle illusion apparaissait.

Un cauchemar. Littéralement.

Par une nuit venteuse, Sabine se tenait au bord d'une fosse. Des filles étaient alignées à côté d'elle. Elle semblait n'avoir pas plus de quatorze ou quinze ans.

Un homme en aube noire était debout devant elle, flanqué d'aides armés de fourches. Il lui demandait en latin de renoncer à ses pratiques maléfiques.

Ses lèvres se retroussant sur le sourire que Rydstrom lui connaissait bien, elle cracha au visage de l'homme. Les aides s'emparèrent d'elle et la jetèrent dans la fosse – une tombe, en fait.

Seigneurs. Les aides s'attaquèrent ensuite aux autres femmes, les piquant de leur fourche jusqu'à ce qu'elles tombent dans le trou, sur Sabine. Après quoi, ils balancèrent des pelletées de terre sur les corps. Elle était oppressée, manquait d'air...

Une éternité parut s'écouler avant qu'une petite voix l'appelle depuis la surface. Sa sœur.

— Lève-toi, Abie ! Sors de cette tombe et retrouve la vie !

Un flot de bile monta dans la gorge de Rydstrom tandis que Sabine écartait les cadavres et tâtonnait aveuglément en direction de la voix.

Comment s'étonner qu'elle fût si dure ? Il n'avait jamais pensé qu'à ses trahisons, sans jamais réaliser qu'elle avait payé de sa personne.

Si elle n'avait pas été dure, elle serait morte. Allait-il maudire le trait de caractère qui l'avait gardée en vie pour lui ?

Non. Plus jamais.

Dans l'illusion, la pluie se mit à tomber dru tandis qu'elle s'effondrait à genoux et vomissait de la terre. Lanthe s'accroupit près d'elle et lui frotta le dos. Quand la pluie eut lavé les cheveux de Sabine, Lanthe s'empara de la mèche blanche et se mit à pleurer.

Rydstrom serra les poings en proie à une fureur sourde. Il avait besoin de se battre pour Sabine, de défendre la jeune fille qui allait devenir sa femme. *Je donnerais tout pour remonter le temps et lui éviter cette horreur...*

Soudain, ses oreilles captèrent un bruit étrange. Il huma l'air nocturne et y détecta des odeurs inconnues, toutes proches. Il entendit des bruits de pas se précipitant vers eux, mais lorsqu'il balaya la zone autour de leur campement, il ne vit rien d'autre que le cauchemar de Sabine.

— Sabine ! cria-t-il en la secouant. Réveille-toi !

L'illusion le rendait aveugle à la réalité.

— Sabine, bon sang, ouvre les...

Un rugissement la tira de son sommeil au moment où une massue s'abattait sur le crâne de Rydstrom.

Ce dernier fut projeté en arrière, le sang gicla. Au moins sept Teegloths armés les attaquaient, mi-hommes mi-bêtes grotesques aux crocs inférieurs protubérants et à peau de reptile.

Sabine se rua vers Rydstrom, mais l'un d'eux l'envoya valdinguer à l'autre bout du promontoire. Étourdie, elle se frotta les yeux sur son épaule. Incapable de se protéger avec ses illusions, elle était totalement vulnérable. Et ne pouvait aider Rydstrom...

Il était conscient ! Comme il tentait de se relever, l'un de leurs assaillants aboya :

— On prend la femme !

— Pas tant que je serai en vie, cracha Rydstrom.

Il était parvenu à se rapprocher de Sabine et lui ordonna de se mettre derrière lui.

Elle se leva et se dirigea vers lui en chancelant. Elle n'eut pas le temps d'atteindre Rydstrom que leurs assaillants fondaient sur lui.

Tandis qu'il évitait leurs massues, ils l'acculèrent au bord du promontoire. Un gourdin lui heurta le bras, le brisant net. Le bout hérissé de clous d'une massue se planta dans sa cuisse.

Quand sa jambe se déroba sous lui et qu'il tomba à genoux, les rochers du bord commencèrent à s'effriter, puis cédèrent sous son poids.

Juste avant de tomber, Rydstrom parvint à croiser le regard de Sabine.

— *Je reviendrai te chercher.*

Et il disparut dans un éboulis de terre et de roche.

— Rydstrom ! hurla-t-elle en se précipitant vers le bord.

Mais il faisait trop sombre, on ne voyait rien.

Et puis elle se souvint que c'était un démon formidable, pas un Sorceri. Il pouvait survivre à pareille chute, et à bien pire encore.

Alors elle fit face à leurs assaillants.

— Pourquoi nous attaquer ? On vous a envoyés me chercher, c'est ça ?

Omort avait-il promis une récompense ?

— Vous avez pénétré sur notre territoire, répondit l'un d'eux.

Il vida le sac de Rydstrom, s'empara de son contenu dont l'épée.

C'était le plus grand des sept, probablement le chef.

— Toi, marché aux esclaves.

Marché aux esclaves ? Ils ignoraient qu'elle était sorceri. Elle ne faisait pas usage de ses pouvoirs, n'était pas vêtue comme une Sorceri. Elle ne portait aucun bijou, et les breloques bleues à sa ceinture n'évoquaient pas l'or pour un œil inexpérimenté.

Est-ce que je leur dis que je suis une princesse du royaume d'Omort ou la reine du roi démon ?

Elle avait intérêt à faire quelque chose, et vite. Les Teegloths n'étaient pas juste des marchands d'esclaves.

Ils collectionnaient les trophées. Leurs vêtements de cuir mal tanné étaient décorés de doigts et de scalps prélevés sur leurs ennemis. L'un d'entre eux avait couvert son gilet d'oreilles, et il fixait celles de Sabine d'un regard brillant de convoitise.

— Je suis la sœur d'Omort de Rothkalina. La loi exige que vous demandiez une rançon pour moi.

— Rançon – vendre comme esclave. Pas différence, dit-il dans un langage pour le moins primitif.

Elle avait entendu parler des marchés aux esclaves, ceux dont Omort avait toléré le développement en échange d'un pourcentage de l'or.

— Celui que vous venez d'attaquer était le roi Rydstrom, et je suis sa femme. Il me retrouvera. Et lorsqu'il plantera ses crocs dans vos gorges, je l'encouragerai.

— Femme attachée ? s'étonna un autre.

— C'est un jeu entre nous. Je ne m'attends pas à ce que quelqu'un comme toi comprenne.

Il la frappa au visage.

Elle vacilla, sentit le sang lui remplir la bouche. Quand elle lui cracha au visage, il la frappa deux fois plus fort. Sa vision se brouilla et elle chancela. Il l'attrapa par la taille et la jeta sur son épaule. L'aube pointait lorsque le petit groupe se mit en route…

Plusieurs heures passèrent sans que Sabine vît un signe de Rydstrom ou de quiconque susceptible de venir à son secours.

Pourquoi ne succombait-elle pas à cette fureur froide dont elle était coutumière ? Où étaient passés la nausée, le sentiment d'urgence ? Quand elle comprit ce qui se passait, elle se dégoûta.

Je m'attends à ce que Rydstrom vienne à mon secours.

De ses mains liées, elle parvint à atteindre sa ceinture, arracha une breloque en or qu'elle laissa tomber sur le sol pour qu'il retrouve sa trace. Elle espérait qu'il apprécierait à sa juste valeur le fait qu'elle *jette* de l'or pour lui. Encore que le bon roi Rydstrom s'en moquerait probablement. Il avait jeté sa coiffe comme un vulgaire trognon de pomme !

Au crépuscule, elle était convaincue que tout le sang de son corps s'était concentré dans son crâne. Elle avait également accepté l'idée que Rydstrom ne viendrait peut-être pas. Ses blessures étaient graves *avant* sa chute.

Et voilà que la peur menaçait de la submerger. Mais elle n'avait pas peur uniquement pour elle.

Alors que le soleil disparaissait à l'horizon, le sable fut remplacé par des rochers. Ils approchaient d'un massif montagneux. Et, horreur, ils pénétrèrent bientôt *dans* la montagne. Dans une mine où il faisait nuit noire.

Des heures durant, elle ne vit rien, n'entendit que les grognements et les respirations des Teegloths tandis qu'ils progressaient dans les entrailles de la montagne.

Finalement, celui qui la portait la laissa tomber sur les fesses, et elle les entendit s'installer autour d'elle.

Ils allumèrent un feu, et elle y vit de nouveau. À son grand regret. Tandis qu'ils se goinfraient de viande sanglante et d'os, ils l'observèrent avec un intérêt renouvelé.

Elle étudia les lieux, cherchant un moyen de s'échapper. Ils se trouvaient dans la salle terminale de la mine où débouchaient trois galeries. C'était une mine classique, étayée par de larges poutres.

Mais aucune pelle ni aucune pioche n'y avait été oubliée qui aurait pu lui servir pour couper ses liens. Et l'épée de Rydstrom était hors d'atteinte, parmi les affaires abandonnées en bordure du campement.

Quand ils eurent achevé leur repas, leur chef ne perdit pas de temps. Il l'entraîna à l'écart, et la jeta à terre. Elle n'eut même pas le loisir de se débattre.

Jamais, depuis l'enfance, elle n'avait été plus impuissante.

Un filet de salive brilla à la commissure des lèvres tordues du Teegloth tandis qu'il se penchait sur elle. D'un geste brutal, il lui déchira sa tunique…

29

Rydstrom revint brusquement à lui et repoussa la terre et les rochers qui le recouvraient à demi. Une fois libre, il se releva. Chaque mouvement était une torture.

Titubant, la tête lourde, il huma l'air pour détecter l'odeur de Sabine, tout en évaluant l'état de son corps : muscles sectionnés à une jambe, côtes et clavicule cassées. Un bras fracturé. Le crâne peut-être fendu...

Là, vers le sud, son odeur...

Sans se soucier de la douleur, il se rua dans cette direction, s'appuyant sur sa jambe valide alors qu'il se lançait dans la course la plus importance de son existence. Il courut ainsi pendant des kilomètres.

Il ignorait si les Teegloths avaient été envoyés par Omort, et si elle les avait suivis de son plein gré. Mais à la façon dont elle avait crié son nom lorsqu'il était tombé...

Et puis, il commença à trouver des breloques en or chaque fois que les Teegloths avaient traversé une rivière ou remonté le lit d'un ruisseau.

Quand il comprit qu'elle voulait qu'il la retrouve, sa joie céda rapidement le pas à l'angoisse. Si les Teegloths n'avaient pas été envoyés par Omort, ils se sentiraient probablement libres d'user d'elle à loisir.

Ils l'emmenaient en direction d'une chaîne montagneuse, sans doute dans un réseau de galeries minières. Les Teegloths vivaient toujours sous terre.

Il essuya le sang et la sueur qui lui coulaient dans les yeux, et parvint, il n'aurait su dire comment, à accélérer l'allure. Sa détermination était telle qu'elle forçait ses muscles à obéir, et il atteignit bientôt l'entrée de la mine. Il s'y enfonça sans ralentir le pas.

Un cri résonna soudain dans l'obscurité. Le cœur battant, il fonça dans sa direction...

Avec un hurlement de fureur, Sabine flanqua un coup de tête au Teegloth. Ce dernier la gifla, elle roula sur le flanc, le souffle coupé, les yeux brillants de larmes.

C'est alors qu'elle aperçut Rydstrom, tapi dans l'ombre. Il avait survécu !

Tandis qu'il s'avançait sans bruit, ses cornes se dressèrent sur sa tête, ses muscles devinrent plus volumineux. Il parvint à récupérer son épée.

Quand le chef des Teegloths fit basculer Sabine sur le dos, elle siffla :

— Tu vas me poser une question, et tu seras décapité avant d'avoir eu la réponse.

— De quoi toi parles ? rugit-il.

Elle se contenta de sourire. L'épée de Rydstrom fendit l'air.

— Tu as piqué la femme du mauvais démon, lança Sabine à la tête qui roulait à terre tandis qu'elle se dégageait du reste du corps qui s'était affalé sur elle.

Les autres Teegloths se mirent à hurler. Rydstrom se plaça entre Sabine et eux.

— Reste derrière moi !

Quand ils attaquèrent, faisant tournoyer leurs massues, il répondit à coups d'épée et de griffes. L'un d'eux tenta de le prendre à revers, mais il jeta la tête en arrière, l'empoisonnant avec ses cornes.

Il encaissa des coups qui auraient fait tomber un arbre, mais demeura debout. Même blessé, il était trop fort pour qu'ils aient le dessus. Sabine était impressionnée.

Seigneurs, il était stupéfiant. *C'est pour moi qu'il se bat.* En dehors de Lanthe, jamais personne ne s'était battu pour elle, pas même quand elle en avait le plus besoin…

Un Teegloth poussa violemment Rydstrom contre un étai et la mine trembla. Les mains attachées dans le dos, Sabine ne parvint pas à s'éloigner suffisamment vite.

Quand l'énorme poutre se fendit, elle hurla le nom de Rydstrom.

Dans un rugissement, celui-ci l'attrapa par la taille et la poussa de côté au moment où le plafond s'effondrait.

Impuissante une fois de plus, Sabine se mit à tousser.

Ne meurs pas, démon. N…

Rydstrom jaillit du nuage de poussière. Le sang coulait de dizaines de blessures. À bout de souffle, il se laissa tomber à genoux devant elle, et la scruta avec inquiétude.

Le soulagement et la reconnaissance la submergèrent.

Puis elle se souvint qu'elle était l'une des Sorceri les plus puissantes qui ait jamais existé. Si Rydstrom ne lui avait pas attaché les mains dans le dos, elle n'aurait fait qu'une bouchée de ce troupeau de brutes.

Il la serra dans ses bras, si fort qu'elle faillit crier. Et elle *sentit* littéralement le son qui s'échappait de sa poitrine – mi-gémissement, mi-grognement.

Elle avait chaud, elle était saine et sauve… et hors d'elle ? Elle lui résista vainement, le maudit. Il ne dit rien, se contenta de l'étreindre, de lui maintenir la tête contre son torse.

Tout ceci aurait pu être évité, et elle était furieuse. En l'attachant, il avait mis sa vie en danger.

Mais était-elle en colère parce qu'elle avait été en danger… ou parce qu'*il* l'avait été ?

Il s'écarta enfin et l'examina avec attention à la recherche d'éventuelles blessures. Son regard s'assombrissait à mesure qu'il découvrait de nouvelles ecchymoses. Quand il souleva sa jupe, elle le vit déglutir comme s'il redoutait de découvrir l'innommable.

— Ils ne m'ont pas violée. Et ce n'est pas grâce à toi.

Il inspira profondément, lutta pour reprendre le contrôle de lui-même, et son visage perdit ses traits démoniaques.

Quand il essuya le sang qui maculait les lèvres de Sabine, elle tressaillit.

— Sabine, je suis là…

— Et moi, je suis à bout. Ficelée comme un cadeau offert à celui qui en voudra.

Il ramena les pans déchirés de sa tunique sur sa poitrine et les noua ensemble.

— S'ils avaient eu l'intention de te vendre comme esclave, ils ne t'auraicnt pas frappée au visage, remarqua-t-il. À moins d'être en colère.

— Ils l'étaient. Je les ai provoqués. Donc, ils avaient tout à fait le droit de me frapper. C'est ça ?

— Pourquoi les as-tu provoqués ?

Elle détourna le regard.

— Parce que ça m'a fait du bien, marmonna-t-elle, reprenant la réponse de Rydstrom lorsqu'elle lui avait demandé pourquoi il avait provoqué Omort.

— Il faut partir, dit-il en l'aidant à se lever. D'autres pourraient débarquer.

— Tu ne vas pas me détacher ? demanda-t-elle d'un ton frisant l'hystérie.

— Tu es en colère d'avoir été vulnérable. J'aurais dû être plus vigilant.

— Bordel, Rydstrom ! Je n'y crois pas ! Après ce qui s'est passé, tu ne me libères pas ? J'étais complètement impuissante ! Tu m'as secourue, d'accord, mais c'est toi qui m'as mise dans ce pétrin, au départ ! Tout comme je t'ai sauvé des griffes d'Omort après t'avoir attiré à Tornin ! Tu devrais être content, tu l'as, ton égalité de traitement, là, non ?

— Content ? S'il t'était arrivé quoi que ce soit... Désormais, je ferai davantage attention. Je ne dormirai plus.

— Les Teegloths ne sont pas la seule menace. Il existe des monstres de légende dans cette région. Et comme tu le sais, je peux me noyer.

— Je sais aussi que tu me fausseras compagnie à la première occasion.

Comme elle secouait la tête, il reprit :

— J'en suis convaincu ! Tu disais vouloir rester avec moi, mais c'est faux, tu mens comme tu respires. Et là, nous n'avons pas le temps de jouer à ce petit jeu. Ma décision est prise, je ne changerai pas d'avis, et nous devons quitter cette mine avant que d'autres arrivent.

Il s'était exprimé d'un ton sans réplique et lorsqu'il lui prit le bras pour l'entraîner vers la sortie, elle ne résista pas.

Après avoir progressé à tâtons dans la galerie, ils émergèrent enfin à l'air libre.

Un soleil de fin de journée dardait ses rayons sur de hauts massifs escarpés qui surplombaient de vertes collines semées d'arbres. Le vent soufflait en bourrasques. Encore du chemin à parcourir, encore des racines sur lesquelles trébucher, encore des kilomètres de supplice...

Trop, c'est trop. Elle se dégagea d'un geste brusque. La patience n'avait jamais été son point fort, mais là, elle avait atteint la limite de ce qu'elle pouvait supporter.

Elle s'arrêta, tout simplement.

— Allez, on ne traîne pas. Ils ne sont pas loin, je le sens.

— Ça suffit, démon.

— Pardon ?

Elle s'assit, remonta les genoux contre sa poitrine.

— J'ai des coups de soleil, des bleus de partout, une faim de loup. J'ai été tourmentée sexuellement pendant deux jours. Une mine s'est *effondrée* alors qu'aucune pièce de métal ne me protégeait les cheveux, le cou et la poitrine. Tu as dénoué mes nattes, si bien que j'ai sans arrêt des cheveux pleins de poussière dans les yeux. Et je ne peux pas les écarter ! Pour couronner le tout, j'ai été enlevée par des monstres pour être vendue comme esclave !

En plus, j'ai eu peur pour la vie du démon, parfois plus que pour la mienne. Non mais qu'est-ce qui m'arrive ?

— Alors je dis *basta* ! conclut-elle. Je ne bougerai pas d'ici tant que tu ne m'auras pas détachée.

— Sabine, fourre-toi bien ça dans le crâne : il est hors de question que je te détache. Ne serait-ce que parce que tu portes peut-être mon enfant.

Avait-il redressé les épaules ? Fièrement ?

— C'est impossible.

— Si, contra-t-il. Nous n'avons été ensemble qu'une fois, mais c'est possible.

— Il n'y a pas de bébé. Je ne suis pas enceinte.

— Comment peux-tu le savoir ?

— Je l'ai su à peine quelques jours après. La Vieille Folle du Labo peut le dire très vite.

— Et tu m'as laissé croire que peut-être... ? Encore un mensonge !

— Et pourquoi je ne te l'aurais pas laissé croire ? Après tout, j'ignorais ce que tu avais prévu me concernant !

— Chaque jour me convainc un peu plus de ne pas te faire confiance.

— Tu sais quoi ? Tu as intérêt à me laisser comme ça, parce que si je réussis à me libérer, je-te-tue ! martela-t-elle. J'en ai ma claque. Si tu veux continuer, tu devras me porter parce que je ne bougerai pas.

— Parfait !

D'un geste brusque, il la fit se lever.

— J'en ai marre de toi ! lui hurla-t-elle au visage. Marre d'être traitée comme ça ! Et dire que je me suis inquiétée…

Elle s'interrompit abruptement.

— Dire que quoi ? Oh, oh, te serais-tu inquiétée pour *moi* ? lança-t-il, narquois.

Il plissa les yeux, l'observa un instant.

— Mais *oui*, tu t'es effectivement inquiétée…

— Pfff ! Je m'inquiétais pour ma pomme, c'est tout !

Mais elle avait détourné les yeux.

Maudit démon ! Il sait que je mens.

Furieuse, elle lui flanqua un coup de pied.

— Lâche-moi maintenant !

Il glissa les doigts dans les cheveux de Sabine. Ils étaient tous deux à bout de souffle. Elle fixa sa bouche, se passa la langue sur ses lèvres… Lui aussi regardait sa bouche.

Ils étaient sur le point de se lancer dans un de ces baisers frénétiques, et elle n'était pas sûre d'être capable de résister…

— Hou-hou ! cria une voix au loin. Il y a quelqu'un ?

Les réfugiés les avaient trouvés.

30

Les démons furie étaient *partout*.

Au coucher du soleil, Rydstrom et Sabine, escortés de deux démons – des gardes du camp –, atteignirent une falaise. Une mer de tentes s'étendait à leurs pieds. En les abordant, les deux gardes avaient voulu savoir ce qu'ils faisaient en dehors des limites, « là où il y a des bêtes féroces ».

Rydstrom avait simplement exigé d'être conduit auprès de celui qui les dirigeait. Il était torse nu, encore couvert de sang, mais il avait retrouvé, sinon son calme, du moins une certaine stabilité d'humeur.

Ils suivirent les gardes en direction du camp, et d'une foule qui semblait avoisiner plusieurs centaines de personnes.

Sabine regardait autour d'elle. Les démons la regardaient en retour. On murmurait sur leur passage. Les femelles lui jetaient des regards noirs du fait de sa seminudité. Apparemment, ici, la tendance était au long. Les manches étaient de rigueur, et les jupes descendaient jusqu'à la cheville.

Une sorcière de moindre rang aurait été gênée de ne porter qu'un lambeau de tissu et une microjupe, et d'avoir les mains attachées. Sabine, elle, considéra la foule d'un air de profond ennui.

Quand des mâles lorgnèrent sur son corps, l'étreinte de Rydstrom sur son bras se fit plus ferme. Déjà, ses cornes se dressaient.

Sabine laissa échapper un soupir exaspéré. *Château médiéval, royaume médiéval, peuple médiéval.* Rien d'étonnant que cet endroit semble tout droit sorti d'une foire de la Renaissance.

Les « logements » étaient des tentes carrées ornées de lambrequins et surmontées d'oriflammes claquant au vent. Elle reconnut les blasons de plusieurs familles nobles. Ces démons venaient de tout le royaume.

Les gardes les conduisirent jusqu'à une tente ronde de belle dimension à l'intérieur de laquelle des mâles en costume d'apparat – des nobles, de toute évidence – conversaient.

— Que faisiez-vous en dehors des limites ? demanda l'un d'eux à Rydstrom. Tout le monde a été informé des dangers qu'il y a à les franchir.

— Nous ne sommes pas du camp. Nous arrivions de l'extérieur.

— Quoi qu'il en soit, nous n'avons plus de place ici. Nous réussissons à peine à nourrir tout le monde.

— Trouvez de la place. Je suis Rydstrom, votre roi.

Il y eut un silence stupéfait, suivi d'un tumulte.

— Rydstrom n'est pas revenu ici depuis des siècles !

— Mais la balafre… ?

— D'après certaines rumeurs, il aurait été fait prisonnier par une ensorceleuse…

— Pas *une* sorcière, intervint Sabine. *La* sorcière…

— Je suis votre roi, l'interrompit Rydstrom. Et j'en ai assez de tout ceci.

— Il dit vrai, lança une femme. C'est bien Rydstrom !

Une démone s'avança. Elle était magnifique, avec ses longs cheveux auburn et ses petites cornes brillantes. Ah, mais elle était vêtue dans les tons pastel. Pour Sabine, c'était rédhibitoire.

Rydstrom plissa les yeux en la regardant approcher.

— Est-ce que je te connais ?

La question parut la surprendre.

— Je… heu… oui, vous me connaissez. Je m'appelle Durinda. J'étais dame de compagnie de l'une de vos sœurs, à Tornin.

Un jeune démon d'environ six ans sortit la tête de derrière sa longue – trop longue – jupe.

— Et voici Puck, ajouta-t-elle en ébouriffant sa tignasse blonde. C'était le fils de ma meilleure amie.

Puck avait perdu un petit croc, et fixait Sabine avec des yeux ronds. Ce qui sembla déplaire à ladite Durinda, car elle l'envoya jouer dehors illico.

— Sabine, ma prisonnière, la présenta Rydstrom, voyant qu'elle était devenue le point de mire. Elle vient du château de Tornin.

Il y eut un silence, puis le brouhaha reprit de plus belle.

— La sœur d'Omort ?

— La Reine des Illusions ?

— Elle nous tuera dans notre sommeil !

Sabine regarda Rydstrom d'un air de défi.

— Alors maintenant, je ne suis plus que ta prisonnière ? Pourquoi ne m'as-tu pas présentée comme ta…

— Silence !

Il lui serra si fort le bras qu'elle grimaça, et se tut – provisoirement.

— Est-ce ici que les portails vers d'autres dimensions s'ouvriront ? demanda Rydstrom au chef des réfugiés.

— Oui, sire. Ils s'ouvriront dans quatre jours.

Sabine remarqua alors que Durinda semblait fascinée par le torse musclé de Rydstrom. Il y avait quelque chose dans le regard de cette démone qui la fit se rapprocher de Rydstrom, et s'appuyer contre lui, au point qu'il lui jeta un regard perplexe.

Sabine n'allait peut-être pas garder son époux, mais pour l'instant, il était *à elle*, et elle détestait partager.

— Vous devez être fatigué par votre voyage, sire, fit Durinda. Vous pouvez prendre ma tente, et nous trouverons un endroit pour… elle.

— Elle reste avec moi, déclara Rydstrom d'un ton autoritaire.

Durinda blêmit.

— B… bien sûr.

— Durinda, nous acceptons ton hospitalité, dit Sabine.

Comme un dû.

La démone se raidit, mais les emmena jusqu'à sa tente. Cette dernière était spacieuse, la toile était d'un bleu passé, bordée d'une frange grise le long des lambrequins. De part et d'autre de la porte étaient brodés des entrelacs imitant le feuillage. L'effet était saisissant, et dénotait l'opulence.

À l'intérieur, les couleurs étaient les mêmes. Dans un coin, une couche gris perle était recouverte d'épaisses couvertures bleues. Des lanternes de papier ornées des mêmes entrelacs qu'à l'extérieur étaient suspendues au plafond.

La tente de Sabine aurait été rouge sang et noir de jais, avec des franges dorées. En or *véritable. Parce que je le vaux bien.*

La démone récupéra quelques sacs, puis hésita sur le seuil.

— Ce sera tout, Durinda, lança Sabine de son ton le plus cassant.

Sans dissimuler son indignation, la démone tourna les talons et sortit.

— Es-tu obligée de te conduire de la sorte ? s'enquit Rydstrom dès que la toile de la porte fut retombée.

Sabine fit volte-face.

— Oui, figure-toi, je le suis !

Elle matait mon époux !

— Elle nous fait une faveur en nous laissant sa tente.

— Mais pas du tout ! Ils croient que tu es leur roi ! Donc tout ce qui se trouve dans ce camp et dans ce fichu royaume est à toi ! Et comme je suis ta reine, c'est aussi à moi. Pourquoi manifesterais-je de la gratitude envers quelqu'un qui me donne ce qui m'appartient déjà ?

Alors que Rydstrom commençait à éteindre les lanternes, elle ajouta :

— Et j'aimerais savoir pourquoi tu ne leur as pas dit que j'étais ton épouse.

Après tout ce qu'elle avait enduré, il n'allait même pas la reconnaître comme reine devant son peuple ? Elle ne put s'empêcher de se remémorer les paroles d'Omort : *Comme le démon doit être déçu…*

Rydstrom avait-il honte de la présenter comme sa reine ?

— Les gens finiront par l'apprendre, alors autant leur dire que nous sommes mariés, insista-t-elle.

— Sabine, nous sommes tous les deux blessés et épuisés, dit-il en lui prenant la main pour l'entraîner vers le lit. Nous parlerons de cela demain.

En fait, il est gêné d'être avec moi !

Elle avait remarqué deux choses au cours des deux dernières nuits. Quand il refermait les bras autour d'elle, il l'étreignait comme si elle était son bien le plus précieux. Et quand il faisait cela, elle sombrait dans le plus profond des sommeils.

Ce soir, elle accueillit ce sommeil avec joie. La chaleur de Rydstrom était si palpable, c'était comme une caresse dans l'obscurité.

Sabine s'éveilla dans la nuit, et découvrit qu'il la regardait, l'air las et inquiet.

— C'est fini, les cauchemars, mon ange.

Avait-il vu son rêve ? Elle ne s'en souvenait pas…

Il déposa un baiser sur ses cheveux.

— Tu es en sécurité, à présent.

Et il lui caressa le visage avec une douceur incroyable. Comme s'il s'était entraîné afin de ne pas la faire tressaillir.

Une dernière pensée lui traversa l'esprit avant qu'elle sombre de nouveau dans le sommeil : *Si je ne fais pas attention, je vais finir par m'habituer à avoir un époux démon...*

31

— Du rétro-amish. Comme c'est… vintage, commenta-t-elle quand Rydstrom lui apporta de quoi se changer, le lendemain matin.

Ses blessures s'étaient refermées, elle avait retrouvé son apparence normale, au grand soulagement du démon.

Elle venait d'ouvrir les yeux, mais lui s'était déjà baigné aux sources chaudes toutes proches, avait enfilé des vêtements et rencontré les nobles les plus importants – qui n'étaient que trop pressés de lui abandonner la direction, et les problèmes du camp.

Et impatients d'en savoir plus à propos de Sabine. Était-elle la concubine du roi, sa prisonnière, ou les deux ? Rydstrom n'en dit rien. Il ordonna juste qu'elle ne soit pas détachée, mais qu'on la traite avec le plus grand respect.

— Laisse-moi deviner, dit-elle en indiquant les vêtements du menton. C'est Durinda ?

— Oui. Un geste de courtoisie.

Après s'être entretenu avec les nobles, Rydstrom avait fait le tour du camp en compagnie de la démone, Puck sur leurs talons. Durinda espérait adopter l'orphelin. De toute évidence, elle connaissait Rydstrom, mais celui-ci ne parvenait pas à se souvenir d'elle. Elle était assez amicale, et le garçonnet lui rappelait Cadeon enfant. *Il a l'âge auquel je l'ai envoyé loin de nous.*

— Durinda – ainsi que d'autres – a remarqué que tu manquais de vêtements, hier soir. Ici, la mode est plus, comment dire ? classique.

L'identité de Rydstrom et de Sabine était maintenant connue dans tout le camp. La présence d'une ensorceleuse parmi eux rendait les réfugiés un peu nerveux, même s'ils mettaient leurs espoirs en Rydstrom. Grâce à lui, pensaient-ils, leur existence allait s'améliorer.

C'était là une lourde responsabilité. Partout où il posait les yeux, il voyait le travail à faire. Or la nourriture commençait à manquer. Le gibier était de plus en plus rare dans la région, et les chasseurs devaient s'aventurer chaque fois un peu plus loin, ce qui leur faisait courir d'autres dangers.

Il aurait aimé pouvoir discuter de cela avec quelqu'un. Avec Sabine, par exemple. Mais ils n'avaient jamais eu ensemble qu'une seule vraie conversation.

— Classique ? répéta-t-elle. Tu veux dire plouc, plutôt !

— Comme tu veux.

— Tu as l'air moins en colère qu'hier soir, remarqua-t-elle. Cette histoire de bébé – ou d'absence de bébé, en l'occurrence – est digérée ?

Rydstrom avait surtout repensé à la soirée de la veille. D'abord, il avait cru qu'elle s'inquiétait pour lui. À présent, il se demandait s'il n'avait pas vu et entendu des choses qui n'existaient pas, parce qu'il désirait qu'elle ait peur pour lui, qu'elle se soucie de lui.

— Je n'étais pas en colère à cause de cela, mais parce que tu m'avais trompé. Et maintenant, je suis content que tu ne sois pas enceinte.

— Vraiment ? fit-elle, incrédule.

— Je n'y connais pas grand-chose en matière d'enfant et de famille, mais je suppose qu'une des conditions incontournables pour ce genre de projet, c'est que les parents ne se haïssent pas.

— Rydstrom, je ne te hais pas.

— Hier soir, tu me haïssais.

— Hier soir, j'étais furieuse. Écoute, que j'aie mérité ou non ce que tu m'as fait subir ces deux derniers jours n'ôte rien au fait qu'ils ont été très difficiles pour moi. Et ta femelle n'a pas le plus facile des caractères.

— Un bain chaud te ferait peut-être du bien, suggéra Rydstrom d'un air absent, les sourcils froncés.

Sabine s'était exprimée de façon si raisonnable... Et il se détesta aussitôt d'avoir pensé aussitôt : *À quel jeu joue-t-elle, à présent ?*

— Des *dentelles* ? Ta vengeance est vraiment nourrie de haine et de méchanceté, Rydstrom.

Après son bain, il l'avait habillée d'une jupe longue à volants et d'un chemisier aux poignets bordés de *dentelles*.

Un véritable corset ainsi qu'une culotte longue servaient de sous-vêtements. Des pantoufles souples complétaient sa tenue.

— Comment suis-je censée donner des coups de pied avec ça ? grommela-t-elle.

— Tu n'en donnes pas.

— Tu as déjà vu des photos de chats habillés en humains ? Je me sens à peu près aussi ridicule.

— Parfait. Peut-être que cela contiendra un peu ton ego, rétorqua-t-il en la ramenant à la tente.

— Ça m'étonnerait. Il est bien trop surdimensionné. Tu penses donc que les femmes devraient s'habiller ainsi ? Serais-tu vieux jeu en plus d'être vieux ?

— Je pense que les femmes devraient s'habiller comme elles le souhaitent. Dans la limite du raisonnable.

Elle allait approfondir ce dernier point quand elle remarqua que les gens interrompaient leurs activités pour cracher par terre sur son passage.

— Ma popularité est au top, commenta-t-elle. C'est presque gênant de voir à quel point ils me vénèrent.

— Je ne peux guère leur en vouloir.

— Quoi ?

— Ils ont payé un lourd tribut au régime d'Omort. À preuve leur détermination à se risquer jusqu'au Domaine du Tombeau pour échapper à sa férule.

— Et je dois être haïe pour ce qu'a fait Omort ? As-tu entendu un seul témoignage mentionnant que j'ai délibérément causé du tort à ces gens ?

— Non, je n'ai juste jamais entendu aucun témoignage mentionnant que tu les as délibérément aidés.

— Évidemment ! Jamais je n'aiderai personne, à moins que j'aie quelque chose à y gagner. Parce que j'ai un cerveau, figure-toi. Démon, tu attends de moi des choses que je ne peux tout simplement pas donner. Et tu espères trouver en moi des choses qui n'y sont pas. Jamais je ne cesserai de mentir, de tricher, de voler...

— Et de tuer ceux qui défendent leur or.

— Tu as vu mes rêves.

— Oui. J'ai vu ta mère. Et j'ai vu quand tu as été enterrée vivante.

Sabine sentit sa gorge se nouer. *Ne me prends pas en pitié. Je te l'interdis !*

— Tu es forte, Sabine. Si seulement tu pouvais tempérer cette force par...

— De la compassion ? De la gentillesse ? De la pitié ?

— Pourquoi pas ?

— Rydstrom, je ne saurais même pas par où commencer...

Elle se tut. Ils passaient devant Durinda. La jolie démone adressa un sourire victorieux à Rydstrom, qui répondit d'un signe de la main.

Cet échange déplut profondément à Sabine. Elle savait reconnaître la jalousie lorsqu'elle l'éprouvait. La nouveauté, ici, c'était que pour la première fois, l'objet de sa jalousie n'était pas un bien qu'elle aurait aimé posséder, mais un être.

Là, elle avait l'impression que Durinda cherchait à lui voler son or. Mais son « or », qu'en pensait-il ? Elle leva les yeux vers lui.

— Tu crois qu'il est possible de désirer une autre femelle une fois que tu as trouvé la tienne ?

— Je pense que cela dépend de l'intensité du désir que tu éprouves pour ta femelle.

— Alors ce n'est pas plus mal que tu sois obsédé par moi.

— Pourquoi ? Tu redoutes que j'en désire une autre ?

Une bagarre éclata entre plusieurs garçons, non loin de là, épargnant à Sabine de répondre.

Durinda se précipita pour tirer Puck de la mêlée. Il se battait contre des garçons bien plus grands que lui, et ce détail lui valut brièvement l'attention de Sabine. En outre, elle avait vu moins mignon, comme démon délinquant juvénile.

Sans doute s'était-on moqué de son prénom.

— Qu'est-ce qui a pris à ses parents de lui donner un prénom qui rime avec *fuc*…

— Ses parents sont morts, coupa Rydstrom. Tous les deux. Et il a des problèmes parce qu'il est orphelin et n'a pas encore été adopté par une autre famille.

— Et Durinda ? Pourquoi ce n'est pas elle, sa nouvelle mère ?

— Parce qu'elle est… célibataire.

— Oh, le démon vient de faire sa première blague !

Il ne plaisantait pas ?

— Non, je n'y crois pas, reprit-elle. Tu ne peux pas avoir dit ce que je viens d'entendre.

Rydstrom se contenta de se frotter la nuque. Quand Durinda s'adressa à Puck en langue démon, Sabine demanda :

— Qu'est-ce qu'elle lui dit ?

— Que se battre ne résout rien.

— Tu... tu plaisantes ?

Avant que Rydstrom ait pu l'éloigner, elle lança :

— Ne l'écoute pas, gamin ! Se battre résout *tout* ! Assure-toi juste de gagner !

— Ça suffit. Il ne comprend pas ta langue. Il a été élevé dans un petit village reculé et ne parle que la langue démon.

— Tu es d'accord avec cette écervelée, à propos de la bagarre, pas vrai ? Dieux des ténèbres ! Le monde est devenu fou ! Dis-moi que tu n'enseignerais pas la même chose à notre enfant. Je te préviens, c'est un motif de rupture de contrat !

Il baissa les yeux sur elle.

— J'ignorais que nous en étions encore au stade des négociations.

Démon sexy. Elle déglutit, se demandant si un jour il lui ferait moins d'effet. *Reprends-toi.*

— Nos négociations ont tourné court *avant* que tu me traînes dans cet enfer ! répliqua-t-elle avant de se détourner.

Les coups vinrent de nulle part. Elle regarda son immonde chemisier, qui l'était encore plus, à présent.

Elle avait reçu en pleine poitrine des tomates pourries lancées par des adolescents. Elle demeura incrédule. Jusqu'à très récemment, s'il lui était arrivé la même chose, quelqu'un aurait été sur le point de mourir.

— Détache-moi, Rydstrom, articula-t-elle sans desserrer les dents. Maintenant.

Elle serrait les poings si forts que les ongles lui entamèrent la paume. Le sang se mit à couler.

Rydstrom adressa un regard menaçant aux coupables, tandis que leurs parents s'avançaient pour présenter de plates excuses.

— Je reviendrai régler cela, dit-il avant d'entraîner Sabine vers la tente.

— C'est tout ? s'indigna-t-elle. Mais ça ne suffit pas ! Détache-moi ces foutues mains !

— Pour que tu puisses tuer quelques malheureux enfants ?

— Non, je me contenterai de leur faire faire des cauchemars jusqu'à la fin de leurs jours.

À la façon dont les gens regardaient ses yeux, elle devina qu'ils étaient bleus de fureur.

Une fois dans la tente, Rydstrom la tira jusqu'à la couche. Pendant leur absence, quelqu'un était venu planter un pieu dans le sol. Une corde y était attachée. *Non, le démon n'oserait pas…*

Il alla chercher une serviette, la trempa dans une cuvette remplie d'eau. Il retira son chemisier à Sabine, la nettoya, puis lui remit un autre chemisier, tout aussi moche.

— Que comptes-tu faire pour punir ces petits monstres ?

— Je vais dire à leurs parents que tu m'as demandé d'être clément avec eux.

— Oh, mais qu'il est futé, le démon ! Il travaille déjà à polir mon image. Dommage que ce soit un mensonge, et que le bon roi Rydstrom *ne mente jamais* !

— Quand je quitterai cette tente, ce ne sera plus un mensonge.

— Jamais ! Tu peux te bro…

— Alors je ne m'arrangerai pas pour que tu puisses envoyer un message à ta sœur. Même si j'ai déniché un messager qui pense pouvoir faire passer une lettre jusqu'à Tornin.

— Vraiment ? Très bien. Roi Rydstrom, seras-tu clément avec les misérables bâtards qui m'ont jeté des légumes pourris ?

— Avec plaisir.

Regardait-il le pieu et la corde ?

— N'y pense même pas !

Quand il se baissa pour lui attacher une cheville, elle lui donna des coups de pied. Mais avec ces foutues pantoufles, autant frapper un dragon avec un hochet de bébé ! Rydstrom poursuivit sans même lever la tête. Sa tâche achevée, il se dirigea vers la porte.

— Où vas-tu ? Tu ne peux pas me laisser comme ça !

Il s'arrêta.

— Quand tu es dehors, tu provoques des troubles. J'ai beaucoup à faire, et je ne peux pas te surveiller en permanence.

— Dans ce cas libère-moi !

— Pas question. La corde est suffisamment longue pour aller jusqu'au garde si tu as besoin de quelque chose.

— Au garde ? Tu penses que je vais m'évad…

Elle se tut.

— Il est là pour me protéger, c'est ça ? Tu me laisses de nouveau sans défense.

— Avec le garde, il ne pourra rien t'arriver.

— Mais qu'est-ce que je vais faire ?

— Assieds-toi. Demande-toi pourquoi des gens te jettent des choses au visage.

— Tu me laisses attachée comme un chien ? hurla-t-elle comme il sortait. Alors tu as intérêt à te souvenir qu'une chienne, ça mord !

Une heure s'écoula avant que la toile de la porte se soulève de nouveau. C'était Puck, découvrit Sabine étonnée.

— Qu'est-ce que tu veux, demanda-t-elle avec hargne. Tu es venu me jeter des tomates, toi aussi ?

Il sortit un couteau de sa poche. *Génial.* Elle allait se faire charcuter par un gamin qui portait encore des couches il y a peu.

C'est alors qu'il tira un morceau de bois de son autre poche, se laissa tomber par terre près d'elle et se mit à le tailler.

Ah.

— Tu veux bien me faire un mini-pieu pour que j'arrache les yeux de Rydstrom ?

Le gamin fronça les sourcils. Il ne comprenait rien.

— Ou mieux, tu pourrais couper mes liens, avec ton couteau.

Un large sourire éclaira son visage. Il n'avait aucune idée de ce qu'elle racontait.

Sabine n'aimait guère les enfants. Après avoir essayé de lui faire comprendre le rôle qu'il pourrait jouer dans son évasion, elle perdit patience.

— Dans ce cas, fiche le camp. Allez zou !

Il ne bougea pas.

— Tu sais drôlement bien tailler le bois, dis donc, fit-elle d'un ton exagérément doucereux, avant d'ajouter normalement : Alors tire-toi, j'ai à réfléchir !

Rien.

— Ça y est, j'ai compris ! Tu me fais le coup du petit orphelin qui cherche une maman, et comme je suis mariée, tu te dis... Bon, je reconnais que tu as du goût, mais tu te goures de cible, là. Je n'ai pas ce qu'il faut pour faire maman.

Il la regarda, la tête penchée de côté. Puis il tendit la main, solennellement, comme s'il voulait lui offrir quelque chose.

Et Sabine *aimait* qu'on lui offre des choses.

— C'est quoi ? Montre-moi ? J'ai les mains attachées, tu vois bien que je ne peux rien prendre...

Il posa alors quelque chose de tout petit, et de blanc, sur le genou de Sabine. Elle avait remarqué qu'il lui manquait un croc. Plus maintenant !

Et de toute évidence, il le gardait de côté depuis longtemps.

— Oh, non, il ne faut pas ! dit-elle d'un air dégoûté – et pas seulement parce que c'était dégoûtant. Tu ne sais donc pas que tu peux avoir de l'or contre cette dent ? Mais qu'est-ce qu'on t'apprend dans ce camp ?

32

Jamais Rydstrom n'aurait pensé se réjouir autant de la jalousie d'une femme. Sabine était jalouse de Durinda. Ces deux derniers jours, elle l'avait montré à plusieurs reprises.

C'était là la preuve que sa femelle pourrait bien éprouver des sentiments pour lui – une preuve qu'il n'attendait plus.

De nouveau, l'énigme s'obscurcissait.

Il passait effectivement beaucoup de temps avec la démone, qui l'aidait à organiser le passage des portails – imminent. Ils constituaient des groupes en fonction de la destination des réfugiés. La plupart souhaitaient gagner des villes abritant déjà un grand nombre de créatures du Mythos, telles que New York ou Savannah. Pour quelques billets de plus, on pouvait même donner au passeur les coordonnées exactes de l'endroit où l'on voulait se rendre.

Mais intégrer un si grand nombre de créatures du Mythos dans les sociétés humaines posait quelques problèmes. Mille démons débarquant soudain dans Savannah se remarqueraient forcément.

Tandis qu'il travaillait avec son peuple, Rydstrom ne pouvait s'empêcher d'éprouver de la honte. Honte de leur en avoir voulu parce qu'ils faisaient peser une lourde responsabilité sur ses épaules. Il les découvrait industrieux, travailleurs et réalistes.

Durinda se révélait précieuse dans la préparation de cet exode, mais Rydstrom appréciait aussi sa compagnie. Elle appartenait à son passé, ils avaient en commun des souvenirs de Tornin avant la chute. Il aimait parler avec elle du château, évoquer sa splendeur d'antan. Il tentait ainsi d'effacer de sa mémoire ce qu'il avait vu à la cour quelques jours plus tôt.

Ils parlaient aussi de Mia, de Zoë et de Cadeon. Durinda lui avait avoué que si elle se montrait aussi protectrice avec Puck, c'était parce qu'il lui rappelait Cadeon au même âge. Rydstrom trouvait lui aussi la ressemblance frappante.

Il se souvenait de son frère, petit garçon blond que ses cornes naissantes énervaient, car elles le démangeaient en poussant, et qui en flanquait des coups dans les murs du château.

Jamais Rydstrom n'aurait cru qu'il lui manquerait un jour, pourtant c'était le cas. Des siècles durant, ils avaient combattu ensemble, parfois l'un contre l'autre. Avant Sabine, Cadeon était le seul capable de provoquer la colère de Rydstrom. Ces deux-là s'entendraient à merveille, songea-t-il.

Mais quelles que soient leurs querelles, les deux frères ne restaient jamais longtemps éloignés l'un de l'autre. Ils étaient si souvent ensemble que dans le Mythos, on disait juste *les Woede* pour parler d'eux.

Rydstrom avait appris qu'un grand nombre de rebelles se ralliaient à leur cause grâce au succès de Cadeon dans sa quête de l'épée. Il était fier de lui. Surpris, mais fier…

Rydstrom et Durinda avaient un autre point commun : elle s'en allait à contrecœur épouser un mâle en qui elle ne voyait pas son alter ego. « Il en est convaincu, avait-elle dit, mais moi pas. Nous n'avons absolument rien en commun. Je ne vois pas comment deux êtres aussi dissemblables pourraient former un couple. »

Durinda n'en avait pas la moindre idée.

Rydstrom et Sabine étaient on ne peut plus différents, eux aussi. Mais il ne doutait plus, désormais, qu'elle était la femelle que le destin lui réservait. Et bien qu'il brûlât de la posséder de nouveau, et de la marquer, il était décidé à prendre son temps, à gagner sa confiance.

Il avait l'éternité devant lui.

Chaque jour qui passait, Sabine se découvrait de plus en plus attirée par le démon. Et furieuse de l'être.

Alors qu'elle le regardait se préparer à sortir, elle réalisa qu'elle n'avait vraiment vu en lui un partenaire potentiel que lorsqu'il avait été libéré de ses chaînes. Elle respectait le pouvoir, il l'attirait. Or, enchaîné, Rydstrom était impuissant. Désormais, il était si délicieusement autoritaire. Les gens le regardaient avec un respect mêlé de crainte.

Pourtant, même au milieu de la foule, il semblait… seul. Le roi démon gardait ses distances.

Malheureusement, l'attirance que Sabine éprouvait n'était pas réciproque.

Il passait de plus en plus de temps avec Durinda, laissant Puck avec elle histoire de l'agacer. Chaque fois, ce dernier lui apportait un petit « cadeau » : une aile de libellule, un caillou…

Le matin, Rydstrom emmenait Sabine à la source chaude. Quand ils passaient devant Durinda et sa clique, la démone se montrait familière avec Rydstrom, ce qui hérissait Sabine.

La nuit, elle faisait beaucoup de cauchemars. Mais quand elle se réveillait, Rydstrom était là, lui caressant tendrement les cheveux.

La veille, il avait murmuré : « Chut, ma belle. Je suis là. » Et chaque fois qu'elle y repensait, elle frissonnait.

Il ne lui avait cependant pas fait d'avances sexuelles, même si elle sentait son érection contre ses fesses. Cette attitude la déconcertait. Elle aurait aimé pouvoir en parler à sa sœur. Lanthe s'y connaissait en amour. Elle aurait compris à quoi il jouait.

Elle lui manquait tellement. Jamais elles n'avaient été séparées aussi longtemps. Mais, comme promis, Rydstrom s'était arrangé pour lui faire passer une lettre de Sabine.

Le deuxième soir au camp, il avait apporté un morceau de parchemin et une plume, et lui avait libéré une main, maintenant l'autre lui-même dans son dos, lisant ce qu'elle écrivait par-dessus son épaule.

— Dis-lui juste que je t'emmène dans une autre dimension, avait-il conseillé. Cette lettre n'arrivera à Tornin qu'après notre départ.

— Elle saura que tu m'emmènes à La Nouvelle-Orléans. Et Omort enverra ses tueurs là-bas.

— Je sais, avait simplement répondu Rydstrom.

Il l'avait rattachée dès la lettre terminée.

— Je t'aurais bien serré dans mes bras pour te remercier, Rydstrom, mais sans bras, il manque un petit quelque chose. Alors à la place, je vais te rendre un service. Je vais t'aider, pour ton frère.

— Trop de choses nous opposent, Cadeon et moi. Une ensorceleuse ne peut rien y changer. Et puis, j'ai fait cela pour toi parce que tu as été clémente avec les jeunes qui t'ont jeté des tomates, et maintenant, tu me récompenses à ton tour ? Je ne veux pas que nous tombions dans ce travers.

— Pourquoi ?

— Parce que toi et moi, nous sommes… *ensemble*.

Sur le moment, elle s'était demandé si c'était vrai, et ce que cela signifiait. En matière de relations amoureuses, elle n'avait aucune expérience.

— Ah ! avait-elle lâché d'un ton léger. Je voulais juste te révéler un fait qui aurait pu alléger ton ressentiment à propos du passé, mais dans ce cas, tant pis.

— Bon, dis-moi, je t'écoute, avait-il grommelé.

— Cadeon n'était pour rien dans la chute de Tornin. Elle était inévitable.

— Tout ce que mon frère avait à faire, c'était de venir au château, comme je le lui avais ordonné, et d'y demeurer jusqu'à mon retour. Au lieu de quoi il m'a tourné le dos, et a choisi de rester auprès de sa famille d'adoption. Je sais que tu n'en comprends pas l'importance, mais une présence royale était nécessaire au château.

— Détrompe-toi, je comprends – celui qui contrôle Tornin contrôle le royaume. Omort aussi avait compris. C'est pour cette raison qu'il a envoyé cinq cents hommes avec pour mission d'assassiner Cadeon.

Rydstrom s'était figé.

— Que dis-tu ?

— Tu pouvais assigner tous les gardes que tu voulais à Cadeon, ça n'aurait rien changé. Si ton frère avait obéi à ton ordre, il ne serait jamais arrivé vivant au château.

— Comment savoir si tu dis la vérité ?

— Pourquoi te mentirais-je à ce sujet ?

Rydstrom avait quitté la tente, l'air secoué.

Et voilà qu'il se préparait de nouveau à la laisser. Il portait une tunique vert foncé qui soulignait le vert de ses yeux. Le tissage souple lui moulait le torse, ne laissant rien ignorer de sa musculature. Sa chevelure noire était toujours aussi indomptée.

Si Sabine avait été de ces femmes qui soupirent, elle l'aurait fait.

— Où vas-tu, cette fois ? s'enquit-elle.

— À la chasse.

— Et avec qui ? Durinda ?

On aurait dit une femme au foyer délaissée par son époux. Il ne lui manquait qu'une cigarette au coin des lèvres et un gamin braillard calé sur sa hanche.

— Oui, répondit-il en attachant son épée à sa ceinture.

Elle cilla, feignant l'étonnement.

— Tu veux dire que les femelles ont le droit de monter à cheval, ici ? Et elles ont le droit de toucher les armes, aussi ? Ou est-ce qu'elles risquent d'être bannies du Clan de l'Ours des cavernes, comme Ayla ?

Comme Rydstrom refusait de la suivre sur cette voie, elle lâcha :

— Mais qu'est-ce qu'elle a de si intéressant, cette démone ?

— Elle fait passer les autres avant elle, et possède un esprit noble et vertueux. Pour cela, je l'admire et je la respecte.

Sabine pouffa.

— Je pourrais être vertueuse, moi aussi, si je le voulais.

— Tu ne sais même pas ce que ce mot signifie !

— Bien sûr que si ! Ça signifie qu'il faut porter un string blanc !

Il leva les yeux au ciel et inspira profondément, s'exhortant à la patience.

— Écoute, j'apprécie de parler avec elle, c'est tout. Avoir une conversation qui ne finit pas en pugilat, ça fait du bien.

— Ah, c'est sa *conversation*, que tu aimes ?

Sabine s'approcha de Rydstrom à genoux.

— Alors je suis sûre que si elle s'applique, elle te fera oublier ce que *je* fais avec ma bouche.

Elle le regarda, puis :

— L'expression orale bien maîtrisée peut sublimer une autre forme de rapport oral. Tu ne te souviendras même plus de la chaleur de ma bouche et de mon avidité, soupira-t-elle en se passant la langue sur les lèvres.

Il déglutit, son sexe durcissant à vue d'œil.

— Je m'en souviens, Sabine, n'aie crainte. J'y pense *constamment*. Mais il y aurait beaucoup à dire en ce qui concerne le réconfort, le bien-être, l'esprit de camaraderie. Si je pouvais avoir tout cela avec toi...

— Tu as couché avec elle !

— Mais non ! Qu'est-ce qui te fait croire une chose pareille ?

— Sa façon de te regarder. Et de *me* regarder.

— Qu'est-ce qui te dérange le plus, dans cette situation ? Que le gamin s'attache de plus en plus à toi ou que j'apprécie de passer du temps avec une autre femme ?

Sur ce, il écarta le panneau qui servait de porte et lança par-dessus son épaule :

— Je serai de retour au coucher du soleil.

Génial. Son mari était en rut et furieux, et elle le laissait partir à un rendez-vous avec une autre femme.

N'ayant rien d'autre à faire, elle fixa le plafond et réfléchit. Que ferait-elle si elle parvenait à s'échapper ? Entre les histoires de bêtes sauvages peuplant le Domaine du Tombeau et son enlèvement par les Teegloths, elle hésitait. Mais était-ce pire que le symptôme de manque provoqué par le morsus ?

Si elle parvenait à regagner Tornin, sans démon et sans être enceinte, Omort lui sauterait dessus. Il était même capable d'attendre qu'elle ait couché avec lui pour lui donner sa dose de morsus.

Oui, c'était pour cette raison qu'elle hésitait à fuir, et pas parce qu'elle s'était attachée au démon. Pas parce qu'elle avait envie de l'embrasser chaque fois qu'elle regardait ses lèvres.

Une bonne heure s'écoula avant que Puck ne fasse son apparition. Il lui avait apporté un nouveau cadeau.

— Un lézard ! J'en rêvais.

Quand le petit reptile sauta de la main du gamin dans les cheveux de Sabine, elle hurla et secoua vigoureusement la tête jusqu'à ce qu'il tombe.

Puck éclata de rire – pas d'un de ces rires haut perchés, proches du gloussement, qu'elle avait parfois entendus chez d'autres enfants. Non, un vrai rire franc, qui lui arracha l'esquisse d'un sourire.

Puck entreprit de chercher le lézard, se retournant sans cesse vers Sabine pour lui faire un petit signe, comme s'il voulait la rassurer : il allait rattraper son cadeau.

« C'est le seul à être gentil avec moi », songea-t-elle.

À Tornin, ses Inferi étaient serviles. Les gens de la cour faisaient de la lèche pour obtenir des privilèges. Et tout le monde ici la haïssait ouvertement. Heureusement, cela ne la dérangeait pas, mais alors pas du tout.

— Hé ! Assieds-toi, petit ! Tu me donnes le tournis.

Comme il hésitait, elle lui indiqua le sol à côté d'elle d'un mouvement du menton. Il vint s'asseoir.

— Puisque tu es mon seul ami dans ce trou, j'ai besoin que tu bosses pour moi. Et je ne plaisantais qu'à moitié, quand je parlais de charcuter.

Incompréhension. Le gamin commença à parler timidement.

— Bla-bla-bla, le coupa-t-elle. Je ne comprends pas un traître mot. Et je n'ai pas envie de me polluer la cervelle avec une nouvelle langue. Il est donc temps que tu apprennes la mienne. Leçon numéro un : je m'appelle *Sa-bine*. On dit de moi que je suis *bel-le* et *ma-jes-tu-euse*.

— A-bi, dit-il.

Elle se figea.

C'était ainsi que l'appelait Lanthe.

— Ne m'appelle plus jamais comme ça ! rugit-elle.

Il écarquilla les yeux, paniqué. Super, elle était sur le point de perdre son unique distraction.

— Ha-ha-ha ! Sabine plaisantait.

Le petit démon pencha la tête de côté. Il allait s'en aller, à coup sûr…

Mais non. Et Sabine fronça les sourcils en constatant qu'elle avait retenu son souffle.

33

— Seigneurs ! Il va les tuer ! hurla une voix quelques heures plus tard.

Sabine ignorait de qui il s'agissait, mais *lui* souhaita bonne chance. Elle fulminait. Les paroles du démon la hantaient. *J'apprécie de passer du temps avec une autre femme…*

Le salaud.

Le soleil était couché, et Rydstrom n'était pas rentré. Puck avait rejoint les autres pour le dîner.

La lune devait être magnifique, ce soir. Romantique, même.

— À l'aide !

Poussant un soupir agacé, Sabine réussit à se lever et, de la tête, écarta le panneau de toile qui fermait la tente. Autant profiter du spectacle…

Elle demeura bouche bée. Un basilic aux écailles cramoisies poursuivait les démons, arrachant les tentes qu'il jetait en l'air. Son énorme queue balayait le sol, ses rugissements faisaient vibrer la nuit.

Elle aperçut son garde en train de parler avec ses congénères. Apparemment, ils mettaient au point un plan d'attaque de la bête.

Le dragon accula un petit groupe dans un canyon. Dardant sa langue fourchue, il semblait prêt à bondir.

Quand il en aurait fini avec ce plat de résistance, Sabine ferait un dessert parfait, attachée à son pieu, sans personne pour la protéger ! Et pendant ce temps, Rydstrom jouait les Roméo avec l'autre gourdasse !

Elle repéra alors une jeune noble qui faisait partie de la suite de Durinda. Elle allait et venait en parlant toute seule.

— Hé, mademoiselle démon ! appela Sabine. Si tu me détaches, je pourrai les sauver tous grâce à mes pouvoirs.

L'autre s'immobilisa, hésitante, et se tordit les mains. *Va-et-vient, mains tordues, et en plus elle parle toute seule.* Sabine secoua la tête. *Elle ira loin, celle-là, tiens.*

— Tu veux qu'ils meurent ? insista-t-elle.

— L... les hommes protègent les femmes et les enfants. Ils vont nous sauver...

Un peu partout, des démons armés de torches se préparaient à affronter le dragon.

— Merci bien. Je crois que je vais vomir un peu.

Cette société avait besoin d'être *réécrite* – complètement !

— Les torches ne vont pas lui faire peur, mais l'exciter davantage, assura-t-elle. Bon, alors, tu me détaches ? enchaîna-t-elle avant de pivoter.

— Si je te libère, le roi Rydstrom sera courroucé...

— Mais il n'est pas là, pour le moment, je me trompe ?

— Vous êtes préoccupé, observa Durinda d'une voix douce.

Après une chasse fructueuse, Rydstrom et elle regagnaient le camp, leurs chevaux écumants marchant pas.

— Pardonne-moi. Tant de choses me tracassent, en ce moment.

Il ne pouvait oublier les yeux ambre de Sabine, juste avant son départ. Elle était gaie, avait plaisanté, s'était moquée de lui...

Encore une autre facette de sa personnalité.

Découvrir Sabine, c'était comme faire un puzzle : parfois, les pièces ne s'emboîtaient pas.

Ainsi, c'était une femelle qui tuait sans pitié, et pourtant, elle avait réussi à amadouer – à sa façon – un petit démon qui n'avait pas d'amis. C'était une ensorceleuse au cœur si froid et si dur qu'elle pouvait conserver la langue d'une femme dans un bocal, pourtant, ces dernières nuits, elle s'était blottie contre Rydstrom dans son sommeil, confiante.

Elle avait besoin de quelqu'un qui l'apaise quand elle faisait des cauchemars, et il avait décidé que ce serait lui.

— Vos pensées sont occupées par l'ensorceleuse.

— Entre autres.

Sabine n'était pas le seul objet de ses réflexions. Ce qu'elle lui avait dit sur Cadeon, si c'était vrai – et il soupçonnait que ça le fût –, signifiait qu'il devait repenser neuf siècles de lutte.

Il était fier de son frère, qui poursuivait sa quête de l'épée. Mais pouvait-il abandonner Holly, son alter ego, entre les mains de Groot ? S'il le faisait, il haïrait Rydstrom à jamais.

— De toute évidence, Sabine est plus qu'une concubine, pour vous.

Rydstrom ne chercha pas à nier.

— C'est ma femelle.

— Vous… vous l'avez *essayée* ?

Il répondit d'un bref hochement de tête. Le ton employé par Durinda ne lui avait pas plu.

— Je voulais – j'attendais – tellement mieux pour vous, confessa-t-elle d'une voix tremblante. En fait, je ne vois pas comment cela pourrait être pire.

Rydstrom était d'accord. Il n'avait jamais rencontré personne d'aussi égocentrique que Sabine. Elle mentait, volait, trompait, tuait. En dehors de Puck, *tous* ses sujets la détestaient.

Et pourtant, je suis épris d'elle. Il ne pouvait s'en empêcher. Chaque fois qu'elle s'agrippait à lui dans son sommeil ou faisait montre d'un humour narquois, ses sentiments pour elle grandissaient.

— Ce n'est pas comme si j'avais le choix...

— Pourquoi la gardez-vous attachée dans votre tente ?

— Parce qu'elle s'enfuirait probablement à la première occasion.

Même si Sabine était de plus en plus attirée par lui, même si elle parvenait à lui faire davantage confiance, elle venait d'un autre monde, un monde dans lequel ses vices étaient récompensés. Un monde dans lequel elle voulait retourner, il en était certain.

— Vous ne pourrez pas l'attacher éternellement, observa Durinda.

— J'espère qu'une fois dans une autre dimension, je parviendrai à gagner son affection.

Si elle est seulement capable d'affection. Mais oui, il le fallait.

— Avec toutes les femelles démons que vous avez essayées, je n'arrive pas à croire que vous ne soyez pas parvenu à en trouver une de notre espèce, murmura Durinda.

— C'est ainsi. Ce n'est pourtant pas faute d'avoir cherché. Tu peux te réjouir de ne pas avoir fait partie du lot, conclut-il avec un petit rire sans joie.

Il y eut un silence, puis :

— Rydstrom, je... j'en faisais partie.

34

— Tu peux les sauver ? demanda la femme qui se tordait les mains.

Sabine lui ayant répondu d'un hochement de tête, elle lui détacha les mains, puis la cheville.

Sabine se frotta les poignets, un méchant sourire aux lèvres. *Quelle idiote !* Elle se débarrassa en hâte de l'affreux chemisier, mais garda le corset et utilisa son pouvoir pour lui donner l'apparence du métal. Elle imagina une coiffe et un tour de cou, en tissa l'image sur elle. Une dernière illusion lui permit de se maquiller et de tresser ses cheveux.

— Sabine, tu dois faire vite !

Elle fit face à la femme, l'air menaçant.

— Vraiment ? répéta-t-elle. Je t'interdis de m'appeler par mon prénom ! Je suis la reine de Rydstrom. *Ta* reine ! Qu'il l'admette ou non, nous sommes mariés.

Sur ce, elle tourna les talons.

— Bonne chance ! lança-t-elle par-dessus son épaule.

La démone lui courut après, les yeux brillants de larmes.

— Mais... tu avais dit ...

— Écoute, ce n'est pas à moi de sauver la vie de ploucs assez stupides pour se planquer dans un trou et imaginer qu'un dragon ne les verra pas. Je ne pense qu'à ma pomme, d'accord, mais qui suis-je, après tout, pour défier le processus de la sélection naturelle ?

Ce n'était pas son combat, et...

— A-bi ! cria une petite voix au loin.

Sabine s'immobilisa. Puck faisait partie des démons coincés par le dragon. Et il l'appelait au secours.

Elle soupira. Il lui laissait deux options : se mépriser de risquer sa peau pour ce microbe, ou passer une sale journée s'il y restait. Peut-être même pire qu'une sale journée.

Elle se retourna en grommelant :

— Je n'arrive pas à croire que je fais un truc pareil.

— Oh, merci ! s'écria la femme.

En guise de réponse, Sabine se rua sur elle et fit mine de la mordre.

— Je ne fais certainement pas ça pour que tu me remercies !

Et elle s'éloigna. *Quelle tache, non mais quelle tache !*

Certes, elle avait le pouvoir de parler aux animaux. Encore fallait-il que le gros machin ait envie de faire un brin de causette...

— Je... ne me souvenais pas, avoua Rydstrom à Durinda.

Et je n'en ai toujours aucun souvenir. Mais Sabine avait exprimé ses soupçons à ce propos, et il avait nié avec véhémence. Donc il lui avait menti sans le vouloir.

— Voilà qui est pour le moins gênant, dit Durinda, qui regardait droit devant elle. C'était il y a plusieurs siècles, et j'ai cru comprendre que nous étions... nombreuses.

Avait-elle envisagé de raviver ce qui avait existé entre eux ? Il avait pris sa gentillesse pour un simple désir de l'aider à se familiariser avec le camp, et pensait qu'elle aussi s'était plu à évoquer le passé.

— C'était il y a très longtemps, en effet.

Ils poursuivirent leur chemin dans un silence pesant. Lorsqu'ils atteignirent la crête qui surplombait le camp, Rydstrom découvrit une scène qui dépassait l'entendement.

En tenue complète de Sorceri, Sabine semblait marmonner dans sa barbe tandis qu'elle se dirigeait à grands pas vers un *dragon*. Ce dernier était sur le point d'attaquer un petit groupe acculé dans un canyon – et Puck était parmi eux.

Rydstrom tira son épée et éperonna son cheval, qui dévala la pente au grand galop.

Arrivée près du dragon, Sabine hurla pour attirer son attention. La bête se retourna dans un craquement d'écailles.

— *Non !* hurla Rydstrom. Éloigne-toi !

Le monstre siffla, darda sa langue fourchue. Mais Sabine lui fit face, menton haut, dos droit. Dans la chaleur qui émanait de ses mains, l'air apparaissait flou. Quand le dragon voulut la balayer d'un coup de patte, elle sauta par-dessus, puis se glissa sous sa queue.

— Hé ! C'est pas passé loin ! Arrête à présent !

La queue cessa de balayer le sol. Le dragon semblait hésiter, en proie à une profonde confusion.

Rydstrom sauta à bas de son cheval avant même qu'il s'immobilise. Comme il rejoignait Sabine, il l'entendit parler au dragon. Elle avait dit qu'elle pouvait communiquer avec les animaux. Pouvait-elle aussi les retenir ?

— Voilà, c'est mieux. Tu n'as pas envie de me manger, hein ? murmura-t-elle. Même si je suis la plus tendre, je suis aussi empoisonnée.

Elle eut un petit rire, comme s'il s'agissait d'une blague entre eux. Puis elle tendit prudemment la main, et caressa les écailles brillantes.

— Là, c'est bien, mon grand. Tout doux.

Il se cabra, mais accepta une autre caresse.

— On ne savait pas que c'était ta maison.

La bête souffla bruyamment.

Sabine jeta un coup d'œil à Rydstrom.

— Il pourrait m'avaler en une bouchée, tu crois ?

— Écarte-toi !

— Pour que tu puisses abattre cette créature exceptionnelle ?

— Pour te protéger, oui !

— J'ai bien compris. Malheureusement, quelqu'un ici a eu la bonne idée de me libérer… malgré tes ordres.

Pouvait-elle réellement contrôler le dragon ? À vrai dire, elle avait l'air de… s'amuser. D'un geste, il fit signe à ceux du canyon de se glisser dehors.

La bête se tendit.

— Continue à lui parler, murmura Rydstrom tout en aidant Puck et un autre garçon.

— Je vais t'avouer un truc, dragon, reprit Sabine. Une nuit, l'été dernier, on s'ennuyait tellement, ma sœur et moi, qu'on a failli faire passer presque toutes les créatures du Domaine du Tombeau par un portail en direction d'un endroit appelé Times Square. Depuis, on a compris pourquoi cela n'aurait fait rire que nous.

Les paupières du dragon semblaient lourdes, comme s'il était hypnotisé. Quand tous les prisonniers furent à bonne distance, Rydstrom baissa son épée.

Plutôt que de s'échapper, Sabine avait délibérément affronté un dragon pour sauver d'autres êtres. Elle avait déclaré que jamais elle n'aidait personne si elle ne pouvait en tirer bénéfice. Pourtant, c'était ce qu'elle venait de faire…

— *Cwena*, murmura-t-il, ému et fier.

Petite reine.

Sa façon d'établir un lien avec le dragon était remarquable. La bête semblait incapable de résister à la belle.

Ça nous fait un point commun, dragon.

— Nous permettrais-tu de passer encore une nuit ou deux ici ? demanda-t-elle au dragon.

En guise de réponse, il souffla dans sa direction, puis fit pivoter son énorme corps et s'éloigna dans la nuit.

Des vivats retentirent un peu partout dans le camp. Puck courut vers Sabine, mais plutôt que de s'accroupir en ouvrant les bras, elle l'attrapa par la ceinture et l'emporta à bout de bras tout en le grondant de n'avoir pas fui devant une créature dont les crocs étaient plus grands que lui. L'enfant était aux anges.

Les gens se pressèrent autour d'elle pour manifester leur reconnaissance.

Elle agita négligemment la main en marmonnant :

— Ouais, ouais, ça va. Dites-le avec de l'or.

Même Durinda la remercia lorsqu'elle vint récupérer Puck.

Rydstrom, lui, demeura à court de mots.

— Si tu envisages une seule seconde de me rattacher, attaqua-t-elle, j'appelle mon gros copain, là-bas, et il renoncera sans hésiter à son nouveau régime sans protéines.

Et elle poursuivit son chemin sans autre commentaire.

Démon solitaire, avait-elle dit. *Tu as tellement besoin de moi*.

Il craignait qu'elle n'ait raison.

35

Depuis deux jours, sa femelle se déplaçait à sa guise dans le camp, et y semait une joyeuse pagaille.

Désormais irréprochable aux yeux des démons, elle tirait largement parti de ce nouveau statut.

Quand un groupe de jeunes filles lui avait demandé quel nom donner au cheval de l'une d'elle, elle avait répondu :

— J'aime beaucoup La Fellation, je trouve que ça sonne bien.

Lorsque Rydstrom lui avait demandé des explications, elle avait déclaré :

— Entendre cette petite démone soupirer « Oh, j'adore La Fellation ! », ça n'a pas de prix ! Même l'or ne peut acheter des moments pareils !

Devant le regard sévère du démon, elle avait levé les yeux au ciel.

— Écoute, la « demoiselle » avait tout de même dix-neuf ans. Et si elle ignore le sens de ce mot à cet âge, c'est qu'elle a un problème plus grave que le prénom de son canasson. Tu te moquais de moi qui refusais d'apprendre ta langue parce que mon peuple la trouve trop grossière, mais n'est-ce pas exactement ce que les femelles de ton royaume font avec le sexe !

Il avait ouvert la bouche pour répondre, et l'avait refermée, incapable de contrer son raisonnement.

Elle avait aussi édicté un certain nombre de décrets. Le responsable du vin devait désormais réaliser un mélange plus doux pour elle. Le forgeron avait pour mission de fabriquer une couronne et une cuirasse. Le cuisinier devait se mettre à la cuisine végétarienne.

Puck la suivait partout. Heureusement, il ne la comprenait pas lorsqu'elle disait des choses comme : « Il est toujours derrière moi, le truc ? Pourquoi ça me suit tout le temps ? Ça me regarde encore, non ? Je *sens* ses petits yeux sur moi. »

Elle feignait de ne pas supporter la compagnie de Puck, mais Rydstrom l'avait vue s'asseoir sur un banc et tapoter la place à côté d'elle pour qu'il la rejoigne. Il l'avait aussi vue écarter une mèche de cheveux de son front.

Chaque fois, son geste avait paru la surprendre, et elle avait regardé autour d'elle d'un air coupable, comme si sa gentillesse n'était pas convenable. Ce qui aurait sans doute été le cas dans le monde qui avait été le sien.

Quant à Rydstrom, il avait toutes les peines du monde à la voir, littéralement. Elle l'évitait.

Elle avait exigé d'avoir sa propre tente. La nuit suivant l'attaque du basilic, Rydstrom l'avait rejointe sur un promontoire non loin du camp pour la remercier d'avoir sauvé la vie de ceux de son peuple, et lui faire savoir qu'elle pouvait toujours partager sa couche.

— On m'a trouvé une autre tente, avait-elle répondu. Maintenant, si tu n'y vois pas d'inconvénient, j'ai eu une journée éprouvante, à sauver tous ces réfugiés – qui sont aussi mes sujets, du reste, puisque je suis leur reine, même si tu leur fais croire que je ne suis qu'une esclave sexuelle.

— Ils ne le croient plus.

— C'est ce que j'ai cru comprendre quand ils se sont mis à m'obéir et à m'offrir des cadeaux. Ils m'adorent.

De la monnaie sera frappée à mon effigie. C'est en cours.

Sabine avait refusé de céder. Rydstrom l'avait accepté car elle était restée au camp. Ce qui signifiait peut-être qu'ils avaient un avenir ensemble.

Rydstrom cherchait en permanence à la voir. Et cet après-midi-là, justement, il ne la trouvait pas. Elle n'était ni à la source chaude ni sur le promontoire où elle aimait à s'asseoir.

Mais de là-haut, il la repéra en train de jouer aux dés pour de l'argent. Il s'assit pour l'observer, et quelque chose le piqua. Une écaille de basilic. Il lança un coup d'œil autour de lui, et en découvrit d'autres. Était-elle venue ici pour discuter *avec* le dragon ?

Il passa la main sur son flanc, là où était tatoué le dragon. Jamais il n'aurait imaginé qu'un jour, une ensorceleuse parviendrait à fasciner à la fois un dragon et un démon.

Pour l'heure, elle éclatait de rire, sans doute en disant des énormités. Mais les démons pensaient toujours qu'elle plaisantait. Sa beauté et son air mystérieux les impressionnaient, de même que les illusions de bijoux en or et la peinture qui dissimulait son visage.

À leurs yeux, elle était simplement une reine enjouée – qu'il ne fallait surtout pas mettre en colère.

Comme Sabine pouvait faire apparaître la face du dé qui lui convenait, elle devait lessiver ses compagnons de jeu. Rydstrom la soupçonnait d'avoir stocké son magot dans un endroit secret...

Il entendit quelqu'un approcher. *Durinda.* Ils n'avaient échangé que quelques mots depuis leur conversation, au retour de la chasse, et il se tendit.

— Ils l'adorent, à présent, commenta-t-elle en s'asseyant à côté de lui. C'est étonnant. Savez-vous qu'elle continue d'appeler les enfants des têtards, et n'en parle qu'en utilisant le pronom « ça ». *Ça* sent mauvais. Si ça veut me donner les économies de la famille, pourquoi pas ? fit-elle en imitant le ton de Sabine, condescendant, et sérieux.

Avant que Rydstrom puisse la défendre, Durinda enchaîna :

— *Mais*, elle se comporte effectivement comme une reine. Une reine peu orthodoxe, certes, mais une reine tout de même.

— Tu le penses vraiment ?

— Oui. Sabine a le pouvoir de repousser un dragon et a choisi de protéger ce peuple. Et elle a promis aux filles – celles qu'elle a déstabilisées avec cette histoire de nom de cheval – qu'elle leur donnerait un cours sur… les choses de la vie. Bien sûr, elle a demandé de l'or en échange, mais certains verraient là une simple taxe versée au gouvernement en l'échange de services. Si on lui donnait du pouvoir, elle ferait évoluer notre société.

Rydstrom se rappela les propos de Sabine sur l'ignorance des femmes, l'état moyenâgeux de Rothkalina, le manque d'infrastructures.

— Et elle a raison quand elle prône la lutte, continua Durinda. Cela peut résoudre des problèmes. Nous vivions dans une société trop sage et n'étions pas aussi forts que nous aurions pu l'être. Quand nous avons été vaincus, nous n'étions pas préparés à des siècles de tyrannie.

Elle se tourna vers Rydstrom.

— Pensez-vous que Sabine se reposerait si elle sentait son royaume vulnérable ?

Jamais. Il n'aurait pu rêver reine plus courageuse et obstinée.

— Elle m'a redonné espoir, vous savez. Si deux êtres aussi différents qu'elle et vous peuvent être époux, alors peut-être le mâle que j'envisage d'épouser est-il le bon.

Profondément soulagé, Rydstrom se détendit enfin.

— Ton futur époux t'autorisera-t-il à garder Puck ?

— Je l'espère. Sinon, votre reine a proposé de le prendre.

Rydstrom écarquilla les yeux.

— Quoi ?

— Elle m'a dit : « Je prendrai le petit démon. » Quand je lui ai rappelé que Puck n'était pas un animal de compagnie, elle a levé les yeux au ciel et m'a lancé « Ohé ! J'essaie justement d'y remédier, figure-toi ! »

Rydstrom retint un sourire.

— Curieusement, Puck a trouvé de l'or sous son oreiller en échange de sa dent. Je la soupçonne de s'être rendue invisible et de s'être glissée dans notre tente, même si elle a nié avec véhémence et m'a traitée de... je ne préfère pas vous le répéter. En attendant, Puck est fou de joie.

Rydstrom avait déjà accepté l'idée qu'il avait besoin de Sabine. Il n'aurait osé espérer que son peuple l'accueille de la sorte.

Peut-être Sabine était-elle exactement ce dont Rothkalina avait besoin. Le destin avait frappé en plein dans le mille.

Deux problèmes subsistaient, cependant. D'abord, Sabine n'était pas réellement sa reine. Et quand elle apprendrait qu'il lui avait menti, il était peu probable qu'elle lui pardonne. Ensuite, il avait pour projet d'éliminer son demi-frère à la première occasion.

Il songeait à lui parler d'Omort, de l'avenir, et du fait que bientôt ce serait la guerre – il envisageait de passer à l'attaque dès le printemps. Mais pour l'instant, le mieux était de l'emmener chez lui, à La Nouvelle-Orléans, avant qu'elle décide de partir.

— Je suis aussi venu vous dire que les passeurs commencent à arriver, pour demain, reprit Durinda. Ils ont des nouvelles : dans tout le Mythos, on ne parle plus que de votre frère et de l'épée qu'il a prise à Groot le Métallurgiste. Notre Cadeon a réussi.

— Sait-on comment il y est parvenu ?

— Pas encore.

Deux semaines plus tôt, Rydstrom se serait moqué comme d'une guigne de savoir *comment*. À présent, il redoutait que Cadeon ait échangé sa propre femme contre cette épée.

Il avait attendu de son frère non seulement qu'il trahisse sa femelle, mais qu'il l'offre à un dément déterminé à l'engrosser. Et Cadeon l'avait peut-être fait, pour le bien du royaume.

Les yeux rivés sur Sabine, Rydstrom songea : « Si c'est le cas, alors il est plus fort que moi. »

Sabine devait prendre une décision, et vite.

Ces deux dernières nuits, elle avait eu beaucoup de plaisir à monter s'asseoir sur le promontoire, à discuter avec le dragon tout en veillant sur ses sujets endormis, à observer la silhouette de Rydstrom qui arpentait sa tente en attendant son retour.

En le regardant préparer son peuple, le port altier, si *royal*, elle hésitait quant à la suite de l'histoire. Elle était libre, et pouvait facilement s'enfuir. Mais les dangers d'une traversée du Domaine du Tombeau et la réaction d'Omort continuaient de l'inquiéter.

Par ailleurs, dans moins d'une journée, elle entrerait dans la maison de Rydstrom, dans sa vie. D'après ce que l'on racontait, Cadeon était tout près de récupérer l'épée. Peut-être devait-elle partir avec Rydstrom juste pour s'emparer de l'épée à son tour ? Lanthe ayant reçu son message, elle la rejoindrait en Louisiane, d'où elle la ferait s'échapper bien avant que le morsus fasse effet, dans douze jours. Et finalement, les deux sœurs auraient leur royaume...

Lanthe et elle pouvaient aussi s'allier avec Rydstrom. Le vent tournait, et ce dernier semblait réellement en mesure de vaincre Omort, désormais. Si les démons furie possédaient l'épée, la balance pencherait nettement en leur faveur sur le champ de bataille.

Mais si elle s'alliait avec Rydstrom, elle n'aurait pas seulement à affronter la guerre et la destruction. Le démon voulait son… affection.

Il voulait un avenir avec elle. Un avenir éternel. Et la notion d'éternité la faisait flipper. Elle qui n'avait jamais eu de vrai rendez-vous amoureux, n'était jamais sortie deux fois avec le même homme, voilà qu'elle était censée offrir son éternité à un démon qu'elle ne connaissait que depuis quelques semaines.

Pour tout dire, il lui arrivait d'être tentée par cette idée. Lorsqu'elle se rappelait leurs interludes sensuels avant leur arrivée au camp, elle n'éprouvait plus de la colère, mais de l'excitation. Elle rêvait qu'il la touche, et même qu'il la possède encore.

Et ces deux dernières nuits, quand elle s'était réveillée seule, cherchant le réconfort de son torse chaud, elle s'était dit : « Pourquoi pas ? »

Alors que faire ?

Elle réalisa soudain que Rydstrom la regardait. Comme s'il avait senti qu'elle envisageait de s'enfuir, il l'avait cherchée du regard toute la matinée. Il semblait préoccupé, son regard était interrogateur.

En guise de réponse, elle lui fit un petit geste coquin. Un sourire illumina le visage du démon.

Seigneurs. Jamais elle ne lui avait vu pareil sourire. Divin. Elle fronça les sourcils. *C'était quoi, ça ?* Mince, ça ressemblait à un tendre sentiment.

Il gravit la pente, et la rejoignit sur le promontoire.

— L'heure du départ approche, dit-il en s'asseyant à côté d'elle. Sabine, je ne te l'ai jamais demandé officiellement, mais acceptes-tu de venir chez moi, chez nous, en Louisiane ?

— Tu as de l'or, là-bas ?

— Non, mais ça peut s'arranger.

— Tu es riche ?

— Dans ce royaume, un immortel doit se montrer vraiment stupide pour ne pas l'être.

— Ta maison est-elle grande et belle ?

— *Notre* maison est magnifique. C'est un manoir vieux de plusieurs siècles, et il se trouve dans un quartier célèbre pour ses jardins. J'en ai toujours été très fier. C'est l'une des demeures les plus chères et les plus convoitées de la ville.

Il semblait impatient de la lui faire découvrir.

— Tu n'es pas habitué à demander, observa-t-elle. Est-ce que c'est difficile de me demander de t'accompagner ?

Il secoua la tête.

— Ça aurait pu l'être, si je n'avais pas une envie folle que tu viennes.

Sabine avait entendu dire que Cadeon était le plus enjôleur des deux frères, mais ce que Rydstrom venait d'admettre d'un ton bourru était plus intense et éloquent que tous les beaux discours.

— Pourquoi le désires-tu si follement ? Parce que le destin a fait de moi ta femme ?

— Non. Parce que je sais qu'il peut y avoir plus que cela entre nous.

Elle plongea son regard dans les yeux émeraude, y vit de l'honnêteté – et du désir. Il la voulait, et il voulait qu'elle sache à quel point. Elle était incapable de détourner les yeux.

— Si tu viens avec moi, tu ne le regretteras pas.

Et si elle ne venait pas, elle pourrait bien le regretter pour l'éternité.

— Dans ce cas, je viens, dit-elle finalement. Mais à certaines conditions. Cette histoire de parité, c'est terminé. On repart tous les deux sur les mêmes bases.

— Accordé. Du moment qu'on repart.

— Et je ne m'engage à passer que six jours avec toi. Ensuite, nous en rediscuterons.

— Pourquoi seulement six jours ?

— Six est mon chiffre préféré.

— Je ne te crois pas.

— Tu as raison. Mais c'est quand même ma condition.

— Autre chose ?

— Pendant ces six jours, nous n'évoquerons jamais Omort.

Il hésita, puis hocha la tête.

— J'ai une condition, moi aussi. Tu devras être honnête avec moi.

— Je le serai, dans la mesure du possible.

— Sabine…

— Écoute, c'est une concession vraiment énorme pour quelqu'un comme moi.

Soupir.

— Quoi qu'il y ait entre nous, tu dois au moins essayer de lui laisser une chance. Tu peux faire cela, *cwena* ?

Du pouce, il lui caressa la joue. Comme il souriait, Sabine se rembrunit. Elle n'avait pas tressailli.

36

La Nouvelle-Orléans, Louisiane.

— Il faut vraiment qu'on marche ? murmura-t-elle, épuisée par la rude traversée.

Les coordonnées géographiques que Rydstrom avait données au passeur n'étaient pas celle de sa propriété.

— Ce n'est plus très loin. À six maisons de là.

Elle le devinait inquiet à l'idée qu'elle n'aime pas sa demeure. Ce qu'elle avait vu du quartier huppé l'avait impressionnée, mais elle était trop fatiguée, avait trop froid pour s'enthousiasmer vraiment.

Le portail par lequel ils venaient de passer dans cette dimension lui avait fait l'effet d'un voyage chaotique dans l'espace. Comparés à cela, les seuils de Lanthe étaient des chefs-d'œuvre sans couture. Pas étonnant qu'elle ne puisse en créer qu'un de temps en temps.

— Tu es triste pour Puck ? risqua Rydstrom.

— Non, je suis juste fatiguée.

En vérité, elle aimerait revoir le gamin. Il avait pleuré à chaudes larmes en la voyant partir. Ce qui n'aurait dû surprendre personne.

— Allez, courage, petit démon, lui avait-elle dit en lui tapotant maladroitement la tête.

Puis elle lui avait remis un petit mot qu'elle avait fait traduire pour lui. Il l'avait lu, son regard s'était éclairé, et il avait hoché la tête d'un air grave.

— Que disait ton mot ? avait demandé Rydstrom.

— Que s'il se comportait suffisamment mal, on l'enverrait vivre avec moi.

Le démon l'avait regardée avec un mélange de perplexité et de stupéfaction – un regard qu'il n'avait que pour elle, croyait-elle, et qui signifiait : « Je t'en prie, dis-moi que tu plaisantes. »

— Nous y sommes, annonça Rydstrom en s'arrêtant devant l'imposant portail d'une propriété ceinte de hauts murs de pierre recouverts de lierre.

Du parc impeccablement entretenu montait un parfum de gardénias. Le manoir lui-même, impressionnant, apparaissait à la fois opulent et de bon goût.

— C'est immense !

— Pas tout à fait deux mille mètres carrés.

Arrivé à la porte, il s'arrêta et murmura :

— J'ai vraiment envie que tu aimes cet endroit.

— Je suis sûre que je vais l'adorer, si l'intérieur est à l'image de l'extérieur.

Elle frissonna. *Si fatiguée.*

Il lui prit la main et ouvrit la porte. Des relents de bière éventée et de fumée de cigare les accueillirent. Sabine plaqua sa main libre sur sa bouche.

— Bon sang, qu'est-ce que c'est que ça ? grommela Rydstrom tandis qu'ils s'avançaient jusqu'au salon.

Des magazines tachés de bière gisaient sur de magnifiques meubles d'antiquaires. Il y avait un peu partout sur le parquet des cartons vides de cannettes de prémix. Deux tonnelets de bière vides flottaient dans des barils de glace fondue posés sur de luxueux tapis persans.

Rydstrom leva les yeux, Sabine suivit son regard. À l'un des bras filigranés ornés de pampilles du magnifique lustre en bronze doré pendait… un string.

La colère du démon redoubla.

— On se croirait dans le bungalow de Cadeon.

Sabine s'en moquait. Tout ce qu'elle voulait, c'était dormir – dans un endroit qui sente moins mauvais.

— C'est peut-être Rök qui a fait cela, murmura Rydstrom d'un air absent.

— Qui est Rök ?

— Le colocataire de Cadeon.

Des rires leur parvinrent soudain. Rydstrom fonça sur la terrasse qui dominait des pelouses tracées au cordeau, ainsi qu'une immense piscine... bondée – un impressionnant contingent de superbes femelles en Bikini. Ou moins. Du reste, une bagarre entre plusieurs filles topless venait d'éclater.

— Des amies en visite ? s'enquit Sabine avec malice.

— Je n'en connais pas la moitié. On dirait qu'il n'y a que des Valkyries et des sorcières.

Des sorcières ? D'ordinaire, elle était sur ses gardes en leur présence, elle était méfiante, mais là, elles étaient toutes rondes comme des queues de pelle. Par habitude, elle sonda leurs pouvoirs, et ne trouva rien qui méritât le détour.

Rydstrom, nota-t-elle, avait concentré son attention sur une femme en particulier. Petite et absolument ravissante, elle était allongée dans une chaise longue, cigare au bec, téléphone vissé à l'oreille.

Elle portait un Bikini rouge, des talons aiguilles et un minuscule T-shirt sur lequel était écrit *Talons hauts... petit maillot*. Sa crinière couleur de jais retombait souplement sur ses épaules.

— Ah non, pas question qu'on paie pour lui ! disait-elle. Mais parce que vous l'avez envoyé à la mauvaise adresse ! Il a fait son strip-tease à la veuve d'à côté. Et d'après ce que je sais, elle a décidé de les garder, lui et son joujou en plastique ! Allô ? Allôôôô ?

— Qui est-ce ? demanda Sabine à Rydstrom.

— Je vais la tuer, grommela-t-il en guise de réponse.

Mais la femme en question venait de le repérer.

— Démon ! Te voilà de retour ?

Elle jeta son cigare dans la piscine et les rejoignit.

— Et tu as réussi à faire passer la frontière à l'ensorceleuse de l'équipe du Mal ! Je savais que tu y arriverais !

Elle releva ses lunettes de soleil sur sa tête, révélant de petites oreilles en pointe et un regard doré qui semblait... vide. Sabine sentait néanmoins une grande puissance chez elle.

La Valkyrie lui tendit la main.

— Nïx la Savante, se présenta-t-elle. Devineresse des stars.

Sabine leva les paumes, prête au combat.

— C'est quoi cette embrouille, Rydstrom ? s'écria-t-elle. Tu sais bien que nous sommes ennemies !

— Nïx ne fera rien. Je te le promets.

— Ah bon ? fit Nïx le plus sérieusement du monde.

Puis elle sourit, révélant de petits crocs pointus.

— Il a raison, je ne suis pas d'humeur à tuer la poule du roi !

— Me tuer ? ricana Sabine. Je peux te faire voir des choses qui te réduiront le cerveau en bouillie.

— Ooooh, c'est pas vrai ! feignit de s'inquiéter Nïx.

Sabine sonda son esprit, y accéda sans difficulté... et en sortit tout aussi rapidement. *C'était le chaos absolu, là-dedans.*

— Bienvenue dans mon monde ! s'exclama Nïx avec un clin d'œil appuyé. Bon, écoute, mademoiselle Sorceri, j'essaie de gagner ton amitié, là, alors tâchons de ne pas nous disputer. Et ne parlons pas de qui tu sais. Je te propose même une faveur, tiens. Une prédiction.

Nïx regarda brièvement en direction du ciel, puis :

— Ta sœur recevra ton message par pigeon voyageur dans deux heures. Il sera couvert de fiente, mais elle pourra quand même le lire.

La Valkyrie était au courant pour le message ? !

— Comment va Lanthe ? Elle est inquiète ? Elle est en sécurité ?

— Oui, elle est en sécurité. Pour l'instant. Je te le fais en temps réel, donc c'est une vision qui ne s'appliquera peut-être pas à l'avenir. Si elle est inquiète ? Elle sent que tu es en sécurité avec le démon. Elle pense qu'il ne te fera aucun mal.

Le soulagement de Sabine était tel qu'elle eut presque l'impression d'être redevable à la Valkyrie. Mais celle-ci était déjà passée à autre chose.

— Waouh, vous autres Sorceri, vous avez toujours des fringues qui tuent ! Et le maquillage !

— Je pensais que tu serais plus... imposante, avoua Sabine en réponse à ce compliment.

— Nïx, intervint Rydstrom en se plaçant entre elles deux, tu peux m'expliquer ce que...

— Un dorceri ! s'exclama soudain la Valkyrie. Mais oui, bien sûr !

— De quoi parles-tu ? soupira Rydstrom, comme s'il avait l'habitude de ces conversations décousues.

— C'est ainsi que l'on devrait appeler un bébé moitié démon moitié sorceri !

Sabine glissa un regard en coin à Rydstrom, qui se contenta de hausser les épaules.

— En effet, Nïx, ça sonne bien. Mais pour l'instant, j'ai besoin de savoir ce qui se passe ici.

— On a entendu dire que vous seriez absents un moment, expliqua Nïx. Par vous, j'entends Cadeon, Rök et toi. On n'a pas de piscine à Val-Hall, et elles n'en ont pas non plus à la Maison des Sorcières. Du coup, on est venues ici.

— Dehors ! Mais vous nettoyez d'abord !

Elle répondit d'un salut militaire, puis claqua des doigts en direction de deux sorcières affalées dans des chaises longues.

— Vous deux. Vous pouvez lancer le sortilège de nettoyage.

— Mais j'ai un début de gueule de bois, se plaignit la première d'une voix pâteuse.

Nïx ouvrit de grands yeux.

— Exécution, ou je publie les photos sur Internet !

— Au diable, Valkyrie ! grommela la sorcière. Au diable, toi et tes manipulations numériques !

Nïx se tourna vers les autres et cria :

— La fête est finie, le roi démon est mal luné. Heu... je veux dire rentré. Le roi démon est *rentré* !

Il y eut des protestations, mais la plupart sortirent de la piscine en vacillant. Une sorcière brune à gros seins passa devant Rydstrom et fit glisser un doigt sur son torse.

— Salut, mon grand, tu te souviens de moi ? Carrow ? La meilleure amie de Mariketa.

Si Sabine lui laissa la vie sauve, ce fut uniquement parce que Rydstrom ne se retourna pas sur son passage.

Dès que les sorcières de ménage se mirent à psalmodier, la magie les enveloppa. Différents bruits vinrent de la maison. Les environs de la piscine redevinrent impeccables, les déchets disparurent. En quelques minutes, ce fut terminé.

— Ah, voilà qui est mieux, déclara Nïx. Ma chérie, tu as l'air vannée, ajouta-t-elle à l'adresse de Sabine. Tu devrais aller te reposer.

— Je vais te montrer notre chambre, Sabine, intervint Rydstrom. Attends-moi, Nïx, je reviens.

En traversant la maison, Sabine remarqua les lambris en bois précieux et les hauts plafonds où les pales des ventilateurs hachaient doucement l'air. Le démon avait du goût.

Ils entrèrent dans une pièce spacieuse, au premier étage.

— Voilà notre chambre, annonça Rydstrom.

Elle donnait sur un balcon, qui surplombait la piscine.

Le lit était immense, et Sabine lorgna avec envie sur la luxueuse couette. Elle s'assit au bord du lit, retira ses bottes. Rydstrom alla jusqu'à une commode, et en sortit un T-shirt.

— Tiens, tu peux mettre ça pour...

Lorsqu'il se retourna, elle s'était déshabillée, glissée entre les draps, et sombrait déjà dans le sommeil.

— Elle n'avait pas besoin de tout ce bazar, Nïx, dit Rydstrom en rejoignant la Valkyrie. Et moi non plus.

Le passage d'une dimension à l'autre avait été très éprouvant. Et sans doute Sabine ne l'admettrait-elle pas, mais elle avait été bouleversée par les larmes de Puck. « C'est gênant », avait-elle juste déclaré en se renfrognant.

— Petit coquin ! Tu as épuisé ton ensorceleuse ! Elle n'a rien à voir avec les démones sages dont tu as l'habitude, tu sais.

Nïx n'avait pas changé. Toujours aussi folle.

— Je sais.

Et il s'en félicitait.

— Bon sang, Nïx, il y en a encore dans la piscine !

— Je m'en occupe. Hé, les sorcières ! lança-t-elle. Vous avez vu la rousse qui vient de passer ? Avec des fringues carrément délire ?

— Celle qui était habillée comme une Sorceri ? fit une sorcière.

— Ouais, dit une autre. Je me la ferais bien, tiens.

— Eh bien, c'est une *vraie* Sorceri, figurez-vous ! C'est Sabine, la Reine des Illusions !

Tout le monde se rua vers le bord.

— La salope va nous piquer nos pouvoirs !

— Elle va nous rendre folles !

Nïx soupira.

— Je crains que ce genre de scène ne se reproduise souvent, le temps que les créatures du Mythos se fassent à la présence de Sabine.

— Est-elle en sécurité, ici ? voulut savoir Rydstrom. Quand Omort frappera-t-il ?

— En fait, notre invasion chez toi présente un avantage : les sorcières ont placé un sortilège de protection sur tout le périmètre. Il semblerait que Carrow ait quelques soucis avec un contrôleur judiciaire. Enfin, bref. Personne, en dehors de ceux qui vivent ici, ne peut mettre un pied dans ta propriété sans y être invité.

Rydstrom avait prévu d'installer des pièges. Ce sortilège, c'était bien mieux.

— Combien de temps durera le sortilège ?

— Tant que tu n'annuleras pas la carte de crédit que j'ai trouvée dans ton tiroir.

Il inspira lentement, s'exhortant à la patience.

— J'ai aussi placé un sortilège sur ton armurerie afin qu'on ne puisse pas la forcer, enchaîna Nïx. Histoire de se préparer à l'arrivée de l'épée.

— Ainsi mon frère est en chemin. Il va bien ?

— Je t'en prie, ne me remercie pas, Rydstrom. Mon aide t'est précieuse, et tu prénommeras ta première fille Nïx, je sais tout ça. Pour répondre à ta question, oui, Cadeon va bien. Il a récupéré cette épée en prenant de grands risques. Et, accessoirement, il a bousillé ta Veyron à cent plaques.

— Quoi ? ! ?

Cette voiture faisait la fierté de Rydstrom. Il n'en existait que trois cents dans le monde, et il avait expressément interdit à Cadeon et à Rök d'y toucher.

— En fait, c'est Holly, ma nièce, qui l'a pliée. Ce qui a fait d'elle une héroïne parmi les Valkyries du monde entier. Envoyer à la casse la caisse à sept chiffres du roi démon ? Waouh.

— Pourquoi l'as-tu laissé partir avec Cadeon ?

— Parce que je suis *espiègle* ?

— Cadeon a-t-il… remis Holly à Groot ?

— Ouais. Il a fait passer son frangin avant sa copine. Mais Holly est un bon petit soldat, et elle a réussi à s'enfuir toute seule. N'aie pas l'air si surpris. C'est ma nièce, après tout.

Nïx fit bouffer sa coiffure avant d'ajouter :

— Et ensuite, Cadeon a éliminé Groot.

— Donc Cadeon et Holly sont ensemble ?

— Il l'a abandonnée entre les mains d'un assassin psychotique, alors elle n'est pas à proprement parler tout sourires avec lui. Mais ne t'inquiète pas. Ça ira mieux quand elle découvrira qu'il avait prévu dès le début de retourner la chercher.

Quoique soulagé d'apprendre ces nouvelles, Rydstrom demeurait inquiet quant à sa propre situation. *Six jours pour gagner le cœur de Sabine.* Il avait ramené sa femme chez lui, elle était nue dans son lit. Ce soir, elle lui ouvrirait les bras, il en était certain.

Et cela le rendait nerveux. *Je veux lui faire l'amour… je veux que tout se passe bien pour elle.*

— Tout va bien se passer, ce soir, mon grand. Détends-toi.

Il détestait que Nïx lise aussi facilement dans son esprit.

— C'est la devineresse qui fait une prédiction ?

Elle secoua la tête.

— Plutôt la femme qui traîne ses guêtres sur cette planète depuis trois mille ans. Bon, allez, faut que je file.

— Préviens-moi si tu as du nouveau au sujet de Cadeon.

— Pas de problème, répondit-elle en s'éloignant. L'orage couve, Rydstrom, ajouta-t-elle par-dessus son épaule. Ça va méchamment claquer. Tu as intérêt à te préparer.

Il scruta le ciel. Pas un seul nuage ne traversait l'azur.

37

— *Mais réveille-toi, bon sang !*

Sabine se redressa dans le lit et regarda autour d'elle.

— Il y a quelqu'un ? murmura-t-elle, ne voyant personne dans la chambre.

Depuis combien de temps dormait-elle ? Il faisait déjà nuit.

— *Ça y est ? Tu es réveillée ?* fit une voix dans son esprit.

— *Lanthe ?*

— *Te voilà enfin, Abie ! Je t'ai cherchée partout dans cette fichue ville.*

Sabine s'assit au bord du lit.

— *Tu es…* ici ?

— *J'ai eu ton message à Tornin, et j'ai ouvert un portail ici.*

— *Et les Vrekeners…*

— *Ils sont partout. Mais tu dois rentrer pour ta dose. Tout de suite ! Où es-tu ?*

— *Avec le démon. Chez lui.*

Chez nous.

— *Tu peux t'enfuir ?*

— *C'est que, les choses ont évolué entre nous. On a fini par trouver un arrangement.*

— *Parfait ! Je te rouvrirai un portail dans six jours, et tu pourras revenir, mais pour l'instant, tu dois venir avec moi !*

— *Que s'est-il passé ?*

— *Omort a menti : le morsus fera effet une semaine plus tôt que ce que l'on pensait.*

— *Il a fait quoi ?*

L'ordure ! Il allait le payer cher. Elle lui ferait voir ses pires cauchemars, des scènes que même lui ne supporterait pas.

— *C'est la vérité. Il l'a reconnu devant moi. Abie, c'est la pagaille à Tornin. Les vampires sont partis, les démons feu sont sur les dents, et Omort a failli m'ôter mon pouvoir et me tuer !*

— *Alors tu ne dois pas retourner là-bas !*

— *Je l'ai convaincu que tu ne te donnerais jamais à lui s'il me faisait du mal. Il est encore persuadé que vous allez vous marier. Tu dois trouver comment sortir de cette maison, et suivre ma voix jusqu'au portail. Il n'y a pas de temps à perdre.*

— *Je ne peux pas quitter Rydstrom sans rien dire.*

— *Tu plaisantes ? J'espère vraiment que ça va marcher, vous deux, mais le moment est mal choisi pour lui faire des confidences.*

Quand Sabine entendit la porte de la chambre s'entrouvrir, elle se para rapidement d'un voile d'invisibilité, et projeta dans le lit une illusion d'elle-même endormie.

Rydstrom s'approcha, et la regarda avec une indicible fierté. Juste pour voir, Sabine sonda son esprit.

— *Ma femme... dans mon lit. Enfin...*

Puis son expression changea. La ride entre ses sourcils se creusa.

— *Lanthe, je n'y crois pas... Rydstrom regarde une illusion de moi, et on dirait qu'il est... amoureux.*

— *Il avait LE regard ? Est-ce que la ride s'est creusée, entre ses sourcils ?*

— *Oui. Et en sortant de la chambre, il s'est frotté la poitrine.*

— *Comme si son cœur était douloureux ?*

— *Je n'ai jamais vu ça qu'à la télé !* s'écria Sabine. *Lanthe, il faut que je lui dise. Il faut qu'il sache tout !*

— *Pour qu'il fasse quoi ? Et pendant que vous discutez tous les deux, j'attends que les Vrekeners me repèrent ?*

Si Sabine expliquait cette histoire de poison à Rydstrom, il était probable qu'il ne la laisserait pas retourner voir Omort. Et si elle lui annonçait qu'elle mourrait si elle n'y retournait pas, il insisterait pour lui trouver de l'aide ici. Sauf que personne, dans cette dimension, ne pouvait empêcher le morsus de faire effet.

Malgré cela Sabine ne savait que faire.

— *Partir en douce me semble tellement... mal.*

— *Pas de doute, tu es à cent pour cent amoureuse, et ça te rend stupide. Je te dis que tu seras de retour dans quelques jours !*

— *Je pourrais lui écrire une let...*

— *Abie, je viens d'entendre des battements d'ailes.*

— *J'arrive !*

Elle s'habilla en quelques secondes. Laissant l'illusion dans le lit, elle quitta la chambre, toujours invisible.

Elle sortit par une porte de service, et s'éloigna en courant. Rydstrom se lancerait à ses trousses dès qu'il découvrirait son absence, elle espérait juste atteindre le portail de Lanthe avant.

— *Lanthe ?*

— *Suis ma voix, Sabine. Je suis dans un jardin public.*

Les rues se ressemblaient toutes, comme dans un labyrinthe. La pluie se mit à tomber, fine, d'abord, puis plus drue. Bientôt, des éclairs zébrèrent le ciel. La foudre claqua.

— *Lanthe ?*

— *Je suis là. Quel temps pourri.*

Sabine aperçut un jardin public au loin.

— *Parle-moi.*

— *Tu es tout près.*

— *Je vois un…*

Sabine trébucha en entendant le démon hurler son nom. Il semblait en proie à une fureur sans nom.

— *Lanthe ! Il me poursuit !*

Pas de réponse.

— *Lanthe ? Où es-tu ?*

Quand sa sœur répondit, sa voix était plus faible.

— *J'ai dû faire un petit détour.*

— *Tu t'éloignes de moi ? Qu'est-ce que tu fais ?*

— *Là, tout de suite, je fuis des monstres ailés,* chuchota Lanthe. *Et toi ?*

— *Je fuis un démon furie de deux mètres dix…*

38

Quand Rydstrom était retourné voir comment allait Sabine, il avait voulu lui caresser les cheveux.

Et n'avait rien trouvé d'autre qu'une illusion. Il était resté là, incrédule, durant de longues minutes.

Elle m'a trompé. De toute évidence, elle n'avait jamais eu l'intention de rester. Encore un mensonge. Elle l'avait… *abandonné.*

Pourquoi ? Il s'était rué dehors, sous l'orage, et avait hurlé son nom. Puis il avait senti son odeur, non loin de là.

Alors il s'était lancé à ses trousses, n'obéissant plus qu'à son instinct. Il avait couru dans les rues trempées, sa fureur grandissant à chaque pas. Le besoin frénétique de la marquer le consumait.

Elle ne porte pas ma marque… nous ne sommes pas mariés.

Il l'aperçut soudain aux abords d'un jardin public, sautant par-dessus les flaques. Comme il plissait les yeux, il repéra une zone où l'air semblait bouger. Un portail. Et Sabine se dirigeait droit sur lui.

Il accéléra l'allure, la rattrapa et la plaqua sur la pelouse boueuse.

— Tu disais que tu voulais rester avec moi ! hurla-t-il en la faisant rouler sur le dos. Je t'ai crue. Et voilà que tu retournes dans les bras d'*Omort* !

— Non… Oui… Rydstrom, écoute-moi, je t'en prie.

Il la tira sous lui, planta les griffes dans ses cuisses.

— Pourquoi ? Tout ce qui sort de ta bouche n'est que mensonge ! Combien de fois encore te laisserai-je me tromper ?

Elle avait voulu s'enfuir ? La menteuse allait le payer.

Ses yeux brillaient d'une lueur cruelle dans la nuit. La pluie cinglait le visage de Sabine. Elle y voyait à peine, ne s'entendait pas davantage.

— Je voulais être bon avec toi, continua-t-il. Te faire l'amour. Mais c'est fini.

Quand il commença à déboucler sa ceinture, elle écarquilla les yeux.

— Non ! Pas comme ça ! hurla-t-elle en le griffant au torse et au visage.

Il poussa un rugissement, lui agrippa les poignets et la fit basculer sur le flanc pour les lui attacher dans le dos avec sa ceinture.

— Rydstrom, non ! Il est arrivé quelque chose ! Écoute-moi ! Ma sœur est ici…

— Ta sœur est à Tornin ! Dans *mon* château ! Je ne veux plus écouter tes mensonges !

Ses cornes étaient sombres, dressées sur sa tête.

— Je t'en prie. Lanthe est en danger… Il y a des Vrekeners partout !

Rydstrom la repoussa sur le dos.

Il ne m'entend pas.

— Je dois aller la secourir ! essaya-t-elle encore.

Mais il était impossible de lui parler, de le raisonner. Le démon si posé, si rationnel, n'était plus. *Je l'ai brisé.*

— S'il lui arrive quoi que ce soit…

Elle avait tellement peur pour Lanthe que son cœur semblait sur le point d'exploser. Et cette peur devint nausée, puis fureur.

— Tu n'as pas le droit de me retenir ainsi ! Pas le droit de m'attaquer, de me faire tomber dans la boue !

— Tu m'as menti… et tu vas le payer.

— Ne me touche pas, espèce d'animal ! Détache-moi immédiatement !

— Jamais, Sabine. *Jamais.*

Il la souleva dans ses bras, la jeta sur son épaule et rebroussa chemin.

— Non ! hurla-t-elle tandis qu'ils s'éloignaient du portail, et de Lanthe. Ne me ramène pas chez toi !

La pluie se calmait, mais elle n'entendait toujours pas sa sœur.

— Je la garderai par tous les moyens, grommela Rydstrom, se parlant à lui-même. Enchaînée au lit s'il le faut. Le démon en moi sera satisfait ce soir…

Quand l'averse cessa, elle tenta à nouveau de parler à Rydstrom. Mais autant s'adresser à un mur. Une fois dans la maison, il la déshabilla, alla chercher des chaînes et l'attacha au lit.

Il n'y a qu'une seule façon de traiter une femme comme elle.

Rydstrom entendait à peine ce qu'elle disait. À quoi bon écouter des mensonges ? *Il faut juste que je la marque.*

Elle était allongée sur le lit, ses cheveux trempés épars autour de sa tête, son corps pâle frissonnant. Il retira son pantalon, puis grimpa sur le lit.

Elle ouvrit des yeux horrifiés.

— Laisse-moi partir ! supplia-t-elle. Il faut que j'y retourne !

Ne fais rien d'irrévocable… Mais il n'avait pas le choix puisqu'elle refusait de rester. *Marque-la.*

Il s'agenouilla entre ses cuisses.

— Je voulais me montrer doux…

Il s'allongea sur elle et prit son visage entre ses mains. Son sexe palpitait contre celui de Sabine.

Contrôle-toi. Elle me rend fou ! Je ne sais plus où j'en suis...

— Ne fais pas cela, démon, articula-t-elle avec un regard suppliant.

— Tu m'avais dit que tu resterais. Je t'ai cru.

— Rydstrom, je dois aider ma sœur. Si je n'y retourne pas, ils la tueront. Fais-moi confiance quand je te dis que je reviendrai. Car je reviendrai.

— Tu pensais que tout serait fini entre nous en retournant auprès d'Omort ? Mais je serais venu te chercher. *Cwena*, murmura-t-il en frottant son sexe entre ses cuisses, si nous ne sommes pas proches, c'est uniquement parce que je n'ai pas encore assez lutté pour te conquérir.

— Si nous le faisons, tu me laisseras partir ? demanda-t-elle, au désespoir. Alors prends-moi, possède-moi, fais ce que tu as à faire, mais laisse-moi partir ensuite.

— Tu dois porter la trace de ma morsure.

— Oui, d'accord ! Vas-y, mords !

— Tu sais ce que tu dois dire ?

— Tu veux que je te supplie ? C'est bon ! Je t'implore de...

— Non !

Il plaqua la main sur sa bouche. Il ne voulait pas qu'elle cède ainsi. Quand elle se calma, il retira la main.

— C... c'est ce que tu voulais, non ? balbutia-t-elle.

— Oui... Non !

Il se releva, s'assit au bord du lit, et se pinça l'arête du nez. *Réfléchis.*

— Alors quoi ? s'écria-t-elle en tirant sur ses chaînes.

Il se leva, fit les cent pas. *Réfléchis...*

— Qu'attends-tu de moi, démon ?

— Je n'en sais rien ! tonna Rydstrom en donnant un coup de poing dans le mur. Je veux que tu éprouves quelque chose. Pour moi.

De nouveau, il fut sur elle, lui agrippa la nuque.

— Parce que tu m'arraches le cœur !

— J'éprouve bel et bien quelque chose pour toi, démon. Prends-moi. Marque-moi. Fais de moi ta femelle pour toujours.

Ces mots, il en avait rêvé. L'ensorceleuse lui disait exactement ce qu'il voulait entendre, et apaisait la bête en lui.

— Mais ensuite, tu devras me laisser partir. Je reviendrai !

Je n'arrive pas à penser... Rien d'irrévocable...

Une fois encore, il se leva, et gagna la salle de bains. Le front et les mains appuyés contre le mur, il luttait pour se maîtriser.

Le bruit, reconnaissable entre tous, de la vieille camionnette de Cadeon lui fit redresser la tête. Lâchant un juron, Rydstrom passa un jean à la hâte et alla au-devant de son frère avant que celui-ci ait le temps d'utiliser sa clé.

Quand Rydstrom entrouvrit la porte qui donnait sur le jardin, il n'avait que Sabine en tête, mais remarqua tout de même que Cadeon semblait... fatigué.

— Rydstrom ? s'écria ce dernier, incrédule.

Son apparence avait de quoi surprendre, se doutait Rydstrom. Torse et pieds nus, il finissait de boutonner sa braguette. Il avait les mâchoires serrées, les épaules rigides, et des griffures lui zébraient la joue et les pectoraux.

— Je vais pas passer l'après-midi ici, ouvre-moi.

Rydstrom ne bougea pas, se contentant de jeter un regard par-dessus son épaule. *Ce rêve.* Elle avait été sur le point de l'anéantir. Il aurait pu la haïr pour cela.

— Hé, Rydstrom, tu m'inquiètes, là ! Laisse-moi entrer et raconte-moi ce qui s'est passé. J'ai entendu dire que tu avais été enlevé par Sabine.

Pas de réponse.

— Tu as été emmené à Tornin ? Tu t'es battu contre Omort pour t'échapper ?

Enfin, Rydstrom secoua la tête.

— Alors, comment t'as fait ? Personne ne s'échappe de Tornin.

— J'avais un atout dans ma manche, lâcha-t-il d'une voix éraillée.

— Ça n'a pas l'air d'aller. Tu ne te sens pas bien ?

— Ça va s'arranger, assura Rydstrom avant de se retourner de nouveau. Bientôt.

— J'ai l'épée, dit Cadeon en la lui tendant. J'ai tué Groot, aussi.

Rydstrom hocha la tête et prit l'arme sans manifester plus d'intérêt, la regardant à peine.

Interloqué, Cadeon répéta :

— C'est *l'épée*, celle qui va tuer *Omort*.

— Nous partirons en guerre au printemps, dit Rydstrom. Tiens-toi prêt.

— C'est tout ce que t'as à me dire ? Merci pour la gratitude et la petite tape dans le dos ! s'emporta Cadeon. Si tu savais ce que j'ai enduré pour la récupérer, et ce que ma promise a enduré… Ah, et puis au cas où tu ne t'en serais pas aperçu, la Veyron n'est plus là… et elle ne reviendra pas !

— Il y a quelqu'un ? cria soudain une femme, à l'intérieur. Ô mon Dieu, aidez-moi !

Cadeon entendit un sommier grincer.

Et un bruit de chaînes.

— Je suis retenue ici contre ma volonté !

— Merde… C'est… *Sabine* ? C'était elle, ton atout ?

— *Je vous en prie, aidez-moi !*

Rydstrom fixa son frère d'un regard fou, comme s'il le mettait au défi de tenter quelque chose.

— Donc, si je comprends bien, tu as une sorcière maléfique attachée dans ton lit ? dit Cadeon d'un ton qu'il voulait détendu, sans vraiment y parvenir.

— Elle est à moi, souffla Rydstrom. Je lui ferai ce que je veux. Elle ne subira rien qui ne m'ait déjà été infligé.

Il serra les poings.

— Hé ! Garde tes coups, frérot ! Chacun sa merde, hein ?

Sabine l'avait donc à ce point martyrisé que le noble et grand Rydstrom en était réduit à ça ?

— Quand j'en aurai fini avec elle, je t'appellerai.

Comme il refermait la porte, il entendit Cadeon marmonner :

— Putain de merde ! Cela voudrait-il dire que je ne suis plus le méchant frère ?

Avant de mettre l'épée à l'abri dans son armurerie, Rydstrom alla la montrer à Sabine.

— Voici l'épée qui tuera Omort.

La lame scintilla tandis que Rydstrom la faisait tournoyer dans les airs pour en vérifier la maniabilité.

— Bientôt, je retournerai à Tornin pour lui couper la tête. Que ressens-tu à l'évocation de la mort de ton frère ?

— La même chose que lorsque j'entends le bulletin météo d'une région où je ne vis pas.

— Je regrette presque que tu ne lui sois pas loyale.

— Mais tu ne comprends donc pas ? Jamais tu ne réussiras à l'approcher suffisamment pour te servir de cette épée. Il ne sort quasiment pas de Tornin, et des pièges magiques le protègent en permanence. Bon sang, Rydstrom ! Détache-moi !

Elle avait les poignets en sang. Il ignora sa requête et quitta la pièce. Tout en se dirigeant vers l'armurerie, il baissa les yeux sur l'épée. C'était la plus remarquable qu'il ait jamais vue. On aurait dit une extension de son propre bras.

Il avait entre les mains l'objet d'une quête insensée, et il lui avait à peine accordé un regard. Son frère avait risqué sa vie pour le lui rapporter, et il ne l'avait même pas remercié.

Cadeon l'avait regardé comme s'il avait perdu l'esprit.

Je crois bien que c'est le cas.

39

— *Abie ?*

Sabine laissa échapper un soupir de soulagement.

— *Lanthe, où es-tu ?*

— *Dans les rues. J'essaie d'éviter des oiseaux vraiment très gros. Qu'est-ce qui t'est arrivé ?*

— *Le démon m'a rattrapée et m'a enchaînée à son lit.*

— *Quoi ? Dès que j'aurai semé ces connards de piafs, je m'occupe de lui !*

— *Qu'est-ce que tu veux faire ? Lui ouvrir un portail vers la mort ? Combien de temps crois-tu pouvoir éviter les Vrekeners ? Attends ! Je l'entends revenir... Ne bouge pas.*

Rydstrom reparut. Dans son regard sombre se mêlaient douleur et confusion. Il tendit les mains vers Sabine, mais au lieu de la toucher, il entreprit de lui ôter ses chaînes.

Elle retint son souffle.

— Sais-tu ce que j'ai vu quand tu m'as dit de rêver à ce que je désirais le plus ? demanda-t-il d'une voix rauque. J'ai rêvé de toi et de notre fils. Nous étions heureux, Sabine. J'étais capable de te rendre heureuse, et de te protéger. Et c'était un sentiment de bonheur indescriptible.

— *Lanthe, il me libère ! Attends-moi, je n'en ai pas pour longtemps !*

— Mais maintenant, je sais que cela n'arrivera jamais, continua Rydstrom.

Une fois libre, elle se leva d'un bond et s'écarta de lui, mais il se laissa tomber au bord du lit, visiblement épuisé.

— *Lanthe, tu es toujours là ?*

Elle attrapa le T-shirt qu'il avait sorti pour elle, l'enfila, et se dirigea vers la porte. Sur le seuil, elle se retourna.

— Je serai de retour dans six jours, Rydstrom. Je te le promets.

— Non, tu ne reviendras pas. J'arrête, Sabine.

— Quoi ? Rydstrom, je…

— Je ne suis pas comme ça. Ce n'est pas moi. Tu réveilles le pire en moi.

Il avait la tête entre les mains, comme les gens qui ont du chagrin, ou qui réalisent qu'il leur faut renoncer à leur rêve.

Il renonçait à elle. Sabine aurait voulu lui demander de ne pas faire cela, lui donner toutes les raisons de ne pas le faire. Mais Lanthe était seule et en danger, elle avait besoin d'elle.

— Nous allons continuer à nous faire souffrir mutuellement. Alors je ne veux pas que tu reviennes, dit-il doucement, mais d'un ton aussi dur que l'acier.

— Démon, écoute…

Il leva les yeux, croisa son regard.

— Ne reviens pas.

Quand elle sentit sa lèvre inférieure trembler, elle se para d'invisibilité. Et après un dernier regard à Rydstrom, elle sortit.

— *Abie, tu es là ?* s'inquiéta Lanthe. *Qu'est-ce qui se passe ?*

— *Je… je viens d'être quittée.*

— *Quoi ? Bon, de toute façon, tu n'as pas besoin de lui !*

— *Oh, Lanthe, je crois que si ! Vraiment.*

Lanthe courait, à bout de souffle, complètement perdue. N'avait-elle pas déjà vu cette vitrine, là ?

Elle levait sans arrêt la tête, mais, apparemment, elle avait réussi à semer les Vrekeners.

Il y en avait une bonne vingtaine. Et quand elle avait repéré les premiers, accroupis sur les branches d'un chêne centenaire, il lui avait semblé reconnaître Thronos...

— *Ça y est, je suis sortie de la maison*, annonça Sabine.

Lanthe en trébucha de soulagement.

— *Alors fichons le camp d'ici. J'ai semé les Vrekeners, il ne nous reste plus qu'à retrouver le portail. Tu te souviens de l'endroit où se trouvait le jardin public ?*

— *Tu plaisantes ?*

— *On pourrait le croire, hein ?*

Les ruelles se succédaient telles autant de portes entre lesquelles choisir. Lanthe s'engagea dans l'une d'elles, puis bifurqua pour en suivre une autre.

— *Attends ! Je crois que je le vois !* s'écria-t-elle.

Elle piqua un sprint en direction d'un espace dégagé – c'était forcément le jardin.

— *J'y suis !*

Elle voyait le portail à cinquante mètres à peine.

— *Suis ma...*

Elle s'interrompit, sentit ses poils se hérisser. Et leva les yeux.

Des Vrekeners. Partout. Dans les arbres, sur le sol, autour d'elle. Ils l'avaient piégée, se servant du portail comme d'un appât.

— *C'est un piège ! Ils nous attendaient.*

Si le démon n'avait pas rattrapé Sabine, eux l'auraient attrapée.

— *Abie, ne viens pas ! Il y en a partout !*

— *J'arrive !*

De nouveau, Lanthe aperçut Thronos. Accroupi sur une branche, enveloppé dans son manteau noir, on aurait dit la Faucheuse. Un sourire méchant tendait les cicatrices boursouflées qui le défiguraient. D'un bond léger, il sauta à terre.

Le connard pensait qu'il l'avait coincée.

Un « incident périlleux » était censé raviver son pouvoir de persuasion ? Eh bien, on était en plein péril, non ? Alors autant tenter le coup.

Au signal de Thronos, ils attaquèrent. Lanthe se rua vers le portail. Certains volaient au-dessus d'elle, d'autres la poursuivaient à pied.

— *Mais laissez-moi tranquille !* hurla-t-elle.

N'avait-elle pas senti une petite décharge, synonyme de pouvoir ?

Sans ralentir, elle regarda par-dessus son épaule. Ceux qui couraient s'étaient arrêtés. Ceux qui volaient faisaient du surplace. Tous sauf Thronos, qui semblait grincer des dents, se tendaient pour résister à l'ordre de Lanthe. Ce dernier boitait dans sa direction, l'air mauvais, battant des ailes avec hostilité. Il se rapprochait ...

Devait-elle essayer de retrouver Sabine ? Ou tenter de les entraîner à sa suite afin que sa sœur puisse passer le portail ?

Un par un, les Vrekeners se libérèrent de l'ordre de Lanthe, et chargèrent de nouveau. Affolée, elle plongea tête la première dans le portail, et atterrit à mi-chemin de sa chambre à Tornin.

Thronos, qui était juste derrière elle, lui avait attrapé le pied. Elle rua comme une mule, le heurta à la bouche.

— Recule ! ordonna-t-elle.

Il luttait visiblement pour résister à cet ordre, mais fit tout de même un pas en arrière.

— *Où es-tu ?* demanda Sabine.

— *Au portail.*

— *Ferme-le !*

— *Et toi ?*

— *Je peux tenir six jours ! Mais si tu te fais prendre maintenant, je n'ai plus aucune chance.*

— *Mais...*

— *Ferme le portail !*

— *Je reviendrai te chercher !*

Les mâchoires serrées par l'effort, Lanthe entreprit de sceller le portail, refermant la faille qu'elle avait provoquée. Les bords du seuil étaient comme les lèvres d'une plaie qui se rapprochaient pour cicatriser.

— *Tiens bon jusqu'à mon retour, Abie !*

Au moment où la faille se refermait, Thronos glissa le pied dedans. Il fixa Lanthe de ses yeux argentés, ouvrit grand ses ailes.

Lanthe lui répondit d'un sourire mauvais. La blessure ouverte par le portail se refermait, et rien ne pouvait l'en empêcher. Elle entendit le rugissement de Thronos quand son pied fut coupé, puis elle s'affala sur le sol de sa chambre, à bout de souffle. *Il faut que je trouve un vampire qui puisse me téléporter jusqu'à Sabine*. Mais ils étaient tous partis...

Elle se releva lentement, fusilla du regard le pied botté de Thronos. Par sa faute, Sabine était bloquée dans une autre dimension.

— Je commence à en avoir marre de vos conneries ! hurla-t-elle au pied. Cinq cents ans que vous êtes à nos basques !

D'un coup de pied, elle l'envoya balader à travers la pièce. Il passa devant Omort, qui se tenait sur le seuil.

— Et tu oses revenir sans elle.

Sabine sentit le calme revenir, sentit aussi l'absence de sa sœur, ce qui signifiait que Lanthe avait quitté cette dimension. Par le portail. Elle était en sécurité.

Mais moi, je suis dans le pétrin. Six jours à tenir. Y parviendrait-elle ? Maudit soit Omort et ses mensonges !

Elle ignorait où dénicher un vampire pour la téléporter. Et elle ne savait pas où aller. Elle pouvait projeter des illusions d'argent pour prendre une chambre d'hôtel, mais user de ses pouvoirs attirerait les Vrekeners.

Pourquoi suis-je aussi abattue ? J'ai vécu des situations beaucoup plus critiques, pourtant !

Peut-être parce qu'elle allait bientôt mourir.

Non ! Elle refusait de croire pareille chose. Elle avait entendu dire que le morsus faisait effet par vagues. Elle pouvait supporter les premiers épisodes de douleur. Elle pourrait peut-être même réussir à surmonter le manque et à dire à Omort d'aller se faire foutre !

Elle écarquilla les yeux. *Oui ! Je vaincrai le morsus !* On parlait de gens morts dans d'atroces souffrances, mais elle doutait qu'aucun d'entre eux ait connu l'agonie qu'elle-même avait endurée ! *Je suis morte des dizaines de fois. Ce sera facile comme tout.*

Elle se sentit mieux tout à coup, presque impatiente d'en découdre.

Alors pourquoi ce sentiment de découragement ?

Le démon me manque. Elle avait vécu quelque chose de beau avec lui, et ne s'en était pas rendu compte assez tôt. Les chances de retrouver un mâle comme lui étaient minces. Un roi magnifique qui l'embrassait délicatement sur la nuque, la traitait avec considération – sauf quand elle le fuyait –, et qui était son époux, par-dessus le marché.

Elle voulait le démon. Mais il ne voulait plus d'elle. *Et c'est ma faute.*

Sabine sentit sa lèvre trembler de nouveau. *Ah non, ça suffit !* Pleurer, c'était un truc de femme faible – de désespérées qui se tordaient les mains.

Pourtant les larmes continuaient de rouler sur ses joues, et cette sensation inconnue la prit de court.

40

Qu'ai-je fait ?

Rydstrom se maudissait.

Je l'ai laissé partir.

Sur le moment, il avait eu le sentiment de ne pas avoir le choix. Son propre comportement l'avait consterné. Dans ce parc, sous la pluie, il avait été sur le point de la prendre de force, et plus tard dans le lit.

Mais à présent qu'il avait retrouvé un peu de son calme, il lui semblait que Sabine avait peut-être dit la vérité lorsqu'elle lui avait assuré qu'elle reviendrait. Il était possible qu'elle ait envie d'être davantage avec lui.

Si elle réveillait le pire en lui, alors il lui faudrait faire plus d'efforts encore pour devenir meilleur. Aucun homme ne s'y efforcerait davantage. Mieux, il lui demanderait ce qu'il devait améliorer. Il lui dirait : *La vie sans toi ne m'intéresse pas. Tu me rends fou. Je donnerais n'importe quoi pour que tu finisses par m'aimer.*

Mais il exigerait qu'elle aussi fasse des efforts.

Et pour cela, il fallait qu'il la retrouve.

Il s'élança donc de nouveau dans les rues. *Elle a peut-être franchi le portail.* Pourtant, il sentait que non, qu'elle n'était pas très loin…

Il la repéra à un pâté de maisons de là, assise au bord du trottoir.

En s'approchant, il la vit essuyer le visage avec l'avant-bras.

Sabine... *pleurait* ?

— Que fais-tu là, *cwena* ?

Au cours de la semaine qui venait de s'écouler, Rydstrom avait été heureux qu'elle s'inquiète pour lui et reconnaissant qu'elle soit jalouse. Était-ce horrible de sa part d'espérer qu'elle pleure pour lui ?

Lorsqu'elle tourna la tête vers lui, sa lèvre inférieure tremblait, pourtant elle ne se cacha pas derrière une illusion.

— Je... je n'ai nulle part où a... aller. Lanthe est partie, et elle ne reviendra que dans six j... jours. Je suis en t... terre étrangère, et il y a des... des Vrekeners partout. Et en plus, tu as rom... rompu avec moi !

Les larmes redoublèrent.

— Viens avec moi, Sabine. Rentrons.

— Non ! Tu m'as dit que tu ne vou... voulais pas que je revienne.

Il la souleva dans ses bras, essuya ses larmes.

— Tu veux bien te taire ? Il ne m'a pas fallu dix minutes avant de partir à ta recherche.

Elle enfouit le visage au creux de son cou.

— Je suis contente que tu l'aies fait.

— Nous allons devoir mettre un certain nombre de choses à plat. Tu vas prendre une bonne douche, et puis nous discuterons de tout cela.

— En bu... buvant du vin ?

— Le plus doux que je trouverai.

— Tu... tu veux toujours de moi ?

Il posa son front contre celui de Sabine.

— Toujours. Et pour toujours.

— Je comprends que tu aies pu penser le pire, ce soir. Tu n'avais aucune raison de m'accorder le bénéfice du doute. Mais il faudra que tu apprennes à me faire confiance, malgré tout.

— Sabine, plus tard...

— Attends. Écoute-moi. Je connais un moyen qui te permettra de savoir si je te mens ou pas. C'est un système que les voyous utilisent pour se forcer à être honnêtes entre eux. Je veux faire cela pour toi.

Il n'avait pas la moindre idée de ce dont elle parlait, mais qu'elle fasse ce pas vers lui le réjouissait au plus haut point.

— Il me faut juste de la terre glaise, des crochets à tableau, un four, et ton sang.

— Comment puis-je être sûr que ces tablettes vont fonctionner ? demanda Rydstrom tout en plantant trois crochets à tableau dans le mur.

— J'en ai fait plus que nécessaire pour qu'on puisse les tester, répondit-elle d'un ton absent, les yeux rivés sur le dos nu du démon.

Le tatouage, les muscles, la peau si douce... *Seigneurs, ce mâle est trop beau...*

Il se retourna abruptement, la prenant en flagrant délit de contemplation. Elle haussa les épaules, l'air de dire qu'elle ne pouvait s'en empêcher. Ce qui était le cas.

— Tu as terminé ? s'enquit-il d'une voix un peu rude.

Elle glissa une ficelle dans le trou de la dernière tablette. Elle en avait trois, prêtes à être suspendues, et les lui tendit avec précaution.

Il semblait très dubitatif quant aux résultats de cette étrange expérience, mais suivait ses instructions à la lettre, comme s'il espérait vraiment que cela fonctionnerait.

Un peu plus tôt, il l'avait laissé prendre une douche tandis qu'il sortait chercher de la terre – preuve qu'il lui faisait confiance. Ils s'étaient retrouvés dans la cuisine. Sabine portait l'un de ses T-shirts, et lui, un jean. Rien d'autre.

La cuisine était ultramoderne. Sabine était déjà perdue dans une cuisine médiévale, alors là... Elle avait toutefois trouvé un saladier, dans lequel elle avait mélangé la terre et quelques gouttes de leur sang respectif.

— C'est ton sang qui te lie au sortilège, avait-elle expliqué en pratiquant une petite coupure dans le bras de Rydstrom. Mon sang de Sorceri joue le rôle de catalyseur, c'est la batterie qui fournit l'énergie.

Elle avait étalé de la terre sur trois tôles à pâtisserie. Avec un pic à glace en guise de stylet, elle avait soigneusement écrit sur la première : *Je n'aurai jamais de pensées concupiscentes à propos de Rydstrom* ; sur la deuxième : *Je n'embrasserai jamais Rydstrom* ; et sur la troisième : *Je ne mentirai jamais à Rydstrom.*

Tandis qu'il les accrochait, elle se hissa sur le plateau en granit du plan de travail.

— Séance pactes ! Sacrée, même chez les méchants !

Pendant qu'elle préparait les tablettes en sirotant du vin doux, Rydstrom s'était appuyé au plan de travail, les bras croisés, suivant le moindre de ses mouvements.

La tension sexuelle entre eux était palpable.

Pendant que les tablettes cuisaient, elle avait suggéré « qu'ils s'occupent », mais il avait refusé, visiblement très décidé à « mettre les choses à plat ».

— Que fait-on maintenant ? demanda-t-il en s'approchant d'elle.

— Prêt pour le test ? Dans ce cas, sois gentil et défait ton pantalon que je jette un œil...

— Sabine... ? Très bien.

Il déboutonna sa braguette.

À l'instant où elle posa les yeux sur son sexe, elle eut une envie folle de le toucher, d'y faire courir ses lèvres...

La première tablette vola en éclats.

Rydstrom écarquilla les yeux, et se reboutonna prestement.

— Embrasse-moi, dit-il en se penchant vers elle.

Elle s'exécuta et ferma les yeux. Mais quand la deuxième tablette se brisa et tomba, il s'écarta.

— Bon sang, mais ça marche !

— Tu as épousé une ensorceleuse, démon. Je sais ce dont je suis capable.

Il se retourna brusquement, inspecta les tablettes.

— Tu peux me demander n'importe quoi, et je devrai te répondre honnêtement. Mais avant que nous passions à tes questions, j'aimerais t'en poser une.

D'un geste, il lui fit signe de poursuivre.

— Si je t'avais dit que je devais retourner à Tornin parce qu'il s'agissait d'une question de vie ou de mort, mais que je reviendrais, m'aurais-tu laissé partir sans toi ?

— Non. Il est hors de question que nous nous séparions, Sabine.

Comme pour illustrer son propos, il revint vers elle, se plaça entre ses jambes.

— Il m'a fallu mille cinq cents ans pour te trouver, et je refuse de me séparer de toi, pour quelque raison que ce soit.

— Je vois.

Elle s'était attendue à ce genre de réponse, mais sa véhémence lui rappela qu'elle devrait manœuvrer avec la plus grande prudence.

Elle aurait aimé avoir une confiance absolue en lui, mais n'y parvenait pas. Comme Lanthe l'avait prédit, le démon refuserait de la laisser partir. Or, dans six jours, c'était ce qu'elle devrait faire.

— Pose tes questions, maintenant.

— Où allais-tu ce soir ? Et pourquoi as-tu cherché à m'échapper ?

Manœuvrer avec précaution.

— Ma sœur avait ouvert un portail pour venir me chercher. Elle et moi communiquons par télépathie quand nous sommes dans un même périmètre, et elle m'a réveillée. Je lui ai expliqué que je ne voulais pas partir sans te le dire, même si ce n'était que pour quelques jours. Je lui ai dit que nous avions fini par trouver un terrain d'entente. Que nous étions ensemble.

Rydstrom tourna les yeux vers la dernière tablette, s'attendant de toute évidence à ce qu'elle se brise, même s'il souhaitait ardemment le contraire.

Un sentiment inconnu gonfla le cœur de Sabine. *Démon solitaire. Rêvant que sa solitude prenne fin...*

— Continue, fit Rydstrom, et il y avait une pointe d'excitation dans sa voix.

— Ouvrir un portail demande à Lanthe une énergie folle, que les Vrekeners ont repérée. Elle m'a avoué qu'elle tentait de leur échapper. Lanthe ne possède aucun pouvoir magique de défense. Elle ne peut pas se battre contre ces créatures. Je me suis enfuie pour la secourir.

— Avais-tu prévu de revenir ?

— Oui.

Il posa les mains sur le plan de travail, de chaque côté de ses cuisses, l'air assommé par ses révélations. Puis il plissa les yeux.

— Es-tu de mèche avec Omort ? Travaillez-vous ensemble à une conspiration ? Contre moi ?

— Non.

— Tu n'es pas son alliée ?

— Non. Mes seules alliées sont ma sœur et moi-même.

Il encaissa.

— Voudrais-tu vivre à mes côtés pour toujours ?

Elle hésita. Comment en être certaine ?

— Oui ? répondit-elle finalement en jetant un œil à la tablette. Écoute, Rydstrom, si je devais vivre avec quelqu'un, ce serait avec toi. Ce que je ne sais pas, c'est si je suis celle qu'il te faut. Je ne suis pas... comme toi.

— Tu sais quoi ? Tu avais raison quand tu disais que ma vie était trop ordonnée. Avant toi, je faisais en sorte que tout, autour de moi, soit rationnel, et raisonnable. Et cependant, tout, chez toi, défie la raison. J'aime ton esprit tortueux et ton sens de l'humour irrespectueux. J'aime que mes sentiments pour toi soient si forts que c'en est insensé.

En réponse à cette déclaration venue du fond du cœur, Sabine plongea son regard dans celui de Rydstrom.

— Tu es *vraiment* très sexy en jean.

Il en resta comme deux ronds de flan, puis se ressaisit.

— Je sais, dit-il en réprimant un sourire, avant d'ajouter : Je peux avoir mieux que ça ?

Sabine retrouva son sérieux.

— J'aime le fait que tu sois respecté. J'aime pouvoir poser la tête sur ton torse. Et j'ai adoré que tu partes à ma recherche ce soir.

— Alors tu resteras auprès de moi ?

— Pour l'instant, je ne peux te promettre que six jours.

— Encore six jours ?

— Lanthe ne peut ouvrir un portail que tous les six jours.

— Ah, je vois ! Et tu envisages de me quitter quand elle reviendra.

— J'essaie de ne faire que des promesses que je peux tenir. J'ai six jours à t'offrir. Après cela, je ne serai peut-être plus libre de décider de mon avenir. Je te propose d'en reparler le dernier jour.

Il parut sur le point d'insister, puis abandonna le sujet.

— Pourquoi ne pas m'avoir dit que tu commençais à éprouver des sentiments pour moi ? s'étonna-t-il. J'avançais complètement à tâtons.

— Je n'en étais pas certaine. Et comment aurais-je pu savoir qu'il fallait t'en parler ? Je n'ai jamais eu de relation amoureuse, et à Tornin, les gens ne se font guère ce genre de déclarations. Moi aussi, j'avançais à tâtons, avoua-t-elle en nouant les bras autour du cou de Rydstrom.

— Il y a encore tant de choses que tu ne me dis pas.

— Certes, mais avant toi, jamais je n'avais accordé ma confiance à personne en dehors de Lanthe. Tu veux bien que nous procédions par étapes ?

Son odeur la faisait fondre, elle se rapprocha de lui.

— Cela te suffira peut-être de savoir que je ne voulais pas partir, et que je n'en aurai pas envie à l'avenir ?

Leurs bouches étaient à quelques centimètres l'une de l'autre.

— Veux-tu que je te fasse l'amour ? murmura-t-il d'une voix rauque.

— J'en ai envie plus que tout.

La dernière tablette ne bougea pas.

41

Serrant Sabine dans ses bras, Rydstrom grimpa quatre à quatre les marches qui menaient à leur chambre.

Une fois à l'intérieur, il la déposa sur le lit, et la débarrassa de son T-shirt. Elle s'attendait à un accouplement frénétique, mais une fois de plus, il calma le jeu.

— Je veux savourer cet instant, murmura-t-il en se penchant sur elle.

Il captura sa bouche, glissa la langue entre ses lèvres, la fouailla longuement.

Il va me posséder, complètement.

Quand il lâcha ses lèvres, son regard d'obsidienne se promena lentement sur son corps comme s'il le voyait pour la première fois.

Déjà, elle frémissait, réclamant ses caresses. Il prit tout son temps pour explorer son corps.

Quand il pinça les bouts de ses seins entre le pouce et l'index pour mieux les caresser ensuite, des illusions de flammes apparurent autour d'eux.

— Rydstrom, souffla Sabine, j'ai envie de toi.

Il ôta son jean et s'allongea près d'elle.

— Je dois te préparer.

Ses muscles étaient crispés, son regard noir, mais son apparence était différente des autres fois. Plus appliquée.

Concentrée.

D'une légère pression, il lui écarta les cuisses, qu'elle ouvrit en grand. Il titilla sa chair intime, la caressa, puis inséra un doigt en elle. Elle gémit lorsqu'il le retira pour en introduire deux.

Bien-être, chaleur…

Il prit son sexe dans sa main, pressa la paume contre son clitoris tout en agitant les doigts enfouis en elle.

— Démon, je t'en supplie…

— Jouis pour ton mâle.

Il ponctua ses paroles d'un mouvement de va-et-vient de ses doigts.

Le plaisir monta… se déploya… atteignit un paroxysme. Et ce fut l'explosion.

Les flammes redoublèrent lorsqu'elle jouit. Elle était brûlante et trempée, son sexe lui agrippait les doigts avec avidité. Son membre se mit à palpiter, impatient de prendre leur place.

Ne pas se précipiter. Il devait faire de ce moment une expérience dont elle ne pourrait plus se passer. Ce qu'il venait de voir dans son regard lui disait qu'il en était capable.

Lorsque les spasmes du plaisir se furent apaisés, il s'agenouilla entre les cuisses de Sabine, empoigna son sexe et en frotta doucement l'extrémité contre les replis soyeux. Puis il le positionna à l'entrée de l'étroit fourreau.

— Détends-toi, *cwena*. Je vais y aller doucement.

Il s'allongea sur elle, cala les coudes de chaque côté de sa tête, puis entreprit d'entrer en elle lentement, les yeux rivés aux siens. Le souffle de Sabine se fit erratique, mais elle ne détourna pas le regard.

Ce qu'il ressentit tandis qu'il prenait possession de sa femelle était tout bonnement indescriptible.

— Je t'ai fait mal ? demanda-t-il lorsqu'il fut loin en elle.

— Non, Rydstrom, non.

Il aurait aimé s'enfoncer plus profondément encore, mais il se retint, laissant à Sabine le temps de s'habituer à lui. Il devait faire durer l'instant, mais sentait déjà sa semence monter en lui…

— C'est différent, cette fois. Si parfait…

Quand Sabine bascula le bassin à sa rencontre, il demanda dans un souffle :

— Tu veux que je continue ?

— Je suis prête… J'en veux davantage.

Il se redressa, bras tendus. La sueur lui perlait au front. Sabine creusa les reins.

Il ne put s'empêcher de se mouvoir en elle, savourant cette chaleur moite qui l'enserrait. Elle gémit quand il se retira, et poussa un cri lorsqu'il s'enfonça de nouveau en elle.

La pression… Son sexe étroit…

Il se retira, pour mieux replonger en elle.

— Je veux être tout au fond de toi…

— Oui, Rydstrom ! Oui ! ! !

Déjà, elle était au bord de l'orgasme. Il sentait son corps frémir sous le sien, sentait ses cuisses lui enserrer la taille.

Un nouveau coup de boutoir le fit frissonner violemment. Lorsqu'il se retira, le sexe de Sabine se contracta pour le retenir.

Une fois de plus, il la pénétra. Jusqu'à la garde. Il voulait, il avait *besoin* de la posséder complètement, et la pilonna sans relâche…

Quand Rydstrom était entré en elle, elle s'était crispée. Il était si massif, et elle tellement étroite. Pourtant, il n'y avait pas eu de douleur, cette fois. Que du plaisir.

À présent, il était couché sur elle, peau contre peau, doigts entrelacés.

Quand il la pénétra doucement, une multitude de sensations l'assaillirent de toutes parts. Elle frissonna, émerveillée.

Nouveau coup de reins possessif, nouveaux murmures.

— *C'est tellement bon...*

La friction contre son sexe était en soi délicieuse. Elle s'arc-bouta sous lui.

— Prends-moi...

Il lui étreignit les mains.

— Dis-le-moi encore.

— Prends-moi.

Il redressa la tête, fixa son cou de son regard ténébreux.

— Alors accepte ma marque.

Seigneurs, il allait la mordre. Malgré la panique, la vague puissante de l'orgasme montait en elle, plus intense à chaque coup de reins de Rydstrom.

Sans lui lâcher les mains, il l'embrassa dans le cou, la lécha longuement pour la calmer.

— J'attends depuis si longtemps...

En un éclair, il planta les crocs dans sa chair.

Inerte sous lui, Sabine était incapable de faire quoi que ce fût sinon jouir et recevoir sa semence brûlante tandis qu'il la marquait.

L'orgasme la frappa de plein fouet, si puissant qu'elle hurla. Encore et encore, son sexe enserra la colonne de chair qui la fouaillait.

Rydstrom grogna contre son cou, s'enfonçant en elle avec plus de force que jamais. Il finit par desserrer les dents, et la lécha doucement avant de relever la tête.

— Tu es à moi, désormais, lâcha-t-il d'une voix hachée.

Et, la plaquant sur le lit, il s'abandonna à la frénésie, plongea entre ses cuisses avec une ardeur renouvelée, l'emmenant vers l'extase une fois de plus.

— Ne t'arrête pas, Rydstrom ! haleta-t-elle, la tête roulant sur l'oreiller.

Les coups de boutoir la secouaient tout entière. Plus vite... Plus loin... Oui... *Oui !* L'explosion fut si violente que Sabine s'arc-bouta en hurlant.

— Sabine ! Je vais jouir en toi. Je vais jouir comme *jamais*.

Le corps du démon se raidit, et soudain il s'immobilisa au-dessus d'elle, le sexe palpitant. Ses yeux plongèrent dans ceux de Sabine, noirs d'inquiétude. La pression était à la limite du supportable... Le temps parut se suspendre l'espace d'un instant.

— *Ma Sabine...*

Rejetant la tête en arrière, il poussa un rugissement tandis que sa semence jaillissait à longs traits si brûlants que Sabine la sentit l'inonder.

Épuisé, le cœur battant à tout rompre, Rydstrom se laissa aller sur elle en ondulant encore doucement du bassin.

Le souffle rauque, il déposa sur la morsure un baiser apaisant.

— *Cwena*, tu viens de me faire oublier des siècles d'attente...

42

— Je pourrais dire quelque chose de gentil, commença Sabine en découvrant la baraque délabrée. Genre : « C'est sûrement très bien à l'intérieur. » Mais ma tablette se briserait.

— Tu voulais que je t'invite à boire un verre dans un bar du Mythos, répliqua Rydstrom avec un sourire en coin. Eh bien, je t'ai invitée, et voilà le bar.

Ces derniers temps, il souriait plus souvent, et elle trouvait cela toujours aussi craquant.

Elle voulait effectivement qu'il l'invite. Pour elle, ce serait une grande première. Après tout, ils avaient passé l'essentiel de ces quatre derniers jours au lit. Mais elle avait aussi une arrière-pensée…

— C'est bondé, ce soir, observa-t-il en cherchant une place sur le parking.

Ils étaient au beau milieu d'un marais, comment un tel endroit pouvait-il être bondé ?

— Je persiste à penser que tu aurais dû me laisser conduire, déclara Sabine.

— Hors de question, répliqua-t-il en garant sa nouvelle voiture de sport.

Quand elle avait ouvert les yeux, le lendemain de leur première nuit d'amour, il avait une surprise pour elle. Il s'était racheté une voiture, et en avait aussi fait livrer une pour Sabine. Elle avait cligné des yeux devant la jolie décapotable rouge, puis avait avoué, confuse :

— Je ne sais pas conduire.

— Je vais t'apprendre, avait-il dit, sûr de lui.

À la fin de la leçon, il avait décrété n'avoir jamais rencontré conductrice plus agressive et dangereuse. Sabine avait pris cela comme un compliment.

Après cela, il avait fait venir les meilleurs fabricants de vêtements et de bijoux du Mythos, qui lui avaient fourni tout ce dont elle pouvait avoir besoin.

— Essaies-tu d'acheter mon affection ? avait-elle demandé.

— Est-ce que ça marche ?

Quand il lui ouvrit sa portière, l'air chaud et humide lui fit l'effet d'une gifle. De la musique et des rires s'échappaient du bar.

Rydstrom portait un jean et une chemise noirs, des boots et une ceinture de cuir. L'ensemble proclamait : « Je suis riche, puissant, et je le sais. »

Il l'aida à descendre de voiture, l'embrassa au passage.

— Tu es sûre que tu ne préfères pas retourner au lit ?

Son démon semblait insatiable. À vrai dire, ils l'étaient tous les deux.

Il était étonnant. Il adorait les petits baisers affectueux qu'elle déposait sur son visage, et frissonnait de bonheur lorsqu'elle lui raclait le dos de ses ongles. Le matin même, elle l'avait surpris à tordre le cou devant un miroir pour examiner les griffures.

— C'est le signe d'un travail bien fait, je suppose ! avait-il lancé fièrement, en la gratifiant d'un sourire ravageur.

Elle aurait été ravie de retourner au lit, mais ce soir, elle avait ressenti un léger inconfort. Pas exactement une douleur, juste une sensation étrange pour une immortelle. La Sabine d'avant, celle pour qui survivre était primordial, s'était réveillée en elle. Même si elle se sentait capable de vaincre le morsus, il lui fallait une solution de secours.

Ce soir, elle était à la recherche d'un vampire qui pourrait la téléporter à Rothkalina, au cas où les choses tourneraient mal.

— Tu es resplendissante, la complimenta Rysdtrom.

En la voyant descendre l'escalier, un peu plus tôt, il avait failli tomber à la renverse.

Sa chevelure était aussi en désordre que d'habitude, mais elle avait choisi une coiffe très simple, et le khôl bleu marine qui soulignait ses yeux était plus discrètement appliqué, remontant juste sur les tempes. Sa jupe, en revanche, était très courte, ses bottes très hautes, et son bustier était un bandeau de métal tissé maintenu par des chaînes reliées à son tour de cou, deux devant et quatre dans le dos.

— Je pensais que ma tenue te ferait un peu tiquer.

— Je ne veux plus que tu me traites de bougon vieux jeu. Vais-je être jaloux que d'autres hommes te voient vêtue ainsi ? Sans aucun doute. Mes cornes se dresseront au premier regard un peu trop appuyé. Mais je serai aussi très fier.

Il l'enlaça et l'attira contre lui.

— Les gens me plaignaient de n'avoir toujours pas trouvé ma femelle. Alors maintenant, je veux t'exhiber, et qu'ils voient combien je suis fier d'avoir trouvé celle qui m'était destinée.

Quand il lui disait ce genre de choses, elle redoutait presque qu'il soit trop merveilleux – trop beau, trop bon, trop attentionné – pour le mériter.

Des moments de pur bonheur, voilà ce qu'elle avait vécu. Tout n'avait pas été parfait, bien sûr. D'abord, il avait exigé qu'elle apprenne à nager, et lui avait donné lui-même des leçons. Elle faisait des progrès, mais passait toujours plus de temps accrochée à lui que dans l'eau. Et puis, il buvait toujours de la bière, mangeait de la viande rouge et suçait l'intérieur de petites créatures appelées écrevisses. Il faisait cependant en sorte qu'elle ait toujours suffisamment de légumes et de vin doux à sa disposition. Il en avait même apporté une bouteille ce soir, au cas où rien ne lui plairait au bar.

Le bar, justement. Comme il était bâti sur pilotis, on y accédait par un ponton branlant. Une enseigne lumineuse brillait au-dessus de l'entrée, mais elle était illisible.

— Comment s'appelle cet endroit ? demanda Sabine.

— *Chez Erol*. Écoute, si les choses dégénèrent à l'intérieur, reste derrière moi. Promis ?

— Je ne peux pas te promettre une chose pareille, sinon, il y aura de la terre cuite partout dans ta cuisine.

— Dans *notre* cuisine.

— Démon, si les choses dégénèrent, je n'aurai pas besoin que tu me protèges. J'aurai besoin que tu m'aides à nous protéger.

Le laissant interdit, Sabine s'engagea sur le ponton d'un pas nonchalant. Le grand démon avait encore quelques petites choses à apprendre.

— Pourquoi ne mets-tu pas des chaussures plates que tu pares d'une illusion de chaussures à talons ? demanda-t-il en la voyant marcher sur la pointe des pieds pour ne pas coincer ses talons aiguilles entre les lattes de bois.

— Parce que quand je porte ce genre de chaussures, je me sens sexy.

— Et si ton homme te portait, tu te sentirais sexy quand même ?

— Je pense pouvoir m'en sortir, Roi charmant. Mais dis-moi, si c'est bondé, nous risquons de rencontrer des gens que tu connais, non ? Par exemple, quelques-unes des mille et une démones avec qui tu as couché, comme Durinda ? le taquina-t-elle.

Comme il ne répondait pas, elle se retourna.

— Je plaisantais. Je sais que tu n'as pas couché avec elle... Attends ! Qu'est-ce que c'est que cet air coupable ?

Il y eut un silence, et Sabine eut soudain du mal à respirer.

— Tu n'as pas... dans le camp... tu n'étais pas avec elle... ?

— Bien sûr que non ! En revanche, il semblerait qu'il y a un millénaire environ, je l'ai fait.

Sabine éprouva un immense soulagement.

— Tu m'avais pourtant soutenu que non.

Mal à l'aise, il se frotta la nuque.

— Je... j'avais oublié.

— C'est elle qui te l'a rappelé ?

Quand Rydstrom hocha la tête, Sabine éclata de rire.

— Ce n'est pas drôle, grommela-t-il. C'était même extrêmement gênant, ajouta-t-il en retenant un sourire.

— J'aurais donné de l'or pour assister à cette conversation !

— Je pensais que tu serais en colère.

— Pas lorsque c'est drôle. Tu sais quoi ? On devrait établir une base de données réunissant les noms de toutes les femmes que tu as honorées, pour que tu puisses rester en contact...

— Ah, ah, très drôle ! La seule qui m'intéresse, c'est la dernière de la liste, répliqua-t-il en la soulevant dans ses bras.

Le rire de Sabine redoubla.

Quand ils entrèrent dans le bar, Rydstrom avait le bras autour de sa taille, et affichait une expression à la fois arrogante et altière.

La lumière était tamisée et la salle bondée. Dans un coin, un vieux juke-box jouait des chansons country. Sur le mur du fond, des crânes reliés par une guirlande de Noël glissée dans leurs orbites encadraient un miroir.

L'endroit avait son charme.

Ils longèrent le bar, auquel étaient accoudés deux jumeaux particulièrement séduisants. Des Lycae, devina Sabine. Leur accent écossais lui donna raison.

— Nom d'un chardon, Rydstrom, mais où tu l'as dénichée ? demanda le premier en glissant de son tabouret. Elle est fringuée comme une sorcière d'autrefois !

Il ponctua son propos d'un sifflement.

— Elle n'aurait pas une sœur, par hasard ? s'enquit le second.

Rydstrom les salua d'un hochement de tête froid, puis se tourna vers Sabine.

— Je te présente Uilleam et Munro. Ce sont des soldats lycae.

— J'ai une sœur, confirma Sabine avec enthousiasme. Vous l'adoreriez, et elle vous le rendrait bien, j'en suis sûre…

Mais déjà, Rydstrom l'entraînait vers la seule table libre, au fond de la salle. Des femelles bruyantes étaient installées à côté, et jouaient aux dés. Elles semblaient sous l'emprise de l'alcool ou de sortilèges d'ébriété.

— Encore des sorcières, grommela Rydstrom.

Aussitôt, Sabine les sonda discrètement, à la recherche de pouvoirs. Et ne trouva rien de bien dangereux. Mais l'une d'elles avait les oreilles pointues et la peau brillante.

— Et Regina la Radieuse, ajouta Rydstrom en secouant la tête. Elle fait souvent les quatre cents coups avec Nïx.

Ils s'assirent, et Sabine sentit que Rydstrom hésitait à la laisser seule pour aller leur chercher à boire.

— Vas-y, dit-elle. Tu n'as rien à craindre.

Il se pencha et lui murmura à l'oreille :

— Ne donne pas ton nom en entier, ni ton titre de sorcière, et ça devrait aller.

Il s'éloigna, et Sabine fusilla du regard les femelles qui soupiraient sur son passage, quand bien même il ne les remarqua pas.

Au bar, il se retourna pour vérifier que tout se passait bien.

Il était si viril. Il débordait d'énergie au lit. Et il était bon avec elle. Elle l'était avec lui, pour l'essentiel. Faisait des efforts, en tout cas. Mais les vieilles habitudes avaient la peau dure. Quand Rydstrom avait ouvert son armurerie pour admirer l'épée de Groot, elle s'était parée d'invisibilité.

Et maintenant, elle connaissait la combinaison...

C'était un peu risqué. Il avait amené Sabine au bar parce qu'elle devrait tôt ou tard s'habituer à la vie dans cette société. Et les créatures du Mythos devraient s'habituer à la croiser.

Mais il y avait une autre raison à leur présence ici. *Chez Erol* était un excellent endroit pour qui cherchait un renseignement. Et Rydstrom voulait savoir ce que devenait Lothaire.

Quand il avait révélé à Sabine les termes de son contrat avec le vampire, elle s'était inquiétée, avec raison. Lothaire pouvait lui demander n'importe quoi. N'importe quand.

— Et s'il exige que tu lui donnes ton premier enfant ? Il faut l'éliminer !

— *Notre* premier enfant. Et je vais m'en occuper.

Au bar, il demanda à un démon tempête, puis au barman, s'ils savaient quelque chose, mais la simple mention de l'Ennemi de Toujours leur fit secouer la tête.

En attendant d'être servi, Rydstrom observa Sabine. Elle se tenait avec une grâce innée, parcourant discrètement la salle de son regard d'ambre.

Elle était sacrément belle et, bien sûr, il n'était pas le seul à le penser. Les autres mâles se dévissaient le cou pour tenter de la voir. Comme prévu, les cornes de Rydstrom se dressèrent. Il adressa des regards menaçants à certains, histoire de leur faire savoir que cette femelle était la sienne.

Mais l'était-elle ? À l'en croire, il ne lui restait plus que deux jours avec elle – ensuite, il faudrait en *rediscuter*. Il n'avait pas insisté parce qu'il supposait que pour la garder, il suffisait de lui donner envie de rester. Malgré tout, il la sentait s'éloigner…

Le barman venait de le servir lorsque Regina lança :

— Hé, démon ! C'est qui, la pétasse ?

Rydstrom exhala lentement, se retourna et regagna sa table. Parmi les sorcières assises avec Regina, certaines avaient dû reconnaître Sabine, car elles tentèrent de la faire taire.

— Sabine ? s'exclama Regina. Mais c'est qui, bordel ? Elle a quand même l'air d'une pétasse, non ?

Quand Sabine se tourna lentement vers Regina, Rydstrom posa précipitamment les verres sur une table et hâta le pas.

— Je ne suis pas une pétasse. Je suis la Reine des Illusions, répondit Sabine d'un ton calme mais menaçant, les paumes prêtes à l'attaque.

Et merde.

— La sœur d'Omort ?

Regina se leva d'un bond, renversant sa chaise.

Alors que dehors des éclairs zébraient le ciel, la Valkyrie tira deux poignards des étuis qu'elle portait dans le dos.

— Alors, ils t'ont plu, les démons feu que Nïxie et moi on t'a renvoyés ? Tu as eu son petit mot ?

Des murmures s'élevèrent un peu partout dans la salle, et les clients commencèrent à se replier vers la sortie.

Près de la porte, l'un des jumeaux lycae lança à Rydstrom :

— Bon sang, démon, cette pouliche a pas encore été débourrée.

Et son frère ajouta :

— Quand je disais qu'elle était bizarre.

Rydstrom se plaça entre Sabine et Regina.

— Valkyrie, elle est avec moi. Nïx ne voudrait pas que tu te battes avec Sabine.

Parce que Sabine pourrait détruire Regina.

Cette dernière fronça les sourcils.

— Ça doit être elle l'ensorceleuse que Nïx m'a expressément interdit de tabasser ce soir.

Et sur un haussement d'épaules, la Valkyrie rengaina ses poignards. Sa colère disparut aussi vite qu'elle était apparue.

— Hé ! Où ils vont tous ? On donne le *Rocky Horror Picture Show* en ville, ce soir !

Sur ce, elle se dirigea à son tour vers la sortie, suivie de ses amies.

Le bar se vida en quelques minutes – même le barman était parti.

Sabine regarda autour d'elle avec une expression indéchiffrable.

Rydstrom l'enlaça, lui prit le menton.

— Je suis désolé, ma belle. Ça va prendre un peu de temps.

— Tu rigoles ? Je suis super flattée !

Devant son air dubitatif, elle précisa :

— N'oublie pas que j'ai été élevée dans un milieu où peur était synonyme de respect. Tous ces gens viennent de me manifester énormément de respect.

Il ne devait pas paraître convaincu, car elle ajouta :

— Hé, démon, je ne m'attendais pas à me faire des amis. Ton invitation tient toujours ?

— Bien sûr.

Elle alla jusqu'au bar et passa derrière.

— Alors, qu'est-ce que tu prends ? demanda-t-elle avec un grand sourire. C'est la maison qui régale !

Pendant le trajet du retour, ils demeurèrent silencieux, chacun perdu dans ses pensées.

Rydstrom lui avait dit que les démons adoraient les belles voitures, et elle commençait à comprendre pourquoi. L'odeur du cuir neuf, les sièges confortables, et les lumières du tableau de bord qui éclairaient le beau visage du démon.

Il conduisait bien, avec assurance, et elle trouvait cela terriblement sexy.

À chaque feu, il lâchait le levier de vitesse et posait la main sur le genou de Sabine, comme s'il ne supportait pas de ne pas la toucher même pendant quelques instants.

La pensée de faire l'amour toute la nuit l'aidait à oublier les inquiétudes qu'elle aurait pu avoir. Et puis, elle *sentait* la force de Rydstrom, tangible, rassurante. Il avait juré de la protéger, *souhaitait* la protéger.

Après avoir fait l'amour, elle lui dirait, pour le poison...

— Tu étais magnifique, ce soir, dit-il de sa voix grave.

— Tu n'étais pas mal non plus.

— J'ai une place sur le podium ?

— Je te décerne l'or, démon. J'étais fière d'être à ton bras, le temps que cela a duré.

Ils avaient eu le bar pour eux seuls. Rydstrom en avait profité pour lui apprendre à jouer au billard.

— Et je me suis beaucoup amusée.

Il lui sourit.

— Même si les seuls cadavres qu'on a laissés derrière nous étaient des bouteilles vides ?

— Peut-être que tu es en train de déteindre sur moi, hasarda-t-elle en contemplant sa bouche.

De nouveau, elle éprouva cette sensation bizarre. Avec une intensité telle, cette fois, qu'il n'y eut plus de doute possible sur sa nature. Cette révélation lui fit l'effet d'un coup de poing.

Je crois que j'aime cet homme.

43

Plus tard dans la nuit, Rydstrom alla se servir un verre dans son bureau. Il avait laissé Sabine profondément endormie, après l'avoir possédée un nombre incalculable de fois.

Elle lui avait dit vouloir lui parler plus tard, mais s'était endormie avant. Il l'avait trouvée pâle, et craignait de l'avoir épuisée.

Quand elle enfonçait les ongles dans ses cuisses tandis qu'il la prenait par-derrière, il oubliait qu'elle n'avait pas la force d'une démone.

Il avait parfois le sentiment qu'il tentait de l'attacher à lui sexuellement parce que ses autres tentatives étaient des échecs. Elle semblait réellement heureuse d'être avec lui, comme ce soir, au bar, pourtant, il y avait en elle une sorte d'urgence. Et il ne lui restait que deux jours avant que sa sœur vienne la chercher.

Il avait besoin des conseils de Nïx, mais elle était impossible à joindre depuis quelques jours. Il avait l'épée, et le moment était venu d'élaborer une stratégie avant de passer à l'action. Pourtant, il lui semblait qu'il ne pourrait rien faire tant que les choses entre Sabine et lui ne seraient pas plus… solides. Tant qu'il ne l'aurait pas épousée et aurait fait d'elle sa reine. Ce qui signifiait qu'il devait d'abord avouer qu'il avait menti…

En proie au doute, il buvait verre sur verre. Comme Cadeon, qu'il avait si souvent tancé à ce sujet.

Il entendit la porte du jardin s'ouvrir. *Quand on parle du loup…*

Quelques instants plus tard, son frère pénétra dans le bureau.

— Tu as encore une tête de bouse réchauffée, mais c'est mieux que la dernière fois.

Il se laissa tomber sur le canapé, en face de Rydstrom, et ce dernier lui tendit la bouteille.

— Une goutte, pas plus.

Rydstrom le servit, il huma son verre, en but une petite gorgée.

— Tu m'as carrément foutu les jetons l'autre jour.

Je me suis fait peur à moi-même.

— J'ai essayé de te joindre, depuis.

— J'étais porté disparu, déclara simplement Cadeon. Mais ce soir, on m'a laissé libre de mes mouvements, alors je me suis dit que j'allais passer.

Il y eut un silence. Cadeon scruta son frère, puis lâcha :

— C'est là que je suis censé te demander si tu veux en parler, je suppose.

Rydstrom eut un rire amer.

— À la deuxième bouteille, peut-être.

— Depuis quand tu biberonnes à l'alcool fort, toi ?

— Depuis quand as-tu arrêté ?

— Les cuites, c'est fini. Je suis un homme responsable, maintenant, tu ne savais pas ? On m'a mis le grappin dessus.

Rydstrom leva son verre.

— Félicitations, mon frère.

Il était soulagé que tout se soit arrangé entre Cadeon et sa femelle.

— C'est pour ça que j'étais aux abonnés absents. Je passais du temps avec madame dans la propriété que je viens de lui acheter. Nïx m'avait dit que si je voulais garder Holly, je ne pouvais plus vivre dans la « caverne » que je partageais avec Rök.

Rök était un démon fumée, le second de Cadeon, un excellent soldat, mais qui avait le gros défaut de disparaître régulièrement.

— Où est-il ? Je ne l'ai pas vu ces derniers temps.

— Il m'a dit d'un air énigmatique que je n'étais peut-être pas le seul à me poser, et il a filé.

Le démon collectionneur de conquêtes qui se laisse domestiquer… Rydstrom demandait à voir.

— Je voulais te présenter officiellement Holly, reprit Cadeon. D'où ma visite de l'autre jour. Mais apparemment, tu avais quelques trucs à régler de ton côté.

Sans blague.

— Et si tu me racontais ce qui s'est passé pendant que j'étais… absent, suggéra Rydstrom.

— D'accord.

Avec l'enthousiasme qui le caractérisait, Cadeon déroula le récit de son voyage jusqu'au domaine de Groot, détaillant chaque check point, chaque embuscade, chaque affrontement avec les Revenants et les démons feu.

Mais lorsqu'il en vint à sa nouvelle femme, il changea complètement d'attitude.

— On savait qu'elle était intelligente, tu te souviens ? Mais qui aurait deviné qu'une mathématicienne pouvait être aussi sexy ?

— Comment as-tu obtenu l'épée ?

— J'ai dû l'échanger contre Holly. Je me disais que tu serais fier que je fasse un sacrifice au moins une fois dans ma vie. J'ai pensé à toi, au royaume, à notre peuple. Mais j'avais l'intention de revenir la chercher juste après. Malheureusement, cet enfoiré de Groot m'a tendu un piège…

Quand Cadeon eut relaté toute l'histoire, Rydstrom ne put qu'admettre que son frère était plus fort que lui.

C'était difficile à avaler, mais Rydstrom ne se sentait pas capable de renoncer à Sabine, quel que soit l'enjeu.

— Holly t'a pardonné ?

— Presque. On y travaille. Elle continue à me le reprocher chaque fois qu'elle est malade, mais je me dis que, pour moi, le chemin vers la perfection passe par là.

— Malade ? Tu m'avais dit qu'elle était complètement immortelle, désormais.

— Oui, mais elle vomit de temps en temps parce que… en fait… Putain, Rydstrom, j'ai mis dans le mille le premier coup.

— Tu vas être père ?

Et je vais être oncle ?

— Le premier coup, je te dis. Nïx m'appelle « l'homme qui tire plus vite que son ombre ».

— La finesse de son humour est sans égale.

Un mois plus tôt, Rydstrom aurait été mal à l'aise à l'idée que son frère ait un enfant avec la Porteuse. Aujourd'hui, il était certain qu'elle mettrait au monde un guerrier du Bien absolu.

— C'est pour ça que je suis célibataire, ce soir. Nïx et elle sont allées faire du shopping, acheter des épées pour bébé, ce genre de trucs.

Il se gratta le crâne.

— J'espère qu'elles plaisantaient, mais avec les Valkyries, on n'est jamais sûr de rien, pas vrai ?

— Qu'est-ce que tu ressens à la pensée d'être père ?

— Au début, j'étais content, parce que je me disais que Holly ne pourrait faire autrement que de me pardonner. Un peu comme si j'avais fait entrer en douce un allié dans la place. Et puis, j'ai été super excité. Si Holly trouve que je la rends folle, imagine ce que ce sera avec des petits Cadeon courant un peu partout dans la maison.

— Je sais ce que c'est. Je me suis occupé d'un petit Cadeon, autrefois. Et c'était pas de la tarte.

Un silence gêné tomba entre eux. Rydstrom se resservit, et marmonna par-dessus son verre :

— Il faudra lambrisser.

— Quoi ?

Rydstrom secoua la tête.

— Non, rien.

— Si, dis-moi.

— Quand tu étais petit et que tes cornes muaient, elles te démangeaient tellement que tu les frottais contre les murs. Qu'est-ce qu'on riait, Nylson et moi, chaque fois qu'on repérait à un mètre de haut une rayure qui faisait toute la longueur d'un couloir. On refusait que les murs soient refaits.

Il avait encore le sourire aux lèvres lorsqu'il remarqua l'expression de Cadeon.

— Pourquoi tu me regardes ainsi ?

— Tu parles de moi, et j'entends dans tes paroles... de l'affection.

N'ayant rien à perdre, Rydstrom lâcha :

— T'envoyer dans une autre famille a failli me briser.

Cadeon se renfrogna.

— C'est pour ça que tu venais me voir tout le temps ?

Il lui en voulait donc à ce point ?

— Je suis venu chaque fois que j'ai pu. Au moins une fois par semaine, au début.

Devant le regard incrédule de Cadeon, il poursuivit :

— J'étais là, je veillais sur toi, je m'assurais que tu ne manquais de rien. Je ne me montrais pas parce que Zoë et Mia disaient que cela gênerait ton intégration dans ta nouvelle famille.

— Et me garder avec vous, ce n'était pas une option ?

— Après la mort de notre père et de Nylson ? Tu étais très jeune, et moi, je devais m'habituer à mon nouveau rôle de roi. Je venais de perdre mon frère aîné – qui était aussi mon meilleur ami –, et mon père. Et voilà que toi aussi tu étais en danger ? Je ne supportais pas cette idée. J'ai été tenté de partir, de vous emmener tes sœurs et toi, de tourner le dos aux guerres et aux massacres.

— Tu as envisagé de renoncer à la couronne ?

Cadeon n'en croyait pas ses oreilles.

— Si j'avais eu un successeur digne de ce nom, je l'aurais fait. Et puis, quelques années plus tard, j'ai perdu le royaume au profit d'un tueur impitoyable. Je me suis demandé si je m'étais suffisamment battu, ou si j'avais renoncé trop vite. La culpabilité ne m'a jamais quitté.

— Mais la couronne représentait tout pour toi. C'est pour ça que tu m'as haï toutes ces années !

— Je ne t'ai jamais haï. Et la couronne n'avait rien à voir avec mon comportement vis-à-vis de toi.

Cadeon eut un regard dubitatif, aussi Rydstrom rectifia-t-il.

— D'accord, un peu quand même. Mais j'étais surtout en colère de voir comment tu menais ta vie. Tu étais égoïste, indifférent aux autres. Mais Sabine m'a appris que si tu étais allé à Tornin comme je te le demandais tu aurais été assassiné. Omort avait envoyé cinq cents hommes pour te tuer.

— Sabine t'a dit ça ?

— Elle voulait apaiser nos relations.

— Plutôt sympa, pour une chienne ennemie.

— Surveille ton langage, mon frère. Cette femme va devenir ta reine.

Cadeon leva les mains.

— D'accord. Désolé. Mais n'oublie pas que c'est en partie sa faute si j'ai trahi Holly. J'ai pensé que si j'avais l'épée, je pourrais te délivrer. T'imaginer dans une geôle me rongeait. Nïx m'avait dit que l'ensorceleuse... t'utiliserait.

C'est ce qu'elle a fait.

Du menton, Cadeon indiqua la bouteille vide.

— Tu l'as terminée. Jamais je n'aurais imaginé voir une chose pareille un jour. Tu es prêt à me raconter ce qui t'est arrivé, à présent ?

Rydstrom poussa un long soupir, puis s'exécuta. Il ne mentionna pas son faux serment, et termina par :

— ... les choses n'avancent pas comme je l'espérais. Et il ne me reste que deux jours.

— Écoute, je sais que je suis mal placé pour donner des conseils, mais je pense qu'il ne faut pas forcer le destin. Tu ne peux pas la forcer à t'aimer.

— Alors que ferais-tu à ma place ?

— Des trucs sympas. Des cadeaux, par exemple. Essaie de savoir ce qu'elle aime vraiment, ce qui la rend heureuse. Elle finira par s'attacher. Et si ça ne marche vraiment pas, tu peux te couper les cornes pour elle. Les nanas trouvent ça vraiment cool.

Le regard de Rydstrom se porta aussitôt sur le crâne de Cadeon. Il n'y avait plus de cornes.

— Mais pourquoi tu as fait une chose pareille ?

— Holly voulait une vie normale, alors j'ai essayé d'être normal. Elle m'a filé un savon, je te raconte pas. Et elle m'a interdit de retoucher, ne serait-ce qu'une seule fois, à mes « cornes si dures et si sexy », je cite. Ensuite, elle m'a expliqué ce qu'elle me ferait quand elles auraient repoussé. Bons dieux, frérot, cette nana me botte vraiment à fond.

Il fronça les sourcils.

— Tu as dit quoi, exactement ? Sabine *va* devenir ma reine ? Mais elle est quoi, en ce moment ?

Trompée.

Une tempête se préparait à l'extérieur mais aussi à l'intérieur de la maison.

Rydstrom se préparait à avouer à Sabine qu'il avait prêté un faux serment. Le cœur lourd, il monta dans leur chambre, laissant Cadeon finir son verre.

Après avoir tant œuvré pour gagner la confiance de Sabine, il s'apprêtait à tout détruire d'un coup. Mais il n'avait pas le choix. Chaque fois qu'elle l'appelait « mon mari », c'était comme un coup de poignard en plein cœur.

— Sabine, commença-t-il en s'asseyant au bord du lit, je dois t'avouer quelque chose.

Elle ne répondit pas, ne se retourna pas, mais ses épaules délicates se tendirent, preuve qu'elle était réveillée.

— Tout ce que je te demande, c'est d'essayer de comprendre les circonstances. D'accord ?

Pas de réponse. D'une main sur l'épaule, il la fit se retourner. Elle ouvrit les yeux.

Ils étaient injectés de sang.

— Qu'est-ce que... ? Sabine, qu'est-ce qui se passe ?

— C'est... arrivé.

Elle parlait avec difficulté, sa peau était cireuse.

Il la prit dans ses bras. Son cœur battait à tout rompre.

Quand un filet de sang coula de son nez, et de son oreille, une terreur sans nom le submergea.

— Mais que t'arrive-t-il ? Dis-moi, *cwena* !

— Poison... lâcha-t-elle dans un souffle.

— Quoi ? Mais comment ? Qui t'a fait cela ?

Elle s'arc-bouta brusquement, agrippa la chemise de Rydstrom. Quand elle toussa, elle cracha du sang.

— Cadeon ! hurla Rydstrom.

Son frère gravit l'escalier au pas de course et jaillit dans la chambre en brandissant son épée.

— Qu'est-ce qui se passe ?

— Sabine est malade. Où est Nïx ?

— Je peux aller la chercher.

— Vas-y, et retrouve-nous au Coven des sorcières...

— Noooon, gémit Sabine en se débattant. Pas le Coven.

— Du calme, mon ange, du calme. Ramène Nïx ici, ajouta Rydstrom à l'adresse de Cadeon. Si tu ne la trouves pas, cherche Mariketa l'Attendue. Ou même Tera la fey. Elle s'y connaît en poison.

Sans un mot, Cadeon fit volte-face et sortit en courant. Un instant plus tard, Rydstrom entendit la porte d'entrée claquer, puis la camionnette démarrer en trombe.

Il posa la main sur la joue de Sabine. Aussitôt, une chaleur intense le traversa, comme s'il avait posé la main sur une flamme. Pourtant, la chemise de nuit et les draps étaient froids.

— Tiens bon, Sabine. Pour moi. On va te trouver de l'aide.

La douleur lui vrilla le corps, nouant chacun de ses muscles. Le goût cuivré du sang se répandit dans sa bouche. Elle avait l'impression que des lames de rasoir coulaient dans ses veines et se dirigeaient vers son cœur.

Rydstrom la berçait dans ses bras sans cesser de lui demander ce qu'elle avait.

Elle haletait d'angoisse, les yeux fermés. Elle s'était trompée. Il était impossible qu'elle surmonte le manque. Quelle arrogance d'avoir osé penser le contraire !

Aujourd'hui, elle le payait. *À moins que Rydstrom ne se résolve à faire ce qui doit être fait.*

Elle se tordit comme une nouvelle vague de douleur la submergeait. Elle eut peur soudain d'empoisonner Rydstrom accidentellement.

— Pas... me... toucher...

— Sabine je dois t'emmener auprès de quelqu'un qui pourra t'aider !

Elle secoua la tête.

— Personne ici... ne le peut.

De nouveau, la douleur. Insupportable, indescriptible.

Elle ouvrit brusquement les yeux quand les battements frénétiques de son cœur *s'arrêtèrent.*

Leurs regards se croisèrent.

— *Cwena ? Ton... cœur ?*

C'est fini. Elle ferma les yeux. Et ce furent les ténèbres.

Le rugissement déchirant de Rydstrom fit trembler la pièce.

44

Son cœur s'était arrêté ! Elle avait failli mourir !

Jamais il n'oublierait ce qu'il avait éprouvé en entendant le battement hésitant qui marqua la reprise du rythme cardiaque.

Il la tenait toujours serrée contre lui, et lorsqu'elle gémit, il murmura :

— Je suis là, mon ange, je suis avec toi.

Il lui caressait le front et le visage dans l'espoir d'alléger sa douleur parce que dès qu'il la touchait ailleurs, il sentait sa souffrance.

La toux sanglante avait cessé, mais il se doutait que ce n'était que temporaire.

Dehors, la tempête faisait rage, le tonnerre faisait vibrer les carreaux.

Quand Cadeon entra dans la chambre en compagnie de Nïx, une demi-heure plus tard, celle-ci jeta un coup d'œil à Rydstrom, comme pour jauger son état mental. Ses cornes étaient dressées, et son regard noir, mais il se contrôlait.

— Qu'est-ce qui se passe ? demanda-t-elle. Tout ce que Cadeon m'a dit, c'est : « Tu as déjà vu une scène de *L'Exorciste* en vrai ? »

— Elle est malade, répondit Rydstrom. Elle m'a parlé de poison. Tu t'y connais en poisons. Dis-moi quoi faire.

Dans la semi-pénombre, des fragments d'illusions sortis de l'esprit de Sabine apparaissaient ici ou là en une procession délirante, sorte de balbutiement visuel.

Nïx s'approcha du lit.

— Ses lèvres ont bleui, nota-t-elle.

Elle retourna le bras de Sabine. Une longue cicatrice rouge pareille à une brûlure courait du coude à la paume, dans laquelle elle formait un X.

Nïx lui lâcha abruptement le bras et s'essuya la main sur son pantalon.

— Elle a été condamnée.

— Condamnée ? Mais de quoi tu parles, bon sang !

— Il s'agit du morsus, le poison le plus cruel qui soit, parce qu'en état de manque, il provoque les pires douleurs qui soient. Sabine devait en prendre régulièrement pour éviter ces symptômes.

— Elle a tenté de retourner chez Omort, il y a quelques jours… Et… je l'en ai empêchée.

— Alors c'est sans doute lui qui lui a fait cela. Qu'il ait cherché à la contrôler par ce biais est assez logique.

— Que va-t-il lui arriver ?

— Tu as touché sa peau ? Tu as senti cette douleur ? Sache que ce n'est probablement qu'un pour cent à peine de ce qu'elle ressent, ajouta-t-elle après qu'il eut acquiescé. Il paraît qu'il n'existe pas pire agonie. Tu as l'impression d'être brûlé vif, battu, écorché vif. Et ça va en augmentant. La douleur devient telle qu'elle finit par provoquer un choc et que le cœur s'arrête.

— Il s'est déjà arrêté une fois ! Qu'est-ce que je peux faire ?

— Absolument rien. La seule personne qui puisse la sauver, c'est celle qui l'a empoisonnée. Rydstrom, tu dois te préparer. Sabine va avoir crise cardiaque sur crise cardiaque, jusqu'à ce que…

— Non ! Quelqu'un doit pouvoir l'aider ! Tera, Mariketa…

La voix de Rydstrom se brisa.

— Elles ne feront que confirmer ce que je viens de te dire.

— Et la sœur de Sabine ? Elle l'a déjà sauvée à plusieurs reprises !

— Ah, Melanthe, la Reine potentielle de la Persuasion... Guérir quelqu'un est l'un des processus les plus durs à mettre en œuvre. Et son pouvoir est faible. Il ne se manifeste que par à-coups imprévisibles.

Rydstrom appuya le front contre celui de Sabine.

— Je *dois* pouvoir faire quelque chose. Nïx, je t'en prie, supplia-t-il.

— Effectivement, tu *dois* faire une chose. Rydstrom, si tu aimes Sabine, tue-la maintenant.

Entre deux vagues d'une douleur torturante, elle avait entendu Rydstrom lui parler.

— Bats-toi, *cwena*. Pour moi, avait-il supplié.

Il l'avait menacée, aussi :

— Que veux-tu que je fasse sans toi ? Tu ne peux pas m'abandonner ainsi ! Je te suivrai jusque dans la tombe !

Et quand elle avait crié, il avait rugi avec elle pour évacuer sa propre douleur et son chagrin. Il l'avait étreinte avec force jusqu'à ce que la crise passe.

Parfois, elle entendait d'autres voix. Le frère de Rydstrom était souvent là. Deux femmes allaient et venaient.

Elle sentit le flot de la douleur grossir en elle... plus violent que le précédent.

— Rydstrom ?

— Je suis là.

Il lui embrassa la paume, puis frotta son visage dessus.

— Tue-moi... Je t'en supplie.

— Jamais !

— Tu dis… que tu tiens à moi. Mais si c'était vrai, tu me tuerais.

— Je ne *tiens* pas à toi, Sabine ! *Je t'aime !* Tu disais que j'avais besoin de toi, et tu avais raison. Nous allons mener ce combat ensemble, tu m'entends ?

Il prit le visage de Sabine entre ses mains, grimaça tant le contact était douloureux.

— Tu… m'aimes ?

Elle le savait, l'avait senti. Mais l'entendre le lui dire…

— *Cwena*, mon cœur t'appartient. Tout ce que je possède est à toi. Mais guéris. Ne souffre plus.

— Alors laisse-moi partir… Je t'en *supplie*.

Une nouvelle crise la balaya. Elle se cambra, et hurla encore et encore. Nïx et Cadeon accoururent comme elle s'affaissait sur le lit.

Ses yeux étaient ouverts, mais semblaient ne rien voir.

— Elle ne respire plus, démon, annonça Nïx. C'est fini.

— Non ! hurla Rydstrom en secouant Sabine.

— Rydstrom, arrête ! s'écria Cadeon en lui agrippant le bras. C'est fini. Elle veut que tu la laisses partir.

— Jamais !

Rydstrom la secoua de plus belle.

— Reviens, Sabine. Reviens-moi !

Ses paupières tressautèrent.

Le cœur était reparti.

— Assez… gémit-elle, désespérée.

Elle fixa Rydstrom d'un air de reproche, et s'évanouit.

— Tu ne l'as sauvée que jusqu'à la prochaine crise, déclara Nïx. La prochaine fois, il faut que tu la laisses partir.

— Il n'y aura pas de prochaine fois.

Rydstrom plissa les yeux.

— Tu savais que cela allait arriver, enchaîna-t-il. Tu le savais, l'autre nuit, quand tu m'as demandé ce que je choisirais, entre mon royaume et ma reine, si j'y étais contraint. Et tu ne m'as pas posé cette question sans raison. Je peux renoncer à l'un pour sauver l'autre.

— Tu as répondu mon royaume sans hésiter. J'ai trouvé ça drôle.

— On peut savoir de quoi vous parlez, là ? intervint Cadeon.

— Nïx, comment puis-je me rendre à Tornin ce soir ? demanda Rydstrom, ignorant son frère.

— On s'en occupe, c'est, euh... sur le feu.

— Puisque tu as vu tout ceci, dis-moi : Sabine vivra-t-elle ?

Nïx regarda le plafond, puis Rydstrom.

— Je n'en sais rien. Mais tu devrais peut-être avoir une petite discussion avec ton successeur ici présent, et lui expliquer ce qui est sur le point de se passer.

Rydstrom hocha la tête.

— Ouais, j'aimerais bien qu'on me briefe ! lâcha Cadeon

— Je vais aller chez Omort chercher l'antidote qui sauvera Sabine. Il est probable que le sorcier me tuera, cette fois, expliqua Rydstrom d'un ton prosaïque. Cadeon, tu es mon successeur sur le trône. Nïx m'a dit que c'était ma dernière chance de récupérer ma couronne. Elle n'a pas dit que tu avais épuisé les tiennes.

— Putain de bordel ! s'exclama Cadeon. Mais c'est hors de question !

— C'est pourtant ce qui va se produire, rétorqua Rydstrom. Je ne te demandais pas ton consentement, je t'informais de la suite des événements.

Au prix d'un énorme effort, Cadeon retrouva son calme.

— D'accord, alors on va organiser un piège. Tu ne peux pas te rendre là-bas sans plan de bataille.

— Tu m'as raconté que Groot avait pénétré dans ton esprit sans aucune difficulté. Omort va exiger que je lui ouvre le mien. Je ne dois fomenter aucune conspiration, sinon, il le verra, et je risquerai de perdre Sabine.

— Mais c'est du suicide...

— Je sais. Mais si je peux la sauver et lui épargner ce supplice...

Alors ma vie aura valu d'être vécue.

— Bon sang, Nïx, mais dis-lui, toi, que c'est du suicide !

La Valkyrie soupira.

— S'il veut nous faire un plan à la Aslan le lion, comment veux-tu qu'on l'en empêche ?

— Rydstrom, je ne te laisserai pas faire ! s'entêta Cadeon

— C'est déjà fait, répondit son frère. Nïx, dis-moi comment me rendre à Tornin.

— Celle qui doit t'y mener est déjà en route pour La Nouvelle-Orléans. Et elle est furax.

45

— Alors, ça se passe comment avec Mike Rowe ? demanda une voix féminine.

Sabine remonta lentement vers la conscience, et se retrouva entre deux assauts du manque, dans cet intervalle poignant séparant le souvenir de la douleur passée et la crainte de la douleur à venir.

— Mike Rowe ? Mais de qui tu parles, Holly ? répondit une autre femme.

C'est la voix de Nïx ? Oui. Que fait-elle dans mon rêve ? Ou est-ce que je suis réveillée ?

— Du présentateur de télé, précisa Holly. Celui qui a demandé une injonction du tribunal contre toi.

Un silence, puis Nïx s'exclama :

— Oh ! Mike et moi, on a rompu. Hier, si je me souviens bien. Il était plutôt habile pour un humain. Très tentant. Mais j'ai dû oublier le numéro de téléphone qu'il avait insisté pour me donner.

— Pourquoi ?

— Je me suis souvenue que j'étais une coureuse.

Sabine cligna des yeux. Tout était flou, mais elle distingua Nïx, installée dans la partie salon de la chambre.

L'autre femelle, cette Holly, portait des lunettes et se tenait bien droite. Elle semblait… plier des vêtements ?

— Du reste, enchaîna Nïx, je vais quitter la ville, il fallait donc que je rompe.

— Comment ça, tu vas quitter la ville ? demanda Holly en pliant et repliant la même serviette. Je n'arrive toujours pas à me repérer dans ce monde, et toi tu t'en vas ? Encore une fois ?

— Cadeon te fera visiter.

— Où dois-tu aller, que tu en viennes à m'abandonner ?

— Tatie Nïx prend des vacances. Je vais à Budapest, enquêter sur un groupe de guerriers immortels. On les appelle les *Seigneurs du Monde souterrain*. Si ça donne pas envie de s'envoyer en l'air...

Elle émit un grognement, griffa l'air.

— Enfin, bref, d'après ce qu'on m'a dit, ils sont tous excessivement sexy.

— Et par *enquêter*, tu entends *te les faire*, c'est ça ?

— Enfin, Holly, quel autre moyen pour enquêter sur un mâle ? Franchement. Entre nous, s'ils se débrouillent bien avec Nïxinator, il se pourrait que je ne revienne...

Son regard vide se posa sur Sabine, et elle s'interrompit.

— Elle s'est réveillée !

Les deux femelles s'approchèrent du lit.

— Tu te souviens de moi ? Nïx la Savante ? Et je te présente ma nièce, Holly. C'est la femme de Cadeon.

La jolie blonde lui fit un petit signe timide de la main. Nïx porta un verre d'eau aux lèvres de Sabine, mais celle-ci détourna la tête pour demander :

— Où... où est Rydstrom ?

— On a enfin réussi à le décoller de toi. Ce soir, c'est nous les baby-sitters. Rydstrom, Cadeon et un tas d'autres démons sont partis à la recherche de ta sœur afin de se glisser en douce dans son portail.

Elle éclata brusquement de rire.

— Excuse-moi, je sais que la situation n'est pas drôle, mais « se glisser en douce dans le portail de ta sœur », ça fait vraiment lubrique.

Holly leva les yeux au ciel.

— Il va ramener Lanthe ici, continua Nïx. Après quoi, il a l'intention de te remmener chez Omort et de le supplier de te donner l'antidote.

Le cœur de Sabine fit un bond. D'émotion, cette fois.

— Il ne s'en… sortira pas !

— Il a décidé de se sacrifier pour toi.

— Omort le tuera, cette fois… lira dans ses pensées… découvrira ses plans d'attaque…

— Il n'y aura pas de plans d'attaque. Rydstrom estime qu'il s'agit là d'un aller simple.

— Vous ne pouvez pas… le laisser faire ça !

— Essaie donc d'arrêter un démon de deux mètres dix amoureux fou.

— Nïx, murmura Holly. Les draps de Sabine sont pleins de sang. Il faudrait les…

Elle porta la main à sa bouche et pâlit.

— Encore des nausées matinales ? s'enquit Nïx.

Et lorsque Holly se rua hors de la pièce, elle lui lança :

— Tu es gonflée de voler la vedette à Sabine de cette façon !

Elle se tourna vers Sabine.

— Je reviens. Si tu as besoin de quelque chose, crie.

Et tandis qu'elle s'éloignait, Sabine l'entendit marmonner : Laisse-moi me glisser en douce dans ton portail. Ça ferait génial, sur un T-shirt…

Sabine était atterrée. Rydstrom envisageait de tout sacrifier pour elle.

Une idée lui vint. Est-ce que ça pouvait fonctionner ? Elle avait peu de temps avant que la douleur ne la submerge de nouveau. En aurait-elle la force ?

Elle la trouverait, parce que si Rydstrom avait décidé de la sauver, elle allait le protéger. Ou du moins lui donner les moyens de se protéger.

Serrant les dents, elle roula hors du lit, s'affala sur l'épais tapis. Elle entendait Holly vomir dans la salle de bains et Nïx faire couler l'eau. Elle n'avait pas la force de se parer d'invisibilité, mais tant qu'elle les entendait...

Elle rampa jusqu'au couloir et, de là, vers le bureau de Rydstrom. Elle était si faible... Et le couloir était si long. Elle progressait lentement, s'appuyant sur les coudes, traînant ses jambes inertes. Seul son amour pour ce fichu démon lui donnait la force d'avancer.

Une fois dans le bureau, elle rampa jusqu'à l'armurerie, leva les yeux. Le cadenas lui parut hors d'atteinte.

Rydstrom mourra si tu n'y arrives pas !

Galvanisée par cette pensée, elle parvint à s'agenouiller, puis se redressa centimètre par centimètre. *Trop... dur...*

Elle perçut soudain une présence derrière elle.

— Tu as besoin de quelque chose, l'ensorceleuse ? demanda Nïx. Un Vicodin, peut-être ?

Sabine tourna la tête. La Valkyrie avait des couvertures en travers de l'épaule et triturait quelque chose dans sa poche. *Une arme ?* Sabine eut envie de pleurer. Elle était si près du but...

— Que... veux-tu ?

La porte d'entrée claqua, et Nïx annonça :

— Rydstrom est de retour avec ta sœur.

Déjà ?

— Nïx, je... j'ai besoin de...

— Et s'il ne te trouve pas au lit...

— Sabine !

La voix de Rydstrom ébranla les murs. Sabine sentit son cœur sur le point de lâcher de nouveau. Elle s'effondra.

— Tu veux l'épée ? demanda Nïx. C'est pour ça que tu es là ?

Incapable de parler, Sabine hocha la tête.

Nïx sortit une énorme seringue de sa poche, la pointa vers le plafond. Sous le regard stupéfait de Sabine, elle cligna des yeux, comme si elle ne comprenait pas d'où sortait cet instrument, se gratta la tête, puis...

— Ça y est ! s'exclama-t-elle. Je savais que j'étais venue ce soir pour faire une de ces deux choses : t'enfoncer ce truc dans le cœur ou jouer à la Wii. Et j'ai oublié ma Wii !

Elle haussa les épaules, se pencha, et planta l'aiguille dans la poitrine de Sabine.

Affolée, Sabine regarda tour à tour la seringue, puis Nïx, qui tapait le code permettant d'ouvrir l'armurerie.

— C'est de l'adrénaline, expliqua la Valkyrie. Ça te permettra de rester consciente encore quelques minutes, mais pas beaucoup plus.

Au moment où les premières bouffées d'énergie se répandaient dans l'organisme de Sabine, Nïx s'empara de l'épée avec un sifflement admiratif.

46

Au bord de la panique, Rydstrom parcourait la maison en hurlant :

— Sabine !

Lanthe le suivait en pleurant.

— Tu as perdu ma sœur !

Son cœur faillit exploser lorsqu'il découvrit Nïx dans le couloir du premier étage, avec Sabine dans les bras.

— Quoi ? fit la devineresse. Une ensorceleuse n'a pas le droit d'aller retoucher son mascara ?

Rydstrom voulut lui arracher Sabine, mais elle l'arrêta.

— Hé, doucement, démon ! Elle n'est pas dans une forme olympique. Ne la secoue pas comme un sac de patates.

Il hocha la tête, et souleva Sabine avec une infinie douceur. Elle ouvrit les yeux.

— Rydstrom, je t'en prie, ne…

— Bon, ça suffit, l'interrompit Nïx. Il veut t'emmener. Tu devrais t'estimer heureuse, Sabine.

— Abie ! s'écria Lanthe en accourant.

Sabine tendit le bras vers sa sœur, puis le retira précipitamment. Le poison.

— Lanthe… reste à côté de moi… quels que soient les ordres d'Omort.

— Mais il me forcera à sortir !

— Tu peux être… persuasive.

Pour une raison que Rydstrom ne comprit pas, Lanthe ouvrit de grands yeux. Mais déjà, une nouvelle crise se profilait, Sabine se raidit dans ses bras et ferma les yeux.

— Lanthe, il n'y a pas de temps à perdre, dit-il. Il faut partir immédiatement.

Ils avaient perdu de précieuses heures avant de la trouver errant dans les rues à la recherche de Sabine.

Cadeon et Holly attendaient devant la porte d'entrée. Rydstrom n'avait que brièvement croisé cette dernière, mais le regard soucieux et empli d'amour dont elle couvait son frère le rassura.

— Laisse sa sœur l'emmener, Rydstrom, fit Cadeon en lui bloquant le passage. Tu n'as aucune raison de risquer ainsi ta vie.

— Je t'ai dit que je refusais d'être séparé de Sabine.

— Mes hommes seront là d'une minute à l'autre. Nous te suivrons dans le portail.

— Non. Ce n'est pas l'objet de ce voyage. Tu combattras plus tard.

— Mais c'est peut-être un piège ! L'ensorceleuse peut nous faire voir des choses. Elle t'entraîne de nouveau chez Omort !

— Elle est mourante ! intervint Lanthe. Tu ne sens pas l'odeur du sang ?

Cadeon l'ignora.

— Rydstrom, donne-moi le code de l'armurerie. Je me servirai de cette épée ce soir !

Devant l'expression inflexible de Rydstrom, Cadeon lâcha :

— Alors prends-la, toi ! Cache-la…

— Ça ne marchera pas, déclara Nïx avec impatience. Omort s'apercevra tout de suite que Rydstrom cache quelque chose.

— Il doit pourtant y avoir une autre solution, fit Cadeon en secouant la tête.

— Mets-toi à ma place, dit Rydstrom. Que ferais-tu si Holly était sur le point de mourir de douleur ?

Cadeon ne répondit pas. Étouffant un juron, il s'écarta et laissa passer son frère, avant de flanquer un coup de poing dans le chambranle.

— Tu seras un grand roi ! lança Rydstrom en dévalant les marches du perron.

Cadeon le regarda, les yeux brillants.

— Je ne veux pas être un foutu roi ! Et je ne veux pas perdre mon frère juste au moment où les choses... au moment où tu ne me hais plus.

— Je ne t'ai jamais haï. Je t'aime, mon frère, répliqua Rydstrom d'un ton bourru. Et je suis fier de l'homme que tu es devenu.

Sabine dans les bras, Lanthe sur les talons, Rydstrom franchit le portail, et déboucha directement dans la salle du trône.

— Qu'est-ce que c'est que ça, Melanthe ? aboya Omort.

La salle était presque vide, et plus répugnante que jamais. Il y avait des cadavres couverts de mouches un peu partout. L'odeur était pestilentielle. Les revenants étaient alignés le long des murs.

S'efforçant d'ignorer tout cela, Rydstrom s'avança vers l'estrade où se dressait le trône.

Mais Omort l'arrêta d'un geste de la main, le figeant sur place.

— Le démon vient à moi ? fit-il.

Il souriait, mais son regard était celui d'un dément.

— Hors d'ici, toi ! ajouta-t-il sèchement à l'adresse de Lanthe. Immédiatement !

— Regarde-la, mon frère ! sanglota Lanthe. Elle est en train de mourir. Tu ne peux pas la laisser mourir ! Je t'en prie !

— Son cœur s'est déjà arrêté, intervint Rydstrom. Elle n'en a plus que pour quelques minutes.

Omort se pencha en avant.

— Ouvre-moi ton esprit, démon. Tout de suite !

Rydstrom obtempéra.

— On m'a dit que tu possédais l'antidote capable de la sauver. C'est tout ce que je suis venu chercher.

— Tu n'as vraiment aucun autre dessein ? Je ne vois aucun piège. Tu veux juste que ta *petite femelle* se remette. Parce que tu l'aimes ?

Omort eut un rire amer.

— Je n'aurais pu te punir davantage, puisque l'aimer ne m'a apporté que du malheur.

— Si tu l'aimes, alors aide-la.

— Attends... je vois autre chose dans ton esprit. Sabine, ouvre les yeux.

Au bout de quelques secondes, elle battit des paupières.

— Tu as été trahie par celui qui avait juré de ne jamais le faire. Le démon t'a trompée. Vous n'êtes pas mariés. Il a menti à propos du serment. Plutôt que de jurer de te protéger, il a juré de te faire souffrir.

Sabine regarda Rydstrom. Des larmes de sang perlèrent à ses yeux.

— À en juger par ton expression, ma chère sœur, je pense qu'il a tenu parole.

Rydstrom ne niait pas.

Seigneurs, non ! Elle voulait être sa femme. Et elle ne l'était pas ? Il avait menti ?

« Concentre-toi sur le plus important ! » s'ordonna-t-elle.

Elle s'occuperait de son chagrin plus tard. Elle sentait monter une nouvelle vague de douleur et savait que ce serait la dernière.

— Ta trahison était justifiée, démon, continua Omort, puisque Sabine avait décidé de tuer votre bébé. Son propre enfant. N'est-ce pas, Sabine ? Elle et moi avions prévu de l'offrir en sacrifice au Puits pour débloquer son pouvoir. C'est pour cela qu'elle a travaillé sans relâche à te séduire.

— Je ne te crois pas, répliqua Rydstrom. Et tu ne parviendras pas à m'en convaincre.

— Omort, nous pourrons parler de cela plus tard ! intervint Lanthe. Sabine a besoin du morsus maintenant !

— Et je le lui donnerai quand le démon sera mort et que tu seras partie. Sors d'ici !

Les larmes de Lanthe cessèrent de couler. Son regard se fit glacial.

— Non.

— Quoi ? Qu'as-tu dit ?

— J'ai dit *pas-de-magie*.

Omort leva aussitôt les mains pour punir Lanthe. Et découvrit, stupéfait, que ses paumes étaient froides.

— Qu'est-ce que ça signifie ? hurla-t-il en dégringolant de son trône pour foncer sur Lanthe, un reflet métallique dans le regard. Je vais te réduire en cendres !

— N'approche pas.

Omort s'arrêta abruptement, et fixa Lanthe, déconcerté.

— Gardes ! appela-t-il.

Les revenants s'avancèrent comme un seul homme, l'épée brandie. Lanthe leur fit face et lança d'une voix claire :

— Battez-vous entre vous.

Et tandis que le bruit du métal contre le métal résonnait, Lanthe courut jusqu'à la porte qu'elle referma, avant de condamner l'accès à la salle avec les barres de fermeture. Il fallait gagner du temps.

« Elle est forte, ma sœur », pensa fièrement Sabine.

— Non ! cria Omort. Démons !

— Ne les appelle pas, siffla Lanthe.

Omort se tut, mais Sabine sentit qu'avec ce dernier ordre Lanthe avait utilisé toute son énergie.

— J'ai quelque chose pour toi, démon, murmura-t-elle alors à Rydstrom, qui observait la scène avec stupeur.

D'une main tremblante, elle écarta les couvertures dans lesquelles Nïx l'avait enveloppée, révélant l'épée plaquée contre elle. « Pourquoi fais-tu cela ? avait-elle demandé à la Valkyrie. Pour ton armée, ou pour Rydstrom ? » Et Nïx avait répondu : « Peut-être que je le fais pour toi. »

— Sabine, je ne peux...

— Nïx m'a fait une piqûre pour que j'aie la force de te donner cette épée. L'effet ne va pas tarder à se dissiper. Tu dois tuer Omort...

— Et qui te donnera l'antidote ?

— La Vieille Folle... mais seulement quand Omort aura été éliminé. Le temps presse. Les pouvoirs de Lanthe sont faibles... Hettiah peut arriver à tout moment et annuler ses ordres.

— Si je combats Omort, je risque de te perdre. Il n'y a plus assez de temps pour...

— Tu peux le faire. Tu le *dois*. Détruis-le pour toujours.

47

Tout ceci n'était qu'un piège ?

Sabine l'avait averti à de multiples reprises. « J'ai toujours un plan, avait-elle dit. Avec moi, rien n'est jamais conforme aux apparences. »

L'occasion lui était enfin offerte de détruire Omort, mais tandis qu'il s'emparait de l'épée, il n'avait qu'une pensée en tête : avait-elle feint ses sentiments pour lui ?

Non. Il connaissait sa femme, et son être entier lui criait qu'elle l'aimait.

— Sabine…

— Tue-le d'abord… nous parlerons après. *S'il te plaît.*

Il hocha gravement la tête, puis se tourna vers Lanthe.

— Prends Sabine. Et si tu retrouves tes pouvoirs, ajouta-t-il comme elle s'exécutait, guéris-la.

— Je suis lessivée, démon. Je ne peux pas l'aider. Les démons feu risquent de brûler la porte, et je ne pourrai rien faire pour les en empêcher. Je ne peux pas non plus pétrifier Omort pour que tu le décapites. Je lui ai interdit de se servir de la magie, mais il peut encore se battre.

Rydstrom leva l'épée.

— Comment as-tu fait pour l'introduire ici ? demanda le sorcier, les yeux exorbités. *Sabine ?* Tu lui as forcé la main ! Jamais elle ne m'aurait délibérément trahi !

À son tour, Omort tira une épée de son fourreau. La lame était magique, faite de feu concentré.

— Même sans mes pouvoirs, je peux encore te couper la tête ! Je suis impatient de croiser de nouveau le fer avec toi… et de me battre pour elle !

Et moi donc.

— En d'autres circonstances, j'aurais aimé savourer ta mise à mort. Mais là, je n'ai tout simplement pas le temps, déclara Rydstrom.

Jamais il n'aurait imaginé combattre un jour Omort non pour sa couronne, mais pour sauver la vie de la femme qu'il aimait.

Ils commencèrent à décrire des cercles l'un autour de l'autre. Omort attaqua le premier. Rydstrom para le coup aisément, faisant jaillir des étincelles de la lame de son adversaire.

— Mon frère Groot a forgé une vraie épée, commenta Omort. La mienne coupe le métal, d'ordinaire.

Il frappa de nouveau, avec une rapidité effarante.

Rydstrom l'arrêta une fois encore. Omort était bon bretteur, aussi bon qu'un millénaire plus tôt. Il était rapide, ni son regard ni son attitude ne trahissait le coup à venir.

Ils décrivirent de nouveaux cercles sans cesser de s'observer, évaluant leurs faiblesses respectives. Soudain, Omort chargea, bondit par-dessus Rydstrom et se retrouva derrière lui. Le démon fit volte-face et para le coup d'un mouvement vif.

Mais la technique et le savoir-faire n'étaient pas l'apanage du sorcier. Et à la rapidité d'Omort, Rydstrom répondait par la force physique.

Quand leurs épées entrèrent une nouvelle fois en contact, le coup de Rydstrom fut si puissant que l'épée du sorcier vibra entre ses mains.

Ils croisèrent le fer à plusieurs reprises, puis Rydstrom feinta, prit Omort par surprise, et lui asséna un coup d'une grande violence. Omort vacilla. Il faiblissait.

Alors que le démon s'apprêtait à charger pour mettre fin au combat, Omort ôta sa cape et la lui jeta à la figure.

Aveuglé, Rydstrom recula. Il n'esquiva qu'en partie le coup d'Omort, la lame de feu laissa une longue estafilade sur son torse.

Le sorcier s'avança pour lui asséner le coup de grâce lorsque Rydstrom arracha la cape de son visage. Il changea son épée de main tout en pivotant, et frappa un coup en revers.

En plein dans le mille. La tête d'Omort roula sur le sol. Le reste de son corps tomba à genoux avant de s'affaisser.

Trouver l'antidote pour Sabine. Mais Rydstrom ne pouvait refaire la même erreur que lors de son dernier combat contre Omort. Il se força à attendre plusieurs secondes.

Qui lui parurent durer une éternité.

Le sorcier ne se régénéra pas. Sur le mur ouest, des dizaines de tablettes se décrochèrent et volèrent en éclats. Leur maître mort, les revenants qui se battaient encore tombèrent à leur tour.

L'épée avait accompli la tâche pour laquelle elle avait été forgée.

— Il n'est plus immortel... murmura Lanthe.

Mais déjà les grandes portes tremblaient sous l'assaut des démons feu. Rydstrom se prépara à livrer une nouvelle bataille.

Les portes se mirent à fumer, puis à brûler. Bientôt, ce qui restait du Pravus, principalement des démons feu, s'engouffra dans la salle. Certains ralentirent en découvrant la tête et le corps d'Omort l'Immortel, mais la consigne avait été donnée de prendre le château.

Ils encerclèrent Rydstrom, levèrent leurs paumes enflammées.

Ils sont trop nombreux…

Mais soudain l'attention des démons se porta au-delà de Rydstrom.

— Besoin d'un coup de main ? lança Cadeon.

Rydstrom fit volte-face. Son frère et son bataillon de mercenaires au complet se tenaient derrière lui, et tous semblaient impatients d'en découdre.

Rydstrom réalisa soudain qu'avec la mort d'Omort, Cadeon avait pu de nouveau se téléporter.

Les mercenaires attaquaient les démons feu lorsque Sabine poussa un hurlement de douleur. Rydstrom se rua vers elle, glissa son épée dans sa ceinture et la prit dans ses bras. Elle avait perdu connaissance.

— Il faut qu'on trouve la Vieille Folle ! fit Lanthe d'un ton pressant. C'est la seule qui puisse la guérir.

— Cadeon ! cria Rydstrom en courant vers la porte. Je vais chercher de l'aide pour Sabine !

— T'inquiète, j'ai la situation en main ! cria son frère en réponse.

Lanthe talonnait Rydstrom.

— Il faut aller à la ca…

Elle fut brutalement interrompue. Lorsque Rydstrom se retourna, elle était à terre.

Hettiah, le regard fou, l'avait interceptée.

— Vous allez payer, ta sœur et toi !

Lanthe attrapa une épée sur le cadavre d'un revenant.

— Occupe-toi de Sabine ! lança-t-elle à Rydstrom. Vite !

Ce dernier se rua dans l'escalier, avant de se souvenir que lui aussi pouvait de nouveau se téléporter. En un instant, il se retrouva dans les entrailles du château. Mais il y avait des salles partout, reliées par des couloirs tortueux qui évoquaient un labyrinthe. Il pivota sur lui-même, désorienté, et finit par hurler :

— Où es-tu, Vieille Folle ?

— Ici, répondit-elle.

Il suivit la voix jusqu'à une salle qui ressemblait à l'image qu'il se faisait d'un laboratoire à poison. Longues tables de bois, créatures disséquées, potions fermentées, mélanges bouillonnants.

En revanche, à la place de la vieille femme ratatinée qu'il avait entrevue lors de son séjour au château, il découvrit une jolie petite elfe brune.

Et elle faisait ses cartons.

— Sauve-la… supplia Rydstrom d'une voix enrouée.

— Et pourquoi le devrais-je ? demanda-t-elle sans lui accorder un regard.

— Parce que j'ai tué Omort. Et je pense que sa mort t'a libérée.

— Dans ce cas…

Elle le regarda.

— Cela fait cinq cents ans que j'attends la fin du sortilège. Pose Sabine sur la table.

Elle alla fouiller dans un coffre, en sortit deux boîtes en bois, ouvrit la première. À l'intérieur se trouvait un petit flacon contenant un liquide noir.

Elle le tendit à Rydstrom, qui redressa Sabine, puis le porta à ses lèvres.

— Tu me jures que cela la guérira ?

— De son addiction au morsus ? Oui. Pour ce qui est de son sale caractère, je ne peux rien faire.

Il la fusilla du regard, puis versa le liquide dans la bouche de Sabine.

Quelques instants s'écoulèrent sans qu'il se passe rien.

— Pourquoi est-ce que ça n'agit pas ? aboya-t-il.

Elle secoua la tête, déconcertée.

— Ça aurait dû. Il est sans doute trop tard.

48

— Est-ce qu'elle reprend des couleurs ? Est-elle guérie ?

Remontant lentement des profondeurs de l'inconscience, Sabine entendit la voix inquiète de Rydstrom.

— Oui, oui, ça vient. Elle fait durer le suspense. C'est bien son style.

Était-ce la voix de la Vieille Folle ?

Quand Sabine murmura le nom de son démon, il poussa un profond soupir.

— Seigneurs, *cwena*. Enfin. Je suis là, avec toi.

Elle ouvrit les yeux. Et croisa son regard à la fois tendre et farouche. Il lui caressa la joue.

— Bon, eh bien, je vais vous laisser, grommela la Vieille Folle.

— Attends, dit Sabine, qui fronça les sourcils en ne reconnaissant pas la Vieille Folle. Où est l'antidote de Lanthe ?

— J'ai laissé son flacon sur la table, à côté des testicules de rhinocéros.

Libres. Elles étaient enfin libérées d'Omort et du poison qui contaminait leur sang. La Vieille Folle était libre, elle aussi, apparemment.

— Comment se fait-il que tu sois… différente ?

— Omort m'avait volé mon pouvoir de divination et condamnée à vivre dans ce trou à rats sous l'apparence d'une vieille femme. Tout ça à cause d'un oracle que j'avais fait à propos d'une ensorceleuse dont il devait tomber amoureux. Enfin, si tant est qu'il en fût capable. Ton frère te voulait pour lui seul, Sabine. Mais dès que je t'ai rencontrée, j'ai vu la prophétie selon laquelle tu épouserais le roi démon et lui donnerais un fils qui débloquerait le pouvoir du Puits. Seulement Omort a arrangé la prophétie à sa sauce, et a fini par croire à ses propres mensonges. À présent, si vous n'y voyez pas d'inconvénient, il faut que j'aille passer un portail. J'ai un rendez-vous galant et cinq cents ans de retard.

— Attends...

— Le combat continue à l'étage, sorcière, coupa-t-elle avant de s'éclipser.

Sabine se tourna vers Rydstrom.

— Téléporte-moi jusqu'à ma sœur !

En un instant, ils rejoignirent la salle du trône. Lanthe avait tué Hettiah et achevait de se défouler en flanquant des coups de pied dans son corps sans vie.

— Des siècles à supporter ta connerie ! Jour après jour !

Sabine sourit. *C'est bien ma sœur...*

— Il faut que j'aille aider Cadeon, fit Rydstrom, qui jetait des regards inquiets à son frère, pris dans la mêlée.

— Oh que non, démon !

D'un mouvement agacé, elle rendit les mercenaires invisibles aux yeux des démons.

— On a des choses à se dire.

— Waouh ! Génial ! rugit Cadeon.

Ils le regardèrent s'en donner à cœur joie. De son côté Lanthe pratiquait toujours la thérapie par le défoulement.

— Je crois qu'ils ont la situation en main, déclara Rydstrom.

Sur ce, il téléporta Sabine jusqu'à sa chambre, sur le balcon dominant la mer.

— Tu n'as pas cru Omort au sujet du Puits et du sacrifice ? demanda-t-elle alors. Tu n'as pas pensé que j'étais impliquée ?

— Bien sûr que non. Je savais que tout cela n'était qu'élucubrations. La semaine que nous avons passée ensemble, en revanche, était bien réelle.

— Comme notre mariage ?

L'expression de Sabine était insondable, ses yeux bleus étaient brillants d'émotion. Comment allait-elle réagir à son mensonge ? Rydstrom n'en avait pas la moindre idée.

Être si proche d'avoir tout ce dont il avait toujours rêvé…

— Est-ce qu'Omort a menti ?

— Je… *cwena*…

— Tu ne peux pas m'appeler ainsi, n'est-ce pas ? Je ne suis pas ta reine. Que m'as-tu promis, cette nuit-là ? Que m'as-tu dit si solennellement ?

— J'ai promis de me venger.

Le visage de Sabine s'assombrit, sa lèvre se mit à trembler.

Le cœur de Rydstrom se serra.

— Sabine…

Elle était abattue, et avait toutes les raisons de l'être. Faire croire qu'il l'avait épousée…

— Démon… Je suis…

Elle secoua la tête, la gorge nouée, les yeux humides.

— …si fière de toi. Tu as un point d'avance.

Il la regarda, bouche bée.

— Tu n'es pas… tu…

Il la souleva dans les bras.

— J'ai été en colère, au début. Mais heureusement pour toi, je ne suis pas complètement idiote. Quand quelqu'un décide de sacrifier sa vie pour moi, je suis capable de faire un effort. Et de pardonner.

— Je le referais avec bonheur, Sabine. Toujours.

— Oui, bon… J'ai aussi compris que j'allais pouvoir me servir de ça… pour l'éternité. Imagine le moyen de pression ! « Comment ça, on n'instaure pas une journée de la minijupe dans le royaume ? Tu te souviens du jour où tu m'as raconté des craques à propos de notre mariage ? »

Elle éclata de rire. Il glissa la main sur sa nuque.

— Je t'en prie, sers-t'en. Fais-le moi payer tant que tu veux. Du moment que tu restes avec moi.

— Je n'ai pas vraiment le choix, car il semblerait que je sois accidentellement tombée amoureuse de toi.

Rydstrom redevint sérieux.

— Je t'aime aussi, mon ensorceleuse. Et je veux réparer cette histoire de mariage sur-le-champ.

Elle prit son visage entre ses mains.

— Tant mieux, parce que j'ai besoin de l'autorité du titre pour initier de sérieux changements dans ce royaume. Et cette fois, je te serais reconnaissante de prêter serment dans une langue que je comprends.

Épilogue

Deux mois plus tard, Nouveau Tornin,
royaume de Rothkalina.

— Trop facile ! s'esclaffa Sabine en lançant le sac contenant leur butin par-dessus son épaule.

— Les doigts dans le nez ! renchérit Lanthe.

Elles n'avaient pas vu Rydstrom assis tranquillement sur son trône, dans la salle déserte. Lanthe avait ouvert un portail dans cette pièce parce qu'elle était censée être vide. Mais ayant terminé la supervision d'un chantier plus tôt que prévu, Rydstrom était rentré au château, et goûtait quelques instants de tranquillité en attendant le retour de sa femme, partie faire du « shopping ».

— Vos courses se sont bien passées ? tonna-t-il.

Les deux sœurs se figèrent, puis tournèrent lentement la tête.

— J'espère que vous avez payé tout ça.

— Oups ! fit Lanthe. J'ai un truc à faire dans ma tour.

Et elle s'esquiva.

Se ressaisissant, Sabine rejoignit Rydstrom d'un pas nonchalant.

— On n'a pas payé à proprement parler. Mais on a donné un peu de karma en échange.

— À qui avez-vous volé ça ?

— À ce demi-démon dont nous a parlé Nïx. Un baron de la drogue colombien.

— Et pourquoi, exactement ?

— Elle nous a suggéré de « le secouer un peu ». Comme je lui dois un service, je me suis dit, autant lui faire plaisir. Mais seulement cette fois. Et puis, on pensait que tu ne serais pas en colère si on braquait un méchant.

— Je ne le suis pas. Mais je suis furieux que vous ayez pris des risques.

— Personne ne nous a vues ! Et Lanthe a même réussi à user d'un peu de persuasion, pour plus de sûreté.

— Montre-moi ce que vous avez récupéré, soupira Rydstrom.

Il n'arrivait jamais à être en colère contre Sabine très longtemps, qui semblait si heureuse avec lui, dans sa nouvelle vie.

Elle s'installa sur ses genoux et ouvrit fièrement le sac qui contenait des pièces d'or anciennes.

Évidemment, ce n'était pas le premier casse de sa petite reine depuis leur mariage. Et il savait que ce ne serait pas le dernier.

Mais il lui passait tout. Partout dans le Mythos, on savait que celui qui toucherait à un seul cheveu de Sabine s'exposerait à la fureur du roi. L'intéressée en profitait sans vergogne.

— C'est une prise respectable, commenta Rydstrom.

— En fait, Lanthe et moi, on est exactement comme Robin des bois. Sauf qu'on ne donne rien aux pauvres.

— À partir de maintenant, si. Je prélève quarante pour cent du butin.

Comme elle se renfrognait, il ajouta :

— Ou alors, nous utilisons une partie de cette somme pour lancer la construction d'une nouvelle route.

Pendant la journée, le royaume était une vraie ruche. Partout, on sciait, bâtissait, rénovait. Le pays prospérait de nouveau.

— Imagine ! De cette façon, tu nous aideras à sortir du Moyen Âge !

Parce qu'il ne fallait pas brûler les étapes, ils se contenteraient d'abord de la Renaissance.

— On pourrait même donner ton nom à une grand-route.

Le peuple n'y verrait certainement aucun inconvénient. Il adorait cette reine si joyeuse et intelligente, qui les avait aidés à renverser un tyran, et ne demandait qu'un tout petit peu d'or en échange.

Elle se mordilla la lèvre.

— Et le nom de Lanthe à une autre ?

— Bien sûr !

— Tu crois que je ne vois pas que tu me manipules ?

— C'est le cas, en effet. Mais je crois que cela te plaît.

Il l'attira contre lui, enfouit le visage dans ses cheveux.

— Au fait, Puck est passé ce matin, juste après ton départ.

Le petit garçon avait été adopté par Durinda et son nouvel époux, mais Sabine le voyait souvent car tous trois étaient revenus à Rothkalina. Beaucoup de réfugiés s'étaient réinstallés au royaume, de même que des familles d'autres factions du Mythos.

— Il était triste de ne pas te voir, alors je lui ai montré les cadeaux que tu prévoyais de lui envoyer.

Une batterie complète et un an de bonbons. La démone allait adorer.

Depuis leur retour officiel au château rénové, Sabine et Rydstrom avaient sans arrêt des invités. Vieux amis et alliés fidèles leur rendaient souvent visite. Même Mia et Zoë, les jeunes sœurs de Rydstrom, avaient prévu de venir au printemps.

— Et Cadeon est passé sur le chantier, aujourd'hui. Je les ai invités à dîner, Holly et lui.

Sabine soupira, alors qu'elle appréciait beaucoup son beau-frère et sa belle-sœur.

— Ce soir ? Super, il va encore falloir regarder Holly tenter de garder la nourriture qu'on lui servira.

Les nausées de Holly avaient redoublé depuis qu'ils avaient appris qu'elle attendait... des jumeaux. Deux guerriers du Bien absolu.

— La dernière fois qu'ils sont venus, Cadeon la suivait partout comme si elle risquait de se casser. Il l'a portée pour descendre trois marches ! Tu as intérêt à te comporter normalement quand je serai enceinte.

D'un commun accord, ils avaient décidé d'attendre que la modernisation du royaume soit achevée avant de concevoir. Le pouvoir du Puits attendait d'être libéré depuis des millénaires, alors un peu plus ou un peu moins... Et puis, Rydstrom était si heureux de pouvoir gâter sa reine.

— Tu sais très bien que je serai pire, dit-il.

— Alors attends-toi que je me moque de toi. Je ne pourrai pas faire autrement.

Il y avait une autre raison à leur décision d'attendre pour fonder une famille. Comme l'avait déclaré Sabine :

— Il est hors de question d'avoir un bébé tant que le vampire Lothaire ne sera pas maîtrisé.

Et elle avait puisé dans sa réserve personnelle de bijoux pour payer les mercenaires de Cadeon chargés de retrouver l'Ennemi de Toujours.

L'équipe avait déjà des pistes solides, et ce n'était qu'une question de temps avant que le vampire soit localisé.

Rydstrom laissa tomber le sac de pièces sur le sol et enlaça sa femme.

— Il n'y a pas longtemps, j'ai repensé à cette nuit où nous nous sommes rencontrés, commença-t-elle.

Tu n'avais aucune idée de ce qui allait te tomber dessus, n'est-ce pas ?

— Tu as bousillé ma voiture, et bouleversé mon existence.

— Mais aujourd'hui, tu m'as, moi, et tu as ta couronne. Et je voulais te dire, tu es très... royal, sur ce trône.

— Je m'entraîne dans la glace tous les jours.

Elle sourit.

— Pff ! Même pas vrai. Tu passes tes journées à examiner les griffures dans ton dos. Et, justement, je me disais que j'en rajouterais bien quelques-unes, sire.

À peine avait-elle terminé sa phrase qu'il les téléporta jusqu'à leur chambre. Tandis qu'il la déshabillait, la brise marine s'engouffra dans la pièce, et Sabine leva les bras avec un sourire languide.

Rydstrom l'embrassa dans le cou, puis entreprit de dénouer les liens de son bustier.

— Mmm, il est compliqué, celui-là, murmura-t-il d'un ton appréciateur.

— C'est du boulot, mais tu ne regretteras pas ce qui t'attend, démon, assura Sabine.

Dans le creux de son oreille, il lui chuchota :

— *Cwena*, je ne regrette jamais rien dans tes bras...

Extraits du *Livre du Mythos*

L'Accession

« *L'heure viendra où tous les immortels du Mythos, des factions les plus puissantes – Valkyries, vampires et Lycae –, jusqu'aux fantômes, changeformes, elfes, sirènes et autres, seront condamnés à s'entretuer.* »

* Sorte de système magique de régulation de la population des immortels, qui ne cesse d'augmenter.

* Se déclenche tous les cinq cents ans. Maintenant, peut-être…

Les Démonarchies

« *Les tribus démoniaques sont aussi diverses que les tribus humaines…* »

* Ensemble des dynasties démoniaques. Certains de leurs royaumes sont alliés à la Horde.

* La plupart des races de démons peuvent *glisser* ou se téléporter à la manière des vampires, mais uniquement vers des endroits où ils se sont déjà rendus. Certaines espèces répondent aux incantations.

* Ceux dont les crocs, les cornes ou les griffes sont empoisonnés sont plus vulnérables aux poisons des autres.

* Un démon doit avoir des relations sexuelles avec sa partenaire potentielle pour s'assurer qu'elle lui est vraiment destinée. On parle dans ce cas-là d'*essayage*.

Les Démons furie

« *Celui qui contrôle Tornin contrôle le royaume...* »

* Démonarchie située dans la dimension de Rothkalina. Le château de Tornin est le siège de leur gouvernement. Rydstrom III, le roi, a été déposé.

* Les démons furie étaient les gardiens du Puits des Âmes, une source de pouvoirs magiques qui se trouve dans le château de Tornin.

* Le sorcier Omort l'Immortel a pris Tornin et, par conséquent, le trône de Rydstrom III.

La Maison des Sorciers

« *... les immortels dotés de pouvoirs magiques, pratiquant les arts blancs ou noirs.* »

* Mercenaires de la magie qui vendent leurs sortilèges.

* Réparties en cinq castes : guerriers, guérisseurs, enchanteurs, illusionnistes, prophètes.

* Il leur est strictement interdit d'amasser une fortune personnelle et d'accorder l'immortalité.

Le Mythos

« *... les créatures conscientes quoique non humaines constitueront une strate qui coexistera avec celle des hommes, mais restera à jamais dissimulée à leurs yeux.* »

* La plupart des créatures du Mythos sont immortelles, leur chair se régénère après chaque blessure. Les espèces les plus puissantes ne peuvent être éliminées que par feu magique ou décapitation.
* Sous l'effet d'une émotion intense, leurs yeux changent de couleur et en adoptent une spécifique à chaque espèce.

Les Sept de Sorceri

« *Les Sept convoitent et cherchent en permanence à s'approprier les pouvoirs des autres. Pour ce faire, elles lancent des défis, provoquent en duels ou, plus fourbes, volent ces pouvoirs...* »
* Lignée sécessionniste, originaire de la caste des enchanteresses de la Maison des Sorcières.
* Les Sept naissent avec un pouvoir inné, appelé *pouvoir fondamental*. Si elles le perdent, elles deviennent esclaves de leurs semblables, appelés *Inferi*. Elles peuvent dérober les pouvoirs secondaires et en faire commerce.
* Une des espèces les plus faibles, physiquement, du Mythos, elles portent des armures sophistiquées pour se protéger. Les métaux, en particulier l'or, ont fini par devenir sacrés à leurs yeux.

Les Valkyries

« *Lorsqu'une jeune guerrière pousse un cri sauvage au moment d'expirer sur le champ de bataille, son appel monte jusqu'à Wotan et Freyja. Les dieux envoient la foudre la frapper, la recueillent en leur demeure et préservent à jamais son courage en sa fille immortelle, une Valkyrie.* »
* Les Valkyries tirent leur subsistance de l'énergie électrique terrestre, puissance collective qu'elles se

partagent selon leurs besoins et qu'elles restituent en cas d'émotion intense sous forme de foudre.

* Elles sont douées d'une force et d'une vivacité surnaturelles.

* Si elles ne s'entraînent pas à y résister, elles peuvent être hypnotisées par des objets brillants ou des pierres précieuses.

* Toutes les Valkyries de première génération sont demi-sœurs.

Les Vampires

« *Dans le chaos originel du Mythos s'imposa une société de vampires, confiants en leur froideur naturelle, leur logique implacable et leur dureté impitoyable. Originaires des rudes steppes de la Dacie, ils émigrèrent en Russie, quoique, d'après la rumeur, il en subsiste en Dacie une enclave secrète.* »

* Leurs deux factions, la Horde et les Abstinents, se livrent une guerre sans merci.

* Comme beaucoup de démons, les vampires peuvent *se téléporter*. Toutefois, ils ne peuvent prendre pour destination que des endroits où ils se sont déjà rendus par le passé, ou qu'ils peuvent voir.

* Les Déchus sont ceux qui ont tué en vidant leur victime de son sang. On les reconnaît à leurs yeux rouges.

Découvrez les prochaines nouveautés de nos différentes collections J'ai lu pour elle

AVENTURES & PASSIONS

Le 7 décembre

Inédit **_Trois destinées - 3 - L'idéaliste_**

Tessa Dare

Isabel Grayson a un rêve : devenir une femme d'influence luttant contre les injustices sociales grâce à la fortune et au rang social de son mari. Sir Tobias Aldridge est loin de correspondre à cet époux idéal, et pourtant, si elle parvient à transformer cet incorrigible séducteur en un homme respectable, elle obtiendra ce qui lui est si cher, le respect de tous. Mais Isabel se livre à un petit jeu de persuasion très dangereux, où elle pourrait bien y perdre son cœur...

Trahisons dans les bayous **Candice Proctor**

La Nouvelle-Orléans, 1862. Emmanuelle est entièrement dévouée au service des blessés sudistes qui arrivent à l'hôpital du docteur Santerre, jusqu'au jour où elle assiste au meurtre de ce dernier, tué par une flèche. La jeune femme est certes le principal témoin mais aussi... suspectée du meurtre ! L'enquête est confiée à Zachary Cooper, major de l'armée occupante. Emmanuelle le hait, ce bleu, cet ennemi ! Et pourtant, elle n'a pas le choix : il lui faudra coopérer...

***Les sœurs Lockwood* - 2 -**
***Mauvaise réputation* ☙ Julie Anne Long**
Sylvie Lamoureux, brillante ballerine à Paris, est promise à un bel avenir. Pourtant, quand elle apprend l'existence d'une sœur quelque part en Angleterre, elle abandonne tout et part la retrouver. Mais, rejetée par cette dernière et spoliée par un brigand, Sylvie se retrouve à la rue. Il ne lui reste plus qu'à quémander l'aide de Tom Shaughnessy, le directeur d'un théâtre à divertissements polissons. Sylvie est danseuse ? Parfait ! Elle aura donc le premier rôle de son prochain spectacle…

Inédit ***Les sœurs Lockwood* - 3 -**
***Le secret de la séduction* ☙ Julie Anne Long**
Sabrina Farleigh aime Geoffrey Gillray mais celui-ci n'a qu'un rêve, partir pour l'Afrique. Dans l'espoir de financer ses projets, il se rend chez son cousin Rhys Gillray, duc de Rawden, le seul capable de l'aider. Surnommé le Libertin, Rhys est célèbre pour sa poésie frivole et audacieuse. Certaine que son bonheur futur aux côtés de Geoffrey se joue entre les mains du scandaleux Rhys, Sabrina s'introduit chez lui. C'est sans savoir que l'impénitent séducteur fera d'elle sa nouvelle proie…

Le 7 décembre

Sous le charme d'un amour envoûtant

CRÉPUSCULE

Inédit **Les réfugiés de l'apocalypse** — **Joss Ware**

En 2010, une série de tremblements et de tempêtes dévastatrices ont ravagé la Terre, puis une étrange maladie a entraîné la mort d'une grande partie de l'humanité. Cinquante ans plus tard, les survivants et leurs descendants ont rétabli la vie dans les ruines de leur ancien monde, à l'écart des mystérieux « étrangers » immortels. Simon Japp et ses compagnons ont échappé aux catastrophes et se sont réveillés d'un profond sommeil, dotés de dons surnaturels. Hanté par les remords et ses souvenirs, Simon vit en solitaire, replié sur lui-même. La sublime Sage Corrigan, une jeune femme née après la fin du monde, est très attirée par cet homme farouche et décide de l'approcher. C'est alors bien plus que leurs destins qu'ils vont désormais engager…

Le 7 décembre

Passion intense

Des romans légers et coquins

Inédit **Nuits blanches - 3 - L'ombre de minuit**

Lisa Marie Rice

En une nuit, lors d'une violente agression dont elle n'a plus le moindre souvenir, la talentueuse musicienne Allegra Ennis a perdu la vue, son père et sa carrière. Désormais, elle est seule dans un monde où il fait toujours nuit. Sa seule compagnie, ce sont ces terribles cauchemars qui ne cessent de la hanter… et un assassin qui la traque, guettant chacun de ses pas. Sa rencontre avec l'ancien soldat Douglas Kowalski, défiguré par la guerre, marque un tournant décisif dans sa vie. Douglas ne s'attendait à vivre qu'une nuit ardente et passionnelle aux côtés de la sublime jeune femme, mais il réalise pourtant une chose : Allegra fait désormais partie de sa vie et, s'il veut la garder auprès de lui, il doit à tout prix la protéger…

Inédit **Les combattants du feu - 5 - Piégé par les flammes** **Jo Davis**

Il y a plusieurs années, le capitaine Sean Tanner a perdu sa femme et ses enfants lors d'un tragique événement. Bouleversé, il a longtemps noyé sa peine dans l'alcool. Désormais guéri de ses démons, Sean s'apprête à entamer une vie nouvelle mais sa tranquillité est mise à l'épreuve par sa rencontre avec la magnifique et sensuelle Eve Marshall. Habité par un ardent désir, Sean revit. Jusqu'à découvrir l'effroyable vérité : l'accident ayant causé la mort de sa famille était le fait d'un criminel. Poussé par les fantômes du passé, il commet alors un acte irréparable, qui pourrait bien anéantir sa vie et celle de ceux qu'il aime. Eve la première…

9714

Composition
FACOMPO

Achevé d'imprimer en Italie
par GRAFICA VENETA
le 3 octobre 2011.

Dépôt légal : octobre 2011.
EAN 9782290037706

ÉDITIONS J'AI LU
87, quai Panhard-et-Levassor, 75013 Paris

Diffusion France et étranger : Flammarion